KRISTINA STEFFAN | Land in Sicht

Kristina Steffan im Gespräch

Wenn es nach Lotta ginge, sollte ihr Leben so bleiben, wie es ist. Doch als ihre Oma stirbt, ändert sich schlagartig alles …
Oh ja. Lotta erbt zusammen mit ihrer Schwester Lea das Haus der Oma, mit dem sie viele Kindheitserinnerungen verbindet. Lotta trauert, muss einen Umzug organisieren und sich mit ihrer Schwester arrangieren. Keine leichten Aufgaben, denn Lea ist grundsätzlich dagegen, kommt immer zu spät und kümmert sich um nichts. Und das gemütliche Häuschen hat einen zarten Renovierungsstau von einigen Jahrzehnten. Am Anfang des Romans ahnt Lotta noch gar nicht, wie viel Aufregung da wirklich auf sie zukommt – denn in all dem Chaos begegnet sie auch noch einem Grafen, der gar keiner ist …

Was mögen Sie an Lotta am liebsten?
Ihren Mut. Mir gefallen mutige Protagonisten. Jetzt könnte man glauben, das läge ja in meiner Hand, aber das stimmt nicht. Manche Figuren weigern sich einfach, ihren Job in der Geschichte zu erfüllen. Da guckt man dann als Autorin recht blöd aus der Wäsche und muss sich etwas einfallen lassen. Bei Lotta war das zum Glück nicht so.

Wo und wie schreiben Sie?
Ich brauche zwei Dinge zum Schreiben: Ruhe und Kaffee. Beides finde ich in meinem Büro. Manchmal allerdings schnappe ich mir meinen Laptop, gehe in ein Café und fahnde dort nach Inspiration. (Sollten Sie mal eine blonde Frau mit verzweifelter Miene vor einem Laptop sitzen sehen: Das könnte ich sein. Bitte sprechen Sie mich an, vielleicht bringen Sie mir den gesuchten Funken der Inspiration!)

Über die Autorin

Kristina Steffan lebt und schreibt in Norddeutschland. Im Diana Verlag erschienen ihre Romane *Nicht die Bohne!* und *Land in Sicht*. Als Kristina Günak ist sie die Autorin der Elionore-Brevent-Serie *Eine Hexe zum Verlieben*. Mehr erfahren Sie unter www.kristina-steffan.de.

Kristina Steffan

Land in Sicht

Roman

Diana Verlag

MIX
Papier aus verantwortungsvollen Quellen
FSC® C014496
FSC
www.fsc.org

Verlagsgruppe Random House FSC®N001967
Das für dieses Buch verwendete FSC®-zertifizierte Papier
Holmen Book Cream liefert Holmen Paper, Hallstavik, Schweden.

2. Auflage
Originalausgabe 06/2014

Redaktion | Dr. Katja Bendels
Umschlaggestaltung | t.mutzenbach design, München
Umschlagmotiv | © plainpicture/Lubitz + Dorner
Satz | Christine Roithner Verlagsservice, Breitenaich
Druck und Bindung | GGP Media GmbH, Pößneck

Printed in Germany 2014

ISBN 978-3-453-35778-5

www.diana-verlag.de

Kapitel 1

»Oma ist tot!«

»Hm?«, nuschle ich in mein Handy und sitze im nächsten Moment kerzengerade im Bett. Verwirrt blinzle ich in das gedämpfte Licht meiner Nachttischlampe. Es ist drei Uhr. Nachts.

»Mama. Ich habe doch letzte Woche noch mit ihr Schnitzel gegessen.« Was für ein Gedanke. Meine Oma kann nicht sterben. So etwas tun nur andere Omas.

»Nun ist sie tot«, sagt meine Mutter mit tränenerstickter Stimme und schnaubt dann so beherzt ihre Nase, dass ich fast einen Hörsturz erleide. Der Schmerz in meinem Gehörgang fegt allerdings den letzten Rest von schläfriger Verwirrtheit weg.

»Was ist passiert?«, unterbreche ich das Schluchzen meiner Mutter unsanft, aber sie antwortet nicht, sondern weint vorerst nur weiter.

Es ist natürlich ausgeschlossen, dass auch ich mich jetzt heulend um mein Handy krümme. Das tut ja schließlich meine Mutter schon.

Wir haben da bei den Frauen der Familie Ellenberg eine klare Aufgabenteilung. Meine Mama weint, meine kleine Schwester ist dagegen, und ich nehme die Dinge in die Hand.

Aus diesem Grund bekommt meine Stimme plötzlich wieder, trotz der nachtschlafenden Zeit, diesen sehr geschäftigen Ton. Absolut unpassend, falls meine Oma wirklich tot sein sollte.

Aber wenn jemand stirbt, gibt es sicherlich sehr viele Dinge in die Hand zu nehmen. Nicht, dass ich davon viel Ahnung hätte. Mein Vater galt zwar offiziell als tot, war aber, nachdem er auf der kalten Ostsee beim Krabbenfischen über Bord gegangen war, nicht mehr aufzufinden.

»Jetzt beruhige dich, Mama! Woher weißt du, dass Oma gestorben ist?« Vielleicht ist das ja auch alles nur ein Irrtum? Meine Mutter wohnt schließlich in Thailand, also Tausende von Kilometern entfernt. Vielleicht hat sie es nur geträumt. Sie neigt nämlich zu seltsamen Träumen und Visionen, die nicht immer mit der Realität im Einklang stehen.

Einmal, da waren wir noch sehr klein, scheuchte sie uns des Nächtens aus dem Bett, weil sie im Traum die Vision hatte, innerhalb der nächsten zwei Stunden würde die Welt untergehen. War natürlich nichts, aber wir haben die ganze Nacht am Küchentisch gesessen, Kekse gegessen und der Dinge geharrt, die kommen würden. Als unser Vater allerdings von der tosenden Ostsee verschluckt wurde, hat sie selig geschlummert.

Insofern erscheint jetzt ein kleiner Hoffnungsschimmer am dunklen Horizont meines Schlafzimmers. Alles ein Irrtum. Meine Mutter ist wieder komisch. So wird es sein. Oma Elsa schläft friedlich in ihrer Blümchenbettwäsche.

»Ihr Hausarzt hat mich angerufen.«

Okay, das klingt jetzt nicht nach Vision, das klingt nach knallharter Realität. Mir wird augenblicklich eiskalt.

»Und den wiederum hat Hildegard, die Nachbarin, angerufen. Oma hat sich wohl gestern Nachmittag in ihre Hollywoodschaukel gelegt, und Hildegard hat dann am Abend in den Garten geschaut und da lag sie immer noch dort. Weil sie nämlich einfach gestorben ist. In ihrer Hollywoodschaukel. Unter dem Sternenhimmel. In ihrem Garten, den sie so geliebt hat.«

Meine Mutter weint jetzt so sehr, dass ich die letzten Worte nicht mehr richtig verstehe. Ich bastle mir den Inhalt mehr oder weniger zusammen. Meine Oma ist gestorben, in ihrer Hollywoodschaukel, in der sie vor sich hin schaukelnd die Sommer verbracht hat.

Eine Weile schweigen wir. Also ich schweige und starre aus dem Fenster in die dunkle Nacht, und meine Mutter weint.

»Mama, buch dir einen Flug. So schnell wie möglich. Oder soll ich das für dich machen?«, frage ich nüchtern und lenke mich damit von dem plötzlichen Schmerz in meiner Brust ab.

»Oleang-Do macht das für mich.« Der kleine Mann mit dem großen Herz, mit dem meine Mutter in Thailand eine Pension betreibt. Also er betreibt sie und achtet darauf, dass meine Mutter kein Chaos auslöst, und meine Mutter sorgt für das gute Qi und die spirituelle Betreuung der Gäste.

»Ich, äh, kümmere mich um alles Weitere. Es muss ja eine Beerdigung geben und so …«

»Danke, Schatz! Ich melde mich, sobald ich weiß, wann ich in Hamburg lande.« In ihren Worten schwingt unverhohlene Erleichterung mit. Erleichterung, dass ihre tatkräftige Tochter Charlotta Ellenberg sich schon um alles kümmern wird.

Ich will schon auflegen, da fällt mir noch etwas ein. »Mama?«, rufe ich in das Handy.

»Was?«, antwortet sie.

»Kannst du bitte Lea anrufen?«, frage ich hoffnungsvoll.

Meine Mutter schweigt ein paar Sekunden. Dann sagt sie schlicht »Nein, Schatz. Das schaffe ich nicht«, und legt auf.

Für einen Moment starre ich die Zimmerdecke an. Dann lasse ich, die tatkräftige Charlotta Ellenberg, mich rücklings auf das Bett fallen und fange endlich an zu weinen.

Kapitel 2

Wir haben Modell Santana und Modell Isolde im Angebot«, erklärt mir die Bestattungs-Fachfrau, während ich ein Gähnen unterdrücke. Allerdings entgleisen mir just in diesem Moment die Gesichtszüge, denn ich entdecke die Preisschilder neben den feilgebotenen Särgen im Katalog.

Modell Santana ist nicht nur wirklich hässlich, nein, Modell Santana kostet auch knackige 1598,20 Euro. Wo genau ist da jetzt das Angebot?

»Das hätte Ihrer Oma sicherlich gefallen«, flötet die Dame im schwarzen Kostüm mit der sonderbarsten Dauerwelle, die mir je zu Gesicht gekommen ist, und deutet mit ihrem kurzgefeilten Fingernagel auf das Modell Isolde. Eiche, Messingbeschläge, vermutlich so schwer wie ein Mittelklassewagen und preislich davon auch nicht mehr so weit entfernt. Ob ich Frau Herz vom Bestattungsunternehmen »Herz« wohl sagen kann, dass meine Oma mir einen Vogel gezeigt hätte, wenn sie Modell Isolde jemals zu Gesicht bekommen hätte? Meine Oma war einfach nicht der Eiche-brutal-Typ mit Messing-Gedöns. Meine Oma liebte Weiß, Rosa und Blumenmuster. Sogar ihr Klopapier war mit kleinen weißen und rosafarbenen Blumen bedruckt, und sie war im Besitz von »Hello-Kitty«-Bettwäsche.

»Gibt es das auch in Rosa?«, frage ich und deute auf Modell

Isolde. Bedauernd schüttelt Frau Herz den Kopf. »Wird leider nicht nachgefragt.«

»Ich muss darüber nachdenken«, sage ich und trinke den letzten Schluck Kaffee, der mir unerwartet kalt durch den Hals läuft. Kalt, weil ich hier schon bestimmt zwei Stunden sitze und mir erklären lasse, wie eine ordnungsgemäße deutsche Bestattung abzulaufen hat. Dabei habe ich erst vor sieben Stunden von Omas Tod erfahren, und jetzt sitze ich schon hier und gucke mir Särge an. Ich bin wirklich vorbildlich in Sachen Organisation.

»Gut, das verstehe ich. Aber den Termin für die Trauerfeier halten wir erst mal fest?« Ich nicke, mit einem Kloß im Hals. Besagter Termin zum öffentlichen Trauern wird in zwei Wochen stattfinden. So lange dauert es offensichtlich, bis alles organisiert ist. Und so wird es auch meine Mutter auf jeden Fall schaffen, ihre Wahlheimat trotz Fluglotsenstreik, Unwetter und anderen Unpässlichkeiten zu verlassen, um dieser Feierlichkeit beizuwohnen.

Bis dahin allerdings muss der Sarg ausgewählt sein. Der ist elementar für den Fortgang der ganzen Angelegenheit. Wir werden bei dem Termin in zwei Wochen nämlich die Urne meiner Oma betrauern. In der dann der Sarg einschließlich meiner Oma steckt. Ob das besser war als die Kühlkammer, ihr aktueller Aufenthaltsort, über den Frau Herz mich mit einem herzlichen Lächeln in Kenntnis gesetzt hat, weiß ich nicht. Das alles kommt mir irgendwie surreal vor, und ich habe auch den freundlichen Vorschlag von Frau Herz, der Kühlkammer einen Besuch abzustatten, abgelehnt.

Mir läuft es kalt den Rücken runter, und ich spüre den Druck der drängelnden Tränen in meinen Stirnhöhlen, dem ich aber unter keinen Umständen nachgeben werde. Die

Frau Bestatterin ist natürlich ein Profi im Umgang mit Tränen, erkennt mein Ansinnen, nicht zu weinen, und tätschelt mir sogleich tröstend die Hand. Ihre Worte sind allerdings weit weniger tröstlich.

»Sehen Sie, Frau Ellenberg, es ist eigentlich schon üblich, sich ab einem gewissen Alter mit der Vorsorge und Planung des letzten Ganges zu befassen«, sagt sie leise und schaut mich ernst an.

Oma Elsa hat sich aber wohl lieber mit anderen Dingen befasst, und das obwohl sie schon fünfundachtzig Jahre alt war. Vielleicht hat sie einfach nicht glauben können, dass sie wirklich irgendwann stirbt. Tun ja eigentlich auch immer nur die anderen.

Bedröppelt fahre ich nach Hause. Mit einem Sarginnenausstattungs-und-Sterbehemd-Katalog unter dem Arm betrete ich meine Drezimmerwohnung am Stadtrand von Kiel, schmeiße den Katalog auf das kleine Tischchen vor dem goldenen Spiegel im Flur und streife mir die Pumps von den Füßen. Ich fand den dunkelblauen Hosenanzug heute Morgen der Situation sehr angemessen. Jetzt allerdings finde ich, dass ich aussehe wie eine Stewardess der Lufthansa nach vier Interkontinentalflügen ohne Pause mit zwei Herzinfarkten und einer Geburt an Bord. Meine braunen Haare, die eigentlich freiwillig recht akkurat in der ihnen durch den Frisör genötigten Form bleiben, sind irgendwie wirr. Und ich habe dunkle Schatten unter den Augen. Die rein farblich immerhin hervorragend mit der Farbe des Anzuges harmonieren.

Ich sehe mal richtig beschissen aus.

»Lotta!«, ruft es im nächsten Moment scharf aus meinem Wohnzimmer. Ich schließe für einen Atemzug die Augen.

Ich sehe nicht nur richtig beschissen aus, ich bin auch unfassbar müde.

Langsam streife ich mir die steife Anzugjacke von den Schultern, hänge sie sorgfältig auf, schnappe mir den Katalog und lehne mich gegen den Türrahmen.

Erschöpft betrachte ich meine ganz in schwarz gekleidete Schwester mit den lilafarbenen Strähnen im braunen Haar, wie sie der vollen Länge nach ausgestreckt auf meinem Parkett liegt.

Lea scheint meine Abwesenheit genutzt zu haben, um sämtliche auffindbaren Kerzen zu entzünden. Da Kerzen bei strahlender Frühlingssonne nicht so wirklich zur Geltung kommen, hat sie die Jalousien heruntergelassen und starrt jetzt mit zusammengekniffenen Augen einen Punkt an der weißen Zimmerdecke an. Sie schenkt meinem Auftauchen keinerlei Beachtung.

Ich habe es leider erst heute Morgen um sieben geschafft, sie anzurufen. Schließlich war ich die ganze restliche Nacht nach dem Anruf meiner Mutter mit intensivem Weinen beschäftigt. Ich musste die Zeit nutzen. Man weiß nie, wann man wieder dazu kommt.

Lea tauchte dann auch umgehend bei mir auf, weigerte sich allerdings standhaft, mit mir die Bestatterin aufzusuchen.

Als meine Mutter ihre Tochter Lea genannt hat, dachte sie sicher an eine Sommerkleider tragende und Buch lesende Teetrinkerin mit blonden Locken.

Herausgekommen ist allerdings Lea Ellenberg. Seitdem sie der Pubertät anheimgefallen ist, die sie mit ihren mittlerweile sechsundzwanzig Jahren leider immer noch nicht wieder verlassen hat, ist sie anstrengend und grundsätzlich dagegen.

Lea ist gegen alles im Allgemeinen, besonders aber gegen Menschen, die eine halbwegs gesellschaftlich akzeptierte Lebensführung pflegen. Also Menschen, die eine eigene Wohnung bewohnen (sie lebt in einer WG voller Mitbewohner ohne Nachnamen), berufliche Perspektiven haben (Lea wechselt gefühlt monatlich ihr Studienfach), einer geregelten Arbeit nachgehen (sie kellnert manchmal, und das auch nur, wenn es wirklich sein muss) und Steuern zahlen. Lea ist also gegen mich. Damit lässt sich die grundsätzliche Situation unserer schwesterlichen Existenz doch mal ganz gut umschreiben. Lea ist gegen mich, und wir können uns so dolle streiten, dass ich ein paarmal schon die Befürchtung hatte, mir irgendwelche lebenswichtigen Organe aus dem Leib zu brüllen.

»Ich will nicht, dass Oma tot ist! Scheiße!«, faucht sie in diesem Moment die Zimmerdecke an und klingt dabei wirklich Furcht einflößend.

»Und ich will sie nicht im Sarg Isolde in Eiche-brutal mit Samtausschlag in Weiß in den Ofen schieben lassen!«, fauche ich zurück. Verdammt! Ich will auch nicht, dass Oma tot ist. Jetzt sind wir nur noch zu zweit. Mama zählt nicht, sie ist nicht da. Und zwei ist einfach zu wenig für eine Familie.

»Sag mal, spinnst du? Einen Eichensarg? Für meine Oma?« Lea setzt sich so abrupt auf, dass sie mich aus meinen düsteren Überlegungen reißt, und starrt mich böse an. Das viele Metall in ihren Augenbrauen klirrt leise bei dieser Aktion. Die Zimmerdecke ist sicherlich erleichtert, ihrem bösen Blick entkommen zu sein.

»Ich? Die deutschen Bestatter wohl eher. Und es ist unsere Oma!«, entrüste ich mich und lasse mich neben sie auf den Boden plumpsen.

Mr. Boo kommt unter meinem Sofa hervorgekrochen und springt freudig erregt um mich herum. Wenigstens einer, der sich freut, mich zu sehen, nachdem ich eine gefühlte Ewigkeit zwischen Ausstellungssärgen und vertrockneten Blumengestecken herumgesessen habe.

Ich werfe meiner Schwester den Sarg-Katalog zu und lasse den kleinen, hässlichen und leicht zerfledderten Hund auf meinen Schoß klettern. Mr. Boo ist eine Mischung aus bestimmt acht verschiedenen, vermutlich auch sehr hässlichen Rassehunden. Er hatte ein wirklich schweres Leben, bevor ihm meine Schwester ein neues Zuhause gegeben hat. Genau wissen wir das nicht, aber da sie ihn in einem Karton neben einem Strommast gefunden hat, ist das anzunehmen. Lea hängt mit fast schon kindlicher Liebe an diesem Hund, und das, obwohl Mr. Boo nicht so einfach im Umgang ist. Er hat Angst vor Autos, Männern, sämtlichen Küchengeräten, Computern, Handys und Tageszeitungen. Er befindet sich also fast immer in einem Zustand der furchtsamen Erstarrung, und jemand muss ihn ermutigen weiterzuatmen. Vermutlich wäre er in einem Nonnenkloster ohne elektrischen Strom am besten aufgehoben, aber so etwas gibt es in Kiel nicht. Deshalb muss er mit Lea vorliebnehmen, und manchmal eben auch mit mir.

»Du hättest einfach mitkommen können, dann wärst du an der Entscheidung, die ich übrigens noch nicht getroffen habe, beteiligt gewesen«, sage ich spitz, was Lea nur mit einem Achselzucken quittiert.

»Du machst so etwas besser alleine. Du bist doch schließlich Superwoman.«

Ich beiße mir auf die Wange, um nicht sofort etwas ebenso Böses zu erwidern. Manchmal fühlt es sich an, als wären wir gar keine Schwestern, sondern als käme sie von einem fernen Planeten, auf dem alle lila, klein und bösartig sind.

»Ich bin nach wie vor dafür, Oma unter dem alten Apfelbaum im Garten einzubuddeln.«

»Sehr hübscher Gedanke, Schwester. Ist aber verboten«, knurre ich düster.

»Na und? Es würde ihr aber gefallen.« Sie grunzt, um ihren Missmut über mich, die offensichtliche Oberspießerin der Nation, zum Ausdruck zu bringen. Lea ist nicht nur grundsätzlich dagegen, sie ist darüber hinaus auch mit dem genetischen Fluch der Weltfremdheit meiner Mutter gesegnet.

»Du willst jetzt aber nicht das sonntägliche Rasenmähen mit dem Eingraben der toten Oma unter dem Apfelbaum gleichsetzen?«, frage ich herausfordernd.

Vernichtender Blick von Lea. Stille. Die Anwesenden machen sich kampfbereit.

»Ich würde es tun!« Lea blinzelt mich an.

»Du hast ja auch einen an der Waffel«, gebe ich zurück. Wir bräuchten ab diesem Punkt nur noch ungefähr drei Worte, um die absolute Hölle losbrechen zu lassen. Aber stattdessen schlucke ich trocken und sage nur: »Ich kann mich jetzt nicht streiten.«

Lea schweigt einen Moment. Dann murmelt sie erstaunlicherweise »Okay!«, sämtlicher Kampfeswille fällt von ihr ab, und sie fängt an zu weinen. Sehr bitterlich. Ihr dünner Körper schüttelt sich wie die Wellen der Ostsee bei Orkanböen ab Stärke acht.

Ich weine nicht mit, obwohl mir wirklich der Sinn danach steht. Aber einer muss in dieser Familie ja handlungsfähig bleiben und einen kühlen Kopf bewahren. Und das bin ich.

Kapitel 3

Wir passieren schweigend das gelbe Ortsschild »Droggendiel«, und ich schalte einen Gang runter. Mir ist ganz mulmig zumute, denn im selben Augenblick wird mir bewusst, dass mir jetzt sehr viele erste Male bevorstehen. Das erste Mal vor der Haustür von Oma stehen, und sie wird nicht öffnen. Das erste Mal donnerstagmittags nicht zu ihr fahren und Schnitzel essen. Der erste Winter, an dem sie mich nicht um Mitternacht anruft, um mir voller Freude mitzuteilen, dass sie den ersten Schnee gesichtet hat.

Mein Herz wird plötzlich so schwer, dass ich fast spüre, wie es von innen gegen meine Fußsohlen schlägt. Oma ist tot. Sie ist einfach nicht mehr da.

Wir rollen die Hauptstraße hinunter, und ich werfe Lea einen verstohlenen Blick zu. Neben mir sitzt ein Uhu, der finster durch die Windschutzscheibe starrt. Ihr immer sehr großzügig aufgetragener Mascara hat der Tränenflut nicht standgehalten und sich flächendeckend unter ihren Augen verteilt. Am Ende der Hauptstraße biege ich in den Sonnenblumenweg ab und halte mitten auf der Straße an. Gezwungenermaßen.

»Was'n hier los?«, raunt Lea verrotzt. Ja! Gute Frage! Was um alles in der Welt ist hier los? Der Sonnenblumenweg ist nur ein schmaler, schlecht geteerter Weg am Ortsrand von Droggendiel, auf dem normalerweise ziemlich tote Hose ist. Schließlich gibt es dort ja nur fünf Häuser. Heute allerdings brennt hier die Luft. Gelinde ausgedrückt. Es scheint eine Party zu geben. Eine große Party, zu der sämtliche 258 Einwohner des Dorfes eingeladen wurden. Und die Partygäste drängen sich allesamt in trauter Eintracht auf dem Sonnenblumenweg. Es sieht ein bisschen aus wie kurz vor einem Rockkonzert.

Auf einmal taucht ein Feuerwehrmann in kompletter Montur vor uns auf und macht energische Handbewegungen, mit denen er uns wohl irgendwohin zu lotsen versucht. Fassungslos starre ich ihn an, bis er zu den hektischen Armbewegungen auch noch eine sehr böse Miene aufsetzt. Offensichtlich glaubt er, dass ich versuche, mich seinen Anweisungen zu widersetzen. Ich lasse das Fenster herunter und frage: »Was ist denn hier los?«

»Hier kann heute kein ruhender Verkehr stattfinden«, antwortet er schneidig, ohne jedoch aufzuhören, mit den Armen zu rudern.

»Ich möchte doch nur …«, setze ich an, aber da schiebt sich ein weiterer Pulk Menschen an uns vorbei, und der aufgeregte Feuerwehrmann muss kurzfristig mit den Armbewegungen aufhören, um niemandem einen Kinnhaken zu verpassen. Eine ältere, mir unbekannte Frau tippt dem Feuerwehrmann auf die Schulter. »Das sind doch die Enkelinnen von Elsa!«, ruft sie aufgeregt, woraufhin uns der Feuerwehrmann eingehender mustert.

»Ist diese Angabe korrekt?«

»Ja! Lassen Sie uns durch!«, keift Lea neben mir. Der Feuerwehrmann beugt sich tiefer und betrachtet sie interessiert.

Er hat einen monströsen Schnauzbart im Gesicht, der an den Spitzen leicht zittert. Er schweigt ein paar Sekunden, während deren er offensichtlich seinen Blick nicht von meiner Schwester wenden kann. Was ich ihm nicht verüble. Der Uhu in ihrem Gesicht unterstreicht das grelle Lila in ihren sonst dunklen, heute etwas strähnigen Haaren ganz hervorragend. Menschen wie Lea gibt es in Droggendiel sonst nicht. Laut meiner Oma wohnen hier nur sehr anständige Menschen, die das allgemein gesellschaftlich anerkannte Erscheinungsbild in Deutschland repräsentieren. Lea ist ja nun mal anders. Und dagegen.

Als er sich an dem sonderbaren Äußeren meiner Schwester sattgesehen hat, nickt er knapp und sagt formell: »Mein aufrichtiges Beileid!« Dann brüllt er mit tiefer Stimme »Achtung!«, was die Scheiben meines Autos erzittern lässt, und marschiert vor unserem Wagen her, bis zur Einfahrt meiner Oma. Langsam rolle ich ihm hinterher, während die Partygäste dieser sonderbaren Veranstaltung uns Platz machen.

Ich biege auf Omas kleinen Hof ein und manövriere den Wagen unter den alten Kirschbaum, der direkt vor der Treppe zur Eingangstür steht. Omas Haus ist so hübsch. Eine gelungene Mischung aus der Villa Kunterbunt und einem englischen Cottage, garniert mit einem typisch deutschen Jägerzaun und drei Gartenzwergen mit roten Mützen im Vorgarten.

Schweigend bleiben Lea und ich erst mal sitzen. Vermutlich macht es uns beide sehr traurig, das Haus anzustarren, und so starren wir nach ein paar Minuten stattdessen gemeinschaftlich in den Rückspiegel und beobachten das rege Treiben auf dem Sonnenblumenweg.

»Ist heute irgendein Feiertag?«, fragt Lea schließlich.

»Vielleicht nur in Droggendiel?«, mutmaße ich. Es ist ein Samstag. Der 23. März, um genau zu sein.

Oma ist seit exakt drei Tagen tot. Vermutlich hätte ich sofort hierherkommen müssen, schon alleine um mit Hildegard, die Oma gefunden hat, zu sprechen und ihr psychologische Betreuung angedeihen zu lassen, aber ich konnte nicht. Aus schwerwiegenden emotionalen Gründen.

Aber ich bin mir doch wenigstens ziemlich sicher, dass heute kein Feiertag ist.

»Wir sollten aussteigen und ins Haus gehen«, murmelt Lea, die im Rückspiegel offensichtlich just in diesem Moment den Uhu in ihrem Gesicht bemerkt. Sie reibt mit dem Handrücken über ihre Wangen, woraufhin aus dem Uhu Zorro wird. Okay, was auch immer hier los ist, wir können nicht ewig im Auto herumsitzen. Wir müssen im Kühlschrank meiner Oma nach verderblichen Lebensmitteln fahnden, die Wasserhähne kontrollieren und die Fenster schließen.

Was unweigerlich bedeutet, dass wir ins Haus gehen müssen. »Bringen wir es hinter uns«, brummt Lea und knufft mir gegen das Knie, wohl um mich zum Aussteigen zu animieren. Erstaunt sehe ich sie an. Ich hätte fast vermutet, dass sie die Arme verschränkt und mir verkündet, sie würde im Auto bleiben. Aber nein, sie ist schon ausgestiegen und stapft mit entschlossenen Schritten um die Kühlerhaube meines alten Autos herum Richtung Eingangstreppe.

Ich raffe mich auf und folge ihr, komme aber nicht weit. Direkt auf dem obersten Treppenabsatz hockt Lea auf den Stufen. Neben ihr sitzt Hildegard. Omas Nachbarin und beste Freundin.

Die beiden haben gut und gerne über dreißig Jahre in trauter Eintracht nebeneinandergelebt, sich die Äpfel vom großen Apfelbaum im Garten geteilt, gemeinsam Schnee geschoben, erfolgreich eine Bürgerinitiative gegen eine Windkraftanlage auf den Feldern hinter ihrem Garten organisiert, den neuen Nachbarn beobachtet und samstags »Traumschiff« geschaut.

Hildegard hat Leas Hand in die ihre genommen, und gemeinsam hocken sie weinend auf der Treppe. Lea tropfen schwarz gefärbte Tränen auf ihren schwarzen Pullover, und Hildegard trägt wie in den vergangenen Jahren eine Kittelschürze. Diesmal allerdings dem Anlass angemessen in tiefem Grau. Sofort greift das schlechte Gewissen nach mir. Ich hätte sie ja wenigstens anrufen können. Oma tot in der Hollywoodschaukel zu finden war bestimmt ein traumatisierendes Ereignis. Mir läuft es kalt den Rücken runter.

»Da seid ihr ja endlich!«, schnauft Hildegard, und ich lasse mich entkräftet auf eine der unteren Stufen sinken. Mit »ihr« meint sie definitiv mich, denn während sie Leas zarte Hand fast schon liebevoll hält, ist ihr Blick in meine Richtung leicht strafend.

»Salim hatte schon Sorge, dass ihr nicht kommt, und telefonisch habe ich dich nicht erreicht«, sagt Hildegard und zieht die Augenbrauen noch ein wenig mehr zusammen. Ah, eine der vielen unbekannten Telefonnummern, die ich im Eifer des Gefechts einfach vergessen habe zurückzurufen.

»Wozu denn nicht kommen?«, fragt Lea und reibt sich mit dem Ärmel ihres Pullovers durch das Gesicht. Da ist aber nicht mehr viel zu machen. Die optische Katastrophe wird nur noch mit heißem Wasser und Scheuermilch zu beseitigen sein.

»Na, zum Kringel-Backen!«, antwortet Hildegard erstaunt, als wäre es das Normalste der Welt, am 23. März Kringel zu backen. In Droggendiel. Im Sonnenblumenweg. Wo die Feuerwehr den Verkehr regelt und sämtliche Einwohner wie zum Karneval durch die Straße ziehen.

Ah. Klar. Bitte was?

»Der Salim und seine Frau Esra kommen doch aus der Türkei.« Hildegard hat jetzt etwas die Stimme gesenkt, als wäre es ihr peinlich, dass wir so unwissend sind. Wobei auch diese Aussage mir nicht wirklich auf die Sprünge hilft. Fragend zucke ich mit den Achseln.

»Na, ich dachte, ihr jungen Leute kennt euch mit so etwas aus!« Empört zieht Hildegard jetzt die Augenbrauen hoch. »Ihr internetet doch immer alles. Da müsst ihr das doch kennen.« Sie seufzt. »Aber Salim und Esra kennt ihr?«

Lea und ich nicken gleichzeitig. Natürlich kennen wir die zwei. Sie leben seit gut zehn Jahren direkt gegenüber von Oma, in einem der kleinen Siedlungshäuser aus den Sechzigerjahren. Ich habe sie allerdings erst ein paarmal getroffen, das letzte Mal zum alljährlichen Apfelkompott-Einkochen in Omas Küche, zu dem sich das halbe Dorf trifft.

»Na, und in der Türkei backt man halt Kringel, wenn jemand gestorben ist. Normalerweise backt man ja für seine verstorbenen Verwandten Kringel, aber ihr hattet das ja nicht vor, richtig?«

Nein. Wir hatten nicht vor, für das gesamte Dorf Kringel zu backen. Wir wollten nur den Kühlschrank leer räumen.

»Dann gehen wir da jetzt mal hin. Das gehört sich so!« Ächzend erhebt Hildegard sich. Lea reibt noch ein wenig am Uhu herum, folgt ihr dann aber kommentarlos. Dabei wäre dies ein guter Moment, um mal dagegen zu sein. Einfach zur Demonstration, dass wir nur aus Unwissenheit und tiefer Trauer nicht früher hier vorbeigekommen sind und nicht aus purer Ignoranz wichtiger allgemein anerkannter Regeln.

Ob es ungeschriebene Gesetze bei einem Sterbefall in Schleswig-Holstein gibt, die ich allesamt nicht kenne? Vielleicht hätte ich schon vor achtundvierzig Stunden die gesamte Droggendieler Bevölkerung zu einem Schnaps einladen müssen?

Oder eine Fahne hissen, oder … was weiß ich.

»Ach Oma. Ich kenne mich damit einfach nicht so gut aus«, seufze ich tonlos gen Himmel, nehme mir aber augenblicklich vor, es niemanden merken zu lassen. Das mit der Ahnungslosigkeit. Und dann stürze ich mich ins Gewühl.

Oma hat über dreißig Jahre in diesem kleinen Ort gelebt, was dazu führt, dass jeder sie zu kennen scheint. Ich hingegen kenne kaum einen der vielen Menschen, die mir mitfühlend die Hand schütteln oder mir auf die Schulter klopfen. Trotzdem brummt mir nach wenigen Minuten von den ganzen Beileids-Bekundungen und betroffenen Mienen der Schädel.

Endlich habe ich mich bis zum Gartenzaun von Salim und Esra vorgekämpft, wo ein kleiner weißer Pavillon aufgebaut ist. Darunter steht ein großer Topf auf einer elektrischen Herdplatte, hinter der Salim mit einer Schöpfkelle kleine, fetttriefende Gebilde in Plastikteller schaufelt und sie an Esra weiterreicht, die wiederum jedem in der langen Schlange einen in die Hand drückt.

Links von ihm steht kerzengerade eine kleine Frau mit einem bunt bedruckten Kopftuch, die mit energischen Bewegungen für Teignachschub im Topf sorgt. Das Ganze wirkt generalstabsmäßig durchgeplant, denn unter dem Tisch mit dem Topf drauf stehen noch diverse weitere Töpfe mit Teig drin und warten auf ihren Einsatz.

Ich habe mich irgendwie durch Zufall in die Schlange eingereiht und werde Meter um Meter weitergeschoben, bis ich direkt vor Esra stehen bleibe. Sie hält mir schon mit einem freundlichen Lächeln einen Plastikteller entgegen, als sie mich erkennt. Mit einem Aufschrei knallt sie den Teller auf den Tisch, schubst die Umstehenden unsanft beiseite und zieht mich in ihre Arme. Dabei geht sie mir gerade mal bis zur Brust, insofern hänge ich für einen Moment wie ein Fragezeichen an sie gelehnt, bis sie mich endlich wieder loslässt.

Dann folgt die gleiche Prozedur, nur mit Salim, der den Topf kurzerhand im Stich lässt. Und dann kommt noch die kleine Frau mit dem Kopftuch, die mir als seine Mutter vorgestellt wird, mich auf beide Wangen küsst und einen unverständlichen Schwall an Worten auf mich abfeuert.

»Danke«, murmle ich und suche verzweifelt nach einer Fluchtmöglichkeit, die es aber nicht gibt. Der Teller mit dem Kringel, der eigentlich mehr wie ein Klops aussieht, landet wieder in meiner Hand – köstlich, wie ich sagen muss –, und Salim hält eine kleine Ansprache.

»Verehrte Droggendieler! Liebe Lotta, liebe Lea!« Dabei reckt er sich lang, um über die Köpfe der gespannt wartenden Anwesenden nach meiner Schwester Ausschau zu halten. Der scheint aber die Flucht gelungen zu sein, denn er wendet sich wieder mir zu.

Ich werde augenblicklich puterrot. Ein kleines Erdbeben wäre jetzt schön. Oder ein Übungsalarm der freiwilligen Feuerwehr. Irgendetwas, das die Droggendieler dazu veranlasst, mich nicht mehr so anzustarren. Aber das Universum hat kein Einsehen, und Salim fährt ungerührt fort: »Elsa

Ellenberg hat uns vor zehn Jahren hier in eurem wunderschönen Ort willkommen geheißen, und dafür ehren wir sie heute mit einer langjährigen Tradition aus unserer Heimat. Sie hat uns aufgenommen wie ihre Kinder, und unser Herz ist sehr schwer!« Er macht eine bedeutungsschwere Pause und wischt sich mit dem Handrücken über die Augen.

»Wir werden sie vermissen!« Für einen Moment senkt sich Schweigen über die Versammlung, man hört nur noch das leise Schmatzen derjenigen, die unerlaubt während der Rede weiter ihre gekringelten Klöpse knabbern, dann hebt Salim seinen Teller und ruft: »Auf Elsa!« Alle tun es ihm gleich, und ich sehe zu, dass ich Land gewinne.

Als ich endlich vor Omas Haustür stehe, fummle ich ungeschickt und mit einer Hand, weil ja immer noch den fettigen Kringel in der anderen, den Schlüssel ins Schloss.

Die Tür schwingt auf, und ich schlüpfe in den kleinen Flur. Sofort umfängt mich Omas Duft und löst eine ganze Lawine von Gefühlen in meinem Innersten aus. Ich blinzele durch den Tränenschleier vor meinen Augen und starre auf die verblasste Blümchentapete in Orange, die die Wände des Flurs schmückt. Langsam tastet meine freie Hand nach dem alten Lichtschalter, und ich drehe den Knauf. Mit einem sanften Knacken nimmt die alte Deckenleuchte in Ockergelb ihre Arbeit auf und taucht alles in einen sanften Schein.

Ich lehne mich gegen die Wand und spüre, wie die erste Träne in die Freiheit entfleucht. Sie rollt langsam und bedächtig meine linke Wange hinunter, macht einen Abstecher zum Mundwinkel und ist dann immer noch groß genug, um auf meinen Mantel zu tropfen.

Es gibt Dinge im Leben, die sind unveränderlich. Der Geruch von Omas Haus gehört dazu. Es riecht immer ganz leicht nach etwas in Butter Ausgebackenem, als wären sämtliche Mauern in der Lage, dieses wohltuende Aroma auf ewig zu speichern. Und nach Zimt. Und nach Kartoffelschalen und Omas zartem Mädchen-Parfüm. Es riecht einfach nach Oma, der einzigen unveränderlichen Variablen in meinem Leben. Bis vor drei Tagen.

Jetzt ist alles anders, und schlagartig löst der in der Luft hängende Duft nach Geborgenheit sich auf und mir wird schlecht. Plötzlich fällt mir etwas ein. Etwas, was ich bis jetzt erfolgreich verdrängt habe. Nämlich die Frage, was mit diesem Haus passieren wird. Ich lehne mich gegen die Wand mit der Blümchentapete und atme erneut tief durch. Vermutlich wird meine Mutter das Haus erben. Und dann? Wird sie es verkaufen? Beim Gedanken, dass hier fremde Menschen leben könnten, wird mir spontan noch übler.

Für einen Moment sehe ich thailändische Mönche vor mir, Hildegards handgestrickte Schals um die bibbernden Leiber geschlungen, Schnee schippend und meditierend im Garten von Omas Haus, und meine Mutter mittendrin.

»Lotta?« Ein Duett von irgendwoher. Ich zucke erschrocken zusammen. »Ja?«, frage ich und muss mich räuspern. Schnell wische ich mir die Reste der Träne mit dem Ärmel meines Mantels ab und gehe mutig durch die Tür in die Küche. In der es ebenfalls aussieht wie immer. Auf dem kleinen weißen Resopaltisch steht eine Vase mit rosafarbenen Tulpen, die gemeinschaftlich mit dem Orange der Küchenfronten um Aufmerksamkeit heischen. Alles ist ordentlich und aufgeräumt. Wie immer gibt der alte Linoleumfußboden leicht nach, als ich nach links ins Wohnzimmer abbiege.

Hildegard und Lea sitzen einträchtig auf dem durchgesessenen Sofa, auf dem schon meine Mutter als Kind die »Sesamstraße« gesehen hat. Vor ihnen auf dem Couchtisch steht eine durchsichtige Flasche, und die Damen halten jeweils ein kleines Glas in den Händen. Lea hat einen leicht abwesenden Gesichtsausdruck, wohingegen Hildegard mit ihren plötzlich rosigen Wangen aussieht wie das blühende Leben.

Zackig hebt Hildegard das Glas und verkündet mit fester Stimme: »Auf Elsa!« Dann kippt sie den Inhalt hinunter, als wäre es Wasser, während Lea ihr einen bewundernden Blick zuwirft und nur einen kleinen Schluck nippt, nicht ohne sich hinterher zu schütteln.

»Wie?«, frage ich fassungslos. »Ihr seid getürmt und hockt hier auf dem Sofa, um Schnaps zu trinken?«

»Das macht man auf dem Land so«, erklärt Hildegard ernst. »Im Küchenbuffet ist noch ein Glas.«

Ich schüttle den Kopf. »Danke. Ich muss noch fahren.«

»Also, ich habe die Küche auf Vordermann gebracht und den Kühlschrank ausgeräumt. Elsa hatte noch eine fast unangetastete Blutwurst von Fleischer Meyer da drin. Wollt ihr die haben? Sonst gebe ich sie dem Grafen.«

Blutwurst? Herrgott. Ich würde gerne auf dem abgetretenen Teppich meiner Oma zusammensinken, stattdessen muss ich Entscheidungen über Blutwurst treffen.

»Also bringe ich sie ihm rüber?« Hildegard wartet immer noch auf eine Entscheidung bezüglich der Wurst. Ich nicke schwach. Der Graf ist Omas geheimnisvoller Nachbar, den ich bis jetzt, obwohl er schon fast ein Jahr hier wohnt, noch nicht zu Gesicht bekommen habe. Immer wenn ich da war, war er beruflich unterwegs, dabei hätte Oma ihn mir sehr gern vorgestellt. Wenn er Freude an Wurst hat, soll er sie haben.

»Und der Garten muss unbedingt vertikutiert werden. Elsa

wollte das schon letzte Woche machen …« Hildegard gießt sich schnell das Glas voll und kippt es hinunter. »… aber sie ist nicht mehr dazu gekommen. Wer macht das denn jetzt?«

Blutwurst. Vertiku… was auch immer. Wäre Oma jetzt hier, würde sie mit ernster Stimme sagen: »Hildegard, lass das mal nach! Das ist jetzt unpassend.«

Aber Oma ist nicht hier. Niemand gebietet Hildegard Einhalt.

»Und der Wasserhahn tropft. Der Klempner müsste dringend kommen.«

Ich sage nichts, weil ich kein einziges Wort in meinem Hirn auftreiben kann. Aber Lea sagt etwas. »Hildegard, lass das mal nach! Das ist jetzt unpassend!«, sagt sie streng.

»Ich weiß«, seufzt Hildegard. »Aber ich kann es nicht fassen, dass Elsa nicht mehr da ist. Ich habe das Gefühl, dass ich irgendetwas für sie tun kann, indem ich mich darum kümmere, dass hier alles gut weiterläuft. Ich habe sogar schon den Fußboden gewischt und die Biomülltonne ausgewaschen.«

Tröstend legt Lea ihr den Arm um die Schulter, und Hildegard fängt übergangslos an zu weinen. Lea weint nicht, also könnte ja theoretisch ich … Aber in diesem Moment fängt auch meine kleine Schwester wieder an zu schluchzen, und ich beiße mir fest von innen auf die Wangen.

Kapitel 4

Ich werde geweckt, weil meine Nachbarin unten links viermal hintereinander »JACQUELINE!« brüllt. Sie brüllt den Namen dabei übrigens genau so, wie man ihn schreibt. Das tut sie jeden Morgen, um »JACQUELINE«, ihrer Tochter, unmissverständlich mitzuteilen, dass es Zeit ist, das Haus zu verlassen.

Im nächsten Moment knallt über mir eine Tür, und Frau Helmeckes scharfe, stakkatoähnliche Schritte hallen durch den Hausflur. Sie eilt die Treppe hinab. Aus reiner Gewohnheit fange ich beim ersten Knall an zu zählen, komme bis zur 23, dann knallt auch die Haustür so fest ins Schloss, dass die Scheiben meines Schlafzimmerfensters sanft erzittern. »JACQUELINE« macht beim Verlassen des Hauses weniger Lärm, weil sie nicht erst die Treppen hinuntereilen muss. Was bedeutet, dass das Kind immer noch zu Hause ist, womit sie zu spät zur Schule kommen wird. Was nun wiederum nicht mein Problem ist, deshalb gähne ich ausgiebig, drehe mich um und will gerade wieder die Augen zumachen, als mir siedend heiß einfällt, dass die Schule um acht beginnt. Üblicherweise fängt »JACQUELINES« Mutter um halb acht an zu brüllen. Um halb acht sollte ich aber bereits, mein Frühstück vertilgt, die Haare geföhnt, an meinem Schreibtisch hocken.

Zack! sitze ich senkrecht im Bett. Ein Blick auf meinen

Wecker bestätigt meine Vermutung. Ich habe verschlafen. Und zwar granatenmäßig. Es ist Dienstag, Tag sechs nach Omas Tod und ein Arbeitstag. Der Wecker klingelt sonst um kurz nach sechs, weil ich morgens nichts mehr hasse als Hektik.

Jetzt ist es Viertel vor acht. Jetzt gibt es hier Hektik frei Haus.

Ich schmeiße die Bettdecke von mir, schnappe mir meine Klamotten, renne ins Bad und schlüpfe hinein. Haarewaschen und Duschen muss ich auf später verschieben, dafür ist keine Zeit mehr. Wenigstens putze ich mir noch die Zähne, dann laufe ich in die Küche und schmeiße die Kaffeemaschine an. Während der Kaffee fröhlich in die Kanne gurgelt, kaue ich in Windeseile eine Banane. Dann schlüpfe ich in meine Büro-Pumps, kippe den Kaffee in meinen Warmhaltebecher und sprinte über den Flur.

Zu spät ins Büro kommen, das gibt gewaltig Ärger mit der Chefin. Und die ist zur Zeit sowieso nicht gut auf mich zu sprechen, weil ich meinem Zeitplan um exakt drei Tage hinterherhinke. Tote Oma hin oder her. Da kennt sie nichts. Und meiner Oma hätte das schon gar nicht gefallen. Sie war sehr für Pünktlichkeit und Ordnung.

Exakt eine Minute später falle ich auf meinen Bürostuhl, knalle den Kaffeebecher auf die Schreibtischplatte und fahre den Computer hoch. Mit einem leisen Surren erwachen die beiden großen Monitore auf meinem Tisch zum Leben, und ich verstecke schnell die offene Tafel Vollmilchschokolade in der Schreibtischschublade.

»Guten Morgen, liebe Charlotta! Was für ein wunderbarer Tag!«, begrüßt mich der Hauptmonitor mit großen Lettern liebenswürdig, so wie ich ihn programmiert habe.

»Das ist kein wunderbarer Tag, aber trotzdem guten Morgen«, antworte ich müde.

Meine Stimme ist noch ganz rau vom Schlaf und von den Tränen der vergangenen Nacht, als mein Blick in den Spiegel neben dem Schreibtisch fällt. Meine Chefin sieht heute wirklich nicht gut aus. Ich fahre mir schnell durch meine heute platten, schulterlangen Haare und kneife mich dann energisch in die Wangen, um wenigstens etwas Farbe in mein Gesicht zu zaubern. Dann sage ich zu meinem Spiegelbild: »Entschuldigung für die Verspätung. Aber das Leben ist gerade nicht so einfach für mich.«

Als freiberufliche Übersetzerin bin ich, Charlotta Ellenberg (im beruflichen Umfeld pflege ich meinen vollen Namen zu benutzen), auch zeitgleich meine eigene Chefin.

Two in one sozusagen. Ich muss diese beiden Persönlichkeiten allerdings strikt trennen, denn alles andere führt mich direkt in die Hölle. Und ich spreche aus den Erfahrungen der rot glühenden Übersetzungshölle.

Ich habe Anglistik studiert und übersetze für zwei große Verlage englischsprachige Liebesromane ins Deutsche. Ich kann davon leben, weil ich wirklich schnell arbeite. Mein Gehirn scheint da über eine genetisch günstige Disposition zu verfügen, womit ich quasi simultan übersetze. Ich lese, übersetze, und zu fast neunzig Prozent habe ich auch schon den besten Tonfall getroffen.

Also ich bin ziemlich gut in dem, was ich tue. Bis ich allerdings endlich dazu kam, mein Hochleistungshirn für Übersetzungen auch optimal zu nutzen, hat es einige Zeit gedauert. Die ich dann wiederum in der Übersetzungshölle verbracht habe.

Am Anfang meiner freiberuflichen Laufbahn neigte ich

nämlich zum zwanghaften Verlottern. Die Versuchung, wenn der Schreibtisch nur um die Ecke steht, einfach mal im Schlafanzug an die Arbeit zu gehen, ist groß. Und wenn man einmal im Schlafanzug vier Bände von »Fesseln der Lust« übersetzt hat, wird man leichtsinnig und glaubt, man könne ja auch mal zwei Tage ganz freimachen und würde den Rest schon locker aufholen. Was bei mir wiederum dazu führte, dass die Deadlines anfingen, mich zu bedrohen. Der übliche Jargon der Branche hätte mich aufmerksam machen müssen: Deadline klingt nicht nach Sonnenschein und Shoppen während der Arbeitszeit. Es gab Wochen, in denen ich rund um die Uhr gearbeitet habe. Und das überall. Im Bett, auf dem Sofa, auf dem Balkon. Womit es nirgends in meiner Wohnung mehr einen Ort gab, an dem es nicht nach Arbeit roch. Da musste ich dann ganz dringend zum Entspannen in den Supermarkt gehen und vor dem Milchprodukte-Regal meditativ Erdbeerjoghurts anstarren.

Ich nippe an meinem Kaffee, schiebe mir heimlich ein Stück Schokolade in den Mund und widme mich erst mal den Briefen, die ich gestern Abend noch schnell aus dem Briefkasten geklaubt habe.

Zwei Rechnungen, eine Einladung meines Zahnarztes zur jährlichen Prophylaxe und ein dubioses Angebot, in kürzester Zeit sehr viel Geld zu verdienen. Dann lande ich beim letzten Brief in meinem Stapel. Er ist in umweltfreundliches graues Papier gehüllt und besitzt eine Ehrfurcht einflößende Aura. Links oben ist ein kleiner Stempel. Die zarte blassblaue Schrift verkündet mir den Absender: Notar Dr. Gottke.

Menschen wie ich, deren schwerwiegendste Korrespondenz aus Streitschriften mit der Telekom besteht, verfallen beim Anblick solch hochoffizieller Schreiben gerne mal in eine leichte Schockstarre.

Der Brief scheint mit jeder Sekunde, die ich ihn länger in den Händen halte und anglotze, schwerer zu werden. Ein paar Atemzüge bin ich gefangen von der hochamtlichen Ausstrahlung, dann reiße ich mich zusammen und den Brief auf.

»Einladung zur Testamentseröffnung«, steht in der Betreffzeile. Ich überfliege den Rest. Wir haben einen Termin. Nächste Woche. In dem es um das Testament meiner Oma geht. Ein Schreiben vom Nachlassgericht wird folgen, kündigt man an.

Erleichterung durchflutet mich. Oma hat nicht nur ein Grab reserviert, sondern auch ein Testament aufgesetzt. Das hat sie gut gemacht. Bevor ich jedoch mit meiner wirklichen Arbeit anfangen kann, informiere ich mich noch schnell mit Hilfe von Frau Google über die Aufgaben eines Notars. Er ist ein Vorleser von Verträgen und belehrt Unwissende über juristische Sachverhalte. Dafür bekommt er sehr viel Geld.

Ich schließe daraus, dass Notare völlig spaßfreie, absolut ernsthafte Charaktere haben müssen, und spüre schon jetzt eine leichte Ehrfurcht in mir aufsteigen. Sicherlich ist diese Tätigkeit gut dazu geeignet, unter gewissen Umständen und je nach Veranlagung zu einer mittelstark ausgeprägten Form des Größenwahns zu neigen. Wie auch immer: Bei einem Notar scheint es sich um absolut hochkompetentes Fachpersonal zu handeln, und ich beschließe, auf das Beste zu hoffen. Frohen Mutes greife ich nach rechts und nehme das erste Blatt vom Stapel meiner aktuellen Übersetzung. Eine ergreifende Liebesschnulze, in der es schon auf Seite sieben den ersten ausufernden Sex auf dem Küchentisch gab. Mit

Worten beschrieben, die einfach unübersetzbar ins Deutsche sind. Knifflige Nummer. Abgabe in einem Monat.

Leise ziehe ich die Schreibtischschublade wieder auf und breche mir ein weiteres Stück Schokolade ab. Kauend lese ich den ersten Satz. Irgendwo im Haus fällt eine Tür ins Schloss. Mit Schmackes. Womit kurzfristig die Wände beben und mein Gehirn den Faden verliert. Es ist eh überlastet. Ich bin in Trauer, habe zu wenig geschlafen, und nur wenige Zentimeter von mir entfernt liegt die Vorladung eines Notars.

Okay, Jacqueline dürfte jetzt mit absoluter Verspätung auf dem Weg in die Schule sein. Nächster Versuch. Nächstes Stück Schokolade.

Direkt unter mir beginnt ein leises Dröhnen. Genervt schließe ich die Augen und lege den Kopf auf die Tischplatte. Jacquelines Mutter saugt die Wohnung. Es rumst. Sie saugt nämlich nicht nur die Wohnung, sie rammt mit ihrem Hochleistungsstaubsauger der neuesten Generation auch gern sämtliche Türen und Wände, die sich ihr in den Weg stellen. Für das Dröhnen habe ich mir im Laufe der vergangenen Jahre eine nette Brücke der Ignoranz gebaut. Ich stelle mir einfach vor, es sei Meeresrauschen. Nur leider passt das Rumsen rein thematisch überhaupt nicht dazu, womit es mich jedes Mal wieder aufs Neue aus dem Konzept bringt.

Und dann klingelt es auch noch an meiner Tür, woraufhin Jacquelines Mutter umgehend dem Staubsauger den Saft abdreht, vermutlich um zu ihrer Haustür zu eilen und sich vor dem Türspion zu positionieren. Wenn ich nicht aufstehe, um den Besucher hereinzulassen, wird sie es tun. Und ihm auch gleich noch mitteilen, dass ich auf jeden Fall da sei. Schließlich stehe mein Auto vor der Tür. Und ich sei ja immer da, denn ich arbeite ja von zu Hause.

Ich erhebe mich und wandere zur Tür. Die Mühe, die Gegensprechanlage zu betätigen, mache ich mir erst gar nicht, sondern drücke gleich auf den kleinen Knopf, der die Tür eine Etage unter mir öffnet.

Schritte poltern die Treppe hinauf, und nur Sekunden später steht Sonja vor mir. Mit einem formvollendeten Kuchen in den Händen, der vermutlich den ersten Preis jeglicher Gugelhupf-Wettbewerbe weltweit gewinnen würde.

»Frag mich nicht, warum ich dir einen Kuchen gebacken habe. Aber sei froh, dass keine Kerzen und Smarties drauf sind!«, sagt sie energisch, streckt mir den Vorzeige-Gugelhupf entgegen, und ich freue mich, wie mir geheißen.

»Das ist ein – Trostkuchen, oder so. Sicher bin ich mir da nicht. Aber nachdem ich gestern Abend nach der Landung deine Nachricht auf meiner Mailbox gehört habe, musste ich etwas tun. Für dich. Das Einzige, was ich kann, ist Kinder erziehen und pädagogisch fördern und Kuchen backen. Das hat die Auswahl enorm eingeschränkt.«

Meine beste Freundin ist endlich wieder da, nachdem sie zwei Wochen durch irgendeine marokkanische Wüste gewandert ist. Und sie hat mir einen Kuchen gebacken.

Sonja ist ausnahmslos der einzige Mensch, vor dem ich heulen kann wie ein Schlosshund. Weil sie tatsächlich, und man mag es kaum glauben, die Dinge, das Leben und die Menschen in ihrem Umfeld noch fester im Griff hat als ich.

Außerdem bin ich nicht mit ihr verwandt. Sie ist einfach nur meine beste Freundin.

Augenblicklich entfleuchen mir die angestauten Tränen, wie einem umgefahrenen Hydranten das Wasser, woraufhin Sonja mich an der Schulter packt, den Gugelhupf samt Teller und ohne Rücksicht auf rieselnden Puderzucker unter ihren starken

Arm klemmt, und mich sanft in meine Küche schiebt. Dort drückt sie mich auf einen Stuhl und streichelt meine Hand.

Sie kann von Berufs wegen gut trösten. »Musst du nicht arbeiten?«, schluchze ich und bemühe mich erst gar nicht um Fassung. Die ist eh weg. Zumindest so lange, bis meine Schwester hier auftaucht. Oder meine Mutter endlich landet. Wahlweise.

»Hä?«, fragt sie zurück. Ich ziehe einmal höchst undamenhaft die Nase hoch und wiederhole meine Frage, diesmal bemüht, halbwegs klar formulierte Worte aus meinem Mund zu pressen.

»Ich habe doch noch Urlaub. Ich komme doch nicht aus der Wüste und gehe gleich wieder zur Arbeit. Das habe ich dir erzählt. Du hast es nur vergessen.« Sonja ist Kindergärtnerin. Wobei man das nicht mehr sagen darf. Der politisch korrekte Ausdruck ist Erzieherin. In einem Kindergarten mit schwer kontrollierbaren Eltern, durchgeknallten Kolleginnen, aber offensichtlich ganz zauberhaften Kindern.

»Ah.« Ich nicke, als würde ich mich erinnern. Ich bin nämlich nicht nur ein wenig zwanghaft, sondern auch ausgesprochen vergesslich.

»Das ist ja ein Ding, mit deiner Oma. Das kann sie doch nicht machen.« Sonja kneift ihre vollen Lippen missbilligend zusammen.

»Ja, ne?«, hauche ich. Endlich mal jemand, der es versteht, dass ich nicht verstehen kann, dass meine Oma tatsächlich gestorben ist.

»Könnte man über diese Tatsache empört sein, ich wäre es.«

Ich nicke nur. Leider ist es gesellschaftlich nicht anerkannt, auf Verstorbene wütend zu sein, weil sie tot sind.

»Sie war fünfundachtzig und hatte ein sehr schönes und sehr spannendes Leben. Sie darf ja irgendwann sterben. Aber doch nicht einfach so. Ohne Vorwarnung. Und außerdem – brauche ich sie.«

»Du sprichst mir solche tief traumatisierenden Nachrichten übrigens nie wieder auf die Mailbox. Dass wir uns da richtig verstehen?!« Brav nicke ich und erinnere mich leicht beschämt, sie wirklich noch in der Nacht von Omas Tod angerufen zu haben.

»Vielleicht ist es eine richtig gute Sache zu sterben, und wir wissen es nur nicht. Vielleicht ist es das Größte, die beste Party, der schönste Urlaub, und wir haben einfach nur keine Ahnung.« Die Menschen sagen sonderbare Dinge, wenn jemand gestorben ist. In Droggendiel habe ich einiges zu hören bekommen. Aber Sonjas Sichtweise toppt alles.

»Wie geht es denn jetzt weiter?«

Ich zucke die Achseln. »Wir haben einen Notartermin. Hoffentlich schafft meine Mutter es pünktlich. Ich hoffe, Oma hat alles gut geregelt.« Während ich das sage, spüre ich eine klitzekleine Aufregung in mir aufwallen. Denn dass ich zu diesem Notartermin eingeladen bin, bedeutet, dass Oma mir etwas vererbt hat.

Kapitel 5

Jay und Elena, die Protagonisten meiner Übersetzung, haben im Verlauf des Tages aber nicht nur Sex am Strand. Oho, bei Weitem nicht! Sie okkupieren noch einen Fahrstuhl (der natürlich in seine Penthousewohnung führt), nachdem sie vorher in seinem Porsche die Liegeposition der Sitze getestet haben, um dann auf seiner Luxus-Designer-Küche den Abend mit Champagner und Kaviar ausklingen zu lassen.

Ich werde beim Übersetzen hin und wieder sehr rot und muss ziemlich oft in meine Schreibtischschublade greifen, um Schokolade zu essen.

Dieses Buch ist ein einziges Klischee. Aber offenbar stehe ich auf Klischees. Mir gefällt es nämlich ausnehmend gut.

Und im Gegensatz zu mir haben die beiden Sex und führen auch noch eine echte Beziehung. Vordergründig geht es in diesem Buch um Sex, das ist ziemlich offensichtlich, aber da schwingt auch noch etwas ganz anderes mit. Echte Liebe, die große echte Liebe. Und Geborgenheit. Vertrauen. Etwas, das es in meinem Leben irgendwie nicht mehr gibt, seitdem mein Herz durch ein hinterhältiges, bösartiges Attentat schwer verwundet wurde und immer noch Schwierigkeiten mit der Wundheilung hat.

Aber ich darf mich von diesen düsteren Gedanken nicht von der Arbeit abhalten lassen. Schließlich droht die »Deadline«, und nachdem unter mir endlich die 14-Uhr-Nachmittags-Ruhe eintritt (Jacquelines Mutter klebt dann vor RTL und SAT1), konzentriere ich mich und fliege in Rekordzeit über die nächsten zwanzig Seiten. Jay und Elena haben insgesamt viermal Sex in dieser Zeit.

Um fünf fahre ich den Computer herunter und stelle mich der nächsten Herausforderung des Tages. Morgen ist Mittwoch. Und es ist der erste Mittwoch, an dem Oma ihre Tonne nicht selbst auf die Straße stellen wird. Das werde ich tun.

Mittwochs werden in Droggendiel die schwarzen Mülltonnen abgeholt. Was durchaus als Event anzusehen ist. Zumindest bei Oma und Hildegard.

Eines von Omas Lieblingsthemen war nämlich das ordnungsgemäße Trennen von Müll jeglicher Art und dessen Entsorgung. Sie pflegte auch ein sehr freundschaftliches Verhältnis zu den Mitarbeitern des Entsorgungsfachbetriebs in ihrem orangefarbenen LKW. Das führte dazu, dass Hildegard und meine Oma mittwochmorgens immer auf der Straße gewartet haben, um die schwer arbeitenden und für Ordnung sorgenden Männer mit einem handgefilterten, koffeinhaltigen Heißgetränk zu erfreuen.

Es wäre ein Leichtes, Hildegard anzurufen und sie zu bitten, die Tonne mit auf die Straße zu stellen. Aber das hätte meiner Oma gar nicht gefallen. Ihr Motto war: Wir leben in einer Gemeinschaft, und da muss jeder sich einbringen!

Dieser Jeder bin jetzt ich. Dieser Jeder könnte aber auch Lea sein, deswegen greife ich zum Telefon und wähle ihre Nummer. Die Tonne muss raus, so viel steht fest. Ob nun von mir persönlich an Ort und Stelle geschoben oder von schwesterlicher Hand. Diese Aufgabe wäre grundsätzlich doch delegierbar. Normalerweise mache ich die Dinge ja lieber selbst, aber schon beim Gedanke daran, alleine bei Oma zu sein, macht sich ein komisches Gefühl in meinem Bauch breit.

Es klingelt siebenmal, dann raunzt mich eine männliche Stimme an: »Ja?« Vermutlich einer der vielen nachnamenlosen Mitbewohner in Leas WG.

»Hallo, Lotta hier. Ist Lea da?«

»Weiß nicht.«

»Kannst du bitte mal gucken?«, versuche ich das muffelige Etwas am anderen Ende zu motivieren.

Erst schweigen. Dann: »'s dringend?«

»Sehr!«, antworte ich knapp, intensiv bemüht, meine Stimme nicht allzu schroff klingen zu lassen. Es poltert und knallt im Hintergrund. Vermutlich ist das muffelige Etwas mit mir am Ohr losgelaufen, um Erkundungen über den Verbleib meiner Schwester einzuholen.

Ich übe mich in Geduld, während er immer mal wieder raunzt: »Lea hier?« Leas WG-Wohnung hat viele Zimmer und viele Mitbewohner, aber offensichtlich hat niemand der Befragten Kenntnis über den aktuellen Aufenthaltsort meiner Schwester.

»Nicht da!«, informiert er mich schließlich.

»Ob du ihr bitte etwas ausrichten könntest?«, frage ich und verfluche die Tatsache, dass Lea kein Handy besitzt.

»Mann!«, grunzt das mufflige Etwas genervt. Gucken war wohl schon schwierig, etwas ausrichten scheint ihn an die Grenze seiner Belastbarkeit zu bringen.

Liebreizende Mitbewohner hat meine Schwester. Ich weiß jetzt schon, dass das Mülltonnen-Problem an mir hängen bleibt. Da will ich endlich mal ganz mutig etwas nicht selbst machen, und dann klappt es nicht.

Lea hat nicht nur kein Handy, sondern auch kein Auto, und

mit den öffentlichen Verkehrsmitteln dürfte es einige Zeit dauern, bis nach Droggendiel zu reisen. Wobei der letzte Bus zurück nach Kiel um sieben fährt und ein großes Hobby meiner Schwester das tägliche Verpassen von Bus- und Bahnabfahrtzeiten ist, womit sie dann die Nacht bei Hildegard auf dem Sofa verbringen müsste, sofern sie es nicht vorzieht, in Omas Blümchenbettwäsche zu nächtigen.

Ich hätte mich einfach früher melden müssen. Aber ich war abgelenkt von Jay und Elena und dem vielen Sex, und meiner eigenen doch etwas sonderbaren Lebenssituation, bestehend aus keinem Mann, keinem Kind, dafür mit einer Schwester und einer Mutter, für die ich zuständig bin, und ohne Haus, aber trotzdem mit Mülltonne, für die ich auch noch zuständig bin.

»Oh!«, spricht das muffelige Etwas im nächsten Moment. Der offensichtliche Ausruf der freudigen Überraschung bezieht sich wohl auf die Tatsache, dass er dann doch noch meiner Schwester habhaft geworden ist, denn eine Sekunde später raunzt sie »Ja?« in den Hörer.

»Omas Mülltonne muss rausgestellt werden. Kannst du das machen?« Ich muss mich jetzt ein klein wenig beeilen und halte mich nicht mit langen Vorreden auf, es dämmert schon vor dem Fenster. Falls ich doch die Mülltonne rausstellen muss, will ich das keineswegs im Dunklen tun. Ich habe nämlich Angst im Dunklen. Das weiß allerdings niemand, und ich würde es auch nie jemandem erzählen. Schließlich bin ich über dreißig, da hat man üblicherweise keine Angst mehr im Dunklen.

»Nein«, kommt die prompte Antwort. Normalerweise würde Lea es dabei bewenden lassen, und eventuell, um ihrem »Nein« Nachdruck zu verleihen, einfach auflegen. Heute aber fügt sie freundlicherweise noch hinzu: »Ich habe etwas Wichtiges vor.«

»Lea, ich habe den ganzen Tag gearbeitet und muss hier noch diversen Papierkram erledigen«, sage ich streng. Was beides stimmt. Dennoch wird Lea die Mülltonne nicht rausstellen.

»Dann bleibt die Tonne heute halt mal drin, oder ruf Hildegard an.«

»Das hätte Oma nicht gewollt«, knurre ich sie an.

»Es ist nur eine Mülltonne!« Und zack, hat sie aufgelegt.

»Zicke!«, fauche ich das Telefon an. Manchmal hasse ich sie. Dieses sonderbare Wesen, das angeblich ebenfalls durch meine Mutter ausgebrütet worden sein soll und deren weitere Aufzucht ich übernommen habe, nachdem meine Mutter das Handtuch geschmissen hat. Ich habe so verdammt viel für Lea aufgegeben, und das Resultat ist die meiste Zeit einfach nur ätzend.

Denn ihr »Wichtigeres, als Mülltonne rausstellen« wird daraus bestehen, ein Buch zu lesen, Mr. Boo spazieren zu führen oder mit ihren Mitbewohnern in der Küche einen ökologisch produzierten Tee zu trinken und die Weltrettung zu diskutieren, an der sie niemals teilnehmen würde, weil es viel zu anstrengend wäre und sie zu viele andere wichtige Dinge zu erledigen hat (s. o.).

Ich schlüpfe in meine Boots und die Lederjacke – die seriösen Klamotten trage ich meistens nur im Büro oder in Beerdigungsinstituten –, schnappe mir die Schlüssel und eile die Treppe hinunter.

Diesmal ist mein Parkplatz unter dem alten Kirschbaum belegt, und zwar von der großen grünen Mülltonne, die erst nächste Woche dran ist. Deswegen weiche ich nach links aus und stelle meinen Wagen dicht neben die Zufahrt zum Nachbarhaus, wo der ominöse Graf residiert.

Es ist ziemlich eng, und ich bin nicht sicher, ob jetzt nicht nur noch Fahrräder und Fußgänger die Einfahrt passieren können, aber wer dort raus- oder reinwill, kann ja klingeln. Außerdem habe ich nicht vor, allzu lange zu bleiben.

Ich habe noch nicht den Zündschlüssel aus dem Schloss gezogen, da eilt auch schon Hildegard auf mich zu. Ihr Grundstück liegt auf der anderen Seite der sehr hohen Hecke, weshalb man theoretisch immer den langen Weg über die Straße hätte nehmen müssen, um sich zu besuchen. Aber über die Jahre haben Hildegard und meine Oma diverse Laufwege etabliert, und sogar einige Schlupflöcher in die dicht belaubte Hecke geschnitten. Also von irgendwoher aus dieser Hecke kommt Hildegard, und die kann ich gerade gar nicht gebrauchen.

Sie schwenkt etwas in der Hand, und als ich nicht sofort den Wagen verlasse, schickt sie sich an, die Tür von außen zu öffnen, vielleicht um mich herauszuzerren.

»Du hättest ja auch mal sagen können, dass heute die Anzeige in der Zeitung ist. Aber da steht nicht, wann die Beerdigung ist!«, ruft Hildegard aufgebracht.

Ich steige langsam aus und erkenne jetzt die ausgeschnittene Traueranzeige in ihrer Hand. »'tschuldigung.«

»Und wer ist Libelle?«, fragt sie.

Ich seufze. »Mama«, sage ich dann fest.

»Oh«, sagt Hildegard nur, zuckt aber ansonsten nicht mit der Wimper. Ja, sie ist sattelfest im Umgang mit den Frauen der Ellenberg-Sippe.

Meine Mutter heißt eigentlich Edeltraut. Libelle nennt sie sich seit ihrer Umsiedelung nach Thailand, weil dieser Name ihre transzendelle Verbindung zu Liebe und Licht besser zum Ausdruck bringt. Was mir egal ist. Ich nenne sie Mama.

»Kommt denn Dongdedong auch mit?«

Hm. Diese Version für Oleang-Do klingt sehr spannend, aber da selbst ich nach zehn Jahren immer noch nicht weiß, wie Oleang-Dos Name wirklich ausgesprochen wird, kann man es ihr wohl nicht übel nehmen. Jeder nennt ihn so, wie er will. Hauptsache, es klingt ähnlich.

»Möchtest du einen Schnaps?«, fragt Hildegard mich im nächsten Moment übergangslos. *Einen* Schnaps? Ich könnte eine ganze Flasche vertragen, schüttle aber den Kopf.

»Ich wollte die Mülltonne rausstellen und im Haus nach dem Rechten sehen.«

»Das habe ich heute schon ein paarmal gemacht. Um vier war noch alles okay. Aber du solltest dich selbst davon überzeugen, immerhin …« Sie vollendet den Satz nicht, sondern seufzt schwer. »Es ist so still«, murmelt sie dann und blickt auf Omas Haus, das in der sich ganz langsam herabsenkenden Abenddämmerung auch irgendwie ein wenig traurig aussieht. Aber trotzdem hübsch. Es wirkt so warm, obwohl das ohne Oma fast gar nicht möglich ist. »Habe ich dir schon gesagt, wie leid es mir tut?«, fragt Hildegard ganz unerwartet. »Wenn die Großeltern sterben, ist es ein wenig, als ob man den Faden in seine Kindheit verliert. Und eure Kindheit war schon nicht leicht.« Sie hebt die Hand, streicht mir einmal ganz vorsichtig mit ihren schwieligen Fingern über die Wange und wirkt plötzlich so anders als die Hildegard, die ich kenne.

Hildegard ist doch sonst immer so anpackend und bestimmend und frei von schmerzenden Gefühlen.

»Was wird denn jetzt werden?«, fragt sie, und ihre Stimme zittert.

»Na ja«, antworte ich zögerlich. »Mama wird das Haus erben. Und dann ...« Ja, genau. Was dann? Wieder sehe ich die frierenden Mönche im Garten vor mir.

Hildegard zieht derweil ein Taschentuch aus dem Blusenärmel und tupft sich die Augen.

»Es wird alles gut! Ich habe übrigens Rasenschnitt in die grüne Tonne getan. Die muss dann nächste Woche raus«, sagt sie mit fester Stimme und entschwindet ohne ein weiteres Wort wieder zu ihrem kleinen Häuschen. Aha, deswegen also parkt die Tonne auf meinem Parkplatz.

Ich ziehe die graue Tonne bis an den Straßenrand.

Bevor ich ins Hause gehe, stehe ich erst mal zögernd auf der Treppe. Ich muss hineingehen, schließlich muss ich mich vom ordnungsgemäßen Zustand überzeugen, und Oma hätte das sicherlich gefreut. Sie hat ihr Haus geliebt. Und ich liebe es auch.

Endlich schaffe ich es, die Haustür aufzuschließen. Ich mache als Erstes Licht im gesamten Erdgeschoss, während ich langsam durch die Räume wandere.

Ich hatte Bedenken, hier alleine zu sein, jetzt aber fühlt es sich gar nicht so schlimm an. Es ist ein ganz zartes Gefühl von Geborgenheit, fast nur ein Hauch, der mich sanft umweht. Und das ganz ohne Oma. Wie kann das sein? Ob ihr Haus dieses Gefühl gespeichert hat, so wie diese Vitamin C Tabletten, die ihren Wirkstoff den ganzen Tag über abgeben?

Ich hocke mich im Wohnzimmer auf das alte Sofa und lausche in die Stille hinein, die mir sonderbarerweise keine Angst macht.

Wie oft haben Lea und ich hier gesessen und »Wetten, dass?« geschaut, Berge an Toastbrot mit Marmelade verdrückt, während Hildegard und Oma strickend und kichernd in der Küche gehockt und sich Geschichten erzählt haben.

Ich greife nach der braunen Wolldecke, die durch Omas Hand feinsäuberlich gefaltet über der Lehne des Sofas hängt. Es ist immer noch die gleiche wie zu der »Wetten-dass?«- und »Marmeladen-Toast«-Zeit. Sie kratzt ein wenig, als ich mich auf dem Sofa zusammenrolle und sie mir bis zum Kinn ziehe.

Als Kind war es schwierig, die Tochter von Edeltraut Ellenberg zu sein. Wobei meine Mutter niemals etwas in böser Absicht getan hat. Sie war einfach nur immer schon anders als nahezu hundert Prozent der restlichen Weltbevölkerung und Mütter. Zum Glück bin ich mit einem ausgeprägten Selbsterhaltungstrieb ausgestattet und habe früh begriffen, dass ich lange warten kann, bis Mama uns ein vollwertiges Mittagessen vorsetzt. Oder die Mathehausaufgaben mit uns macht. Oder die zwei Mark fünfzig für den Schulkakao in die Federmappe legt.

Mit zehn Jahren konnte ich deswegen hervorragende Spaghetti Bolognese kochen. Womit Lea und ich zumindest nicht verhungert sind. Und Oma hat sich so lange um den Rest gekümmert, bis ich alles in die Hand nehmen konnte.

Der Schmerz ist so plötzlich da, dass ich mich zusammenkrümmen muss, weil er mich sonst in Stücke reißen würde. Vielleicht ist dies der endgültige Moment, in dem ich begreife, dass sie nicht mehr da ist. Nie mehr da sein wird.

Ich atme tief ein. Ihr Duft ist überall. Gierig sauge ich die Luft in meine Lungen, versuche jede noch so kleine Nuance zu speichern und in meinem Gehirn zu konservieren.

Denn auch dieser Duft wird verschwinden. Genau wie Oma verschwunden ist. Ich ziehe die Decke noch ein wenig höher und schließe die Augen.

Kapitel 6

Klonck!

Ich kann die Augen nicht öffnen. Bin viel zu müde. Außerdem hat Jacquelines Mutter noch nicht »JACQUELINE« gebrüllt. Noch kann ich nicht verschlafen haben. Der Wecker wird schon noch klingeln. Niemals würde ich ein zweites Mal vergessen, ihn zu stellen.

Klonck!

Ob Jacquelines Mutter um diese Uhrzeit schon saugt? Es klingt allerdings mehr so, als hätte sie begonnen, das Haus einzureißen.

Klonck!

Ich stelle fest, dass ich nicht in meinem Bett liege. Verwirrt setze ich mich auf und blinzle in das zarte Licht des anbrechenden Frühlingsmorgens, das durch die großen Scheiben fällt.

Ich sitze auf Omas Sofa, die kratzige Wolldecke mit beiden Händen fest umfasst. Es klonckt schon wieder. Wobei ich jetzt identifizieren kann, dass es mehr ein Klopfen ist. Aber ein sehr lautes, sehr nachdrückliches Klopfen.

Als ich den Kopf ein wenig nach links und rechts drehe, stelle ich fest, dass ich ganz hervorragend geschlafen habe. Was erstaunlich ist. Dieses Sofa ist gefühlte hundert Jahre alt und kann rein vom Liegekomfort nicht mit meiner kostbaren und hochpreisigen Latexschaummatraze für ein Monatseinkommen mithalten. Aber bis auf das stetige Klopfen ist es hier ja auch traumhaft leise. Womit wir beim Thema sind: Ich sollte mal nachsehen, wer diesen Krach veranstaltet. Ich stehe auf und laufe auf Socken bis zur Haustür. Wieder klopft es sehr energisch. Jemand begehrt Einlass.

Ich schiebe die kleine Sicherheitskette in das Schloss und öffne die Tür einen Spaltbreit. Sicher ist sicher. Wer so nachdrücklich klopft, neigt vielleicht auch zu Gewaltanwendung.

Vor der Tür steht ein Mann. Ein Mann mit finsterem Blick, aber ansonsten sehr ansprechender Gesamtoptik. Und groß ist er auch, ich muss tatsächlich den Kopf ein wenig in den Nacken legen, um ihm ins Gesicht zu gucken.

»Wer sind Sie, und was tun Sie hier?«, fragt er dann endlich, nachdem ich schon dachte, er guckt nur und spricht gar nicht. Allerdings zieht er bei diesen Worten eine Augenbraue in die Höhe, als wäre ihm die Tatsache, hier zu stehen, äußerst lästig. Hat ihn jemand gezwungen, am frühen Morgen gegen die Tür zu hämmern und dumme Fragen zu stellen?

»Wer sind Sie, und was geht Sie das an?«, frage ich deswegen spitz zurück, und augenblicklich hat meine Stimme wieder diesen kühlen Tonfall. Der passt gut zu dem unerfreulichen Wortgeplänkel, weniger passend ist allerdings die Tatsache, dass meine Hände plötzlich ein Eigenleben entwickeln und mir glättend durch das sicherlich total zerzauste Haar fahren wollen. Ich bin verwirrt, dass dieser mürrische Mann solch ein sonderbares Verhalten auslösen kann, und stecke die Hände kurzerhand in die Hosentaschen. Da können sie kein Unheil anrichten.

»Ich wohne da«, er deutet nach links, »und Sie stehen in meiner Einfahrt.«

Aha! Der ominöse Graf persönlich. Von dem Oma tatsächlich mal behauptet hat, dass er ein ganz besonderer Mensch mit einem Herzen aus Gold sei. Ich kann nicht behaupten, dass sich ihre Einschätzung hier auf Anhieb bestätigt. Eher im Gegenteil. Ein Herz aus Gold müsste doch sicherlich auf den ersten Blick erkennbar sein?

»Ich muss weg«, setzt er nachdrücklich hinzu, und klingt schon fast ein wenig barsch dabei.

»Oh«, sage ich betroffen, fühle mich augenblicklich schuldig und schaue an ihm vorbei zu meinem alten Golf. Er hat recht. Der Kirschbaumparkplatz war ja von der Bio-Tonne belegt. Außerdem hatte ich nicht vor, lange zu bleiben. Schon gar nicht über Nacht.

»Ich bin Charlotta Ellenberg, Elsas Enkelin. Ich wollte eigentlich nicht über Nacht bleiben …«

»Oh«, sagt er daraufhin. Eine wenig erquickliche Unterhaltung.

»Ich fahre weg«, sage ich und laufe los, um meinen Autoschlüssel zu holen.

Ich schlüpfe in meine Stiefel und öffne die Tür ganz. Der Graf ist schon verschwunden und hat sich wieder hinter das Steuer seines in der Einfahrt wartenden Autos gesetzt. Das Ding ist riesig, hat eine Ladefläche und ist in glänzendem Rot lackiert. Sieht aus, als müsse er schnell los, um seine Rinderherde in der Prärie zusammenzutreiben. Fehlt nur noch der eifrig wedelnde Hütehund auf der Ladefläche.

Der Motor des Ungetüms brummt laut und unterstreicht den abweisenden Gesichtsausdruck des Grafen hinter dem Steuer hervorragend. Ich sehe zu, dass ich meinen Golf in Sicherheit bringe. Immerhin kann ich fast dankbar sein, dass er ihn nicht kurzerhand beiseitegeschoben hat. Der Kies spritzt in alle Richtungen, als der Graf Gas gibt und dem Sonnenaufgang entgegenbrettert.

Etwas bedröppelt bleibe ich auf dem Hof stehen und sehe ihm hinterher.

»Du bist ja noch hier!« Hildegard kommt von irgendwoher. Ist hier am frühen Morgen immer so viel los?

Hildegard strahlt über das ganze Gesicht, als sie mich erblickt, und sie schwenkt ein Körbchen in der linken Hand. Ihre Kittelschürze ist heute pink. Also so richtig pink.

Allerdings komme ich nicht dazu, mir ob dieses Anblicks verwundert die Augen zu reiben, denn da fährt ein Müllwagen vor. Zwei Männer in Grellorange klettern von den rückwärtig angebrachten Trittbrettern, der dritte aus dem Fahrerhaus. Statt sich allerdings den wartenden Mülltonnen zu widmen, kommen sie geschlossen auf Hildegard zu, die ihnen bereits entgegengelaufen ist. Man reicht sich höflich die Hände. Die Müllmänner nehmen ihre Mützen ab und stehen eine Weile betreten herum, während Hildegard sehr gestenreich erzählt. Zwischendurch weint sie auch und deutet auf mich, woraufhin alle Müllmänner wiederum mich betreten ansehen.

Ich muss ja nun etwas tun. Vermutlich mich zu der sonderbaren Versammlung vor der Hofeinfahrt gesellen. Ich mache mich auf den Weg.

»Guten Morgen«, sage ich höflich.

»Guten Morgen.« Dreistimmig. Dann muss ich dreimal Hände schütteln und die unterschiedlichsten Beileidsbekundungen entgegennehmen.

Jetzt lüftet sich auch das Geheimnis des durch Hildegard mitgeführten Körbchens. Es enthält frischen Kaffee und ein paar deftig belegte Brötchen, die durch die Müllmänner schweigend vertilgt werden. Ich bekomme auch eins. Zum

Glück das einzige mit Käse. Mett am frühen Morgen hätte meinen Magen sicherlich überfordert. Nicht so die Mägen der Müllmänner.

Als alles gegessen ist, drücken sie noch einmal meine Hand und entschwinden, um sich jetzt frisch gestärkt den vielen wartenden Mülltonnen anzunehmen.

»Ihr frühstückt zusammen? Macht man das so auf dem Land?«, frage ich Hildegard vorsichtig, während der riesige Müllaster langsam den Sonnenblumenweg hinunterrollt, und Hildegard ihnen hinterherwinkt.

»Das weiß ich nicht, ob man das so macht. Wir machen das hier so. Das sind schwer arbeitende Männer, die brauchen auch mal eine Aufmunterung, bei dem ganzen Müll. Dazu gehört hin und wieder ein Brötchen mit frischem Mett von Fleischer Meyer.«

Ah. Hier ist alles anders. Hier hat man auch zu den Mitarbeitern der Entsorgungsfachbetriebe ein persönliches Verhältnis.

Unvermittelt sagt Hildegard: »Schon eine Woche ohne Elsa.« Dann dreht sie sich auf dem Absatz um, schnappt sich ihren Korb und klettert durch die Hecke auf ihr Grundstück. Mittendurch. Und ich sehe zu, dass ich ins Büro zu Jay und Elena komme.

Nach den ersten vier Sätzen wird mir klar, dass ich so früh am Morgen noch nicht in der Lage bin, die ausufernden sexuellen Tätigkeiten der beiden in die deutsche Sprache zu übersetzen. Ich tüftle noch ein wenig daran herum, bis mein Handy klingelt und mich aus dem armseligen Versuch errettet, in hakeligem Deutsch einen Zungenkuss unterhalb der Gürtellinie zu übersetzen.

Ich erblicke die Vorwahl 66, Thailand is calling.

Etwas atemlos nehme ich das Gespräch entgegen.

Es ist Oleang-Do. »Hallo, Lotta!«

»Oh, hallo«, antworte ich ein wenig matt.

»Mama kommt Samstag acht Uhr an. Steht ganz fest! Kein Streik, kein Sturm!«

Endlich, denke ich. Und gleich darauf: Oh Gott, sie wird bei mir wohnen. Oh Gott, ab Samstag wird dann alles noch komplizierter. Oh Gott, wie beschäftige ich sie bloß so lange, bis sie wieder zurückfliegt?

Oleang-Do scheint meine Gedanken erraten zu haben, denn er fügt sehr nachdrücklich hinzu: »Freut sich auf dich!«

»Ich freu mich auch«, antworte ich mechanisch. Es ist nämlich so, dass meine Mutter in Thailand sehr gut aufgehoben ist. Oleang-Do beaufsichtigt sie, ohne dass sie jemals das Gefühl hätte, beaufsichtigt zu werden. Was daran liegen wird, dass er sie liebt. Aufrichtig, voller Inbrunst und absolut kompromisslos. Wie alle Mitglieder seiner sehr großen und weitverzweigten Familie. Ich liebe sie auch, aber es ist kompliziert.

»Wichtig, Lotta! ICH setze Mama IN Flugzeug. DU holst sie AUS Flugzeug?«

»Klar.« Sonst besteht die Gefahr, dass sie verloren geht. Hatten wir auch schon. Seitdem begleiten wir Mama direkt bis zum Sicherheitscheck, und bei der Ankunft stehen wir ganz vorne in der Ankunftshalle und drücken uns die Nase am Glas platt, um auch wirklich jeden ihrer Schritte verfolgen zu können.

»Traurig?«, fragt Oleang-Do mich in seinem zauberhaften und wirklich nur sehr rudimentären Deutsch.

»Sehr«, antworte ich.

»Ach Schatzilein«, sagt Oleang-Do.

Kaum habe ich mich von ihm verabschiedet, klingelt es schon wieder. »Schwester«, verkündet das Display.

»Hast du auch diesen Brief bekommen?«, überfällt sie mich, ohne sich auch nur mit der kleinsten Floskel einer Begrüßung abzugeben.

»Ja.« Vermutlich meint sie die Vorladung zum Notar.

»Also ich geh da nicht hin.«

»Warum?«

»Will ich nicht. Mach ich nicht. Es interessiert mich nicht, wer was erbt.«

»Das solltest du aber. Schließlich gibt es in diesem Land gewisse Regeln, und das Erscheinen bei einer Testamentseröffnung ist von nicht unerheblicher Wichtigkeit.«

Lea schweigt. Es ist ein trotziges Schweigen.

Ich informiere sie über die Ankunft unserer Mutter, und das ist dann schon das Ende unseres anregenden Gesprächs.

Anschließend rufe ich Frau Herz, die Bestattungs-Fachfrau, an, um den Termin zur Urnenbeisetzung zu bestätigen. Bei dieser Gelegenheit setzt sie mich gleich noch, überaus charmant wie ich zugeben muss, darüber in Kenntnis, welche wichtigen Unterlagen noch fehlen. Nämlich fast alle.

Ich beende schnell das Gespräch, bevor ihr noch einfällt, dass die Friedhofsverwaltung, das Standesamt und noch ungefähr drei Dutzend weitere Behörden außerdem noch ein Autogramm von Roy Black, Omas Schulzeugnis der 3. Klasse und den Impfausweis ihrer Nachbarin benötigen.

Dann begebe ich mich zügig wieder an meinen Schreibtisch und begleite Jay und Elena an den Strand von Malibu, wo sie, wie sollte es anders sein, übereinander herfallen.

Kapitel 7

Es ist der erste April, und nach einigen milden Tagen ist es plötzlich wieder eisig kalt und regnet in Strömen. Heute um zehn ist der Notartermin bei Herrn Dr. Gottke. Jetzt ist es halb zehn. Ich bin fertig angezogen, schon in den Mantel gehüllt und habe die Handtasche geschultert. Ich stehe an der Wohnungstür und lausche auf die Geräusche meiner Mutter.

Schnaufen, leises Singen, Türknallen. All die Geräusche, die sie nun mal den lieben langen Tag so produziert.

In einem geblümten, langen Kleid, ohne Schuhe und mit einer Frisur, vor der jedes Kleinkind Angst bekommen könnte, kommt sie um die Ecke gerauscht.

Sie bleibt direkt vor mir stehen. »Du bist ein einziger Vorwurf«, sagt sie und guckt mich entrüstet an.

Ich atme tief durch und zähle innerlich bis zwanzig. »Wir müssen in einer halben Stunde im Notariat sein«, sage ich dann, betont ruhig und sachlich. Dabei hätte ich durchaus einige Worte mehr zur Verfügung, um die Situation angemessen auf den Punkt zu bringen. Es ist nämlich so, dass ich sie rechtzeitig geweckt habe. Dann habe ich ihr bestimmt fünfmal gesagt, dass wir spätestens um zwanzig nach neun losfahren müssen. Außerdem habe ich sie zwischendurch immer wieder an den Termin erinnert.

Rückblickend betrachtet, war mein gesamtes Vorgehen pädagogisch absolut wertvoll, Sonja wäre sicherlich stolz auf mich gewesen und hätte mich zu einem Praktikum in ihren Kindergarten eingeladen. Es hat nur leider überhaupt nichts gebracht. Meine Mutter ist nicht zu beschleunigen. Durch nichts und niemanden.

Sie hat immer noch keine Schuhe an. Und keine Frisur. »Immer hetzt du mich!« Ihre Augen funkeln wütend.

Um zehn vor zehn verlassen wir die Wohnung. Um zehn nach zehn parken wir vor der Villa des Notars Dr. Gottke in Düsternbrook, dem schicksten Viertel von Kiel.

Das ist eine absolute Rekordzeit, und die war nur möglich, weil ich die deutsche Straßenverkehrsordnung der Dringlichkeit der Situation untergeordnet habe. Die Stimmung ist nicht die allerbeste, als wir die geschwungene Steintreppe zu einem wahren Prachtbau erklimmen. Mein altes Auto steht auf weißem Kies, eingebettet zwischen einer ganzen Armada von akkurat gestutzten Buchsbäumen. Es sieht in dieser Kulisse irgendwie noch schrottreifer aus als sonst.

Fast fühle ich so etwas wie Beklemmung, als ich vorsichtig den messingfarbenen Knopf der Klingel drücke, neben dem ein messingfarbenes Schild mit der Aufschrift »Dr. Gottke, Notar« hängt.

»Mondän, mondän«, murmelt meine Mutter, während sie sich durch das lange, dunkle Haar – jetzt mit Frisur – streicht.

Es dongt. Sehr laut, sehr durchdringend. Während meine Türklingel mehr nach mir kreischt, müssen messingfarbene Klingelanlagen vermutlich auch akustisch den edlen Gesamteindruck unterstützen.

Ich höre Schritte, und die Tür wird schwungvoll aufgerissen.

»Ah! Der Rest der Familie Ellenberg! Dr. Gottke, sehr angenehm!« Der Mann, der uns so schmissig öffnet, ist klein, untersetzt und obenherum in leuchtendes Pink gekleidet. Hüftabwärts geht es etwas dezenter zu, er könnte allerdings auch nackt sein, es würde nicht weiter auffallen, sein pinkfarbenes Hemd überstrahlt alles.

Für ein paar Sekunden bin ich doch tatsächlich geblendet von dieser Farbenpracht. Fast hätte ich die Augen zusammengekniffen. Notar Dr. Gottke strahlt wie ein Kastortransport, dennoch entgeht mir nicht, dass er die Hand meiner Mutter ein paar Sekunden länger hält als nötig.

Das ist als völlig normal zu bewerten. Meine Mutter sieht mit ihren wallenden Gewändern, der schlanken Figur und ihrem ebenmäßigen Gesicht jedes Jahr mehr aus wie ein internationaler Filmstar. Leider verhält sie sich auch so. Ihre sonderbaren Allüren steigen proportional mit jedem Lebensjahr.

»Kommen Sie doch herein. Ihre Schwester ist schon da.« Ich bin verblüfft. Schließlich war meine letzte Information, dass sie gar nicht kommen will. Und wenn sie schon irgendwohin kommt, ist sie doch niemals freiwillig pünktlich.

Wir folgen dem pinkfarbenen Notar durch die imposante Eingangshalle bis in ein stilvolles Bibliotheks-Kamin-Zimmer. Es gibt viele Bücher an den Wänden und ein prasselndes Feuer im Kamin, womit es den Namen durchaus verdient und entfernt an einen alten englischen Landsitz erinnert. Sehr heimelig das Ganze. Lea sitzt tatsächlich schon auf einem der vielen eleganten Ledersessel. Mr. Boo sitzt auf ihrem Schoß und starrt uns ängstlich entgegen. Obwohl Lea sich sehr viel Mühe gibt, trotzig und abweisend auszusehen, wirkt sie verloren inmitten der pompösen Umgebung.

»Möchten Sie einen Kaffee oder ein Wasser?«, erkundigt sich der pinke Notar beflissentlich, doch wir lehnen einstimmig ab. »Gut. Dann kommen wir zum Wesentlichen.« Er nimmt im größten zur Verfügung stehenden Sessel Platz und lächelt uns liebenswürdig an. Für jemanden, der hauptberuflich Menschen belehrt, ist er ziemlich gut drauf.

»Ich werde Ihnen das jetzt ganz genau erklären, denn es ist etwas kompliziert. Wenn Sie etwas nicht verstehen, scheuen Sie sich bitte nicht nachzufragen.«

Herr Dr. Gottke ist plötzlich sehr ernst geworden, und wie aufs Kommando setzen die Ellenberg-Frauen sich aufrecht hin. Sogar Lea hört auf, an ihren grün lackierten Nägeln zu kauen, und widmet ihre gesamte Aufmerksamkeit dem kleinen Mann, der geschmeidig in seine Notar-Rolle geschlüpft ist. Er wirkt plötzlich so unfassbar ernsthaft und seriös, dass sogar das pinke Hemd nicht mehr so ins Auge sticht.

»Ihre Mutter, Ihre Oma, Elsa Ellenberg, hat bei meinem geschätzten Kollegen Dr. Elmecke vor einem halben Jahr ein Testament aufgesetzt. Den Inhalt dieses Testaments werden Sie noch erfahren, aber Ihre Oma, Ihre Mutter, wollte gern, dass Sie vorab ihre Botschaft sehen. Ich gehe nicht davon aus, dass Ihnen schon ein Schreiben vom Nachlassgericht zugegangen ist?«

Wir schütteln wie die Schafe den Kopf.

»Natürlich nicht.« Er nickt zufrieden. »Das Nachlassgericht braucht selbstverständlich wesentlich länger als ich. Und das ist gut so, denn Elsa Ellenberg wollte, dass Sie alle vor dem offiziellen Teil noch eine persönliche Botschaft erhalten.«

Er ist scheinbar sehr zufrieden mit sich und seiner Schnelligkeit und verschränkt seine dicken Finger über dem pinkfarbenen Stoff. Wenn er sitzt, sieht es ein wenig so aus, als ob er einen Basketball unter seinem Hemd beherbergt.

»Und nun?«, frage ich, nachdem er einige Sekunden lang einfach nur schweigt, und sich immer noch freut, schneller als das Nachlassgericht zu sein.

»Kannst du mal aufhören, alle Menschen immer zu hetzen?«, zischt meine Mutter mich von der Seite an.

»Oh, nicht doch. Sie hat ja recht, Ihre Tochter.« Er springt auf und läuft zu dem riesigen Schrank neben dem riesigen Bücherregal.

In diesem Schrank steht einer der größten Fernseher, den ich jemals gesehen habe. Gleich darauf erscheint ein Bild auf dem Monitor.

Wir drehen uns alle erwartungsfroh in Richtung dieses monströsen Heimkinos, während der Herr Notar noch schnell eine Kleenex-Schachtel zückt und sie mittig zwischen uns auf den Couchtisch stellt. Oh. Er wird schon wissen, warum er das tut.

Sekunden später erscheint Oma auf dem Bildschirm. Mir stockt der Atem. Es ist so unwirklich, sie lebend zu sehen. In einem wirklich hübschen Kleid sitzt sie kerzengerade auf ihrem Sofa. Sie hat die grauen Haare fein frisiert und sogar den Lipgloss von Dior, den ich ihr zum Geburtstag geschenkt habe, aufgetragen.

»Geht es los?«, flüstert meine Oma auf dem großen Bildschirm, und aus dem Off brummt irgendjemand zustimmend.

»Also!« Meine Oma faltet die Hände im Schoß und guckt mit ihren haselnussbraunen Augen direkt in die Kamera. »Ich habe ja nicht vor, so bald zu sterben, aber ich bin im sterbefähigen Alter«, fängt sie an und muss dann über ihr gelungenes Wortspiel schmunzeln.

Lea weint. Meine Mutter weint. Mr. Boo wimmert leise. Ich weine nicht, würde aber gerne. Der Notar reicht Kleenex-Tücher.

»Wenn ich sterbe, was ich nun mal aus gegebenem Anlass der fünfundachtzig Jahre, die ich schon alt bin, vor euch tun werde, möchte ich euch noch etwas sagen. Na ja, und geben. Und … Jetzt habe ich den Faden verloren.«

Hilfesuchend reckt sie den Kopf, doch der Kameramann murmelt nur leise: »Das macht nichts. Mach einfach weiter. Wir wollen keinen Oscar dafür.«

»Also. Ich liebe euch.«

Tränen links und rechts neben mir. Sogar der Notar hat jetzt leicht feuchte Augen. In mir krempelt es sich. Aber ich kann nicht weinen. Aufgrund der Fehlkonditionierung. Vermutlich werde ich bald dem »Ungeheulte-Tränen-Syndrom« zum Opfer fallen, mit welchen schwerwiegenden Symptomen das auch immer einhergeht.

»Ich habe ein Vermächtnis für euch. Ganz wichtig: Vermächtnis. Das habe ich gelernt, das ist etwas anderes als schnödes Vererben. Das kann ja jeder. Wir machen das anders.« Zufrieden nickt sie. Im Hintergrund höre ich den Kameramann leise lachen.

»Liebe Edeltraut. Meine Tochter. Ich würde dir gern alles vererben, aber du könntest damit ja gar nichts anfangen.« Meine Oma lächelt fröhlich und zupft sich ein paar ihrer keck in das Gesicht frisierten Haare zurecht, bevor sie fortfährt. »Du wirst ja nicht deswegen aus dem sonnigen Thailand nach Droggendiel ziehen. Es ist da, gerade im Winter, doch recht nasskalt. Außerdem glaube ich, dass Oleang-Do sich dort nicht so wohlfühlen würde. Er ist doch ein Sonnenkind. Er würde schon aufgrund des Lichtmangels eine Depression erleiden. Das ist also ausgeschlossen.«

Oma macht eine Kunstpause. Weitere Tränen links und rechts von mir. Ich verlege mich aufs tiefe Durchatmen, um den Drang ebenfalls zu weinen, unter Kontrolle zu bringen.

»Ich mache es spannend, nicht?« Oma freut sich, doch dann verdüstert sich ihre Miene. »Ist das zu spannend? Werden sie das vielleicht gar nicht aushalten?«, fragt sie und blickt wieder über die Linse der Kamera hinweg. Der Kameramann, ich glaube es ist Salim, ihr Nachbar, murmelt etwas Unverständliches, was Oma wohl veranlasst, uns der weiteren Spannung auszusetzen.

»Da du das Haus nicht bekommst, bekommst du Geld. Und das nicht ganz wenig. 50.000 Euro sind für dich bestimmt.«

Ich glaube, meine Mutter hat nach diesen Worten das Atmen eingestellt. Und das Weinen. Es ist ganz still neben mir. Lea hingegen hyperventiliert ein wenig. Mir hämmert das Herz gegen die Rippen.

»Lea und Lotta bekommen das Haus. Oder besser«, sie zückt einen Zettel und liest ab: »Einen Anspruch auf Übertragung des Grundstücks gegen Edeltraut, sobald folgende Bedingung im Testament erfüllt ist. Und die ist sehr wichtig.«

Oma blickt auf. Jetzt mit sehr ernster Miene. In etwa so ernst wie die Miene des Herrn Notar.

»Ihr bekommt das Haus und könnt damit machen, was ihr wollt. Verkaufen. Vermieten. Aber …«

Wieder diese Kunstpause. Ich könnte mir die Haare raufen.

»… vorher müsst ihr ein Jahr zusammen dort leben. Das ist die Bedingung. ZUSAMMEN.« Sie buchstabiert das letzte

Wort, damit wir sie auch wirklich verstehen, als Zugabe für die Ellenberg-Frauen, die erwiesenermaßen manchmal eine lange Leitung haben.

»Den Rest muss ich ablesen.« Sie lächelt entschuldigend und hebt das Blatt Papier erneut. »Das ist zu kompliziert. Also: Lea und Lotta bewohnen gemeinsam das Haus für einen Zeitraum von einem Jahr ab Einzug. Der Einzug muss spätestens vier Monate nach Testamentseröffnung erfolgt sein. Ich bestimme Notar Gottke zur Ausführung meines letzten Willens, er überwacht die gestellte Bedingung persönlich durch Inaugenscheinnahme ab dem Moment der Hausübergabe in unregelmäßigen wiederkehrenden Abständen, jedoch mindesten zweimal im Monat. Tritt die gestellte Bedingung nicht ein, vermache ich das Haus und das Grundstück dem Roten Kreuz.«

Sie macht erschöpft eine Pause und faltet den Zettel in der Mitte. Ich fühle mich ebenso erschöpft, wie sie aussieht, denn ich verstehe gar nichts. Verwirrt schüttle ich leicht den Kopf und hoffe, dass das hilft. Tut es aber nicht.

»Lotta und Lea, meine beiden Lieblinge. Es ist ein Experiment mit ungewissem Ausgang. Ich liebe euch beide, auch wenn ihr so unterschiedlich seid. Fühlt euch bitte nicht durch mich bevormundet. Egal wie ihr euch mit dem Haus entscheidet: Jede von euch bekommt 50.000 Euro, so oder so. Wenn ihr euch für das Haus entscheidet, möchte ich, dass ihr jeweils die Hälfte in eine Renovierung steckt. Ihr müsst das Haus so schön machen, wie ihr nur könnt! Habt keine Hemmungen oder hängt an dem alten Plunder. Raus mit dem alten Mist und macht es euch schön! So richtig! Und jetzt komme ich endlich zum Schluss. Wenn ich tot bin, gelten für euch alle drei bitte folgende Worte von Tagore: …« Sie atmet tief durch und blinzelt einmal, als müsse sie ein paar Tränen verscheuchen. »Leuchtende Tage: Nicht weinen, dass sie vorüber. Lächeln, dass sie gewesen.«

Zack. Aus. Schwarzer Bildschirm.

»Krass«, murmelt Lea unter Tränen.

»Wunderbar«, stammelt meine Mutter und schluchzt hemmungslos.

Und ich heule. So dolle, dass der Herr Notar sich genötigt sieht, mir persönlich ein frisches Kleenex zu reichen.

Wie es aussieht, haben wir das Haus geerbt. Lea und ich. Zusammen.

»Was ist denn nun?« Meine Mutter sieht mich befremdlich an. Lea sagt gar nichts mehr, sondern guckt nur. Der Notar zieht die Stirn kraus und wirft meiner Mutter einen hilfesuchenden Blick zu. Dann greift er kurzerhand selbst nach meiner Hand, um sie sanft zu tätscheln. Er kann ja nicht wissen, dass Lea und meine Mutter mich in den letzten zweiundzwanzig Jahren nicht eine Träne haben vergießen sehen.

Dementsprechend erschüttert sind sie. Von mir. Wohl weniger von Omas letztem Willen. Im Gegensatz zu mir.

Dass der Notar es noch als notwendig erachtet, den genauen Wortlaut des Testaments mit getragener Stimme und im Schneckentempo zu verlesen, bekomme ich nur noch am Rande mit. Ich atme tief durch und weine nicht mehr, das ist leider alles, was ich zustande bringe. Und das kostet mich schon sämtliche zur Verfügung stehenden Energiereserven.

Irgendwann stehen wir alle drei wieder auf der kiesbedeckten Auffahrt der Prachtvilla.

»Und nun?«, fragt meine Mutter frohen Mutes, woraufhin ihre Töchter, also wir, schweigen.

»Wollen wir hier stehen bleiben und Wurzeln schlagen?« Meine Mutter. Leicht genervt von so viel nicht stattfindender Kommunikation.

»Wir könnten zu Lea fahren, einen Tee trinken und darüber sprechen«, sagt meine Mutter schließlich, und genau so machen wir es. Wobei ich mich immer noch in einer leichten Schockstarre befinde und nahezu keinen Anteil an dem nehme, was um mich herum passiert. Ich überlasse sogar Lea den Autoschlüssel, was diese mit einem irritierten Blick zur Kenntnis nimmt, diesmal aber nicht dagegen ist. Vermutlich steht mir meine Verwirrung ins Gesicht geschrieben. Das ist geschichtsträchtig und ein so bemerkenswertes Ereignis, dass sogar sie in der Lage ist, mal die Klappe zu halten.

Ich schlüpfe freiwillig mit Mr. Boo auf die Rückbank, mache mich ganz klein und gebe mich meinen sehr vielen und sehr interessanten Gedanken hin, während Mutter und Schwester sich die gesamte Fahrt über einträchtig streiten. Also gut, sie streiten nicht die ganze Zeit. Zwischendurch flüstern sie auch. Natürlich so laut, dass ich sie verstehe. Keine der beiden konnte jemals wirklich ergebnisorientiert flüstern.

»Was hat sie denn? Das hat Oma doch ganz toll gemacht«, flüstert meine Mutter empört.

»Eine Meise, vermutlich«, flüstert Lea genervt zurück.

Ich habe aber gar keine Meise. Bei mir nistet sich nur langsam die Gewissheit ein, dass mir wohl oder übel eine Veränderung ins Leben steht.

Eine wahnwitzig riesige Veränderung, der ich mich nicht entziehen kann.

Nur wird es nicht so ausgehen, wie Oma sich das wahrscheinlich ausgemalt hat. Ihre beiden Enkelinnen vereint auf der Hollywoodschaukel, jede mit einer Tasse dampfendem

Tee in der Hand, während sie entspannt und fröhlich den Sonnenuntergang über den Feldern von Droggendiel bewundern.

Nein, es wird so sein, dass Lea mich langsam und strategisch so lange nervt und dagegen ist, bis ich dem Wahnsinn anheimfalle. Und dann wird eine von uns beiden ausziehen, Dr. Gottke wird mit seinem pinkfabenen Hemd gucken kommen, die Enkelinnen nur im Singular vorfinden, und das Haus ist weg.

Und dann bin ich schuld. Weil Lea ja mich in den Wahnsinn getrieben hat und ich sie nicht aushalten konnte.

Ich seufze so tief, dass mir fast der Knopf meiner eleganten Stoffhose aufspringt, die ich dem Anlass entsprechend angezogen habe.

Zwei Augenpaare betrachten mich mit leichtem Argwohn im Rückspiegel.

»Guckt nach vorne«, knurre ich und starre wieder aus dem Fenster. Sie betrachten mich wie einen Hund, der plötzlich den Briefträger beißt, obwohl er doch sonst immer so lieb war. Aber ich habe ein Problem. Also das andere Problem, neben meiner Angst vor Dunkelheit.

Die Angst vor Dunkelheit bekommt man ja mit einer vernünftigen Lampe neben dem Bett ganz passabel in den Griff. Ich habe aber leider auch noch Angst vor Veränderung. Das nennt sich Methatesiophobie, und es ist wirklich eine harte Nummer, darunter zu leiden.

Man könnte auch sagen, ich bin hochgradig unflexibel. Nix, was man in seinen Lebenslauf schreibt. Ist auch keine Charaktereigenschaft, die man bei einem Date zum Aufpolieren der eigenen Persönlichkeit präsentiert.

Heutzutage ist man nicht unflexibel. Man ist flexibel,

spontan und stellt sich voll freudiger Erregung jeglicher Herausforderung, die sich einem in den Weg schmeißt.

Ich nicht. Ich möchte mir bei diesen Gelegenheiten die Bettdecke über den Kopf ziehen und mich verstecken, bis die Herausforderung weit weg ist.

Deswegen führe ich auch ein so unspannendes Leben. Für mich ist es schon aufregend, mal einen neuen Supermarkt auszuprobieren.

Und nun hat meine Oma mir und Lea ein Haus vermacht, in dem wir ganze 365 Tage gemeinsam leben sollen.

Ich kann doch nicht mit Lea zusammenleben. Ich reibe mir mit kalten Händen durch das Gesicht. Ich bin doch in dem Alter, in dem ich mir einen Mann suchen müsste, um mit ihm zusammenzuleben. Okay, wenn ich ehrlich bin, war mein Plan, noch mindestens die nächsten zehn Jahre in meiner Wohnung wohnen zu bleiben. Wenn ich mich dann bereit gefühlt hätte, käme die Sache mit dem Mann. Und dann wäre auch ein Umzug aufs Land sicherlich denkbar. Aber doch nicht jetzt. Und schon gar nicht mit meiner Schwester.

Das kann doch eigentlich nur in einer Katastrophe enden …

Kapitel 8

Kurz darauf sitzen wir um den runden Esstisch in Leas WG-Küche und trinken Tee. Allerdings erst nachdem die gesamte Wohngemeinschaft uns sehr formvollendet kondoliert hat. Hier sind alle irgendwie ein wenig bunt und anders. Lea passt schon ganz gut hier rein.

Die Küche sieht ziemlich zusammengewürfelt aus, und auf dem kücheneigenen Balkon befindet sich ein wallendes Meer an Kräutern. Ein Typ mit Irokesenschnitt und leicht gefährlicher Ausstrahlung kocht uns Tee, und eine Frau namens Helena bringt uns Haferflockenkekse, an denen ich mir fast einen Zahn ausbeiße, woraufhin ich trotz Magenknurren vom weiteren Verzehr absehe.

Jetzt sitzen wir um den Tisch herum und starren auf die Tischplatte. Meine Mutter eröffnet das Gespräch: »Also, ich finde Omas Idee ganz hervorragend!«, sagt sie voller Inbrunst und hebt ihre Tasse, als wolle sie uns zuprosten.

»Ich finde das auch nicht so schlecht«, stimmt Lea völlig unerwartet mit ein. »Wir können es ja mal probieren, oder?«

»Probieren?«, frage ich sie fassungslos. »Euch ist schon klar, dass das Haus weg ist, wenn wir an der Aufgabe, ein Jahr dort gemeinsam zu leben, scheitern?«

Meine Familie sieht mich ausdruckslos an.

»Das Haus geht dann an das Rote Kreuz«, füge ich noch schnell hinzu, für den Fall, dass die Damen Omas Ausführungen nicht begriffen haben. So in ihrer Gänze.

»Dann haben wir immer noch mehr als vorher«, antwortet Lea trocken. »Jeder von uns steckt 25.000 Euro in die Renovierung, und wenn es nicht klappt, haben wir zwei immer noch jede 25.000 auf dem Konto. Das ist so krass …« Ihre Augen sind plötzlich ganz glasig. Sie scheint ganz spontan den monetären Wirtschaftskreislauf begriffen zu haben. Bis jetzt war sie ja immer dagegen. Also gegen den Kapitalismus und gegen Menschen, die Geld auf dem Konto haben. Kaum hat sie selber welches, kann sie offenbar rechnen. Geld scheint tatsächlich den Charakter zu verderben, nur dass es so schnell geht, war mir nicht klar.

»Woher hat Oma eigentlich das ganze Geld?«, frage ich in die träumerische Stille hinein.

»Oh!« Meine Mutter hört endlich auf, in ihrem Tee zu rühren, und sieht mich an. »Sie hat mal sehr viel geerbt. Von ihrer Mutter, glaube ich. Oder war es eine Tante?« Sie zuckt die Schultern, als wäre das völlig irrelevant, was es in der Welt meiner Mutter natürlich auch ist.

Jetzt kommt sie zu den wichtigen Dingen. Das sehe ich an dem Glitzern in ihren Augen.

»Aber Oma hat recht. Ihr solltet die Zeit nutzen und euren Auren die Möglichkeit geben, sich in eine Form des Einklangs zu bringen. Das wäre sehr schön.« Sie lächelt liebevoll und nimmt einen Schluck Tee.

Sie meint das übrigens ernst. Das mit den Auren. Bis zu meinem zehnten Lebensjahr, ungefähr zu dem Zeitpunkt, als ich anfing, Spaghetti Bolognese zu kochen, hat meine Mutter meine arme Aura jeden Tag genötigt, im Einklang mit der

Welt und den positiven Energien dieses Universums zu schwingen. Zum Glück hat sie dann irgendwann begriffen, dass ich entweder keine Aura habe oder diese anderweitige Interessen hat, und ließ von mir ab.

»Ihr könntet gemeinsam meditieren und euch mit eurem kindlichen Ich befassen. Nachhaltig gezogenes Gemüse anbauen …« Ihre Stimme hat einen träumerischen Unterton bekommen. Es klingt fast so, als wäre das alles so verlockend, dass sie gleich beschließt, gemeinsam mit uns dort einzuziehen.

Vielleicht um unsere Auren zu coachen.

»Also, ich kann mir das sehr gut vorstellen!«, sagt Lea schnell, vermutlich hat auch sie die Richtung erahnt, in die unsere Mutter sich gedanklich bewegt.

Lea ist nicht dagegen? Ob auch sie Absichten bezüglich unserer Auren hegt?

»Das mit den Auren sei mal dahingestellt, die können machen, was sie wollen. Aber mit dem Einzug in Omas Haus bin ich dabei.«

Meine Mutter nimmt ihre Hand, und mir wird ein klein wenig übel. Was ist denn hier eigentlich los?

»Warum willst du das?«, frage ich Lea. Ich kann mir ihre spontane Zustimmung nämlich so überhaupt nicht erklären.

Sie zuckt nur die Achseln und starrt mich an. »Die Dinge ändern sich halt manchmal. Warum willst du es nicht?«, fragt sie zurück. Ich meine leichte Kampfeslust in ihren Augen aufflammen zu sehen. Das hier ist alles sehr kompliziert, denn ganz plötzlich bin ich in die »Dagegen-Rolle« katapultiert worden.

»Ich muss darüber nachdenken«, murmle ich.

Meine Mutter hat vor vielen Jahren innerhalb eines einzigen Tages entschieden auszuwandern. Und Oleang-Do hat sie genau acht Wochen, nachdem sie sich zum ersten Mal begegneten, am Strand von Ko Phi Phi geehelicht. Sie macht alles spontan und trifft ihre Entscheidungen ohne Anhörung irgendwelcher intellektueller Instanzen, sondern allein aus dem Bauch heraus. Egal was, sie tut es einfach.

Und Lea entscheidet jeden Tag aufs Neue, welche Belastungen eines normalen Lebens sie auf sich nehmen möchte. Manchmal bleibt sie auch einfach im Bett.

Ich hingegen scheitere oft schon an der Frage, welche Marmelade ich mir auf den Frühstückstoast schmiere.

Grübelnd liege ich im Bett. Es ist mittlerweile halb drei Uhr nachts, und ich muss leider so intensiv nachdenken, dass ich keine Zeit habe zu schlafen.

Unter mir rauscht es. Klingt in der Stille der Nacht wie die Niagarafälle. Nachbar Tontes beginnt wieder seinen nächtlichen Toilettenmarathon. Grunzend ziehe ich mir das Kopfkissen über den Kopf. Nachbar Tontes schafft achtmal Klospülung in einer Stunde. Dafür schläft er dann auch bis mittags.

Als es wieder ruhig ist, lege ich meinen Kopf zurück auf das Kissen. Der Gedanke, mein geordnetes Leben einfach so aufzugeben und mich in Chaos und Irrsinn zu stürzen, löst definitiv Beklemmung in mir aus. Omas Ansinnen ist total absurd.

Aber, und das ist der Punkt, der mich zu der Grübelei veranlasst, unsere Oma war eine sehr kluge Frau. Sie wird sich schon etwas dabei gedacht haben. Und ich will das Haus unter gar keinen Umständen verlieren.

Es rauscht wieder, und kurz danach ertönen aufgeregte

Stimmen. Okay, war wohl nichts mit der vorübergehenden Ruhe. Nachbar Tontes guckt jetzt eine Talkshow. Vermutetes Thema: »Ich hatte Sex mit dem Freund meiner schwangeren Teenie-Tochter.« Offenbar kann er nicht schlafen.

Vor dem Gesabbel unter mir war ich nur schlaflos, jetzt bin ich dazu auch noch genervt und probiere wieder die Kissennummer, aber es hilft nicht. Die Daunenfedern halten den Krach nicht ab. Und dann höre ich meine Mutter. In der Küche. Sie singt. Und tut irgendwelche Dinge, die klappernde Geräusche verursachen.

Kann in diesem Haus nicht mal jeder das tun, was man in Deutschland nachts um halb drei tut? Schlafen! Oder wenigstens RUHIG sein.

Ich stehe auf und laufe in meinem alten Schlafshirt in die Küche. Meine Mutter steht am Herd und kocht. Den Utensilien auf der Arbeitsfläche nach zu urteilen Getreidebrei. Sie dreht sich um, lächelt mir kurz zu und widmet sich dann wieder voll und ganz dem schwungvollen Umrühren der kochenden Körner in dem Topf. So als wäre es eine Selbstverständlichkeit, zu nachtschlafender Zeit Brei zu kochen. Ich tausche den Metalllöffel in ihrer Hand gegen einen geräuscharmen Holzlöffel und gehe dann zu Jay und Elena. Wenn ich schon nicht schlafen kann, kann ich wenigstens etwas gegen die drohende »Deadline« tun.

Eine Woche später bin ich immer noch verwirrt und ahnungslos, wie es weitergehen soll. Ich sitze oben in Omas Flur und betrachte die verblassten Blumen an der Wand. In der Küche haben sich sämtliche Bewohner des Sonnenblumenwegs versammelt, trinken Kaffee und warten gemeinschaftlich auf den Abmarsch in Richtung Friedhof.

Heute ist die Beerdigung. Ein Elementarereignis in Droggendiel. Sogar der Dorfkrug hat geschlossen, zumindest so lange, bis die Droggendieler sich nach der Beerdigung zum Kuchenessen dort treffen. Hildegard meinte, dass man das so macht. Also habe ich Tonnen an Butterkuchen bestellt und den kompletten Gastraum gebucht.

Ich habe auch die vielen Blumen organisiert, die Pastorin mit Hintergrundinformationen zu meiner Oma versorgt und die Heizkostennachzahlung für ihr Haus überwiesen.

Wohingegen meine Mutter sich ausschließlich mit der Frage auseinandergesetzt hat, was sie zur Beerdigung anziehen wird. Eines ihrer typischen bunten Walle-Walle-Gewänder? Oder soll sie sich ausnahmsweise dem in Deutschland üblichen Kleiderkodex in Schwarz beugen? Die wirklich wichtigen Lebensentscheidungen trifft sie innerhalb von fünf Minuten, aber mit solch einem Kokolores hält sie sich tagelang auf.

Ihre Entscheidung ist dann schlussendlich auf bunt gefallen, und so wird sie heute in Rot/Lila/Blau der Zeremonie beiwohnen.

Ich trage meinen schwarzen Hosenanzug. Oma fand mich darin immer total schick und prophezeite mir einen baldigen Auftritt in irgendeiner Talkshow. Mein Job war für sie ziemlich exotisch, und sie fand, mit so einem Beruf müsse man irgendwann berühmt werden. Meine Versuche ihr zu erklären, dass ich ungefähr so viel verdiene wie ein Müllwerker und dass der Glamour-Faktor auch recht gering ist, haben nicht gefruchtet. Dafür war meine Oma stolz auf mich.

In der Küche herrscht Stimmengewirr. Es ist sehr voll und ich kann mich noch nicht durchringen, mich dazuzugesellen. Ich habe den Kaffee gekocht, die Tassen hingestellt und bin dann kurzerhand nach oben auf Omas Klo geflüchtet. Die Stille auf dem stillen Örtchen war so verlockend. Allerdings wurde es im Badezimmer irgendwann etwas ungemütlich, und so habe ich mich still und heimlich auf Omas ominösen Flursessel gehockt, wo ich jetzt abwechselnd aus dem Fenster gucke und die Blümchentapete anstarre.

Bei dem ominösen Flursessel handelt es sich um ein riesiges Teil mit rosafarbenen Blümchen drauf, das sonderbarerweise direkt vor dem Flurfenster im Obergeschoss steht. Es ist mir völlig unverständlich, und sogar Lea musste sich meiner Meinung anschließen, dass dieses wunderbar bequeme Möbel hier völlig deplatziert ist. Man blickt direkt auf das Nachbarhaus, in dem der muffelige Graf wohnt, und kann gar nicht die schöne Aussicht auf die weiten Felder genießen, die hinter dem Garten beginnen.

Seit fast zwanzig Minuten hocke ich jetzt auf diesem Sessel und lausche, wie meine Mutter die zahlreichen Besucher in Empfang nimmt. Irgendwann klingelt es wieder, aber diesmal eilt meine Mutter nicht zur Tür. Es klingelt erneut, und ich sehe mich genötigt, wieder in der Realität zu landen. Ich kann hier schließlich nicht ewig hocken bleiben. Also springe ich auf, renne die Treppe ins Erdgeschoss hinunter und öffne die Tür. Dabei bemühe ich mich um ein halbwegs sozialverträgliches Gesicht, was nicht so leicht ist, denn der mürrische Graf steht auf dem obersten Treppenabsatz.

»Oh«, sagt er, als wäre es gänzlich unabsehbar gewesen, dass ich ihm die Tür öffne. Er hat sich in Schale geschmissen und trägt einen schwarzen Anzug. Sehr schick. Er sieht mehr nach Preisverleihung oder Hochzeit aus als nach einem Bewohner des Sonnenblumenweges in Droggendiel.

»Kommen Sie doch rein. Es gibt Kaffee, und in einer halben

Stunde laufen wir gemeinsam zum Friedhof«, kopiere ich völlig unerschrocken das freundliche Informations-Sprüchlein meiner Mutter.

Er bewegt sich keinen Millimeter und räuspert sich.

»Ich habe mich noch gar nicht vorgestellt«, sagt er dann.

»Nein, haben Sie nicht. Bei unserer ersten Begegnung waren Sie anderweitig beschäftigt.« Nämlich damit, finster zu gucken und unfreundlich zu sein.

»Tut mir leid, falls ich bei unserem ersten Treffen etwas unwirsch war. Ich hatte einen wichtigen Termin und durfte nicht zu spät kommen.«

Unwirsch? Nette Umschreibung.

»Erik van Dahlen.« Er streckt mir seine Hand entgegen. »Und entgegen sämtlicher Behauptungen in diesem Ort: Ich bin kein Graf.«

Ich ergreife seine Hand. »Charlotta Ellenberg«, antworte ich höflich und schaffe sogar ein Lächeln.

»Ich weiß«, antwortet er und guckt an mir vorbei auf die Blümchentapete.

»Und auch das hätte ich schon bei unserem letzten Treffen sagen müssen: Es tut mir sehr leid. Ich hatte Elsa sehr gern, auch wenn ich sie nicht sehr oft gesehen habe.«

»Danke«, antworte ich mechanisch und versuche seinen Blick einzufangen, aber er guckt mit seinen blauen Augen immer noch direkt an mir vorbei. Entweder ist er unfassbar arrogant oder hochgradig schüchtern. Ich tippe auf erstes. Sonderbarerweise duftet dieser Mann köstlich. Ich kann nicht sagen wonach. Es ist ein herber Duft. Sehr ansprechend, aber doch irgendwie ungewöhnlich.

Er folgt mir in die Küche. Dort begrüßt er zurückhaltend die Anwesenden und stellt sich dann mit verschränkten Armen in die Ecke. Vielleicht ist er grundsätzlich etwas spröde, wie es den Eingeborenen in diesem Landstrich nun mal zu eigen ist. Wenigstens sieht er mit den dunklen Haaren, den scharf geschnittenen Gesichtszügen und dem Anzug ziemlich gut aus. Und das ist ja auch mal etwas. Gutes Aussehen bei Männern schadet grundsätzlich nicht. Der Typ hat wenigstens optisches Charisma.

Hildegard lässt sich von seinem abweisenden Verhalten nicht abschrecken und gesellt sich zu ihm.

»Schnäpschen?«, fragt sie und hält ihm ein kleines Glas entgegen. Er winkt nur kommentarlos ab.

Esra und Salim sitzen in trauter Eintracht mit Professor Godewind – der Nachbar mit dem letzten Haus auf der rechten Seite, der heute sogar eine Vorlesung im Meeresbiologischen Institut ausfallen lässt – um Omas Küchentisch herum und sind ebenfalls bereits mit dem obligatorischen Schnäpschen versorgt, haben aber bis jetzt nur daran genippt. Offenbar besteht die allgemeine Sorge, umgehend besoffen zu sein, wenn man morgens um halb elf schon Korn kippt. Der Einzige, der ein kleines Schnäpschen wirklich gut gebrauchen könnte, ist Mr. Boo. Der zottelige Hund sitzt nämlich auf Leas Schoß und hat panische Angst vor der Versammlung in Omas Küche. Die Verzweiflung steht ihm förmlich in sein süßes Hundegesicht geschrieben, während Lea ihm tröstend die Ohren krault.

Ich will mir gerade einen Kaffee einschenken, als ich durch das Küchenfenster Sonjas roten Mini um die Ecke schießen sehe. Sie steigt aus und läuft mit einem riesigen Blumenstrauß im Arm zur Tür.

Ich öffne ihr, und sie rauscht gleich durch in die Küche, wo sie sich, kommunikativ wie sie ist, selbst vorstellt.

»Hallo, ich bin Sonja Ahrens!«, verkündet sie und reicht jedem die Hand. Sie drückt meine Mutter, krault Mr. Boo kurz den Kopf und klopft Lea auf die Schulter. Und auch das sofortig durch Hildegard gereichte Schnäpschen kippt sie weg wie nichts, um sich danach einmal kurz zu schütteln.

Mir entgeht ihr höchst interessierter Blick in Richtung des schweigsamen Grafen nicht, aber da kann sie nichts für. Er wirkt in Omas Küche einfach etwas deplatziert. Als wäre er falsch abgebogen und hätte sich aus Versehen unserer Gesellschaft angeschlossen, während seine echten Freunde auf der Elbchaussee in Hamburg verzweifelt auf ihn warten.

»Ich bin eine Freundin der Familie«, erklärt Sonja, nachdem sie mir zugezwinkert hat, und lässt sich auf den letzten freien Küchenstuhl fallen. Man könnte sie auch beauftragen, schnell vor dem versammelten Bundestag eine Rede zu halten, und sie würde es tun. Und das vermutlich noch nicht einmal schlecht. Sie trägt wie immer etwas sehr Figurbetontes, diesmal in Schwarz, was ihre nicht unerheblichen Rundungen hervorragend in Szene setzt. Durch den Blazer, ebenfalls in Schwarz, und das schicke Tuch um ihren Hals ist das ganze Outfit durchaus beerdigungsgeeignet.

»Sind Sie Model?«, fragt Hildegard auch sogleich auf ihre unnachahmlich direkte Art und bietet ihr die Flasche für ein erneutes Schnäpschen.

»Nein, Erzieherin!«, antwortet Sonja stolz und lässt sich nachschenken. Der nordische Brauch des ständigen Korn-Trinkens scheint ihr geläufig zu sein.

»Mit Kindern?«, erkundigt sich Hildegard.

»Ja. Mit Kindern zwischen drei und sechs und deren schwer erziehungsratgeber-resistenten Eltern.« Die Anwohner des Sonnenblumenwegs sind amüsiert von so viel Eloquenz, und dann ist es auch schon an der Zeit aufzubrechen.

Die erfreuten Mienen verschwinden genauso umgehend wie auch Mr. Boo unter dem Sofa.

»Lass ihn doch einfach hier«, sage ich und schlüpfe in meinen Mantel. Salim, Esra und meine Mutter stehen schon im Hof. Professor Godewind sucht noch seine Lesebrille und der Graf tippt auf seinem Smartphone herum.

»Ich will aber, dass er mitkommt«, antwortet Lea trotzig und hockt sich auf Knien vor das Sofa. Mr. Boo sieht das allerdings anders und verkriecht sich in die letzte unerreichbare Ecke.

Meine Mutter schaut herein. »Bleiben wir doch noch? Haben wir noch Zeit?«, flötet sie.

»Wir kommen gleich! Warte doch draußen auf uns«, verscheuche ich sie wieder aus der Küche. Der Professor ist seiner Lesebrille habhaft geworden und eilt ihr nach. Nur der Graf tippt immer noch.

»Mr. Boo! Hier! Aus! Fuß!«, versucht Lea es jetzt autoritär. Mr. Boo rührt sich nicht und guckt sie nur aus seinem Versteck heraus mit großen Augen an.

»Ich weiß auch gar nicht, ob Hunde bei einer Beerdigung nach dem deutschen Beerdigungsrecht zugelassen sind«, murmle ich und beobachte das Spektakel, als etwas sehr Sonderbares passiert.

Der Graf steckt sein Handy in die Manteltasche – also, das ist jetzt noch nicht so sonderbar –, aber dann geht er zum Sofa, hockt sich ebenfalls davor und sagt freundlich: »Komm, Mr. Boo!«

Und Mr. Boo kommt. Nicht nur das. Er springt dem Grafen förmlich in die Arme, der ihm freundschaftlich über den

Kopf streicht und ihn dann an Lea weiterreicht, der mal ganz spontan der Mund offen stehen geblieben ist.

»Er muss sich vertan haben«, murmelt sie verstört und presst Mr. Boo an sich.

»Ein komischer kleiner Hund«, sagt meine Mutter, die schon wieder im Türrahmen zur Küche steht.

Der Graf schenkt uns ein ganz kleines Lächeln – er ist also auch zu anderer Mimik als »muffelig« in der Lage – und verlässt die Küche. Vermutlich findet er den Hund im Gegensatz zu uns ziemlich normal.

Kapitel 9

Die klitzekleine Kapelle auf dem Droggendieler Friedhof ist schon überfüllt, als wir ankommen. Überall stehen Leute, sogar zwischen den Gräbern, was ich ein wenig befremdlich finde, die Droggendieler aber nicht im Mindesten stört.

Sogar Notar Dr. Gottke entdecke ich in der Menschenmenge. Er steht etwas abseits und trägt doch tatsächlich wieder sein pinkfarbenes Hemd. Offenbar ist das seine Lieblingsfarbe. Als er unsere kleine Prozession entdeckt, hebt er die Hand und winkt über die Köpfe der anderen herüber. Weder meine Mutter noch Lea grüßen zurück, also nicke ich wenigstens einmal kurz mit dem Kopf.

Die Kapelle ist hübsch geschmückt. Natürlich ist sie das. Schließlich habe ich alle Blumen ausgesucht und Position 4 im Auftrag »Blumenschmuck für Trauerfeier« persönlich unterzeichnet.

Wir bahnen uns unseren Weg bis ganz nach vorne, dort sind nämlich Plätze für uns reserviert. Die restlichen Bewohner des Sonnenblumenwegs folgen uns und nehmen in zweiter Reihe Platz.

»Ist das spießig«, brummt Lea, verdreht die Augen und drückt Mr. Boo an ihr Herz, während wir uns nebeneinander in die Bank quetschen.

»Still! Das macht man auf dem Land so«, zischt Hildegard von hinten und knufft Lea gegen die Schulter.

»Es ist ein sehr wichtiges Ritual der Landbevölkerung, um angemessen Abschied zu nehmen.« Professor Godewind beugt sich nach vorne und scheint sich bemüßigt zu fühlen, Leas Wissenslücke bezüglich dieser Thematik zu schließen. »Es mag Ihnen spießig erscheinen, hat aber etwas mit Respekt und Tradition zu tun. Sie hatten vermutlich noch nicht so viele Berührungspunkte mit diesem typischen Brauch, da ist Ihre Wahrnehmung nur allzu verständlich.« Er lächelt freundlich und tätschelt Lea die Schulter.

Lea hat es von so viel Stellungnahmen zu ihrem Verhalten schlicht und ergreifend die Sprache verschlagen. Irritiert wirft sie mir einen Seitenblick zu, doch ich grinse nur. Also ganz leicht und ganz kurz.

Und dann nehmen die Droggendieler Abschied von Oma. Und das tun sie voller Inbrunst und unter Einsatz ihrer Stimmbänder. Hier wird gesungen, was das Zeug hält. Selbst ich singe mit, wenn auch recht schräg. Meine Mutter singt. Hildegard singt, und auch Herr Professor Godewind brummt unmelodiös vor sich hin.

Ich sehe sogar Lea, wie sie ein paarmal den Mund auf und zu klappt. Vielleicht sind ihr auch ein paar Takte entfleucht, oder sie wollte meckern, und keiner konnte es hören, weil ja die gesamte Kapelle von lautem Gesang erfüllt ist. Zumindest fühlt sie sich ertappt und wirft mir einen zappendusteren Blick zu.

Die Pastorin, die vor dem ganzen Gesang noch schöne Worte gefunden hat, steht vor der Gemeinde und dirigiert mit der Bibel in der Hand die Droggendieler durch die Höhen und Tiefen der alten Kirchenlieder.

Irgendwann beginnt Mr. Boo ebenfalls zu singen. Er ist nämlich trotz seines zarten Äußeren und unfassbarer Winzigkeit doch irgendwie immer noch ein Wolf. Tief in seinen Genen, versteht sich. In Mr. Boos Augen sitzt er inmitten eines riesigen Rudels, und dieses Rudel heult sich die Seele aus dem Leib. Irgendwann kann er nicht mehr an sich halten: Er heult ebenfalls los. Den kleinen Kopf nach oben gereckt, steht er auf Leas Schoß und schließt sich uns an. Ich erwarte, dass umgehend jemand den Hund der Kapelle verweist, aber niemand scheint sich von Mr. Boos erbärmlichen Gesangskünsten gestört zu fühlen.

Die Gemeinde schmettert jeden Takt bis zum letzten Lied mit unverändertem Enthusiasmus gen Kapellendecke. Danach ist Schluss, die Frau Pastorin verteilt noch ihren Segen in alle Richtungen, und die Droggendieler erheben sich.

»Sehr interessant«, sagt meine Mutter, während sie ihr buntes Gewand richtet. Ich hoffe, sie sieht davon ab, ihren Lippenstift nachzuziehen. Aber sie hakt sich nur seufzend bei mir ein, und wir folgen Frau Herz vom gleichnamigen Beerdigungsinstitut, die uns mit ausladenden Armbewegungen zur Urne ganz vorne auf dem kleinen Gestell lotst.

Nachdem endlich alle an ihrem vorgesehenen Platz stehen – also Lea, meine Mutter und ich, alle anderen scheinen intuitiv zu wissen, wann sie sich wo hinzustellen haben –, schickt Frau Herz sich an, Omas Urne an sich zu nehmen, um mit ihr auf den Friedhof zu wandern. Sie tut das mit ernster Miene und einer kleinen Verbeugung.

Oma hätte das hier ziemlich toll gefunden. Besonders die rosafarbenen Blüten, die Frau Herz um die weiße Urne mit dem kleinen goldenen Engel drauf verteilt hat. Allerdings drückt Lea mir in diesem Moment Mr. Boo in die Arme und drängelt sich an mir vorbei, womit sie die allgemeingültige Beerdigungs-Choreographie sicherlich empfindlich stört.

»Ich möchte sie nehmen!«, sagt sie mit forscher Stimme zu Frau Herz, die für einen Moment so aussieht, als wolle sie vor meiner Schwester Reißaus nehmen. Samt der Urne, die umklammert sie nämlich plötzlich wie einen Schatz. Absolute Stille senkt sich über die Kapelle. Ganz Droggendiel starrt gespannt auf die Urne, Frau Herz und meine Schwester.

»Äh, Lea?«, flüstert meine Mutter höchst irritiert und hebt die Hand, als wolle sie sie aufhalten. Dann aber siegt offenbar Leas flehentlicher Blick über sämtliche Friedhofsbestimmungen und Beerdigungsgesetze dieser Welt, und Frau Herz reicht ihr die Urne. Was ganz bestimmt verboten ist. Vermutlich darf nur autorisiertes und ausgebildetes Fachpersonal Urnen tragen, aber Frau Herz drückt heute ein Auge zu. Ich schnappe mir die Hand meiner Mutter und ziehe sie hinter mir her, und so wandern wir drei samt Omas Urne aus der kleinen Kapelle, während uns ganz Droggendiel in ehrfürchtigem Schweigen folgt.

Frau Herz nimmt die Urne erst wieder an sich, als es daran geht, sie mithilfe eines kleinen Seils in ihr Loch unter der majestätischen Kastanie zu versenken.

Und dann bildet sich vor Lea, meiner Mutter und mir eine sehr lange Menschenschlange, und ein wahrer Händeschüttel-Marathon beginnt. Nach ein paar Minuten ist meine rechte Hand nahezu gefühllos, und ich nehme die vielen verschiedenen Gesichter gar nicht mehr richtig wahr. Das Einzige, was ich wirklich noch wahrnehme, sind die vielen leisen Worte: »Schön hat Elsa das gemacht!«, »Herzlich willkommen in Droggendiel!« und auch sehr beliebt: »Ein bisschen junges Blut kann dem Ort nicht schaden!«

Irgendwann, zwischen der Hand des Tankwarts aus dem Nachbarort und Fleischer Meyer, knurrt Lea zu mir herüber: »Hast du das schon ausgeplaudert, oder wie?«

»Natürlich nicht!«, flüstere ich zurück, halte aber schon die nächste Hand und versuche mich bei der Beileidsbekundung an einem milden Lächeln.

Ja, die Droggendieler scheinen allesamt und ohne Ausnahme über Omas Vermächtnis Bescheid zu wissen. Von mir wissen sie es nicht. Und darüber hinaus scheint niemand Zweifel zu hegen, dass Lea und Lotta Ellenberg tatsächlich gemeinsam in den Sonnenblumenweg ziehen werden.

Allein schon der Gedanke daran lässt mich ganz bange werden. Allerdings habe ich keine Zeit, mich allzu lange mit diesem unerfreulichen Gefühl auseinanderzusetzen, denn auf einmal steht der Graf vor mir.

Er sieht mich durchdringend an, reicht mir seine rechte Hand, die angenehm warm ist, sagt nichts, hält aber meine Hand fest. Auf unerklärliche Weise ist dieser Moment sehr angenehm, und ich spüre, wie ein echtes Lächeln meine Mundwinkel ganz leicht hebt.

»Sie haben es gleich geschafft«, murmelt der Graf und beugt sich leicht zu mir. Dann lässt er abrupt meine Hand los und tritt einen Schritt weiter zu Lea.

Er hat recht. Nach ihm kommt noch Bauer Weidemann, der mir feierlich zunickt und mir mit seiner schwieligen Hand die Finger zerquetscht, bevor er Leas Händchen greift, um auch ihre Fingerknochen dem bäuerlichen Härtetest zu unterziehen. Danach scheinen sich alle in Luft aufgelöst zu haben, und nur noch wir Ellenberg-Frauen stehen an Omas Grab.

Ich würde nach dem ganzen Trubel gerne noch ein wenig

hier verweilen, aber meine Mutter hat beschlossen, dass sie auch am Rest der Droggendieler Beerdigungszeremonie teilnehmen muss. Sie will dringend und sofort in den Dorfkrug und gemeinsam mit den Droggendielern den von mir bestellten Butterkuchen verspeisen. Lea verdreht zwar die Augen, scheint aber ebenfalls Appetit auf Kuchen zu verspüren, und so stehe ich schließlich etwas verloren ganz allein vor dem Grab, während Lea und meine Mutter schon gen Ausgang eilen.

Frau Herz stellt sich neben mich und berührt vorsichtig meine Hand.

»Sie sollten ruhig mitgehen. Kommen Sie doch danach wieder. Dann haben wir das Grab auch schön gemacht und die ganzen Blumen verteilt«, sagt sie aufmunternd.

Ich bin irgendwie erschöpft, und so tue ich, was Frau Herz mir sagt und verlasse den Friedhof in Richtung Dorfkrug. Dabei atme ich tief die frühlingshafte Luft ein. Okay, frühlingshaft ist ein wenig übertrieben. Es ist sogar für April noch relativ kalt, und ich ziehe meinen Mantel fester um mich. Aber ganz am Ende jedes Atemzugs spüre ich einen kleinen Hauch von Wärme und erwachender Erde. Wie ein leises Versprechen, dass der Frühling nicht mehr so weit entfernt ist. Es ist ganz still auf meinem Weg zum Dorfkrug, und diese Ruhe tut mir gut. Sie scheint mich zu sortieren.

Und so kommt es, dass ich am Dorfkrug vorbeilaufe. Ich halte nicht an, obwohl einige Droggendieler rauchend vor dem einladend geöffneten Portal stehen und mir zuwinken. Ich winke zurück und laufe einfach weiter.

Meine Oma war eine passionierte Spaziergängerin. Als ich noch klein war und mir die gähnende Langeweile eines Spaziergangs noch nicht bewusst war, zog ich oft gemeinsam mit ihr durch den Ort und ließ mich faszinieren von den alten

Höfen, den kleinen Reetkaten und den vielen Apfelbäumen, die die Fußwege säumen.

Jetzt, gefühlte hundert Jahre später, gehe ich wieder spazieren. Und es ist das erste Mal seit jenen Kindertagen, dass ich es genieße. Vermutlich ist das der Eintritt in eine neue Ära. Vielleicht bin ich jetzt wirklich erwachsen.

»Schau mal, Oma. Ich gehe spazieren«, murmle ich.

Das hätte ihr aber gefallen! Mit weit ausholenden Schritten laufe ich weiter, passiere das schmiedeeiserne Tor vom Hof Weidemann und entdecke, dass der Bauer Weidemann eine große Solaranlage auf das Dach des Kuhstalls montiert hat. Sehr fortschrittlich, die Einwohner von Droggendiel.

Ich folge der leicht geschwungenen Straße bis zu den alten und knorrigen Weiden, die den Teich am Rand des Ortes umgeben. Eingebettet in einen großen Fliederhain steht dort auch die alte Bank, die offenbar in den vergangenen Jahren weiß gestrichen wurde und mir jetzt aus dem dunklen Holz des noch nackten Flieders entgegenleuchtet. Langsam setze ich mich. Auf dieser Bank, damals noch ungestrichen, habe ich als Kind oft mit meiner Oma gesessen.

Ich strecke die Füße von mir und schließe die Augen. Während ich hier so sitze, bin ich meiner Oma ganz nah, und ihr filmisches Testament geht mir wieder durch den Kopf. Ob ich es schaffe, mit meiner Schwester zusammenzuleben, ohne einen Herzschlag zu erleiden? Wirklich mit ihr auszukommen, jeden Tag aufs Neue? Was hat Oma sich dabei gedacht? Aber sie war ja gut darin, jeden so zu akzeptieren, wie er ist. Sie hat sogar die Lebensführung ihres Maulwurfs akzeptiert, der seit mindestens zehn Jahren regelmäßig bemüht ist, ihren Garten kreativ neu zu gestalten.

Ich versuche mich zu entspannen und lehne mich zurück.

Die Vögel um mich herum zwitschern sich die Seele aus dem Leib. Es ist aber noch kalt. Fröstelnd schlage ich den Kragen meines Mantels hoch.

Aber was habe ich für Alternativen? Keine, so viel steht fest. Wenn ich es nicht versuche, verliere ich Omas Haus. Und wenn ich es versuche und scheitere, ebenfalls. Aber dann habe ich es wenigstens versucht.

Ich seufze tief und fühle mich hilflos angesichts der enormen Veränderungen, die mir bevorstehen. Und das alles nur, weil Oma es für eine gute Idee hielt, ihre Enkelinnen zu einer Zwangs-WG zu nötigen. Dabei kannte sie mich doch so gut. Sie muss gewusst haben, was es für mich bedeutet, mit Lea zusammenzuleben. Aber irgendwie macht mir der Gedanke, nicht mehr in Omas Haus gehen zu können, fremde Menschen dort leben zu sehen, noch mehr Angst als die Tatsache, mit meiner dauerpubertären Schwester eine Wohngemeinschaft zu gründen. Dieses Haus ist für mich der heimeligste Ort auf diesem Planeten. Nirgendwo sonst fühle ich mich so geborgen. Ich muss es wenigstens versuchen.

Bei dem Gedanken daran fröstelt es mich erneut, und dann muss ich grinsen. Weil das alles für meine Verhältnisse so verwegen ist. Und weil ich eine Entscheidung getroffen habe.

Einen Moment lang fühle ich mich ganz gut. Besser als die Tage zuvor, was exakt so lange anhält, bis ich Schritte höre.

Erschrocken reiße ich die Lider wieder auf. Ich dachte, alle Droggendieler sind im Dorfkrug?

Links von mir sehe ich eine dunkle Gestalt über den Weg laufen. Die matte Frühlingssonne blendet mich, und das Geäst des Flieders behindert meine Sicht. Die Schritte kommen näher, und ich bemühe mich schlagartig, eine überzeugende Imitation der mich umgebenden Natur abzugeben.

Mein Gehirn erklärt mir jetzt sehr überzeugend, dass dies eine gefährliche Situation ist. Die Schritte sind schon ganz nah. Ich bin stocksteif und weiß selbst, wie albern das ist. Aber ich kann nicht anders. Tief in meinem Herzen bin ich ein gewaltiger Angsthase. Und leider übersetze ich nicht nur Liebesromane, sondern manchmal auch Thriller, weswegen ich weiß, was Menschen an Grausamkeiten so widerfahren kann.

Sie kommt unaufhaltsam näher. Also die gefährliche Situation. Ich versuche mich zusammenzureißen. Wir sind hier schließlich in Droggendiel und nicht in der Bronx. Schnell taste ich in meiner Manteltasche nach einem harten Gegenstand, mit dem ich mich zur Wehr setzen könnte, falls sich die Situation doch mehr in Richtung Bronx entwickeln sollte. Aber außer meinem Autoschlüssel habe ich nichts dabei.

Im nächsten Moment kommt der Graf energischen Schrittes um die Ecke gebogen, die Hände tief in den Taschen seines Mantels vergraben. Er erschreckt sich fürchterlich, als er mich in meiner Flieder-Nische erblickt. So fürchterlich, dass er einen Satz nach links macht und mich anstarrt wie eine vom Himmel gefallene Vogelspinne mitten auf dem Küchentisch.

»'tschuldigung«, kommt mir über die Lippen, bevor ich überhaupt darüber nachdenken kann. Wofür habe ich dumme Nuss mich denn jetzt entschuldigt?

Er hebt die Augenbrauen, seufzt und entspannt sich sichtlich, weil ich keine bösartige Wildsau bin, die ihn anfallen möchte. Als sein Puls wieder einsetzt, legt er den Kopf schräg und scheint intensiv nachzudenken.

»Ich war völlig abwesend«, sagt er dann leise, und mir fallen, völlig unpassend, seine wunderschönen Augen auf.

»Ich dachte, Sie sind auch Butterkuchen essen?«, frage ich ihn.

Er bringt wieder so etwas wie ein Lächeln zustande, und ich bin erstaunt. Er kann also tatsächlich auch freundliche Gesichtsausdrücke machen. Das gefällt mir. Und wieder vergehen ein paar Sekunden, bis er antwortet.

»Da steh ich nicht so drauf«, antwortet er. »Und Sie?«

»Ich mag Butterkuchen. Aber ich brauchte mal meine Ruhe.«

Er hebt entschuldigend die Hände. Dabei wollte ich ihm gar keinen Vorwurf machen. »Die lasse ich Ihnen gerne. War ein anstrengender Tag für Sie.« Unschlüssig bleibt er noch einen kleinen Moment stehen, dann nickt er mir knapp zu und läuft weiter. Ich schaue ihm hinterher, bis der Flieder mir wieder den Blick versperrt.

Ein paar Minuten später wird es mir dann aber endgültig zu kalt, und ich unternehme den zweiten Versuch, mich der geselligen Veranstaltung im Dorfkrug anzuschließen. Aber wieder laufe ich an dem kleinen Landgasthof vorbei, diesmal zurück, in Richtung Friedhof. Dort ist es jetzt sehr still. Außer mir gibt es noch einen Buntspecht, der auf einem der vielen großen Bäumen herumhackt, und ein Kaninchen, das bei meinem Anblick umgehend die Flucht ergreift.

Frau Herz hatte recht. Omas Grab sieht wunderschön aus. Die vielen bunten Blumen sind sorgsam arrangiert und Frau Herz hat die restlichen Blütenblätter, die jeder der Besucher in das Grab hatte werfen können, kurzerhand über die frische Erde verteilt. Und noch etwas zieht meine Aufmerksamkeit auf sich.

Ich trete näher und schiebe mit dem Fuß einen fest geflochtenen Blumenkranz vorsichtig beiseite. Direkt in der frischen Erde, umgeben von den vielen bunten Rosenblättern, steht etwas. Ich gehe in die Hocke, um den Gegenstand genauer zu begutachten.

Es ist ein altmodisches Marmeladenglas mit einem rotweiß karierten Deckel. Vorsichtig nehme ich es hoch. In dem Glas befinden sich Pralinen. Köstlich aussehende kleine Meisterwerke. Ich blicke mich vorsichtig um, dann schraube ich den Deckel ab und schnuppere daran. Nougat. Und Zimt. Und echte Vanille. Das Wasser läuft mir im Mund zusammen, aber ich schraube den Deckel wieder auf das Glas. Dabei fällt mir das kleine Etikett auf, das auf der Vorderseite klebt. In schwungvollen Lettern steht dort »Für Elsa!«.

Kapitel 10

Wir stehen im Schatten unter dem alten Kirschbaum in der Einfahrt vor Omas Haus und trinken Kaffee. Mr. Boo hat sich sicherheitshalber auf den obersten Treppenabsatz vor die geöffnete Haustür gehockt und behält die Umgebung scharf im Auge. Hier ist schließlich alles neu für ihn, und falls Gefahr droht, könnte er uns so warnen und sich dann unter dem Sofa in Sicherheit bringen. Er ist schon ein kluger Hund.

Endlich hat der Frühling Einzug gehalten. Allerdings mit Pauken und Trompeten. Es ist nämlich plötzlich erstaunlich warm für Mitte April, und Lea verträgt keine Sonne, weswegen wir auch im Schatten herumstehen. Sie behauptet, umgehend einen Sonnenstich zu erleiden, sobald auch nur ein einzelner Sonnenstrahl sie trifft. Ich denke, sie hat sowieso einen Stich, da kann so ein wenig Sonne nicht schaden.

Wir beobachten den Grafen, der sich wirklich klein zusammengefaltet hat, um unter der Motorhaube von Omas gelbem Lupo nach dem Rechten zu sehen. Das Auto hat Oma bei ihrem Vermächtnis vergessen, womit es wohl unserer Mutter gehört. Die das wiederum recht lustig fand, weil sie dank Omas Vermächtnis jetzt eh reich ist, noch nicht einmal einen Führerschein besitzt und es mehr kosten würde, das Auto nach Thailand zu schaffen, als es eigentlich wert ist. Vor ihrem

Abflug hat sie uns deshalb kurzerhand den Wagen überlassen, der sich seitdem beharrlich weigert anzuspringen.

Der Graf entfaltet sich wieder zu seiner stattlichen Körpergröße, wischt sich die Hände an einem Lappen ab und dreht sich zu uns. Wie immer geht einem Kommentar seinerseits eine kurze Schweigephase voraus. Langsam gewöhne ich mich daran, dass er immer erst sehr intensiv über die Worte nachdenkt, die er in die Welt entsendet. Und es ist nicht so, dass er sich sortieren müsste, weil geradezu ein Wort-Tsunami über seine Lippen drängt. Nein, die Kommunikation ist eher schlicht gehalten bei unserem neuen Nachbarn. Er scheint eben eher der Denker als der Sprecher-Typ zu sein. Allerdings blitzt das Herz aus Gold hin und wieder mal durch, denn als Lea und ich den funktionsunfähigen Lupo aus der Garage geschoben haben, hat er sich der Sache sofort angenommen.

»Zündkerzen«, sagt er dann. Fünf Sekunden nachdenken ergeben ein Wort. Wow!

»Und? Kaufst du neue und baust sie ein?«, überfällt Lea ihn sofort. Sie hat es ja nicht so mit umsichtiger Gesprächsentwicklung. Außerdem hat sie irgendwann begonnen, sämtliche Einwohner von Droggendiel zu duzen. Was mir immens peinlich ist, auch wenn die Droggendieler sehr nachsichtig mit ihr sind und sich noch nicht zur Wehr gesetzt haben.

»Mach ich«, sagt der Graf und klappt die Motorhaube des Lupos zu.

»Na wunderbar. Ich fahre dann mal«, verkündet Lea.

Tralllala! Ich atme tief durch. Bis hinunter zu den Fußsohlen. Wir stehen hier nämlich eigentlich nicht, um dem Grafen zuzusehen, sondern um auf den Bauunternehmer zu warten. Um mit ihm unsere Umbaupläne zu besprechen.

Lea hat das gewusst. Weil es der Hauptgrund für unser Treffen war.

»Kann ich dein Auto haben?« Sie hält mir die Kaffeetasse hin und streckt die andere Hand aus. Vermutlich um den Autoschlüssel entgegenzunehmen.

»Der Bauunternehmer kommt gleich«, sage ich, und augenblicklich springen meine Stimmbänder in ihren hochprofessionellen Tonfall. »Der Grund, warum wir uns hier und heute getroffen haben«, füge ich noch hinzu, falls ihr vielleicht doch ein verirrter Sonnenstrahl ins Hirn gestochen hat.

»Dauert nicht lange. Ich habe einen Termin.«

Lea kennt noch nicht mal die rudimentäre Bedeutung des Wortes »Termin«.

»Du hast einen Termin mit mir und Herbert Hansen«, sage ich scharf.

»Ich werde rechtzeitig wieder hier sein«, antwortet sie ebenso scharf.

»Der Termin ist in einer halben Stunde!«

»Autoschlüssel!«, faucht sie.

»Zicke!«, fauche ich zurück. Ich weiß, dass der Graf uns interessiert beobachtet. Er braucht schließlich ganze fünf Sekunden, um das Wort »Zündkerze« zu formulieren. Die »Zicke« kam mir innerhalb vom Bruchteil einer Sekunde aus dem Mund geschossen.

Lea baut sich bedrohlich vor mir auf. Ihre braunen Augen funkeln, und ich habe den kindlichen Wunsch sie zu schubsen. Ganz fest, und hinterher noch gegen das Knie treten.

Nicht weil sie jetzt wegwill, nicht weil sie dazu mein Auto benutzen will, sondern wegen der vergangenen sechsundzwanzig Jahre, in denen sie mich mit schöner Regelmäßigkeit bei jeder Begegnung auf die Palme gebracht hat. Ich habe sozusagen einen Emotionsstau, der sich in latenter Aggression bemerkbar macht.

»Dann verpiss dich doch«, flüstere ich, damit der Graf mich nicht hört, zerre den Autoschlüssel aus meiner Hosentasche und bewerfe sie damit.

Lea dreht sich wortlos um und läuft zu meinem Wagen.

»Ihr habt jetzt nicht das allerbeste Verhältnis«, sagt der Graf zögerlich und guckt mich an. Ich schüttle stumm den Kopf. Nein, es ist sogar so schlecht, dass wir es noch nicht einmal verstecken können.

»Soll ich … Also ich habe auch einen Termin …« Der Graf fährt sich durch die dunklen Haare, die daraufhin widerspenstig abstehen. »Aber den kann ich absagen. Wenn du möchtest, kann ich dabei sein, bei deinem Treffen mit dem Hansen. Als beratende Instanz. Meine letzte Renovierung ist schließlich noch nicht so lange her.«

Er deutet auf sein Haus hinter uns. Das ist nett. Richtig nett. Und er hat mich geduzt. Vermutlich eine Folge von Leas Dauer-Geduze.

Aber ich kann ja nicht verlangen, dass er seinen Termin absagt, nur weil Lea zu blöd ist, unsere Verabredung einzuhalten.

Außerdem möchte ich keinesfalls, dass der Graf glaubt, ich sei nicht in der Lage, allein mit einem Bauunternehmer zu sprechen. Ich kann alles allein. Deswegen schüttle ich energisch den Kopf. Und dann lächelt der Graf. Was mir sehr ungelegen kommt. Denn wenn er das tut, und hin und wieder tut er es einfach so, wird mir ganz komisch. Damit er nicht merkt, dass mir komisch wird, gucke ich schnell an ihm vorbei und sage etwas Belangloses und ziemlich Dämliches: »Ganz schön warm heute, nicht?«

Klarer Fall von Übersprungshandlung. Was nur daran liegt, dass der Graf über ein so ansprechendes Äußeres verfügt. Das sind die Hormone, die sich überfallartig in meinem Organismus verteilen, da kann ich gar nichts für. Und wenn er lächelt, scheint irgendein instinktgeleitetes Betriebssystem in meinem Gehirn in den »Tussi-Modus« zu springen, und mir wird ganz sonderbar. Ich möchte dann auch lächeln und etwas besonders Kluges sagen. Oder mein Haar schütteln. Damit der Graf denkt, ich sei besonders klug – und schön, oder so. Aber nach dem Attentat auf mein Herz vor zwei Jahren bin ich leider überhaupt nicht mehr geübt im Umgang mit der Tatsache, dass ich offensichtlich immer noch über Hormone verfüge. Das Attentat war nämlich sehr schwerwiegend, und seitdem bin ich ein wenig – komisch.

»Okay«, der Graf hat den Kopf ganz leicht schräg gelegt. Das Lächeln ist zum Glück wieder aus seinem Gesicht verschwunden, aber ich bleibe auf der Hut. Manchmal kommt es ganz unerwartet wieder hervor. Zumindest wenn er mit mir spricht, was sogar Lea schon aufgefallen ist und was sie sogleich kommentieren musste mit den Worten: »Der steht auf dich«, was ich natürlich ignoriert habe. Der Graf guckt komisch. Ob er die Abläufe meiner sonderbaren Gedanken auf meinem Gesicht lesen konnte?

»Ich besorge neue Zündkerzen und baue sie morgen ein.« Er dreht sich schon um, bleibt aber abrupt stehen.

Verdammt. Er lächelt schon wieder. Nur leicht und nur angedeutet, aber mehr braucht es auch nicht.

»Ich bin übrigens Erik«, sagt er knapp und reicht mir die Hand, die ich verdutzt ergreife. Dann verschwindet er in Richtung seiner Einfahrt. Ich bin für einen Moment verwirrt, werde aber durch Mr. Boo abgelenkt, der sich anschickt, die Verfolgung des Grafen aufzunehmen. Auch Mr. Boo scheint irgendeine Verhaltensstörung aufzuweisen, sobald unser Nachbar in der Nähe ist.

»Du bleibst hier!«, sage ich schärfer als beabsichtigt, und sofort lässt Mr. Boo sich wieder auf sein kleines Hinterteil sinken, die Rute angstvoll unter sich geklemmt.

Er wirft mir einen entschuldigenden Blick zu, in dem ich glasklar lese, dass er den Grafen gerne zu seinem Termin begleitet hätte. Er mag den Grafen, und er mag eigentlich außer Lea, mir und seinem Trockenfutter nichts und niemanden auf dieser Welt.

Im nächsten Moment gibt er einen kläglichen Warnton von sich, springt auf und verschwindet im Haus.

Ein riesiger LKW zuckelt den Sonnenblumenweg entlang. Mein Container kommt. Denn morgen beginnt hier die große Entrümpelungs-Aktion, an der Sonja, das Rote Kreuz, Hildegard und ich teilnehmen werden. Lea vielleicht auch, vorausgesetzt sie hat keine anderweitigen Verpflichtungen, die sie zum Zeitpunkt unserer Verabredung noch nicht kannte.

Der LKW fährt langsam an Omas Hofeinfahrt vorbei. Ich winke mit einer Hand. Er fährt weiter. Ich hebe beide Hände und wedle damit in der Luft herum. Unbeirrt tuckert das riesige Gefährt weiter, bis es schließlich vor Professor Godewinds Fachwerkhäuschen zum Stehen kommt.

Ich scheine Luft zu sein. Zumindest für den großen hageren Kerl, der jetzt aus dem Führerhaus des LKWs klettert und sich suchend umblickt. Seufzend mache ich mich auf den Weg, um dem Mann den rechten Weg zu weisen.

»Hallo!«, rufe ich schon aus zehn Metern Entfernung, aber

der Mann ist intensiv damit beschäftigt, in irgendwelchen Unterlagen auf einem Klemmbrett zu blättern, und nimmt keinerlei Notiz von mir.

»Sie wollen zu mir!« Ich stehe mittlerweile direkt vor ihm und straffe die Schultern. Ich bin ja nun mal naturgegeben recht klein und sehe ein wenig püppchenhaft aus. Das veranlasst Männer, insbesondere Männer, die hauptsächlich mit den Händen arbeiten, sehr oft dazu, mich nicht ganz so ernst zu nehmen, wie sie es besser tun sollten. Deswegen diese Vorsichtsmaßnahme.

»Ach, ja?« Er hebt endlich den Kopf und sieht mich abschätzend an. Unmerklich recke ich mich noch ein wenig in die Höhe und komme so sicherlich auf stattliche 162 Zentimeter.

»Ich bin Charlotta Ellenberg, und ich habe den Container bestellt.«

»Ach, ja?«

»Zweimal ja. Ich bin mir bei beiden Angaben sehr sicher.«

»So. Wohin?«

Ich deute wortlos in die Richtung, aus der ich gekommen bin, und ebenso wortlos besteigt er wieder seinen LKW. Dann manövriert er das Teil mit nicht unerheblichem Geschick rückwärts auf den Hof und lädt den Container ab. Punktgenau an der dafür vorgesehenen Stelle.

Er klettert wieder hinunter, hält mir sein Klemmbrett samt Kuli entgegen und sagt: »Unterschrift.«

Ich unterschreibe, der Mann nickt, klettert wieder behände zu dem Lenkrand seines LKWs hinauf und rollt vom Hof.

Seufzend betrachte ich das riesige orangerote Teil neben der Garage, in das ich morgen die nicht mehr verwertbaren Habseligkeiten meiner Oma werfen soll. Will. Muss. Um danach das ganze Haus zu renovieren. Um dann mit Lea gemeinsam hier zu leben. Um vermutlich langsam und gnadenlos verrückt zu werden.

Diese Gedanken sind sehr anstrengend. Ich seufze noch einmal schwer und sinke auf die Treppe, auf der ich allerdings nicht allzu lange sitzen bleiben kann, denn im nächsten Moment kurvt schwungvoll ein giftgrünes Auto auf den Hof.

»Herbert Hansen baut alles!«, verkündet ein kühner Schriftzug quer über der Motorhaube. Mein nächster Termin ist eingetroffen.

Herbert Hansen entsteigt seinem informativ beklebten Gefährt, samt Klemmbrett, das zur Standardausrüstung in dieser Branche zu gehören scheint, und eilt auf mich zu.

»Frau Ellenberg!«, begrüßt er mich und schüttelt mir fröhlich die Hand. Dann blickt er sich um und senkt die Stimme: »Na, da haben Sie sich ja was vorgenommen.«

»Deswegen sind Sie hier«, antworte ich mutiger, als ich mich fühle. Hat Bob der Baumeister etwa mit einem Blick erfasst, dass dieses Haus einen zarten Renovierungsstau von fast zwanzig Jahren auf dem Buckel hat?

Offensichtlich, denn nachdem er meine Hand wieder losgelassen hat, wendet er sich leise murmelnd dem Küchenfenster neben dem Kirschbaum zu. Er scheint mit dem Fenster zu sprechen, und ich stehe reg- und wortlos daneben.

»Die müssen raus. Die waren schon vor zwanzig Jahren alt«, verkündet er dann fröhlich sein Urteil. Er setzt eine Lesebrille auf und notiert etwas auf seinem Klemmbrett.

Neue Fenster? Was um alles in der Welt mag denn ein neues Fenster kosten? Und das Haus hat einige davon …

Lea rettet mich aus meiner Schockstarre, in dem sie auf den Hof gebrettert kommt und neben Herrn Hansen den

Motor meines Wagens abwürgt. Dann stürzt sie aus der Tür und schüttelt energisch des Bauunternehmers rechte Hand, der dabei etwas verwundert aus der Wäsche guckt.

»Ich bin Lea. Die Schwester.« Sie deutet auf mich. »Habe ich was verpasst?«

»Öh. Nö.« Herr Hansen wirft mir einen fragenden Blick zu. Offensichtlich fällt es ihm schwer, Lea so rein vom äußeren Eindruck her mit mir in Verbindung zu bringen. Ich trage dem Wetter angemessen eine Jeans mit Ballerinas und einen kurzärmligen Pullover. Lea hingegen stehen heute die lila Haarsträhnen zu Berge, und sie hat irgendwann zwischendurch ihre dicken schwarzen Doc Martens gegen zerfledderte pinkfarbene Chucks getauscht. Ein bisschen sieht sie mit dem dicken Schlabberpulli aus, als hätte sie die Nacht unter einer Brücke verbracht. Ich nicke und bekenne mich somit zu den schwesterlichen Banden.

»Herr Hansen, machen wir weiter!« Lea wirkt sehr energisch und kompetent, und augenblicklich schüttelt Herr Hansen seine Verwirrung gekonnt ab.

»Dann habe ich es mit zwei Bauherrinnen zu tun! Das ist selten und ungewöhnlich.« Er freut sich. Warum, bleibt offen. Weil wir selten und ungewöhnlich sind, kann ja nicht der Grund sein.

»Gut. Wollen wir dann mal reingehen?«, frage ich, und Herr Hansen nickt eifrig.

Kaum betreten wir den Flur, schnauft der Herr Bauunternehmer jedoch entrüstet auf. »Hier fehlt ein Fenster!« Sofort macht er sich weitere Notizen. »Und die Treppe muss auch raus.«

Ich komme nicht dazu, ihm Einhalt zu gebieten, denn er fährt fort, jetzt mit einem aufgeregten Vibrieren in der Stimme: »Und die Elektroleitungen … Die Elektroleitungen. Ja, mein Gott. Das muss alles neu. Alles neu!«

Offensichtlich steht er kurz davor zu hyperventilieren. Lea zieht die Nase kraus und tippt sich leicht hinter seinem Rücken mit dem Finger an die Stirn.

»Herr Hansen«, unterbreche ich seine ekstatische Orgie. »Wir wissen schon ziemlich genau, was wir machen lassen wollen. Vielleicht geben wir Ihnen unsere Liste und machen dann einen kurzen Rundgang durch das Haus?«

Herr Hansen fährt zu mir herum. »Eine Liste? Woher wissen Sie denn, was zu tun ist? Hatten Sie schon ein Konkurrenzunternehmen hier? Das müssen Sie mir dann aber sagen, Frau Ellenberg.«

»Wir haben Augen im Kopf«, murmelt Lea, immer noch hinter seinem Rücken. Sie hat sich sogar auf die erste Stufe gestellt, vielleicht um die Situation aus einem anderen Blickwinkel im Auge zu behalten. Ich muss doch tatsächlich grinsen.

»Ah!« Herbert Hansen dreht sich schwungvoll zu ihr herum, vielleicht um zu kontrollieren, ob Lea tatsächlich Augen im Kopf hat, mit denen sie erkennen kann, was hier zu erledigen ist.

Aber dann folgt er uns in die Küche, dem Plastik-Traum in Knatterorange, original aus den Sechzigerjahren. Damals der Herzenswunsch einer jeden Hausfrau, heute eine visuelle Panikattacke auslösende Tatsache. Diese Küche scheint Herbert Hansen so zu beeindrucken, dass er tatsächlich vorübergehend schweigt. Lea zückt unsere Liste. Die Liste.

Auf den ersten Blick sieht sie aus wie ein Stück Papier, eng beschrieben mit Leas krakeliger Handschrift. Sie ist aber viel mehr, denn die Erstellung dieses Schriftstückes hat mich mehr Nerven gekostet, als ich eigentlich zur Verfügung habe.

Die Erstellung besagter Liste begann in meiner Wohnung mit der Tatsache, dass sich Lea einfach ungefragt meinen letzten Erdbeerjoghurt aus dem Kühlschrank genommen hat. Dann hat sie auf Lea-typische Art die Augen verdreht, als ich sie bat, den dreckigen Löffel doch bitte in die Geschirrspülmaschine zu tun und nicht auf meine Steuererklärung.

Aber dazwischen haben wir es tatsächlich geschafft, uns nicht anzubrüllen und konzentriert an der Umsetzung von Omas letztem Wunsch zu arbeiten: das Haus so schön wie möglich zu machen. Zumindest in der Grobplanung sind wir schon ganz gut. Wenn man davon absieht, dass ich schon jetzt neue Nerven bräuchte.

Zumindest steht fest, dass wir eine neue Küche möchten, eine Wand zum Wohnzimmer raus soll, dass im ganzen Haus Parkett verlegt werden soll und dass das Gästeklo und das Badezimmer im Obergeschoss renoviert werden sollen. Na ja, und die Wände müssen gestrichen werden. Die Außendämmung haben wir mit einem Fragezeichen versehen.

Dabei sollte erwähnt werden, dass meine einzigen bautechnischen Erfahrungen bisher darin bestanden, im Baumarkt Blumenerde zu kaufen.

Neu auf der Liste sind jetzt also die Elektroleitungen. Natürlich könnte man den Hof neu pflastern, das Dachgeschoss dämmen, ein Fenster im Flur einbauen und einen Hubschrauberlandeplatz einrichten … Allerdings stehen all diese Dinge auf einer gesonderten Liste. Eine nicht ganz so ernst gemeinte. Uns war nämlich klar, dass wir sonst vorher noch schnell im Lotto gewinnen müssten.

Lea reicht also Herrn Hansen das Papier, und er lässt sich schwer auf einen der Küchenstühle fallen. Dann zückt er wieder seine Lesebrille und studiert eine ganze Weile unsere Ideen zur Wohnoptimierung des Hauses. Als er fertig ist, legt er schweigend Brille und Papier auf den Tisch und sieht uns an.

»Na, die Damen. Was ein Glück, dass ich Herausforderungen jeder Art mag«, erklärt er uns trocken. Dann erkundigt er sich mit Grabesstimme: »Das Budget?«

»40.000«, antworten Lea und ich einstimmig. Herbert Hansen lacht. So sehr, dass sein kleines Bäuchlein im Takt mitwackelt und er ganz rot im Gesicht wird.

Lea legt die Stirn in Falten und kramt in den Papieren herum. »Er hat die falsche Liste«, raunt sie mir dann zu. Womit erklärt wäre, warum Herbert Hansen das alles so lustig findet. Lea hat ihm aus Versehen die »Luftschloss-Liste« überreicht. Auf der stehen auch ein Whirlpool im Keller und ein Glasanbau für mein Büro.

Nach dieser Information scheint sein Blutdruck wieder auf einen akzeptablen Wert zu sinken, und wir geleiten ihn gemeinschaftlich durch Omas Haus, wobei ich die ganze Zeit versuche, mich gerade zu halten und kompetent zu gucken.

Nicht dass Herbert glaubt, hier gäbe es zwei junge Mädels, die er mal ganz zackig über den Tisch ziehen könnte. Aber Herbert bekommt meine Bemühungen um fachkundige Ausstrahlung gar nicht mit. Er scheint vielmehr mit dem Haus zu kommunizieren und brummt die ganze Zeit leise vor sich hin. Zu verstehen ist nichts. Ob er die Zimmertüren und Elektroleitungen nach ihrer Befindlichkeit befragt? Vielleicht vertraut ihm der bröckelnde Putz im Treppenaufgang aber auch irgendwelche Geheimnisse an, man weiß es nicht.

Er nimmt alles genau in Augenschein und ritzt zwischendurch sogar mit einem Cutter die Wand ein, um die Anzahl der alten Tapeten zu schätzen.

»Muss runter«, murmelt er dann wieder und macht sich eine Notiz. »Das sind ja locker fünf Tapeten übereinander. Und muss es dann wirklich eine verspachtelte Wand sein? Eine neue Tapete wäre einfacher.«

Ich nicke. Ich mag keine Tapeten. Lea zuckt die Achseln. Sie weiß wohl nicht, ob sie Tapeten mag.

Herr Hansen schnauft wieder, macht sich aber weiterhin sehr fleißig Notizen auf seinem Klemmbrett, nimmt den in den Unterlagen von Oma gefundenen Grundriss des Hauses entgegen und verspricht uns in Kürze ein adäquates Angebot.

Gerade als Herr Hansen in seinem giftgrünen Bauunternehmer-Mobil vom Hof rollt, kommt Hildegard durch die Hecke geklettert und eilt auf uns zu.

»Na, Mädchen!«, begrüßt sie uns schwungvoll. Heute ist ihre Kittelschürze bleu mit kleinen weißen Hähnen drauf. »Der Herr Hansen ist sehr kompetent, nicht?«

»Wird sich zeigen«, murmelt Lea, die sich wieder schutzsuchend vor der bösen Sonne unter den Kirschbaum verzogen hat. Herbert Hansen war eine Empfehlung. Offenbar hat er bereits halb Droggendiel umgebaut oder saniert.

»Was der sagt, da könnt ihr euch drauf verlassen.« Hildegard hat ihre Hände in die Taschen der Schürze gesteckt und schaut verträumt in die ersten sich öffnenden Knospen des Kirschbaums.

Im nächsten Moment donnert ein großer Lieferwagen den Sonnenblumenweg hinunter.

»Wollen die auch zu uns?«, fragt Lea unter dem Baum hervor.

Der Wagen biegt knapp neben unserem Tor in die Einfahrt des Grafen und holpert über den unebenen Weg. Hildegard rückt näher.

»Mindestens einmal die Woche kommt dieser Lieferwagen, und wir wissen nicht, was da drin ist. Er ist ja so verschwiegen.« Verschwörerisch sieht sie uns an, die Augenbrauen gehoben.

»Wir mögen ihn ja, unseren Grafen, aber diese Heimlichtuerei ist sehr unschön. Er erzählt so wenig von sich. Elsa und ich haben auch schon mal um die Ecke gespickelt, aber es ist nichts zu sehen gewesen.«

Meine Oma und Hildegard haben den Grafen bespannert? Ich bin kurz fassungslos. »Soll ich schnell mal gucken gehen?«, fragt Lea trocken, und Hildegard nickt eifrig.

»Du müsstest aber hinten durch den Garten schleichen, vom Hof aus kann man nichts sehen. Und der kleine Weg in der Feldmark führt leider ausgerechnet in die andere Richtung, hinter das Haus des Professors. Und da passiert nun überhaupt gar nichts.«

Wie bedauerlich für Hildegard, dass beim Professor so wenig los ist.

»Du bleibst hier! Man kann nicht einfach auf fremde Grundstücke gehen und gucken!«, empöre ich mich.

»Mein Gott, Lotta. Zwischen seinem und Omas Grundstück ist ja noch nicht einmal ein Zaun.« Lea schüttelt den Kopf. Offensichtlich ist sie empört über meine vertrockneten Ansichten bezüglich der Privatsphäre.

Und dann macht sie sich auf den Weg, um den Grafen auszuspionieren, während Hildegard sich freudig die Hände reibt. Ich atme tief durch bis zu meinem Solarplexus, passiere den Magen und dann weiter bis zum Mittelpunkt der Erde, aber Lea ist schon durch den Garten verschwunden.

Nur wenige Minuten später ist sie wieder zurück.

»Man kann nix sehen. Nur einen schlichten weißen LKW mit geöffneten Ladetüren, der dort herumsteht«, erklärt sie. Hildegard nickt wissend.

»Ich gehe Mr. Boo suchen. Kannst du mich dann nach Hause fahren?«, fragt sie mich, schmeißt aber schon ihre Tasche auf den Beifahrersitz meines Autos. Scheint nicht so, als wäre sie an einer Antwort interessiert. Dann schickt sie sich an, Mr. Boo zu suchen. Nach fünf Minuten verzweifeltem Rufen ihrerseits eile ich ihr zu Hilfe, und wir finden ihn in Omas Bett im Obergeschoss.

Als wir zurückkommen, hockt Hildegard auf einem kleinen Klapphöckerchen mitten in der Buchenhecke, ein aufgeschlagenes Buch auf den Knien.

»Was machst du da?« Ich bleibe stehen und betrachte sie irritiert, während Lea sich schon ins Auto setzt.

Sie zuckt die Achseln, als wäre meine Frage völlig absurd.

»Na, ich gucke, wie lange der LKW bleibt.«

»Hildegard, das geht uns nichts an«, sage ich streng. »Warum fragst du ihn nicht einfach, was er macht?«

Hildegard sieht mich durchdringend an. Dann zieht sie eine Augenbraue in die Höhe und sagt todernst: »Wenn er wollte, dass wir es wissen, hätte er es ja gesagt, oder?«

Dieser unschlagbaren Logik habe ich nichts entgegenzusetzen, und ich sehe zu, dass ich Lea nach Hause bringe.

Kapitel 11

Es gibt blöde Tage, und es gibt Tage, deren Streichung im Gesamtweltgeschehen absolut nicht auffallen würde, weil sie noch blöder als blöd sind. Blöd hoch zwölf, sozusagen. Dieser Donnerstag wird vermutlich so ein Tag. Genau kann ich das um halb sieben Uhr morgens zwar noch nicht sagen, aber ich denke, dieser Tag hat massives Entwicklungspotenzial in diese Richtung.

Geweckt wurde ich von Herrn Tontes, unten rechts, und zwar um exakt 6:05 Uhr. Herrn Tontes muss irgendein sehr schwerer Gegenstand heruntergefallen sein. Erst dachte ich, dass es vielleicht Herr Tontes selbst gewesen sein könnte, der mit einem harten Knall auf dem Boden gelandet ist. Vom Klo gestürzt vielleicht, da aber direkt danach »das große Geballer« unter mir angeschaltet wurde, war ich mir sicher: Herr Tontes erfreut sich bester Gesundheit, von der Blasenschwäche mal abgesehen, und kann nur einfach mal wieder nicht schlafen.

Ich dann auch nicht mehr.

Die Hauptrollen eine Etage unter mir spielten diverse Maschinenpistolen und Hubschrauber. Zwischendurch brüllten Männer. Also ein hochwertiges Hollywood-Produkt, für den anspruchsvollen Herrn mit Schlaf- und Blasenstörung.

Um 6:10 Uhr habe ich mein Bett verlassen. Um 6:15 Uhr habe ich mir fest vorgenommen, heute meine Kündigung für die Wohnung zu schreiben. Um 6:18 Uhr habe ich festgestellt, dass die Milch alle ist. Milch ist ein lebensnotwendiges Lebensmittel, weil ich ohne Milch keinen Kaffee trinken kann. Ohne Kaffee kann der Tag nicht beginnen, womit der Morgen um 6:20 Uhr eigentlich schon wieder gelaufen war.

Jetzt ist es 6:25 Uhr, und ich möchte wieder ins Bett, was nicht geht, weil sich unter meinem Schlafzimmer nach wie vor ein internationales Krisengebiet befindet.

Dies ist einer der Momente, in denen ein Mann im Bett praktisch wäre. Ein Mann, den ich jetzt aus dem Tiefschlaf reißen und ihm befehlen könnte, Herrn Tontes zur Ruhe zu bringen. Ein Mann, der daraufhin die Treppe runterstürmt, Herrn Tontes zusammenscheißt, dass die Fenster beben, wieder nach oben trabt, mir einen Kuss gibt, sich zusammenrollt und weiterschläft.

Aus Ermangelung eines Mannes greife ich selbst zum Telefon und wähle Herrn Tontes Nummer. Da ich mich immer noch im Schlafanzug befinde, sehe ich davon ab, mich persönlich zu ihm zu begeben.

»Zu laut?«, ertönt nur Sekunden später der ungläubige Ruf in mein rechtes Ohr.

»Ja. Zu laut.« Dem gibt es nichts hinzuzufügen. Ich habe mich in diesem Haus schon sehr starker akustischer Belästigung unterordnen müssen. Aber Maschinenpistolen zu so früher Stunde gehen überhaupt nicht. Da muss selbst ich mich mal mokieren.

»Besser?«, fragt mein Nachbar nur Sekunden später. Besser? Offenbar fährt gerade ein Panzer durch sein Schlafzimmer. Das ist nicht besser, nein!

»Nein«, sage ich deshalb wahrheitsgemäß, und er schnauft. »Frau Ellenberg. Sie sind aber auch ein wenig empfindlich.«

Endlich nimmt das Brummen und Maschinengewehrscharmützel etwas ab. Er scheint jetzt tatsächlich die »Leise«-Taste gefunden zu haben, und für einen kurzen Moment freue ich mich, hier bald auszuziehen.

»Gut. Dann eben so. Haben Sie noch einen schönen Tag!« Er legt auf, ich sage »Arschloch« zu der Zimmerwand und bin kurz gewillt, noch einen harten Gegenstand hinterherzuschmeißen. Dabei ist Herr Tontes doch zurzeit der einzige Mann, der auch nur ansatzweise mein Leben teilt. So indirekt. Und vermutlich werde ich überhaupt nie wieder einen Mann haben. Zumindest keinen, der mein Leben auch direkt teilt. Also ich hoffe zwar auf eine Veränderung der Gesamtlage, kann aber nicht ausschließen, dass es das war. Rein männertechnisch. Womit ziemlich sicher ist, dass ich mich weiter um alles selbst kümmern muss. Und als Allererstes um Kaffee mit Milch.

In Lichtgeschwindigkeit springe ich in meine Klamotten. Ich muss eh in den Baumarkt – allein wohlgemerkt, weil Schwester Lea erst ausschlafen möchte und stattdessen lieber die Mitwirkenden des heutigen Entrümpelungstages beaufsichtigt – und mache vorher noch einen Abstecher zum Bäcker meines Vertrauens. Dort erstehe ich ein Buttercroissant und einen riesigen Becher Latte macchiato, den ich fest umklammere und kurzerhand mit in den Baumarkt schleppe.

Dort lungere ich eine Weile zwischen Kloschüsseln und Parkettboden herum, erstehe Mülltüten, einen Besen und allerlei andere Notwendigkeiten und fahre weiter zu Omas Haus, wo ich direkt unter dem Kirschbaum parke.

Noch bevor ich überhaupt den Motor abgestellt habe, erkenne ich glasklar: Hier gibt es ein Problem! Es sieht aus, als ob wir beabsichtigen, eine Party zu feiern. Alle stehen im

Hof herum und schauen mich voll freudiger Erwartung an. Was ist bloß los? Die hätten doch alle schon schwer beschäftigt herumwerkeln müssen, schließlich sind sie seit einer Stunde hier.

Ich atme tief durch, dann steige ich aus und verschaffe mir erst einmal eine Übersicht über die Lage.

»Sie können dort nicht stehen bleiben«, sage ich zu dem Rote-Kreuz-Menschen, der direkt in des Grafen Einfahrt geparkt hat. Erstaunt hebt der gut aussehende Jüngling in seiner roten Kluft die Augenbrauen und betrachtet verwundert seinen Parkplatz.

»Echt nicht?«, vergewissert er sich erstaunt.

»Echt nicht«, bestätige ich freundlich.

»Da bist du ja endlich!« Sonja grinst, drückt ihre Zigarette neben der Mülltonne aus und haucht mir einen Kuss auf die Wange.

Hildegard steht mit verschränkten Armen und leicht säuerlicher Miene neben ihr. Sie trägt heute wieder eine Kittelschürze in gedeckten Farben und sieht leicht derangiert aus. Ihr graues Haar steht ihr zu Berge. Wie sie mir in den vergangenen drei Tagen telefonisch mindestens achtmal täglich mitteilte, geht ihr das Ausräumen von Elsas Haus ans Herz. Ich drücke ihr kurz die Schulter, sie seufzt abgrundtief und tupft sich die Augen mit dem Ärmel ihrer Kittelschürze. Mir geht das hier auch ans Herz, aber es bringt wohl wenig, wenn ich jetzt auch seufze und mir die Augen tupfe.

Lea hockt auf den Treppenstufen und starrt versonnen in der Gegend herum. Neben ihr sitzt der Irokesen-Mann, der uns in ihrer WG Tee gekocht hat. Ich wusste nicht, dass er auch kommt. Ich weiß noch nicht einmal, wie er heißt, nur dass er ein wenig gefährlich aussieht. Viel Leder und schwere Stiefel.

Vielleicht ist der Mann mit der sonderbaren Frisur der Ersatz für Mr. Boo, den Lea offensichtlich zu Hause gelassen hat.

»Warum stehen hier alle herum?«, frage ich sie und bleibe direkt vor der Treppe stehen.

»Das ist übrigens Alex«, sagt sie und deutet auf den Mann mit der sonderbaren Frisur. Sie klingt, als erwarte sie ein Lob, dass sie einen Mann mitgebracht hat. »Hallo, Alex«, sage ich. Er grinst mich an.

»Ich habe den Schlüssel vergessen.« Lea grinst auch. Ob das in ihrer Welt ein Grund für Heiterkeit ist? Nun, in meiner Welt nicht. Das erklärt allerdings, warum hier alle so untätig herumstehen. Mir kocht augenblicklich das Blut.

»Spinnst du?«, fauche ich sie an und möchte ihr am liebsten gegen ihr knochiges Knie treten. Alex zieht erschrocken eine Augenbraue in die Höhe, während Lea völlig unbeeindruckt weitergrinst. Ich spüre die Blicke aller Anwesenden in meinem Rücken.

»Wieso hast du denn nicht angerufen? Dann wäre ich schnell hergekommen und hätte euch reingelassen.«

»Du hattest keinen Handyempfang.« Lea zuckt mit den Achseln. In ihrem Gesicht steht Unverständnis. »Was regst du dich so auf?«

»Was ich mich aufrege? Hier stehen alle eine Stunde untätig herum, weil DU den Schlüssel vergessen hast!«, fauche ich, atme dann aber tief durch und versuche mich zu beruhigen. Es ist völlig sinnlos weiterzudiskutieren. Lea begreift es einfach nicht.

Böse Worte vor mich hin murmelnd schließe ich die Tür auf, und unsere Entrümpelungshelfer strömen ins Haus.

Das ist leider auch der Moment, an dem ich vorübergehend die Kontrolle verliere.

Hildegard hockt sich sogleich an den Küchentisch und trinkt ein in den Untiefen ihrer Kittelschürze mitgeführtes Schnäpschen. Um neun Uhr morgens. Dann animiert sie den Irokesenmann sowie einen mir Unbekannten, der unerwartet aufgetaucht ist, ebenfalls um diese Unzeit Alkohol zu konsumieren. Der Unbekannte ist offensichtlich ein Gehilfe des Rote-Kreuz-Jünglings und nimmt das kleine Glas freudig entgegen. Lea und der Iro-Mann setzen sich einträchtig auf die Arbeitsplatte und gucken zu, während Sonja die Stirn runzelt, die Schultern kreisen lässt und sagt: »Ich geh eine rauchen und komme wieder, wenn es richtig losgeht!« Unmotiviertes Herumsitzen ist ihr ein Gräuel, und so sucht sie erst mal das Weite.

Währenddessen stehe ich mit meinem neuen Besen und den Mülltüten bewaffnet herum und bin erstaunt, dass wirklich niemand der Anwesenden in den von mir erwarteten Aktionismus verfällt. Ich lag mit meiner Einschätzung des Tages heute Morgen ziemlich gut. Allerdings ist das rasante Entwicklungspotenzial für die paar Stunden, die ich jetzt wach bin, dann doch wirklich bemerkenswert.

»Guten Morgen!«, ertönt es plötzlich neben mir, und der Tag gewinnt spontan den Preis für den beschissensten Tag in diesem Jahr.

Notar Dr. Gottke strahlt mich an. »Die junge Dame vor der Tür hat mich hereingelassen«, verkündet er fröhlich. Heute trägt er Mintgrün. Was nicht viel besser ist als Pink und mir in den Augen beißt.

Schwach sage ich: »Moin.«

»Und Sie werden heute beginnen?« Er hat die Stimme vertraulich gesenkt und sieht mir tief in die Augen. Er meint mich. Nicht die anderen Anwesenden. Also hat Herr Dr.

Gottke die Gesamtsituation schon ziemlich schnell durchschaut.

Ich nicke und straffe die Schultern. »Jep!«, antworte ich knapp. Dafür wäre es allerdings unerlässlich, jetzt endlich loszulegen.

Ich muss also alle Beteiligten in Kenntnis setzen, was zu tun ist. Und sie dann, notfalls mit Gewalt, zum Abarbeiten meiner To-do-Liste nötigen. Zum Glück habe ich wenigstens Omas ganz private Dinge und Ordner bereits in den Keller geschafft und in ihrem Bügelzimmer eingeschlossen.

Fest sage ich in die illustre Runde: »Jetzt mal bitte alle auf ihre Plätze! Die Herrn vom Roten Kreuz nehmen alle gekennzeichneten Möbel mit. Ihr Kennzeichen ist …«, ich zerre ein Blatt Papier aus meiner Handtasche, »das rote Kreuz. Wie könnte es anders sein.« Ich ernte für diesen zugegebenermaßen ziemlich schwachen Witz keine Belustigung. »Lea, bitte geh mit Sonja nach oben und fangt mit Omas Klamotten an. Dein Mitbewohner kann mal einen Tee kochen. Möchten Sie auch eine Aufgabe bekommen, Herr Dr. Gottke?«, wende ich mich an den Notar, der sich lässig gegen den Türrahmen gelehnt hat. Er schüttelt energisch den Kopf.

»Ich bin ja nur hier, um den Fortgang des notariell verfügten Vermächtnisses zu kontrollieren. Aber wie ich sehe, läuft es!« Er freut sich und lächelt mich so intensiv an, dass seine Ohren Besuch von den Mundwinkeln bekommen.

Zwei Stunden und eine Runde Gekeife von Lea später rollen der Jüngling und sein Gehilfe vom Hof. Mit ihnen rollen Omas Schrankwand, ihr Kleiderschrank, ihre defekte Waschmaschine, ihr Fernseher und drei blaue Säcke mit Kleidung.

Hildegard räumt derweil die Küche aus. Und weint. Durchgehend. Weil jeder Teelöffel und jede Kaffeetasse sie an Oma erinnert. Was die allgemeine Stimmung, die ja auch vorher nicht sonderlich gut war, dann doch erheblich und nachhaltig zum kompletten Erliegen gebracht hat.

Auch Lea ist immer schweigsamer geworden und hat sich zwischendurch die Augen gewischt, was mir fast ein wenig leidtut, auch wenn mir bei ihrem Anblick immer noch das Blut kocht. Der Einzige, der hier noch halbwegs Stimmung verbreitet, ist Alex. Er kann ziemlich anpacken. Was er zwischen Teekochen und Hildegard-tröstend-die-Hand-Tätscheln auch tut.

Wenigstens kommen wir gut voran und liegen im Zeitplan, was durch Leas Schusseligkeit wirklich ein Wunder ist. Aber auch ich werde mir jetzt endlich mal einen Tee gönnen. Ich setze mich neben Hildegard, die weinend, aber mit einem gewissen Enthusiasmus Omas silbernes Zuckerdöschen poliert. Sonja guckt um die Ecke und sieht aus, als ob sie sich in irgendeiner unbekannten und deswegen niemals geputzten Ecke des Hauses rumgetrieben hätte. Ihr blondes Haar ist spontan ergraut und ein paar Staubmäuse haben sich an ihrem ehemals bunten Schal festgeklammert.

»Der Keller ist gesichtet. Da wartet noch viel Arbeit«, verkündet sie. »Aber es gibt auch Positives zu vermelden.« Mit einem Stöhnen lässt sie sich auf einen Stuhl fallen und rubbelt sich das staubige Gesicht. »Ihr werdet die nächsten dreißig Jahre nicht dem Hungertod zum Opfer fallen. In Elsas Vorratskeller befinden sich gefühlte 700 Gläser Apfelkompott, 3000-mal Marmelade und ein gesamter Regalboden voll Einmachgläser, in denen Bohnen und anderes Gemüse schwimmt, das ich noch nie in meinem Leben zu Gesicht bekommen habe.« Mit einer energischen Bewegung donnert

Hildegard Omas Zuckerdose auf den Tisch. »Dass das klar ist, Lotta Ellenberg! Dieses Jahr werden wir zusammen einkochen. Das ist hier Tradition!«

Ich will mich gerade zur Wehr setzen, als Sonja mir gegen das Schienbein tritt. Sie grinst und gießt sich derweil in aller Ruhe einen Tee ein.

»Das machen wir zusammen, liebe Hildegard«, sage ich. »Ich werde mir eine stilechte rot karierte Schürze besorgen, und dann kochen wir im Herbst alles ein, was nicht rechtzeitig flieht.«

»Und Apfelkuchen backen wir auch«, fügt Sonja hinzu und prostet uns mit ihrem Pfefferminztee zu. Hildegard scheint beruhigt und nimmt ihre Poliertätigkeit wieder auf.

Lea kommt hereingeschlichen, einen großen Pappkarton in den Händen. Vorsichtig stellt sie das Teil auf den Küchentisch und setzt sich zu uns.

»Schnäpschen?«, fragt Hildegard umgehend und zückt schon ein Glas, als sie Leas Trauermiene gewahr wird, aber Lea winkt nur ab.

»Dein Herr Maus ist da drin«, sagt sie leise und schiebt mir den Karton zu.

»Eine Maus?«, fragt Hildegard erschüttert und stellt sofort das Polieren der Zuckerdose ein. Fluchtbereit rutscht sie auf ihrem Stuhl nach vorne.

»Herr Maus«, wiederholt Lea laut und deutlich, aber außer uns kennt vermutlich niemand Herrn Maus.

Ich ziehe den Karton näher und hebe vorsichtig den Deckel ab. Und da liegt er. Herr Maus. Wie der unkreative Name schon sagt, handelt es sich um eine männliche Maus. Herr Maus ist grau und trägt eine Kapitänsmütze. Des Weiteren verfügt er über eine Stoffpfeife, die lässig in seinem Mäusemundwinkel hängt. Er hat nur noch ein dunkles Knopfauge, weil das andere ihm im Laufe seines Lebens abhandengekommen ist. Herr Maus gehört mir.

Mein Vater hat ihn mir mitgebracht. Vor sehr vielen Jahren, genau zwei Wochen, bevor er in die Ostsee fiel. Das weiß ich ganz genau, es war nämlich zu meinem zehnten Geburtstag. Als mein Vater mich in den Arm nahm, ganz fest, wie er es immer tat, hat er mir mit der freien Hand Herrn Maus auf die Schulter gesetzt und ganz erstaunt getan, dass da plötzlich ein Mäuserich saß. Eigentlich war ich ja mit zehn schon ein wenig zu groß für Stofftiere, aber Herr Maus hat mein Herz im Sturm erobert und wurde ab dem Moment mein ständiger Begleiter, bis ich beschloss, kein Stofftier mehr zu brauchen, weil ich ja Spaghetti Bolognese kochen konnte. Damit war ich groß und quasi erwachsen. Ich packte alle meine Stofftiere und Barbies zusammen und stellte den Karton vor Leas Tür.

Und jetzt liegt er hier vor mir. Herr Maus. Ich klappe den Deckel wieder zu und schiebe ihn zu Lea zurück.

Sie hebt einen Finger und sieht mich fest an. »Er gehört dir.«

Ich kann nichts erwidern. Es ist doch so verdammt lange her! Ich sollte abfällig lächeln und »Kinderkram« sagen. Aber das tue ich nicht. Stattdessen ziehe ich den Karton wieder zu mir herüber und nehme Herrn Maus vorsichtig heraus. Er fühlt sich noch genauso an wie damals, und ich lege ihn vorsichtig auf den Tisch.

Im nächsten Moment kracht es ohrenbetäubend, jemand flucht unter Zuhilfenahme eines mir fremden Vokabulars, und sämtliche um den Tisch Sitzenden, einschließlich mir, stürzen in den Flur.

Alex liegt unter der Garderobe begraben am Boden. Sein Iro schimmert irgendwo unter dem Eiche rustikal hervor, und er schimpft jetzt wie ein Rohrspatz, womit zumindest klar ist, dass er keine schweren Kopfverletzungen davongetragen hat. Wir beginnen umgehend mit der Bergung, was gar nicht so leicht ist, denn die Eichenbretter, aus denen einmal die Flurgarderobe bestanden hat, sind echt schwer.

»Scheiße!«, flucht Alex, als er endlich unter dem Trümmerhaufen hervorkriecht. »Dass das so lange gehalten hat, ist ein Wunder.«

Er reibt sich den linken Arm und hockt sich auf die Treppe.

»Das hat noch der Edgar gebaut«, sagt Hildegard und bringt ein feuchtes Küchentuch, um Alex die Stirn zu kühlen. Der hat es zwar nicht an der Stirn, sondern am Arm, aber er lässt diese freundliche Bekundung von Fürsorge über sich ergehen.

Der Edgar war mein Opa. Den ich nie kennengelernt habe, weil er leider vor meiner Geburt verschwand. Spurlos. Auf Nimmerwiedersehen. Offenbar tun das die Männer der Ellenberg-Sippe. Sie verschwinden irgendwann einfach. In die Ostsee oder sonstwohin.

Opa Edgar scheint Pfusch am Bau betrieben zu haben, denn Alex hält mit der heilen Hand eine klitzekleine Schraube in die Höhe.

»Diese tonnenschweren Bretter waren mit diesem MiniTeil hier in der Wand verschraubt. Es ist echt der Hammer, dass das so lange gehalten hat und nicht schon vorher jemanden erschlagen hat.« Er klingt sehr empört, und ich bin sehr erleichtert, dass nicht meine Oma von den vielen mordsschweren Eichenbrettern vor ihrem natürlichen Ableben erschlagen wurde.

Gemeinsam schleppen wir den Rest der Garderobe in den Container, und dann verabschiedet Alex sich, um seine Wunden zu lecken. Hildegard verschwindet ebenfalls, nachdem ich ihr die Zuckerdose und das gesamte Kaffeeservice geschenkt habe, und auch Sonja zieht von dannen.

Nur Lea und ich bleiben noch. Wir kruschen noch ein wenig, Lea zickt zwischendurch herum, dann packen wir die Sachen, die wir behalten wollen, in Kisten und machen einen letzten Rundgang durch das nun fast leere Haus.

Es wirkt alles sehr verändert, seit die alten Möbel, die hier immer standen, im Rote-Kreuz-LKW verschwunden sind. Omas Bett wollen wir behalten. Vermutlich werden wir darum knobeln, wer tatsächlich in dem alten und kunstvoll geschreinerten Holzbett schlummern darf, denn es gefällt uns beiden ausgesprochen gut. Auch Omas Esstisch wird bleiben. Er ist mindestens so alt wie das Bett, und auf seiner vorsintflutlichen Resopalplatte findet man noch die zarten Zeichen unserer frühkindlichen Übungen mit dem Stift.

Ich stehe versonnen vor dem Sofa und habe gerade den Hauch eines Inspirationsfunken – dieses Sofa könnte nämlich mit einem weißen Überwurf ganz gut aussehen –, als Lea mich ruft.

»Wo bist du denn?«, rufe ich zurück.

»Oben. Komm mal!«

Ich folge ihrer Stimme und finde sie auf dem Sessel im dunklen Flur. Sie hockt ganz vorne auf dem kuscheligen Sitzkissen und starrt in die Dunkelheit zum Nachbarhaus rüber.

»Ich weiß jetzt, warum Oma den Sessel hier hingestellt hat«, murmelt sie konzentriert. Ich stelle mich hinter sie. Und dann weiß ich es auch. Allerdings weiß ich gar nicht, was ich dazu sagen soll. Deswegen schweige ich, genau wie

Lea. Es dauert ein paar Minuten, aber schlussendlich komme ich zu dem Schluss, dass Oma halt immer schon einen guten Geschmack hatte.

In jeder Beziehung.

Er weiß definitiv nicht, dass man ihn sehen kann. Vermutlich ist er einfach nie davon ausgegangen, dass fünfundachtzigjährige Nachbarinnen eine latente Neigung zum Spannern haben. Der Graf steht mit dem Rücken zu uns in seinem Wohnzimmer und stemmt Hanteln. Er trägt nichts außer einer lockeren Sporthose, die ihm sehr tief auf der Hüfte hängt. Bitte, das ist hier ja die reine Peep-Show! Als er dann auch noch die Hosen fallen lässt, vermutlich, um seinen Astralkörper unter die Dusche zu bewegen, gibt Lea ein grunzendes Geräusch von sich, und ich schließe verschämt die Augen.

Hat der Mann denn keine Vorhänge? Bitte!

Und warum kann unser zukünftiger Nachbar nicht über eine ausgeprägte Bierplautze und schütteres Haupthaar verfügen? Dann wäre ich nicht gezwungen, meine Augen nach einer Sekunde wieder zu öffnen. Dabei will ich das gar nicht. Spannern ist fürchterlich. Offenbar scheint unser Nachbar ein uraltes Programm in Gang zu setzen, das dem paarungsfähigen Weibchen (mir) befiehlt, das ansehnliche Männchen (Nachbar ohne Hose) genauer zu betrachten.

Diese verdammten Hormone.

»Lea, lass das nach! Das ziemt sich nicht!«, raune ich und zerre meine Schwester vom Sessel.

Kapitel 12

Ich liege im Bett. Es ist tiefe Nacht. Herr Maus liegt links neben mir. Rechts neben mir liegt das frisch eingetroffene Angebot von Herbert Hansen.

Herr Maus riecht ein wenig muffig und das Angebot von Herbert Hansen macht mir Angst. Dabei liegt das gar nicht so sehr an der hohen Summe, die für mich eher nach Rettungspaket für Griechenland aussieht. Die Summe werde ich morgen von meiner architektonisch hochgebildeten Freundin Melanie aus München gegenchecken lassen. Nicht dass Herr Hansen versucht, die zwei Bauherrinnen, über die er sich so freut, über den Tisch zu ziehen.

Was mir mehr Sorge macht, ist, was passiert, wenn ich das Angebot annehme. Mein jetziges Leben ist so überschaubar. Es besteht aus meiner Arbeit, meiner Wohnung, hin und wieder mal einem Rotwein mit Sonja und aus heftigem Sex, den ich in leserfreundliches Deutsch übersetzen muss. Und so könnte es meinetwegen auch bleiben.

Jetzt werde ich ein Haus umbauen, meine Wohnung leer räumen, umziehen und ein neues Leben beginnen. Gemeinsam mit Lea.

Das ist nichts, um selig die Äuglein zu schließen und in einen sanften Schlummer zu gleiten.

Ich ziehe Herrn Maus dichter zu mir und lege das Angebot

unter die im Dauerbetrieb laufende Nachttischlampe. Herr Maus riecht nach meiner Kindheit und nach einer Sicherheit, die es nicht gibt im Leben.

Ich greife in die Nachttischschublade und breche mir einen Riegel Vollmilchschokolade ab. Herr Maus guckt vorwurfsvoll. Aber ich stehe nicht noch einmal auf, um mir die Zähne zu putzen. Heute lebe ich mal wild und gefährlich. Als Trockenübung für alles, was ansteht.

Ich liege so lange grübelnd und mit ungeputzten Zähnen im Bett herum, bis endlich mein Wecker klingelt. Blitzartig springe ich auf, koche mir einen Kaffee, schlüpfe in halbwegs ansehnliche Klamotten, hocke mich an meinen Schreibtisch, öffne ein leeres Word-Dokument und tippe in Windeseile die Kündigung für meine Wohnung. Jetzt gibt es kein Zurück mehr, doch heute bin ich mutig. Zufrieden widme ich mich wieder Jay und Elena.

Ich nehme den ersten Schluck Kaffee und stelle mich innerlich auf ungezügelten Sex ein. Zugegeben, ich habe mich auch durchaus ein klitzeklein wenig darauf gefreut. Man selbst hat ja so selten Geschlechtsverkehr am Strand unter der heißen Sonne Miamis, während eine sanfte Brise den erhitzten Körper kühlt, und dann noch mit einem Mann, der aussieht wie eine gelungene Mischung aus Matt Damon und George Clooney. Ich habe sowieso überhaupt keinen Sex mehr. Seit dem Attentat … Aber das ist ein anderes Thema.

Nach zwei Seiten allerdings bin ich wirklich empört. Es gibt nämlich keinen Sex. Stattdessen hemmungslose Liebesschwüre und tiefe Seelenpein. Verdammt! Das erste Mal haben die beiden *keinen* Sex. Stattdessen haben sie beschlossen, einen auf Liebe zu machen. Und nicht irgendeine

Liebe. Nix da! Die ganz große, alles in den Schatten stellende Liebe.

Leider ist das Buch immer noch gut. Richtig gut. Und es wird noch besser. Meine Empörung weicht einer gewissen Rührseligkeit.

Ich übersetze ja fast ausschließlich Liebesromane, die meisten auch noch im Fantasy-Bereich, insofern bin ich diesbezüglich einiges gewohnt. Sogar vor ausgefahrenen Fangzähnen und Männern, die bei Vollmond zum Werjaguar werden, schrecke ich nicht zurück. Denn offensichtlich können auch magische Wesen sich verlieben, und gerade die gemeine amerikanische Autorin nutzt gerne mal eine ausschweifende Formulierung für Bekundungen der heftig entbrannten Liebe. Aber bei Jay und Elena ist das alles irgendwie anders. Abgesehen davon, dass keiner von beiden über Fangzähne oder magische Kräfte verfügt. Nein, die beiden haben einfach im Laufe des Buches begonnen, sich sehr gernzuhaben. Nachdem sie sich die Seelen aus dem Leib gevögelt haben. Ich übersetze weiter und stelle nach wenigen Seiten ziemlich erstaunt fest, dass ich irgendwann aufgehört habe, nach den passenden deutschen Worten zu fahnden. Ich lese nur noch. Es liest sich einfach so schön, dieses Verliebtsein der beiden, wie sie sich nacheinander sehnen …

Und so schön es sich auch liest, irgendwo in mir ist ein kleiner, brennender Punkt, der mich schmerzt, irgendwo zwischen Herz und Magengegend. Um den Schmerz zu beruhigen, genehmige ich mir die restliche Tafel Vollmilchschokolade aus meiner Schreibtischschublade, dann reiße ich mich höchst energisch zusammen und fange endlich mit der Übersetzung an. Auch wenn ich dazu einige Seiten nach vorne blättern muss.

Gegen Mittag mache ich mich auf, um zu Omas Haus zu fahren. Heute steht der erste Tag Gartenarbeit an. Wir müssen die Beete vom Unkraut befreien und vielerlei Dinge mehr, über die uns Hildegard sicherlich unverzagt in Kenntnis setzen wird. Sie freut sich schon seit Tagen auf unseren ersten Arbeitseinsatz, denn – und das hat sie in den letzten vierundzwanzig Stunden fünfmal telefonisch betont – der »struppige Zustand« (Originalton Hildegard) von Elsas Garten bereitet ihr fast schon körperlichen Schmerz.

Ich bin ein wenig früh. Weder Hildegard noch Lea, die tatsächlich freiwillig mit dem Bus kommt, sind zu sehen, und so koche ich mir erst mal einen Kaffee in der fast leer geräumten Küche, in der jetzt nur noch drei Tassen, die blank polierte Zuckerdose und die orangefarbene Kaffeemaschine aus dem gleichen Baujahr wie die Küche stehen. Nach dem Flurgarderoben-Desaster mit einem Verletzten habe ich beschlossen, dass die bald antretenden Abreißer sich ebenfalls um das Abreißen der Küche kümmern werden. Opa Edgar hat nämlich auch diese höchstpersönlich montiert.

Dann klemme ich mir das große Sitzkissen unter den Arm und laufe samt Kaffee über die Terrasse bis zur Hollywoodschaukel. Ich hege dieser Schaukel gegenüber genau dieselbe liebliche Nostalgie wie Omas alter Couch und habe das Gefühl, dass sich in dem blau lackierten Metall mit den bunten Blumenkissen ein Großteil meiner Kindheit abgespielt hat. Dass Oma hier gestorben ist, hat meine innige Bindung zu diesem uralten Gartenmöbel irgendwie noch verstärkt. Zumal sowohl Hildegard als auch Lea sich ihr nicht mehr nähern, weswegen ich den sanft schaukelnden Traum eines jeden Schrebergartenbesitzers ganz für mich allein habe.

Es ist angenehm warm, und ich streife die Schuhe von den

Füßen, ziehe sie auf die Sitzfläche und lasse den Blick über den Garten schweifen. Er ist grün. Was Gärten wohl auch sein sollen. Warum er bei Hildegard solche Schmerzen auslöst, erschließt sich mir nicht. Was vielleicht an meinen nicht vorhandenen gärtnerischen Kenntnissen liegen könnte. Allerdings erkenne ich, dass der Rasen frisch gestutzt ist. Was dann vermutlich Hildegards Werk gewesen sein muss.

Ich sitze und schaukle leicht vor mich hin. Es ist wunderbar still um mich herum. Friedlich. Vielleicht ist mir das in den vergangenen Jahren nie aufgefallen, weil ich einfach nie allein im Garten war. Die Vögel singen fröhlich vor sich hin, und die Sonne kitzelt mich in den Augen.

Genüsslich lehne ich den Kopf an die Lehne, gebe mir mit einem Fuß noch mal Schwung und schwinge einer wunderbaren Entspannung entgegen. Es ist herrlich. Und es ist unfassbar, dass dieser Ort der Ruhe mir gehört. Also mir und Lea, um ganz genau zu sein. Okay, wenn wir es schaffen, uns nicht gegenseitig in den Wahnsinn zu treiben, und die 365 Tage unverletzt überstehen.

Bei diesem Gedanken ist es dann mit der Entspannung auch schon wieder vorbei und ich öffne die Augen.

Der Graf steht an der Hausecke, auf dem kleinen mit Natursteinen belegten Weg, und sieht mich an. Huch, ich habe ihn gar nicht kommen hören. Automatisch setze ich mich ein wenig aufrechter hin. Er sieht unschlüssig aus und scheint offenbar zu grübeln, ob es vertretbar ist, mich in meiner Ruhe zu stören.

»Hallo«, grüßt er schließlich zurückhaltend und sieht aus, als wolle er sich auf dem Absatz wieder umdrehen und verschwinden.

»Hallo!«, sage ich und freue mich. Ich fühle mich nicht im

Geringsten gestört, sondern verspüre den Wunsch, dass er sich neben mich setzt.

Ich glaube nicht, dass er Gedanken lesen kann, aber er kommt tatsächlich zu mir, und ich rücke wie selbstverständlich ein Stück zur Seite, schließlich ist die Hollywoodschaukel zurzeit die einzige Sitzgelegenheit.

Vorsichtig setzt er sich neben mich und gibt uns dann beiden Schwung.

Eine Weile schaukeln wir so hin und her. Es ist sonderbar, dass wir schweigen, aber tatsächlich scheint für diesen Moment kein Small Talk notwendig zu sein. Und das, wo ich doch schon in einem vollbesetzten Fahrstuhl den Drang verspüre, das Schweigen durch einen überflüssigen Kommentar zu brechen.

Mir fällt unsere Spanneraktion von letzter Woche wieder ein. Ich werde nachträglich ein wenig rot und schiele unter halb geschlossenen Augenlidern zu ihm hinüber.

Er könnte hervorragend in einem meiner Übersetzungsromane mitspielen. Die Autorin würde sich bei seinem ersten Auftritt vermutlich des folgenden Wortschatzes bedienen: *Seine hoheitsvollen Gesichtszüge drückten Willenskraft und unermessliche Stärke aus.* (An dieser Stelle würde die Heldin bereits ein leichtes und sonderbares Prickeln in der Bauchgegend verspüren, welches sie natürlich nicht zuordnen kann, weil ihr so etwas noch nie passiert ist.) *Seine Lippen waren voll, und als er den Kopf leicht drehte und ihren Blick* (also den der Heldin) *erwiderte, glänzten seine Augen in einem tiefdunklen Blau, wie es sonst nur der Abendhimmel in seinem Repertoire aufzuweisen hatte. Seine schönen Lippen verzogen sich zu einem angedeuteten Lächeln, und ein unwiderstehliches Grübchen zeigte sich auf seiner Wange.*

Da wir uns aber nicht in einem meiner Romane befinden, stelle ich Sekunden später fest, dass ich ihn anstarre. Vermutlich zeitgleich in dem Moment, in dem er dies ebenfalls feststellt. Er errötet ganz zart, um dann umgehend den Rasen bei seinem Wachstum zu beobachten.

Nachdem er den Rasen lange genug angestarrt hat, dreht er den Kopf wieder zu mir und fragt: »Hattest du schon mal einen Garten?«

Ich schüttle leicht den Kopf. »Ich habe einen Balkon. Und auf dem sind bereits vier Margeriten und sieben Geranien verstorben.«

Er lacht. Die Autorin würde schreiben: *Sein Lachen war tief und kitzelte sie verheißungsvoll im Magen.*

Ich bin fasziniert und stelle einen Atemzug später fest, dass ich plötzlich einen ganz trockenen Mund habe. Irgendetwas an dieser Situation macht mich ganz kribbelig. Ob Jay und Elena irgendwelche zerstört geglaubten synaptischen Verbindungen in meinem Kopf wieder freigelegt haben? Der letzte Mann, der mich fasziniert hat, war der Attentäter auf mein Herz.

»Hildegard wird dir das schon sehr genau erklären. Aber«, er lächelt ein wenig und macht eine kleine Kunstpause, »der deutsche Gartenrasen geht nicht umgehend ein, wenn er zwei Wochen lang nicht gemäht wird.«

»Oh«, sage ich. Was doof ist, aber ich habe eine akute Wortfindungsstörung. Und immer noch einen trockenen Mund. Es kann ja wohl nicht möglich sein, dass ich über die Abwesenheit von Verliebtsein in meinem Leben nachdenke, und dann umgehend klassische Symptome des Verliebtseins entwickle, sobald ein Mann auftaucht?

»Hildegard ist sehr pingelig, wenn es um den Garten geht.

Ich will dich nur warnen, nicht dass du glaubst, dass dein Garten sich innerhalb von einer Woche in einen Dschungel verwandelt, wenn du nicht exakt die von ihr vorgesehenen fünfundzwanzig Wochenstunden im Garten mit schwerer körperlicher Arbeit verbringst.«

Er spricht heute gar nicht so langsam wie sonst. Ob er die Instanz in seinem Hirn, die den Redefluss hemmt, einfach ausschalten kann?

»Ich weiß. Ich meine, Hildegard hat mich jetzt gefühlte hundertmal darauf aufmerksam gemacht, dass der Rasen – was auch immer gemacht werden muss.«

»Vertikutiert«, brummt der Graf. »Die Rasenwurzeln belüften und das Moos entfernen.« Ergriffen lausche ich. Ich bekomme ja durchaus einen Nagel in die Wand, aber ob ich in der Lage bin, Rasenwurzeln sachgemäß zu belüften, bezweifle ich.

»Dafür gibt es ein Gerät, und Hildegard besitzt es.«

»Hallelujah!«, sage ich trocken.

Und wieder lacht er. Er scheint mich amüsant zu finden. Diese Erkenntnis löst ein leichtes, warmes Gefühl in meinem Bauch aus, ganz genau so wie es auch die Autorin beschreiben würde. Leider komme ich nicht dazu, mich weiter mit diesem Gefühl zu befassen oder mir gar eine literarische Umschreibung auszudenken, denn da bricht Hildegard durch die Buchenhecke. Zusammen mit einem roten Rasenmäher, den sie kraftvoll und energisch vor sich herschiebt, während sie sich unwirsch einige Blätter von der Strickjacke wischt.

»Du bist ja schon da! Das ist ja schön!«

Sie stapft samt dem Teil auf uns zu, und ich rücke zwangsläufig ein wenig dichter zum Grafen, denn auch Hildegard lässt sich nur Sekunden später mit Schmackes in die Hollywoodschaukel fallen.

»Irgendwann muss man sich der Sache ja stellen«, murmelt sie ergeben und meint wohl ihre Phobie vor Omas Hollywoodschaukel. Dann langt sie über mich hinüber und tätschelt dem Grafen liebevoll die Schulter. »Und du bist auch hier. Willst du uns helfen?«

Der Graf schüttelt den Kopf. »Ich bin nur für einen Moment rübergekommen, um ein positives nachbarschaftliches Verhältnis zu unterhalten.«

Oh.

Das ist es also. Er will einfach nur nett sein. Weil wir schließlich Nachbarn sind. Auf dem Land gehört sich das so. Schließlich leiht man sich hier auch noch hin und wieder ein Ei oder mal eine Schippe Kaffee. Es fällt mir wie Schuppen von den Augen.

Er findet mich nicht amüsant. Er ist einfach nur nett.

Ich ignoriere das völlig bescheuerte Gefühl der Enttäuschung und konzentriere mich darauf, intensiv den Rasenmäher zu betrachten. Ich bin hier ja zum Arbeiten und nicht, um den Nachbarn durch meine eloquente und witzige Art zu beeindrucken.

Von weiteren sonderbaren Gedankengängen werde ich zum Glück abgehalten, weil Lea und Mr. Boo um die Hausecke geschlendert kommen. Mr. Boo ist sehr erfreut, den Grafen und mich zu sehen, und springt zu uns auf die Hollywoodschaukel, die nun unter akuter Überfüllung leidet.

Schnaufend erhebt Hildegard sich wieder. »Bleib stehen, Lea. Wir können gleich nach vorne in den Schuppen gehen und schon mal alle Geräte holen.«

Lea bleibt stehen, schiebt ihren überdimensionierten

Strohhut, der vermutlich eine Sonnenverstrahlung ihres Gehirns verhindern soll, etwas in die Höhe und betrachtet mich. Und den Grafen. Gemeinsam in der Hollywoodschaukel. Und dann sagt sie: »Das machen wir, Hildegard!«, und die beiden entschwinden.

Sie hat nicht »Nein«, »später« oder »niemalsnie« gesagt, sondern hat einfach getan, worum Hildegard sie gebeten hat. Ich bin erstaunt über sie. Und über mich, denn ich mache keinerlei Anstalten, mich um den Garten zu kümmern. Und über Mr. Boo, der sich jetzt genüsslich auf dem Schoß des Herrn Grafen zusammenrollt, als wäre er eine Katze, und die Augen schließt.

»Ich geh dann mal, bevor ich doch noch zum Arbeitseinsatz herangezogen werde«, sagt der Graf und bleibt sitzen.

»Genau«, stimme ich zu und bewege mich ebenfalls keinen Millimeter. Wenn ich es nicht besser wüsste, würde ich sagen, dass die Luft in den fünf Zentimetern, die sich zwischen uns befinden, knistert. Aber ich weiß es natürlich besser und schiebe diese schräge Wahrnehmung auf die Lektüre der Geschichte über Jay und Elena, die offenbar irgendetwas in meinem Hirnstübchen verschoben hat.

Es rumpelt und poltert, und Lea und Hildegard stehen wieder vor uns. In ihrer Schubkarre stapeln sich diverse Gartengeräte, und Hildegard steht der Tatendrang förmlich ins Gesicht geschrieben.

»Hoch jetzt, Lotta!«, sagt sie energisch und drückt zeitgleich Lea eine Hacke in die Hand.

»Du fängst dort an und lockerst die Erde auf. Das Unkraut raus und dann Dünger drauf und unterharken.« Sie hat Lea an der Schulter gepackt, sie in Richtung eines Beetes gedreht und gestikuliert mit der freien Hand.

»Woher soll Lea denn wissen, was Unkraut ist?«, wage ich einen Einwand, den Hildegard aber nur mit einer unwirschen Handbewegung beiseitewischt. »Das kann das Mädchen schon. Und du wirst vertikutieren.«

Sie beginnt, ein langes Kabel abzurollen und mit dem Rasenmäher zu verbinden, der offenbar gar keiner ist. Der Graf drückt mir Mr. Boo in den Arm und steht auf. »Ich muss weg«, sagt er und verschwindet um die Hausecke.

»Du musst immer in langen Bahnen über den Rasen laufen, mit gleichmäßiger Geschwindigkeit. Und nicht das Kabel überfahren!«, befiehlt Hildegard streng und schmeißt das Ding an.

Dann schiebt sie den brummenden Nicht-Rasenmäher ein kleines Stück nach vorne, betätigt einen Hebel, geht auf die Knie, linst unter das Gerät, steht wieder auf und legt meine Hände auf den Griff. »Die Höhe der Klingen ist gut eingestellt. Dann mal los.« Mit diesen Worten überlässt sie mich der immens wichtigen Aufgabe, die Rasenwurzeln zu belüften.

Ich schiebe los. Es ist recht leicht. Allerdings stelle ich nach einem kurzen Schulterblick fest, dass ich nicht belüfte, sondern zerstöre. Der bearbeitete Rasen sieht plötzlich aus, als hätte ihn eine Wildsau mit ihrem Rüssel durchpflügt. Irritiert schalte ich den Nicht-Rasenmäher aus.

»Ich mache alles kaputt!«, rufe ich Hildegard zu, die bis zu den Knien in einer Pflanze steht und offenbar versucht, dieser den Garaus zu machen.

»Das muss so!«, ruft sie mir zu, ohne ihren Zweikampf mit dem Grünzeug zu unterbrechen.

Unschlüssig starre ich auf die Verwüstung, die ich nach nur einer Minute hinterlassen habe.

»Na, wenn das so muss …«, murmle ich ergeben, starte

wieder den Motor und ziehe meine langen Bahnen, mit gleichmäßiger Geschwindigkeit. Ich hinterlasse einen Rasen, der definitiv vorher besser aussah. Aber Hildegard ist sehr zufrieden mit dem Ergebnis, als wir uns gegen vier gemeinsam auf der Hollywoodschaukel niederlassen, um einen Kaffee zu trinken und eine Pause zu machen.

Lea windet sich erst, hockt sich dann auf den Rasen, stellt fest, dass es zu kühl am Po ist, und setzt sich schlussendlich doch in die Schaukel. Gemeinsam schaukeln wir sachte hin und her und betrachten unser Werk.

Drei Stunden harte Arbeit. Lea hat Erdkrümel im Gesicht und Dreckspuren am ganzen Körper. Mir tun die Beine weh, und nachdem ich den Auftrag, einen Busch mithilfe einer riesigen Schere zurückzuschneiden, erfüllt habe, auch die Hände. Nur Hildegard scheint völlig unbeeindruckt zu sein. Sie ist mal locker vierzig Jahre älter als ich und wirkt, als könnte sie noch mal acht Stunden dranhängen, ohne auch nur den Ansatz von Ermüdungserscheinungen zu zeigen. Das stimmt mich ein wenig fassungslos. Sollte exzessive und regelmäßige Gartenarbeit etwa ein bisher unentdeckter Jungbrunnen sein?

Und noch etwas finde ich sonderbar, abgesehen von der Tatsache, dass ich nicht weiß, warum es zwischen meinen Zähnen knirscht und ich offenbar Erde im Mund habe: Lea ist gar nicht grummelig.

Um genau zu sein, wirkt sie sogar geradezu glücklich. Sie strahlt trotz des ganzen Drecks im Gesicht und scheint fürchterlich entspannt.

Heute ist ein wirklich komischer Tag.

Kapitel 13

»Das ist ein sehr ordentliches Angebot«, sagt Melanie am Telefon. Erleichterung durchströmt mich. Herbert will uns nicht über den Tisch ziehen.

»Man könnte da jetzt sicherlich noch ein anderes Angebot einholen oder die jeweiligen Gewerke einzeln nach einer Ausschreibung vergeben, aber das wäre natürlich komplizierter.«

»Ich möchte es nicht komplizierter«, antworte ich, und Melanie lacht. Wir kennen uns schon immer. Melanie ging dann nach dem Abitur nach Braunschweig, studierte Architektur und ist jetzt in München bei einem großen Planungsbüro angestellt.

»Also, das kannst du ohne Bedenken unterschreiben. Wenn Herr Hansen das hält, was er verspricht, dürfte die Baustelle gut laufen. Nur eine Sache müsst ihr euch noch überlegen: Er hat relativ viele Stunden im Angebot für das Entfernen der alten Tapeten. Hier wäre es vielleicht sinnvoll, wenn ihr beide das als Eigenleistung erbringt. Das ist nicht sonderlich kompliziert, nur vielleicht ein wenig nervig.«

»Kann man die Tapeten nicht hängen lassen?«, frage ich hoffnungsvoll.

»Nicht, wenn ihr die Wände gespachtelt haben wollt. Und das wollt ihr doch?«

Ich seufze. Na klar, zumindest ich will das. Lea hat sich meinem Wunsch nach babypopoglatten Wänden freundlicherweise angeschlossen. Ich lebe zurzeit in Erfurt 51, der klassischen Raufasertapete, und ich hasse diese Huppellandschaft. Es geht doch nichts über glatte Wände.

»Glatt soll es sein!«, antworte ich deshalb inbrünstig.

»Irgendwann muss der alte Krempel mal runter. Vermutlich dürften da mindestens vier bis fünf Schichten Tapete auf den Wänden sein, da würde das auch mit einer neuen Tapete schwierig.«

»Fünf«, murmle ich, immerhin schien Herbert in der Lage gewesen zu sein, sie zu zählen.

»Ja, runter damit! Ihr habt ja noch fast vier Wochen Zeit. Herr Hansen hat hier den 28. Mai als Starttermin vorgeschlagen. Den Punkt mit den neuen Fenstern würde ich auch streichen. Das sind solide Holzfenster, und gegen ein wenig permanente Be- und Entlüftung ist nichts einzuwenden. Es ist leider oft der Fall, dass nach einem kompletten Tausch der Fenster Schimmel entsteht, gerade bei einem Altbau. Da kann so ein altes Haus nicht gut mit umgehen.« Sie kichert. Ich höre nur das Wort »Schimmel«, und automatisch stellen sich mir die Härchen im Nacken auf. Vermutlich ist dies eines der vielen Worte im Baujargon, bei deren Nennung in Verbindung mit dem eigenen Haus der Bauherr oder die Baufrau umgehend Herzflattern bekommen oder sogar drohen, in Ohnmacht zu fallen. »Wasserschaden« könnte auch dazugehören. Oder »Ablehnung des Bauantrags« oder »unklarer Wasserfleck an der Decke«. Alles gruselig. Alles Dinge, an die man als Mieter keinen Gedanken verschwendet.

Nachdem Melanie mir bestätigt hat, was ich schon in unzähligen Internetforen gelesen habe, steht fest: In dieses

Haus kommen keine neuen Fenster. Da kann Herr Hansen in seinem Angebot noch so viel über DIN-Normen und Energieeinsparung erzählen.

Wir besprechen noch die Fassadendämmung und legen auf. Für einen kurzen Moment hat mich angesichts von so viel bevorstehender Veränderung meine Methatesiophobie fest im Griff. Was tue ich hier eigentlich? Abgesehen davon, dass ich meinen Wortschatz um die wunderbaren Begriffe »Kältebrücke« und »EnEv« erweitert habe.

Oberstes Prinzip bei einer akuten Methatesiophobie-Attacke: Ruhe bewahren.

Weiteres Vorgehen, um der einsetzenden Schnappatmung zu entgehen: eine Liste schreiben. Wahlweise und wenn notwendig, also bei einer heftigen Attacke, auch mehrere Listen.

Ich entreiße meinem Drucker ein leeres Blatt und schreibe hektisch »To-do-Liste Umbau Häuschen« obendrauf. Das Listen-Schreiben scheint irgendetwas in mir zu beruhigen. Ganz besonders beruhigt bin ich, wenn ich nach und nach kleine hübsche Haken hinter die einzelnen Punkte setzen kann. Und weil ein Großteil auf meiner Liste erst in ferner Zukunft abzuhaken sein wird, schreibe ich noch gleich »Klopapier einkaufen«, »Mama anrufen« und »Haare waschen« mit drauf. Das sind wenigstens Tätigkeiten, die ich selbst und zügig abarbeiten kann, womit ich auch schnell ein Erfolgserlebnis haben werde.

Ich schreibe noch ein paar weitere Punkte auf, die allesamt innerhalb weniger Stunden abgearbeitet sein werden, und bin dann endlich wieder so entspannt, dass ich mich wieder meiner eigentlichen Arbeit widmen kann.

Aber wie lange kann es schon dauern, Tapeten von der

Wand zu reißen? Ich grüble ein wenig und komme zu dem Schluss, dass das Ganze doch wohl innerhalb einer Woche zu schaffen sein muss. Dann werde ich in dieser Woche eben nur halbtags arbeiten. Bis mittags übersetze ich, danach zerre ich Tapeten von der Wand. Das klingt doch nach einem Plan, den ich auch gleich noch mit auf meine neu eröffnete Liste »Zeitplan« schreibe.

Zur Umsetzung fehlt mir nur noch Leas Zusicherung, sich mit mir gemeinsam in den Kampf um den alten Wandschmuck zu begeben. Also rufe ich sie an, erreiche sie tatsächlich mal sofort, und verabrede mich um zwölf mit ihr im Vapiano am Hafen.

Natürlich ist sie nicht pünktlich. Ich hole mir schon mal einen großen Teller Pasta mit Rucola und getrockneten Tomaten und setze mich auf die Terrasse, um aufs Wasser zu schauen. Die Luft ist lauwarm, und die Möwen kreischen über meinem Kopf.

Als Lea dann endlich mit zehnminütiger Verspätung eintrudelt, hält sie es noch nicht einmal für nötig, sich zu entschuldigen. »Wir sagten zwölf«, bemerke ich deshalb streng zwischen zwei Bissen meines Mittagessens, während sie sich auf die Bank mir gegenüber plumpsen lässt. Vielleicht versteht sie es ja irgendwann doch noch mal, dass sie mit ihrer Art die Zeit anderer Menschen vergeudet. Sie sieht mich aber nur düster an.

»Ich hatte einen Termin, der dauerte länger«, antwortet sie knapp.

Ich krame das Angebot aus meiner Tasche und schiebe es ihr über den Tisch. Sie guckt mich seltsam an, dann dreht sie es zu sich herum und blättert durch die Seiten.

»Wann hast du das bekommen?«

»Gestern. Und ich habe auch schon mit Melanie gesprochen. Wir werden die Tapeten wohl selbst abmachen, dann sparen wir Geld. Die restlichen Zahlen sind aber okay, sie sagt nur …«

Lea unterbricht mich heftig. »Warum rufst du dann nicht zuerst mich an? Um es mit mir zu besprechen? Sondern diese Melanie?«

Ich denke: »Äh« und sage: »Äh«. Weil ich darauf nun wirklich nicht gekommen wäre. Immerhin ist Melanie die Fachfrau bezüglich Hausumbauten. Lea kann doch mit den Zahlen genauso wenig anfangen wie ich. Verwundert sehe ich sie an.

»Es ist unser Haus!«, sagt sie schroff. »Zumindest wird es das mal sein. Wir haben uns zusammen überlegt, was wir machen lassen wollen. Du kannst mich nicht einfach übergehen.« Sie schiebt mir das Angebot mit Nachdruck über den Tisch zurück, murmelt, dass sie sich jetzt auch etwas zu essen holt, und verschwindet.

Ich starre auf meine Nudeln und denke intensiv nach. Ich habe Lea bei solchen Dingen noch nie mit einbezogen. Weil sie einfach nie irgendein Interesse gezeigt hat. Selbst um ihre BAföG-Anträge habe ich mich gekümmert. Mir war nicht klar, dass sich ausgerechnet jetzt daran etwas geändert haben sollte. Immerhin hatte sie dieses Mitentscheidungs-Bedürfnis noch nicht, als es darum ging, Omas Beerdigung zu organisieren.

Sie kommt zurück und widmet sich wortlos ihrer vegetarischen Pizza.

»Du hast keine sonderlichen Ambitionen gezeigt, selbst einen Termin mit Herbert Hansen auszumachen. Das hast du schließlich auch mir überlassen.« So wie alle anderen Dinge in unserem Leben, denke ich.

»Hast du mich gefragt?«, schießt sie zurück, den Mund voller Brokkoli.

»Wie konnte ich davon ausgehen, dass du Absichten in die Richtung hegst? Omas Sarg durfte ich ja auch allein aussuchen«, schnauze ich. Jetzt bin ich wütend.

»Red nicht so gesalbt daher! Du bist natürlich auch in solch einem Fall in der Lage, alles zu regeln. Du bist ja Superwoman! Ich konnte es nicht. Ich musste weinen, weil Oma in der Hollywoodschaukel gestorben ist. Aber du stehst da natürlich drüber!« Sie schreit. Mich an. Die Leute recken die Hälse. Spannende Mittagsunterhaltung am Hafen. Mir kocht das Blut, während ich mich zeitgleich in Grund und Boden schäme.

Meine Stimme wird wieder ganz nüchtern. »Jetzt reiß dich mal zusammen. Ich erkenne nicht, dass du in der Lage bist, irgendwelche Entscheidungen zu treffen. Du weißt ja noch nicht einmal, womit du dein Leben verbringen willst. Mittlerweile dürftest du sämtliche verfügbaren Studiengänge einmal ausprobiert und für nicht geeignet befunden haben. Du benimmst dich nach vier Wochen wie ein Kind, das sein neues Spielzeug schon wieder langweilig findet.«

Wir sind bei unserem Lieblingsthema angekommen, und dem interessierten Kieler wird vermutlich gleich ein wirklich spannendes Programm zum Dessert geboten. Lea und Lotta bei ihrer Lieblingstätigkeit: sich anbrüllen, bis die Stimmbänder um Gnade flehen.

»Ich wollte nie studieren. Du wolltest das!«, brüllt sie mich an. Bingo! Und schon geht es los.

Ich will gerade die alte Leier vom Stapel lassen, um sie darüber in Kenntnis zu setzen, dass ein Leben im Schlafsack unter der Brücke nicht akzeptabel ist, als sie plötzlich in Tränen ausbricht.

Das ist neu.

Dann schnappt sie sich ihre Sachen und verlässt fluchtartig den Ort des Geschehens.

Völlig perplex starre ich ihr hinterher. Lea kann doch nicht einfach die Choreographie unseres schwesterlichen Streits eigenmächtig ändern?! Nach der hätte sie noch ein wenig brüllen müssen, und ich hätte ihr erst noch nüchtern erklärt, warum sie falschliegt, nur um dann spätestens nach dem vierten Satz ebenfalls zu brüllen.

Ich nage noch ein wenig an Leas verlassener Pizza herum und starre auf das Wasser.

In dieser Nacht schlafe ich schlecht. Weil ich mich hin und her wälze und nachdenke. Wobei die Begrifflichkeit »intensives Grübeln« es wohl eher trifft. Irgendwann knipse ich sogar meine im Dauerbetrieb laufende Nachttischlampe aus in der Hoffnung, dass die Dunkelheit mich am Grübeln hindert. Tut sie aber nicht, kaum versinkt mein Schlafzimmer im Grau der Nacht, fühle ich mich so einsam, dass ich das Licht schnell wieder anmache.

Um kurz vor Mitternacht piept mein Handy.

Ich angle es mir vom Nachtschrank und lese: *Tapetenabreißen wann? L.*

Sie scheint das Ganze ernster zu nehmen, als ich erwartet habe. Allein die Tatsache, dass sie nach einer konkreten Uhrzeit fragt und nicht einfach irgendwann nach persönlichem Gusto erscheint, ist sonderbar.

Morgen um halb neun, antworte ich und gebe mich dann wieder dem intensiven Grübeln hin, das mich noch eine ganze Weile vom Schlafen abhält.

Kapitel 14

Lea ist am nächsten Morgen tatsächlich pünktlich und hockt in schmuddeligen Arbeitsklamotten auf der Treppe, als ich auf den Hof fahre. Mr. Boo sitzt auf ihrem Schoß und freut sich sehr, mich zu sehen. Im Gegensatz zu Lea, die kein Wort mit mir spricht.

Wortlos schleppen wir die kleinen Kanister des frisch im Baumarkt erstandenen Tapetenlösers in das Wohnzimmer und wappnen uns, immer noch kommunikationsfrei, die Tapeten von den Wänden zu kratzen.

Wir tun schweigend, wie die Bedienungsanleitung uns heißt, und besprühen die Wände mit der giftig stinkenden Substanz. Was die Tapeten nicht weiter beeindruckt. Sie scheinen auch durch den Einsatz von Chemie nicht überzeugt, ihre offensichtlich auf ewig geplante Verbindung mit den Hauswänden aufzugeben. Sie krallen sich fest. Als würde es um ihr Leben gehen. Was es ja auch tut, denn ihr neuer Bestimmungsort ist der große blaue Sack, der mit weit geöffnetem Schlund darauf wartet, gefüllt zu werden.

Da kann er lange warten, stelle ich nach einer Stunde frustriert fest.

»Wir machen irgendetwas falsch«, murmelt Lea schließlich und durchbricht die Stille zwischen uns, während sie ziemlich aggressiv die Pumpstange ihrer Sprühflasche hoch und runter ratscht, um eine weitere Ladung Tapetenlöser auf die bereits klitschnasse Wand zu sprühen.

»Wir machen es so, wie es auf der Anleitung steht«, antworte ich frustriert.

»Aber da steht auch, dass die Tapete NACH der Benutzung dieses Stinkezeugs von der Wand abgehen soll«, knurrt sie.

Und das ist nicht der Fall. Definitiv nicht. Zu unseren Füßen liegen kleine Fitzelchen der Blümchentapete, um die wir beide unter vollem Körpereinsatz und mithilfe des Spachtels gerungen haben. Eine Stunde für sieben Stücke Tapete in den Größen zwischen einem und drei Zentimetern. So kann das nicht gedacht sein.

Ich drehe mich zu Lea herum. Sie hat die Augenbrauen zusammengekniffen und starrt düster aus dem Fenster. Ich warte nur darauf, dass sie keinen Bock mehr hat und mich mit dem ganzen Tapeten-Schlamassel alleine lässt, aber das passiert nicht.

»Ich sprühe jetzt noch einmal den ganzen Raum ein, und wir lassen es einweichen. Vielleicht braucht es einfach mehr Zeit, bis das Zeug ganz am Grund der einhundert widerspenstigen Tapeten angekommen ist. Währenddessen machen wir eine Pause, essen ein Brötchen und trinken einen Kaffee«, sagt sie ganz unvermittelt und macht Anstalten, mich mit ausladenden Armbewegungen wie eine Henne aus dem Stall zu scheuchen.

Ich gehe zwar in die angrenzende Küche, bleibe aber skeptisch. Das Zeug ist seit über einer Stunde auf der Wand. Wenn es sich bis jetzt nicht weit genug vorgearbeitet hat, wird diese Aktion vermutlich nichts bringen.

Und welche Brötchen will Lea essen, während wir warten?

Ich koche erst mal einen Kaffee und setze mich dann an den alten Resopaltisch. Lea hat es ernst gemeint. Sie besprüht die Wände so intensiv, dass kleine Rinnsale hinunterlaufen und sich Pfützen auf dem Boden bilden. Danach nimmt sie ihren Spachtel und ritzt mit roher Gewalt wilde Muster in jede einzelne Tapetenbahn.

Dann schnappt sie sich ihren Rucksack, setzt sich zu mir und zieht eine blaue Tupperschüssel hervor. In der Tupperschüssel befinden sich geschmierte Brötchen. Eins mit Käse für sie, eins mit Salami für mich. Lea ist Vegetarierin, womit die Salami-Nummer mehr als sonderbar ist. Das alles ist sonderbar. Mir hat das letzte Mal jemand ein geschmiertes Brötchen in die Hand gedrückt, als ich neun war. Ab dem Zeitpunkt war ich für das Brötchen-Schmieren zuständig.

»Alex isst Wurst und so 'n Kram. Ich hab's von ihm genommen. Das magst du doch, oder?«, fragt sie, und beißt beherzt in ihr Brötchen.

Konsterniert schaue ich vom Salami-Brötchen zu meiner kauenden Schwester und zurück.

»Danke«, sage ich schließlich und beiße ebenfalls beherzt in die von Alex geklaute Salami.

Das durch schwesterliche Hand zubereitete Brötchen mundet mir hervorragend, und eine halbe Stunde später weiß ich, dass Leas Tapeten-Experiment erfolgreich war.

Ob die Tapeten vor dem endgültigen Eindringen des Tapetenlösers und durch das Einritzen mit dem Spachtel oder vor Leas verbissener Arbeitswut kapituliert haben, bleibt offen. Fakt ist: Es läuft. In langen Bahnen ziehen wir die Tapeten von den Wänden. Nach unserem desaströsen Vormittag kommt das jetzt einem wahren Heimwerker-Orgasmus gleich, und Lea fängt an, ein fröhliches Lied zu summen.

Mr. Boo hat sich in der Mitte des Raums auf Leas Rucksack zusammengerollt und hält zufrieden ein Nickerchen, und die Sonne scheint auch noch.

Ich wusste nicht, dass Tapeten von der Wand reißen eine so befriedigende Arbeit sein kann.

Nach über sechs Stunden haben wir fast das ganze Wohnzimmer geschafft. Bis auf die Decke und die unzähligen kleinen Reste, die wie hässliche Pickel das nun fast reine Mauerwerk zieren und denen man nur mit intensivem Spachtel-Gekratze zu Leibe rücken kann. Wenn man denn noch die Energie dafür hätte.

Denn leider gibt es auch eine neue Erkenntnis: Tapetenabreißen ist anstrengend, mindestens so anstrengend wie ein Halbmarathon. Und: Wir schaffen das niemals nie in zwei Wochen.

Zwar haben wir einen Raum freigelegt, das Feintuning mal außen vorgelassen, aber das Wohnzimmer ist auch nicht sonderlich groß, und so bleiben uns noch exakt zwei Flure und fünf weitere Zimmer. Außerdem ist nicht zu erwarten, dass alle weiteren Tapeten des Hauses ebenfalls so kooperativ sein werden, wie es die im Wohnzimmer war. Denn Lea hat bereits angefangen, den Flur jede halbe Stunde zu duschen, und dort hat sie bisher nur einen zwei Zentimeter breiten Streifen geschafft, bevor die Wand sie mit bröckelndem Putz beglückte.

Um fünf packen wir ob dieser bitteren Erkenntnis wieder sehr schweigsam unsere sieben Sachen. Ich fahre Lea in die Stadt, und wir verabreden uns für den nächsten Morgen um neun.

Den Abend verbringe ich mit meinem neuen Übersetzungsprojekt. Mir steht zwar der Sinn danach, mit dicken Wollsocken auf dem Sofa zu liegen, aber da mein Zeitplan durch die heutigen Erkenntnisse empfindlich gestört wurde, habe ich beschlossen zu übersetzen, was das Zeug hält.

Ich widme mich also, trotz erheblicher Nackenschmerzen und brennender Muskeln im Hintern, den Helden des Buches und falle dann völlig erledigt ins Bett.

Am nächsten Morgen bin ich um kurz nach acht im Baumarkt, um Nachschub an Tapetenlöser zu kaufen. Dachte ich gestern noch, die drei kleinen Kanister reichen nicht nur für Elsas Haus, sondern gleich noch für den gesamten Sonnenblumenweg, wurde ich eines Besseren belehrt: ratzekahl alle das Zeug. Nach einem Wohnzimmer und zwei Quadratmetern Flur.

Und während ich gestern noch frohgestimmt durch den Baumarkt geschlendert bin, um die neusten Errungenschaften der Heimwerker-Branche zu bestaunen, eile ich heute nur zum Regal mit der krassen Chemie, um endlich die Tapeten loszuwerden. Mit fünf Kanistern bepackt stürme ich um die Ecke mit den Dübeln und renne frontal in eine Frau, die daraufhin fast zu Boden geht.

Die Kanister knallen auf den abgelaufenen Industrieboden, und ich kralle mich in letzter Sekunde in einem Regal mit Leisten und Schrauben fest, sonst wäre ich ihnen gefolgt. Und dann erkenne ich mit einem Blick, dass die Frau, die ich fast zu Boden geschickt hätte, ziemlich schwanger ist.

»Oh Gott, ist Ihnen was passiert?«, stammle ich, rapple mich auf und eile auf sie zu.

Aber die Frau scheint trotz erheblicher Schwangerschaft hart im Nehmen zu sein. Sie schüttelt nur kurz ihre lockige Mähne, lässt die Schultern kreisen und lächelt mich dann freundlich an.

»Nichts passiert. Alles gut«, bescheidet sie energisch und klopft sich nachdrücklich selbst auf den Bauch.

Ich stammle noch ein wenig herum, aber sie bückt sich schon eifrig, um die Kanister aufzuheben.

»Lassen Sie das, bitte!« Ich springe ihr vor die Füße, um sie daran zu hindern. Mit Schwangerschaften kenne ich mich nicht so aus, allerdings bin ich mit den offenbar allgemeingültigen Weisheiten vertraut. Wenn ein Kind zur Welt kommt, benötigt man saubere Handtücher und heißes Wasser (wofür weiß ich nicht), und Schwangere dürfen auf keinen Fall etwas Schweres heben.

Ich reiße ihr den schweren Plastikbehälter förmlich aus der Hand, sodass ich nicht mitbekomme, als ER um die Ecke geschlendert kommt.

Ich sehe ihn erst, als ich mich wieder aufrichte. Er wiederum hält irgendetwas in den Händen und studiert den Text auf der Verpackung.

Ich denke kurz, aber sehr intensiv über Flucht nach, stelle jedoch nach einem hektischen Blick fest, dass die einzige Möglichkeit wäre, zu den Bohrmaschinen ins unterste Regal zu krabbeln. Und das wäre selbst in höchster Eile nicht mehr zu schaffen. Aber alleine die Tatsache, dass ich ernsthaft erwäge, in ein Regal zu klettern, zeigt die blanke Panik, in der ich mich plötzlich befinde.

Er ist nämlich der Attentäter auf mein Herz. Der Terrorist, den ich seit zwei Jahren nicht mehr gesehen habe.

Ich bekomme für einen Moment sehr schlecht Luft und vermute, dass ich hochrot anlaufe. Die schwangere Frau legt den Kopf schräg und sieht aus, als wolle sie mir zu Hilfe eilen. Ich möchte jetzt bitte, dass sich der Boden auftut, damit ich hineinsteigen kann, um nie mehr herauszukommen.

Oder wahlweise würde es auch der Ausbruch eines intergalaktischen Krieges tun. Hauptsache, von der Bildfläche verschwinden. Lautlos, bestenfalls.

Aber leider hebt Matthias in genau diesem Moment den Kopf, lächelt die Schwangere strahlend an und erblickt dann mich. Woraufhin das Lächeln augenblicklich sein Gesicht verlässt. Der nun folgende Gesichtsausdruck pendelt irgendwo zwischen massiv beschämt und fassungslos.

»Hallo, Lotta«, sagt er tonlos und stellt sich, offenbar schutzsuchend, schräg hinter die Frau, die ich fast umgerannt hätte.

»Ach, ihr kennt euch«, sagt diese gut gelaunt. Und so arglos. Sie muss doch sehen, dass Matthias über keinerlei Gesichtsfarbe mehr verfügt. Und ich kurz davor bin, ins Regal mit den Bohrmaschinen zu fliehen.

Nach ein paar Sekunden bricht Matthias das Schweigen. »Ja, äh, das ist Lotta. Ich habe dir doch von ihr erzählt«, sagt er mit jetzt wieder fester Stimme. Offensichtlich hat er seine Fassung wiedergefunden, während ich nach meiner immer noch fahnde. Sie liegt vermutlich irgendwo beim Tapetenlöser auf dem Fußboden.

»Hallo, ich bin Manuela«, sagt die Schwangere gut gelaunt, als ob sie von der sonderbaren Stimmung, die hier plötzlich herrscht, gar nichts mitbekommt. Allerdings greift sie sanft und vielleicht mit der Absicht, Matthias zu beruhigen, nach dessen Hand – was aber auch einfach heißen kann, dass sie ausgesprochen notfalltauglich ist.

Das erste Zusammentreffen von Ex-Partnern nach einer nicht einvernehmlichen Trennung gehört ja zu den in der Menschheitsgeschichte eher komplizierten Themen. Bei uns bestand die nicht einvernehmliche Trennung aus einer SMS, vier Tage vor unserer geplanten Hochzeit, in der mein damaliger Verlobter Matthias sich von mir trennte.

»Oh, Sie renovieren?«, fragt die schwangere Freundin meines Ex-Verlobten jetzt und lächelt einfach weiter.

Ich bin nach wie vor eifrig damit beschäftigt, um Fassung zu ringen, und dabei ereilt mich die bittere Erkenntnis, dass ich heute Morgen noch nicht geduscht habe und mit meiner knallgrünen Renovierungs-Jogginghose aussehe wie Kermit der Frosch, nur ohne Frisur. Ich spüre, wie ich umgehend sehr rot werde.

»Ja, ich renoviere«, antworte ich schnell, um wenigstens meine mangelhafte Optik irgendwie zu erklären. Es müsste ein Gesetz geben, dass man Ex-Verlobte nur in kompletter Abendgarderobe und nach dem Besuch eines Frisörs treffen darf.

»Wir bauen nämlich«, sagt sie und lächelt mich verschwörerisch an. Als würde der Besuch eines Baumarktes schon irgendeine Verbindung zwischen uns schaffen. Als wäre es völlig irrelevant, dass ich Matthias' Ex bin, die er vier Tage vor der Hochzeit hat sitzen lassen. Macht ihr das gar keine Angst? Weiß sie Dinge, die ich nicht weiß? Zum Beispiel, warum er sich damals von mir getrennt hat? Wieder verspüre ich Atemnot und Beklemmungen.

»Ein Niedrigenergie-Haus nach den neuesten Standards«, verkündet Matthias im nächsten Moment fröhlich hinter ihrem Rücken hervor.

»Für die kleine Maus, die in acht Wochen zur Welt kommt«, sagt sie, legt eine Hand auf ihren Bauch und klimpert zeitgleich wie Bambi mit den Wimpern. Auch das wollte ich nicht explizit wissen, obwohl ich es natürlich sehe. Es sollte auch ein Gesetz geben, nach dem Ex-Verlobte sich solche Informationen nicht in aller Öffentlichkeit, und schon gar nicht in einem Baumarkt mitteilen dürften.

»Renovieren Sie und Ihr Mann ein altes Haus?«, will Manuela/Bambi wissen und deutet auf den Tapetenlöser, der um uns herum verteilt liegt. Oh Gott, kann ich nicht einfach gehen? Muss ich diesen irrwitzigen Small Talk über mich ergehen lassen?

Ich will Matthias, den Attentäter, nicht sehen. Schon gar nicht mit seiner bezaubernden, hochschwangeren Freundin, die glaubt, ich sei verheiratet. Womit wir beim Thema sind. Sie ist nicht seine Freundin, sie ist seine Frau, korrigiere ich mich, als ich den Ehering an seinem Finger aufblitzen sehe.

Die Traualtar-Phobie hat ihn also nur bei mir ergriffen. Andere Frauen konnte er problemlos ehelichen.

»Mit meiner Schwester zusammen«, nuschle ich, während meine Augen weiterhin nach einem Fluchtweg suchen. Ich kann sie nicht daran hindern.

»Ah, das ist ja nett, dass ihr beiden zusammenzieht. Wie geht es denn Lea?«, will Matthias umgehend wissen, und Manuela lacht auf. »Lotta und Lea! Das ist ja wie Hanni und Nanni!«

Ja, wirklich saukomisch. Ich versuche ein Grinsen zu produzieren, weiß aber nicht, was davon in meinem Gesicht ankommt. Ich könnte kotzen.

»Gut«, murmle ich verstört. Merkt der Kerl denn nicht, dass ich mich gerne in Luft auflösen möchte?

Aber Matthias litt auch schon früher unter einer sonderbaren Unfähigkeit, menschliche Emotionen richtig einzuschätzen. Also, er litt weniger als sein Umfeld. Also ich.

»Wir kommen gerade von unserer Hochzeitsreise aus

Prag zurück. Da wollte ich doch schon immer mal hin«, sagt Matthias im nächsten Moment.

Prag? Hochzeit?

Ich möchte mich auf dem Absatz umdrehen und das Weite suchen. Und sage stattdessen: »Herzlichen Glückwunsch!«

Ein Blick in sein Gesicht bestätigt mir: Er hat keinen blassen Schimmer, dass ich knapp davor bin zu hyperventilieren.

»Also, ich muss dann mal wieder …«, sage ich leise und spüre eine kleine Armee von Tränen hinter meinen Augenlidern Stellung beziehen, die ich jedoch vorerst noch sehr tapfer bekämpfe.

Ich fliehe mit nur drei Kanistern, der vierte und fünfte müssen wohl einträchtig unter dem Regal mit den Bohrmaschinen liegen bleiben, und fange tatsächlich erst im Auto an zu weinen. Erst nachdem mir die nette Kassiererin einen schönen Tag gewünscht hat, mir ein Kleinkind vor die Füße gelaufen ist, das ich zum Glück nicht umgerannt, sondern nur fürsorglich der Obhut seiner Eltern wieder zugeführt habe, und mir die Sonne auf dem Parkplatz fröhlich ins Gesicht schien.

Erst dann breche ich in Tränen aus. Dafür aber richtig.

Kapitel 15

Prag? Wer will denn bitte die Flitterwochen in Prag verbringen?

Matthias. Wusste ich das? Nein.

Hätte ich das wissen müssen? Vermutlich. Schließlich wollte ich ihn ja ehelichen, da sollte der Wunschort der Hochzeitsreise doch bekannt sein. Wir hatten vor, eine Woche nach St. Peter-Ording zu fahren. Von Prag war nie die Rede gewesen.

Seine fast schon enthusiastischen Worte »Da wollte ich schon immer mal hin« wabern mir durch das tränenverseuchte Hirn. Was an und für sich schon sehr schlimm ist.

Aber leider bleibt es nicht dabei. Irgendeine hinterhältige Instanz in meiner Seele muss noch tiefer in Erinnerungen kramen, während ich heulend auf dem Baumarktparkplatz in meinem Auto sitze.

Und plötzlich fühle ich mich zurückkatapultiert zu jenem Tag, an dem Matthias mich verlassen hat. Per SMS. Während ich gerade mein Hochzeitskleid mit stolzgeschwellter Brust in unsere Wohnung trug.

Ich kann mich noch genau an jedes Detail erinnern. Es piepste in meiner Tasche, während ich den Schlüssel ins Schloss steckte und das Kleid in seinem weiß schimmernden Karton auf einer Hand vor mir her balancierte. Ich war so voller Vorfreude auf die kommenden Tage. Ich befand mich schon seit Wochen in einem ständigen Zustand der vibrierenden Anspannung, aber eine von der positiven Sorte, eine, bei der man spontan und ganz von alleine zwei Kilo abnimmt.

Ich hielt also einhändig den Karton, als es in meiner Tasche piepste. Mit der anderen Hand schob ich die Tür auf und begriff nicht, was ich sah. Weil das sich bietende Bild so absurd war, dass meine Augen offenbar in den sofortigen Streik traten und sich kurzerhand weigerten, die Information an den entsprechenden Teil meines Gehirns weiterzuleiten.

Da ich also nicht begriff, was ich sah, las ich erst mal die SMS, die mein Leben verändern sollte.

Es tut mir sehr leid, Lotta. Aber es ist aus. Du erstickst mich. Ich will und kann das alles nicht mehr.

Die Katastrophe brach über mich herein wie ein eiskalter Platzregen in einer lauen Frühlingsnacht. Ich hockte mich mitten in den Flur und blieb erst mal dort sitzen. Und auf einmal legte sich ein eiserner Ring um mein Herz. Rekonstruktionen meinerseits ergaben im Nachhinein, dass ich dort ungefähr sechs Stunden gesessen haben muss. Da war ich in meiner Ohnmacht durchaus praktisch veranlagt, denn Stühle gab es in der ehemals durch uns beide bewohnten Wohnung nicht mehr. Die gehörten Matthias. Und sie waren weg, so wie er.

Die ersten zwei Tage habe ich nur überlebt, weil Sonja mich rund um die Uhr beaufsichtigte und an die überlebensnotwendigen Tätigkeiten wie Atmen, Essen und Trinken erinnerte. Sehr viel mehr als atmen, essen und trinken habe ich in der ersten Woche wohl auch nicht gemacht. Ich kann mich nicht mehr genau erinnern, alles versinkt in einem fast schon gnädigen Nebel des Vergessens.

Aufgrund der Tatsache, dass Matthias sich wie ein staatlich geprüftes Arschloch verhalten hatte (und die Kriterien diesbezüglich sind klar und eindeutig: Wer seine Freundin vier Tage vor der Hochzeit per SMS verlässt, ist ein Arschloch mit Prädikat), war alles Mitgefühl auf meiner Seite. Was nett war, aber nicht half. Schon gar nicht dabei, eine Traumhochzeit mit fünfundachtzig geladenen Gästen drei Tage vorher abzusagen. Sonja hat das für mich erledigt und dabei unterschiedliche Informationen für unterschiedliche Zielgruppen zusammengestellt: Die Wahrheit für die engsten Freunde, eine sehr schlimme Magen-Darm-Grippe der Braut mit wenig Aussicht auf Besserung bis zur Hochzeit für den weiteren Bekanntenkreis und die gesamte Sippe von Matthias – schließlich war zu erwarten, dass er sich wenigstens darum kümmert, dass seine Tante Erna irgendwann die Wahrheit erfährt –, und für die gesamte gebuchte Gastronomie, den Pfarrer, die Band und das gemietete Brautauto eine sehr realistische Version von Nummer eins, damit sie mir nicht noch irgendwelche Stornogebühren in Rechnung stellten. Was auch wirklich keiner gemacht hat.

Währenddessen versuchte ich mich mit »der Gesamtkonstruktion der Angelegenheit« zu befassen, wie Sonja sich ausdrückte. Diese bestand aus einer ausführlichen Bestandsaufnahme, in der Sonja und ich die Wochen vor der Katastrophe genauestens unter die Lupe nahmen. Ungefähr so, wie das Luftfahrtbundesamt eine Absturzstelle sperrt und jedes Teil einer genauen Untersuchung unterzieht, um die Absturzursache herauszufinden. In meinem Fall war es eindeutig menschliches Versagen. Seins, ganz klar, weil er ja ein

Arschloch mit Prädikat und Auszeichnung ist. Es lief nicht so, wie er es wollte, aber er hat auch keinen wirklich wahrnehmbaren Versuch unternommen, das zu ändern. Stattdessen ist er in letzter Minute abgehauen.

Aber wohl auch meins. Weil ich nämlich vor den sehr eindeutigen Anzeichen die Augen verschlossen habe. Seine Einsilbigkeit zu allen Fragen rund um die Hochzeit, überhaupt zu unserem Leben. Die Tatsache, dass wir sage und schreibe fast ein ganzes Jahr keinen Sex hatten, bevor er mich per SMS verließ. Je distanzierter er wurde, umso anhänglicher wurde ich. Wobei anhänglich noch eine nette Umschreibung ist. Ich habe ihn kontrolliert, versucht, sein Verhalten zu kompensieren, in dem ich jeden seiner Schritte verfolgt habe.

In den ersten Wochen nach dieser Bestandsaufnahme habe ich es schlicht nicht geglaubt. Danach habe ich viel geweint. Nicht so viel, wie vielleicht andere Menschen in dieser Situation weinen würden, aber für meine Verhältnisse doch ziemlich viel. Gleichzeitig verflüchtigte sich auch der letzte zarte Hoffnungsschimmer, der bis dahin noch in meiner Brust nistete. Dann kam die Zeit, in der ich nur im Bett lag, und selbst Zähneputzen eine so unfassbare Kraftanstrengung war, dass ich mich danach bis zum nächsten Morgen wieder erholen musste. Und dann wurde ich langsam wütend. Es war vermutlich ungefähr die sechste Woche, als ich dann allmählich anfing, mich extrem gedemütigt zu fühlen, was in Verbindung mit der Wut der vorherigen Woche zu einer ziemlich anstrengenden Zeit für alle Beteiligten wurde.

Als sich dann – das muss ungefähr in Woche sieben nach Tag 0 gewesen sein – die unausweichliche Scham dazugesellte, die sich bisher noch dezent zurückgehalten hatte, kam eine Zeit, die Sonja noch heute mit ehrfürchtiger Stimme als »Wochen des rasenden Zorns« bezeichnet. Die Lethargie fiel von mir ab wie ein reifer Apfel vom Baum, und ich wurde von heute auf morgen zu einem Berserker, vor dem die Welt erzitterte. Also hauptsächlich zitterten meine Oma und Sonja, und sogar Lea soll laut Zeugenaussagen hin und wieder mal ein wenig gezittert haben.

Und bis zum Schluss bildete ich mir ein, dass er doch nicht einfach so aufhören konnte mich zu lieben. Immerhin hatte er es mir doch noch zwei Tage vor Tag 0 versichert. Zumindest war ich zu dem Zeitpunkt der festen Annahme, dass es so war. Erst im Nachhinein, als ich es wagte, meine früheren Tagebucheinträge zu studieren, stellte ich fest, dass das nicht stimmte. Matthias hatte mir schon sehr lange nicht mehr gesagt, dass er mich liebte. So steht es zumindest in meinem Tagebuch, und ich habe mir damals ernsthafte Sorgen über diese Tatsache gemacht. Irgendwie hatte ich wohl einfach vergessen, wie es um unsere Beziehung stand. Nämlich extrem schlecht. Weswegen ich ihn ja auch dringend heiraten wollte. Nach einer solchen Traumhochzeit in Weiß konnte es doch nur bergauf gehen.

Aber Matthias hatte mich nicht nur verlassen, er war auch wie vom Erdboden verschluckt und hatte sich gemeinsam mit seinem Sofa, den Stühlen, seinem Plasma-Bildschirm und seiner Starwars-Kollektion innerhalb weniger Stunden in Luft aufgelöst. Und mit ihm meine gesamten Zukunftspläne.

Das Piepen meines Handys reißt mich brutal zurück in die Realität. Eine SMS von Lea. *Wo bist du?*

Komme gleich, antworte ich und schmeiße das Handy achtlos auf den Beifahrersitz. Ich fahre langsam und vorsichtig, denn ich heule immer noch. Es ist, als ob ein Damm in meinem Innersten gebrochen ist und sich meine Tränenkanäle von einer Sekunde zur anderen in reißende Bergbäche verwandelt haben. Aber entgegen meiner Erwartungen reißt der Schmerz mich nicht in Stücke. Er ist da, aber er überflutet mich nicht mit völliger Hilflosigkeit. Immerhin schaffe ich es zeitgleich zu weinen, zu denken und Auto zu fahren.

Als ich es endlich bis auf Omas Hof geschafft habe, muss ich noch einen Moment im Auto sitzen bleiben. Um niemandem Angst zu machen. Wer mich so sieht, könnte glauben, Erste Hilfe leisten zu müssen. Mein Gesicht ist total verquollen. Meine Nase ist knatterrot und meine Augenlider so zugeschwollen, dass die Definition meiner Augenfarbe für den Moment schwierig sein dürfte. Mein Körper ist es einfach nicht gewohnt, so viel Flüssigkeit aus den Augen zu verlieren. Ich bin nicht im Training und dementsprechend eine visuelle Zumutung.

Leider komme ich nicht dazu, diese vielen tiefenpsychologischen Gedanken weiterzuspinnen, denn es klopft an der Scheibe der Beifahrerseite, und ich zucke zusammen.

Schockschwerenot, der Graf! Er muss sich in einem unbemerkten Moment herangepirscht haben. Jetzt guckt er durch das Fenster. Seinem Gesichtsausdruck nach zu urteilen hat er die Situation im Wageninneren schon erfasst.

Schnell werfe ich einen Blick in den Rückspiegel. Mein Gesicht ist eine einzige Katastrophe, aber ich mache trotzdem eine einladende Bewegung mit der rechten Hand. Was soll ich auch tun?

Der Graf schlüpft trotz seiner recht stattlichen Körpergröße durchaus elegant zu mir in den Wagen.

»Worauf wartest du?«, fragt er und sieht dabei starr durch die Windschutzscheibe. Offenbar traut er sich nicht, mich direkt anzusehen. Kann ich ihm nicht verübeln. »Heuschnupfen-Attacke«, sage ich, was leider keine Antwort auf seine Frage darstellt.

»Du bist also das Opfer eines umherirrenden Schwarms bösartiger Birkenpollen geworden?« Er sagt das innerhalb vom Bruchteil einer Sekunde, guckt dabei aber weiterhin geradeaus, deshalb grunze ich ein verrotztes »Genau.«

Plötzlich fängt er an, in einer der Seitentaschen seiner schwarzen Cargohose zu kramen. Was auch immer er dort sucht, er findet es nicht und widmet sich der anderen Seite. Etliche Sekunden später hält er mir etwas entgegen. Ich strecke vorsichtig eine Hand aus. Es ist eine Kugel. Eine in goldenes Papier verpackte Kugel mit einem kleinen weißen Logo aus sich windenden Efeublättern drauf.

»Was ist das?«, frage ich verdutzt.

»Ein Heilmittel«, antwortet er ernst und sieht mich endlich direkt an. Seine Augen sind so warm. Er schenkt mir eine Praline und ist dabei so ernsthaft, als hätte er mir den heiligen Gral überreicht. Ich gnibble vorsichtig die zarte Folie auf und enthülle das Innerste der Kugel.

»Allerfeinste Vollmilchschokolade, mit einem Hauch echter Bourbon Vanille und einem Nougat-Kern«, murmelt er und räuspert sich. Er wird rot. Nur ganz leicht, aber doch wahrnehmbar.

Kurzerhand stecke ich das von zarten weißen Schokoladenraspeln umhüllte Kunstwerk in den Mund. Ich beiße zu. Zarter Nougat schießt aus dem Innersten der Praline und umrundet jeck meine Geschmacksnerven. Die Schokolade hat eine fast samtige Konsistenz, und ich komme nicht umhin, leichte Geräusche des absoluten Wohlbefindens von mir zu geben. Vermutlich ist das hier so etwas wie ein Geschmacksorgasmus. Ich bin ja eigentlich am Boden zerstört, was aber meine Geschmacksknospen nicht weiter zu belasten scheint. Die Empfindungen in meinem Mund sind so intensiv, dass ich für ein paar Sekunden wirklich alles um mich herum vergesse.

»Das schmeckt aber schön«, stammle ich mit vollem Mund, woraufhin der Graf lacht.

»Die ist für später.« Wieder hält er mir eine kleine Kugel entgegen. Diesmal in einer lindgrünen glitzernden Folie. »Dunkle Schokolade mit Auszügen aus Salbei. Wirkt desinfizierend und heilsam.«

Ich nehme die Kugel entgegen und sehe ihn an.

»Braucht ihr Hilfe?«, wechselt er völlig unerwartet das Thema und deutet auf Omas Haus.

Ich setze gerade zu einer Antwort an, als mir einfällt, dass wir ja wirklich ein Problem haben und Hilfe nicht wirklich ungelegen käme. Das Problem heißt »Tapete« und wir werden es niemals in der dafür vorgesehenen Zeit von den Wänden bekommen. Ich klappe den Mund wieder zu.

Nun bin ich aber zeitlebens jemand gewesen, der anderen hat Hilfe angedeihen lassen. Ich könnte einfach nicken und sehen, was passiert. Stattdessen schüttle ich aber wie ein Wackeldackel den Kopf.

»Ich brauche keine Hilfe«, konkretisiere ich diese nicht ganz wahre Aussage noch verbal. Der Graf lächelt, nickt und sagt: »Ich komme Montag früh um neun.«

Mit diesen Worten steigt er aus und verschwindet.

Dafür steht schon Lea in der Haustür. Sie scheint ungeduldig auf mein Erscheinen zu warten.

»Du bist viel zu spät!«, kommt ihr Vorwurf, als ich, beladen mit den Kanistern und noch allerlei Gedöns aus meinem Kofferraum, auf sie zuwanke.

»Ja«, schnaufe ich und lasse ihr alles vor die Füße fallen. »Ich bin viel zu spät. Und das Leben ist scheiße!«

Lea guckt erst mal angemessen überrascht, dann schiebt sie den ganzen Kram vor unserer Haustür zur Seite und zieht mich am Arm hinter sich her, bis in die Küche, wo sie mich auf einen Stuhl drückt und sich mir gegenübersetzt.

»Was ist passiert?«, fragt sie. »Ich meine, du warst im Baumarkt. Was kann einem da so Schreckliches passieren, um hinterher so« – ihre Hände umkreisen einmal mein Gesicht – »auszusehen?«

Ich überlege. Sehr lange. Schließlich handelt es sich um Lea. Und wenn ich von meinem Baumarkt-Erlebnis berichte, das mich vermutlich für immer und ewig davon abhalten wird, jemals wieder einen Baumarkt zu betreten, besteht die Gefahr, dass die Stromschnellen meiner Tränenkanäle sich wieder öffnen. Und vor Lea weinen geht ja nun mal leider überhaupt nicht. Also sage ich erst mal gar nichts.

»Lotta!« Lea beugt sich nach vorne und tut etwas höchst Seltsames. Sie berührt meine Hand. Und als ob diese unerwartete Berührung einen Schalter in der Hauptzentrale umlegt, erzähle ich ihr von der Begegnung mit dem Attentäter. Und seiner schwangeren Frau. Und dem Niedrigenergie-Haus.

Sie ist recht schweigsam, insbesondere nachdem ich meinen Bericht beendet habe.

»Versteh mich nicht falsch. Was er getan hat, war unter aller Sau«, sagt sie dann. »Aber Matthias ist nun mal feige. Kein schlechter Mensch, aber ein feiger.«

»Was hat das jetzt mit meiner Gesamtsituation zu tun?«, frage ich argwöhnisch und begreife im selben Moment, dass ich von Lea wohl keine tröstenden Worte zu erwarten habe.

»Du hast ihn gestalkt«, sagt Lea knapp, und mir fällt fast die Kinnlade herunter.

»Bitte was?«, frage ich schwach. Ich muss mich verhört haben.

»Ich glaube, du hast dich so in deinen Kontrollzwang reingesteigert, dass du ihm gar nicht mehr zugehört hast. Selbst ich weiß, dass Prag seine Traumstadt ist.« Sie zuckt fast schon entschuldigend die Achseln. »Nach der Nummer mit dieser Tussi …«, sie senkt die Stimme. Die »Nummer mit dieser Tussi« bezieht sich auf die Tatsache, dass Matthias mich betrogen hat. Ein Jahr vor der Hochzeit. Und dass ich daraufhin ein wenig komisch geworden bin. In vielerlei Hinsicht. Ich spreche nicht gerne darüber. Aber Lea tut es.

»Du hast sein Handy kontrolliert. Du hast jeden seiner Schritte kontrolliert, und wehe, er konnte dir mal nicht sagen, mit wem genau und über welches Thema er um zehn nach elf gesprochen hat!«

»Er hat mich beschissen!«, antworte ich aufgebracht.

»Ja. Der Arsch! Aber du hast dich danach auch total danebenbenommen. Ein Jahr ging es nur um diese Hochzeit. Als wäre das das Allheilmittel gegen eure …«, sie ringt die Hände und scheint nach Worten zu suchen. Lea-untypisch. Sonst sagt sie immer das, was ihr als Erstes in den Kopf kommt. »Eure komische Beziehung«, fährt sie fort. »Du hast alles entschieden, ihn komplett verplant und ihm die Luft zum Atmen genommen. Das liegt dir im Blut.«

Ihre Worte sind hart, aber ihre Stimme wird immer leiser, als wüsste sie, was ihr Vortrag bei mir auslöst.

Ich möchte sie in ihren kleinen knochigen Arsch treten. Mit Anlauf.

Aber das kann ich nicht. Denn ich weiß tief in mir drin, dass sie recht hat. Matthias ist vor mir geflohen. Das habe ich immer gewusst. Aber niemals ausgesprochen. Weil er ja der Arsch war. Nicht ich.

Ich war so erschüttert von seinem Vertrauensmissbrauch, dass ich es nicht aushalten konnte, ihn nicht zu kontrollieren. Irgendwie wollte ich dem Universum, dem lieben Gott oder doch wenigstens den Frauen der Familie Ellenberg beweisen, dass es möglich war. Dass nämlich unsere Männer sich nicht einfach in Luft auflösen. Aber offensichtlich tun sie das. Immer.

»Du musst die Zügel mal locker lassen. ›Wer loslässt hat beide Hände frei‹, sagen die Chinesen.« Sie guckt mich ernst an. Der tiefe Wunsch, ihr in den Hintern zu treten, ebbt ab. Meine Schwester bewirft mich mit fremdländischen Lebensweisheiten. Sie hat sich Gedanken über mich gemacht. Ich bin ein wenig fassungslos und weiß gar nicht, was ich fühlen soll. Ich beschließe, erst mal gar nichts zu fühlen. Das ist mir hier alles zu viel.

Aber Lea hört gar nicht mehr auf. »Und dass er dir jetzt so fröhlich sein neues Weib samt Baby im Bauch präsentiert, macht ihn natürlich zum Oberarsch mit Auszeichnung«, erklärt sie fest, wohl um mich nach ihren harten Worten versöhnlich zu stimmen.

»Wir sollten Tapeten abreißen«, sage ich tonlos und stehe auf.

Ich laufe in den Flur, den Lea freundlicherweise schon mit den Resten des Tapetenlösers eingesprüht hat, und fange an, unmotiviert mit meinem Spachtel auf der verblassten Blümchentapete herumzuhacken. Seltsamerweise kann ich wieder tief durchatmen. Wenn mich der große Schmerz überfällt, bekomme ich sonst immer Atemnot und Beklemmungen. Das ist heute anders. Aber warum das so ist, kann ich jetzt nicht ergründen. Ich muss mich um die Tapeten kümmern. Umgehend.

Lea ist mir gefolgt. »Das Haus verliert Putz«, sagt sie, und deutet auf eine Stelle in der Wand, an der tatsächlich große Brocken herausgebrochen sind und jetzt auf dem Boden herumliegen.

Oh! Das kann nicht richtig sein.

»Wenn wir so weitermachen, reißen wir den gesamten Flur ein«, mutmaßt Lea düster, und auch mich beschleicht die Befürchtung, dass wir gerade dabei sind, die Grundsubstanz des Hauses in Schutt und Asche zu legen.

Ich schiebe meinen Spachtel jetzt etwas vorsichtiger unter eine lose Tapetenbahn und trete dann einen Schritt zurück, weil das Haus mit kleinen Putzbrocken nach mir schmeißt.

Entmutigt machen wir eine Pause und teilen uns eine Tafel Schokolade, während wir die Löcher in der Wand anstarren.

»Wir sollten jemanden fragen, der Ahnung hat«, sage ich schließlich.

»Hildegard«, sagt Lea knapp und ist schon aus der Haustür verschwunden, um wenige Minuten später mit Hildegard im Schlepptau wieder hereinzupoltern.

Hildegard nickt mir zu, streicht sich die Kittelschürze glatt und betrachtet eingehend die von Lea gezeigten Löcher in der Wand.

»Das ist nicht schlimm«, bescheidet sie dann. »Aber das muss alles runter. Alles was bröckelig und nicht fest mit der

Wand verbunden ist, muss runter! Sonst kann das hinterher nicht ordentlich verputzt werden.«

Sie richtet sich die Locken, steckt die Hände in ihre Kittelschürze und verschwindet so plötzlich, wie sie aufgetaucht ist.

»Sag ich doch. Hildegard weiß solche Dinge«, sagt Lea hochzufrieden.

»Warum weiß Hildegard so etwas?«, frage ich verdutzt.

»Sie tarnt sich nur mit der Kittelschürze. Ich glaube, in Wirklichkeit ist sie Catwoman. Oder so …«

Kapitel 16

Am Montagmorgen um Punkt neun parke ich meinen Wagen auf dem Kirschbaumparkplatz auf Omas Hof. Lea hat spontan und plötzlich wieder einen ihrer ominösen Termine und wird erst gegen Mittag kommen. Das heißt, ich werde vorerst allein gegen die Tapete kämpfen müssen. Aufgrund dieser Tatsache, und weil ich mit meiner Übersetzung nicht so schnell vorankomme wie erwartet, stapfe ich etwas missmutig die Treppe zur Haustür hinauf, wo ich den Grafen vorfinde, der genüsslich mit geschlossenen Augen das Gesicht der morgendlichen Maisonne entgegenreckt.

»Erik! Was machst du denn hier?« Da habe ich ihn doch glatt das erste Mal bei seinem Vornamen genannt. Ich bin erstaunt, dennoch kann ich mich glasklar daran erinnern, gesagt zu haben, dass wir keine Hilfe brauchen.

»Auf dich warten«, antwortet er, ohne jedoch die Augen zu öffnen. Ich will aber, dass er mich anguckt. Denn nach meinem hochgradig katastrophalen optischen Ausnahmezustand von Samstag habe ich mich heute aufgehübscht. Natürlich ohne den Hintergedanken, dass der Graf tatsächlich um neun hier vor der Tür hocken könnte. Nur so. Ich habe mir die Haare gewaschen und mit einem Haarband zurückgebunden. Außerdem trage ich heute nicht die Kermit-Renovierungs-Jogginghose, sondern eine Jeans.

»Aber wir brauchen keine Hilfe«, sage ich, was ja erwiesenermaßen gelogen ist. Offenbar kann ich nicht anders, auch wenn mir bei seinem Anblick ein klitzeklein wenig warm ums Herz wird.

»Lotta.« Er öffnet die Augen und sieht mich endlich an. Seine Augen weiten sich ein ganz kleines Stück, und dann guckt er ganz plötzlich wieder weg. Was denn nun? Ich sehe doch heute wieder ganz passabel aus. Man muss keinen Schreck bekommen, wenn man mich sieht. Hoffe ich zumindest.

Er räuspert sich. Welcher Schock ihn auch immer ereilt haben sollte, er überwindet ihn in Lichtgeschwindigkeit und fährt fort: »Nimm es mir nicht übel, aber laut Hildegard sollt ihr in zweiundzwanzig Tagen mit den Tapeten fertig sein. Das wird so nicht funktionieren.« Er wedelt mit der Hand Richtung Haus.

Ich schweige, erkenne die Wahrheit in seinen Worten und stelle wortlos einen Kanister Tapeten-Ex, den ich im Auto gebunkert hatte, vor seine Füße.

Dann sinke ich neben ihm auf die Treppe und lehne mich mit dem Rücken gegen die von der Morgensonne gewärmte Wand.

»Elsa hat mir gesagt, dass ich jeglicher Form von ablehnendem Verhalten Hilfsangeboten gegenüber ignorant sein soll. Das bin ich hiermit.«

»Ihr habt über mich gesprochen?«

»Selten.« Er blinzelt ernst die Sonne an. »Aber offenbar scheinst du Hemmungen zu haben, Hilfe anzunehmen. Ohne Hilfe renoviert man aber kein Haus. Deswegen bin ich jetzt hier. Also hör bitte auf, mich wegschicken zu wollen. Ich habe deiner Oma gegenüber ein Gelübde abgelegt. Samt

Hand auf dem Herzen, Singen der Droggendieler Nationalhymne und feierlichem Trinken von einem Schnäpschen unter dem Apfelbaum. Aus der Nummer kommen wir beide nicht mehr raus.«

Seine Eloquenz geht leider ein wenig unter in der herben Erkenntnis, dass er hier aus Pflichtbewusstsein sitzt. Und nicht, weil er mich in irgendeiner wie auch immer gearteten Art interessant findet.

Das zarte, warme Gefühl irgendwo in meiner Herzgegend erstarrt augenblicklich und zerfällt dann zu schwarzem Staub. Was mag Oma ihm noch alles erzählt haben? Ist ja nicht sonderlich schmeichelhaft.

»Musst du nicht arbeiten?« Ich nötige meiner Stimme den hochprofessionellen und nüchternen Ton auf, damit er bloß nicht merkt, dass mich der Grund seiner Anwesenheit frustriert.

Er zuckt die Schultern. »Das kann ich auch später noch. Wollen wir?«

»Ja«, sage ich eilig, um meine rabenschwarzen Gefühle zu überspielen, und springe auf.

Gemeinsam rücken wir den Tapeten im Treppenaufgang zu Leibe. Zuerst schweigend. Dann holt der Graf eine kleine Docking-Station für sein Smartphone, und schon bald begleitet uns Coldplay beim Spachtelschwingen. Irgendwann brechen wir unser Schweigen und kommen ins Plaudern.

Wir spachteln, sprühen Tapeten-Ex auf die Wände und erzählen uns Dinge aus unserem Leben. Kleine, harmlose Dinge, keine elementaren aussagekräftigen Informationen. Zumindest halte ich es so. Ich mag den Grafen nämlich und möchte ihn keinesfalls mit meiner ausgeprägten Methatesiophobie, der daraus resultierenden Sucht nach »To-do-Listen« und der Tatsache, dass meine Nachttischlampe immer brennt, verschrecken.

»Wieso bist du nach Droggendiel gezogen?«, frage ich, während ich eine extrem lange Tapetenbahn von der Wand ziehe.

Er zögert einen kurzen Moment. Zu kurz, um ihm zu unterstellen, dass er sich erst eine Antwort zurechtlegen muss, aber lange genug, dass ich es wahrnehmen kann. Dann zuckt er die Achseln. »Ich habe das Haus im Internet gefunden, angesehen und gekauft. Mir gefällt dieser kleine Ort. Die Menschen sind nett. Und als Elsa und Hildegard mich gleich nach der Besichtigung auf ein Schnäpschen eingeladen haben und dann den Makler nötigten, das Haus nur an mich zu verkaufen, war die Sache in trockenen Tüchern.«

»Und wo kommst du her?«

Wieder dieses Zögern. »Aus Stuttgart.«

»Klinge ich neugierig?«

»Geringfügig.« Er hat aufgehört zu arbeiten und sich zu mir gedreht.

»Und warum bist du hergezogen?«

»Das hat sich aus einer sehr komplexen Situation heraus ergeben, deren Ausführung an dieser Stelle zu viel Raum in Anspruch nehmen würde, weshalb ich es bei einer anderen Gelegenheit erzählen werde.«

»Wirst du bald wieder wegziehen?« Ich überlege kurz, ob ich heute schon irgendwelche Substanzen zu mir genommen habe, die diesen zwanghaften Fragemarathon ausgelöst haben könnten. Aber insbesondere die letzte Frage scheint sehr wichtig zu sein, denn meine Hand krampft sich um den Spachtel und ich starre den Grafen an. Es scheint sogar unfassbar wichtig zu sein zu erfahren, ob er bald wieder wegmuss. Es gibt ja solche Menschen, die einen Zugvogel in ihrem Stammbaum haben. Denn wäre das der Fall, würde ich umgehend sämtliche Kommunikation mit ihm einstellen. Vielleicht würde ich auch fluchtartig Omas Häuschen verlassen.

Meine Frage überrascht ihn. Er legt nämlich den Kopf schief. »Ich habe gerade erst die letzte nackte Glühbirne gegen eine Lampe getauscht. Warum sollte ich schon wieder wegwollen?«

»Nur so«, antworte ich leichthin, um von der Ernsthaftigkeit meiner Frage abzulenken, und zucke die Achseln. Nichtsdestotrotz umklammere ich weiterhin fest den Spachtel.

»Ich bin ja gerade erst richtig angekommen. Im vergangenen Jahr war ich meistens nur übers Wochenende hier«, sagt er ernst und ohne auch nur einen Moment zu überlegen.

»Und wo wir schon dabei sind, kannst du mir auch noch sagen, was du so beruflich machst?«, frage ich möglichst unverfänglich.

Wo ich doch schon so unkontrolliert Fragen ausspucke, kann ich mich ja auch gleich noch nützlich machen und das Geheimnis um seinen Job lüften. Vielleicht hat der ja was mit dem Lieferwagen in seiner Einfahrt zu tun. Diese Information wäre dann für das Gemeinwohl in Droggendiel und gar nicht für mich.

Der Graf schweigt erst mal, steht aber plötzlich relativ dicht neben mir, was mich ein wenig verwirrt, weil ich ja lange keinen Körperkontakt mehr hatte, schon gar nicht mit solch einem männlichen Prachtexemplar, aber durchaus angenehm ist.

Er überlegt immer noch. Scheinbar habe ich ihn mit dieser doch wirklich einfachen Frage überrumpelt, und Erik ist spontan in den Denkermodus zurückgesprungen. Ich habe ja festgestellt, dass er sehr wohl in der Lage ist, sprachlich einen Gang höher zu schalten, aber gerade in diesem Moment läuft er wieder im Leerlauf. Er schweigt, wie so oft, wenn ich ihm eine persönliche Frage stelle. Gerade jetzt scheint er sich intensiv dem Gedanken zu widmen, was er beruflich macht.

Dann kommt aber erstaunlicherweise doch noch etwas. Er lächelt unverbindlich und murmelt: »Das zeige ich dir mal bei Gelegenheit.«

»Baust du vielleicht Drogen an?«, versuche ich ihm auf die Sprünge zu helfen. Vielleicht stimuliert das ja eine konkrete Antwort.

»In gewisser Weise baue ich Drogen an«, sagt er leise, und obwohl er dabei schmunzelt, bleibt sein Blick ganz ernst.

»Erik!«, gellt plötzlich ein Ruf durch das Treppenhaus, und mein Herz setzt für einen Moment aus.

Hildegard! Offenbar in höchster Aufregung. »Erik, schnell!«

»Oh oh«, murmelt Erik, zieht eine Grimasse und läuft die Treppe hinunter. Ich folge ihm etwas langsamer.

»Caruso ist auf dem Dach!« Hildegards Stimme ist schrill. Erik hingegen die Ruhe in Person.

»Hm … Dann hole ich mal die Leiter«, höre ich ihn brummen, während ich auf den Hof laufe. Caruso? Auf dem Dach?

Hildegard steht unter dem Kirschbaum, die Hände energisch in die Hüften gestemmt. Heute in einer Kittelschürze in Zartrosa mit kleinen Hühnern drauf.

»Moin«, grüße ich sie. Aber Hildegard guckt nur wild.

»Wer ist Caruso und warum sitzt er auf dem Dach? Und vor allen Dingen: welchem Dach?«

»Na, auf deinem Dach. Wie immer!« Sie scheint entrüstet,

dass ich das nicht weiß. Ich warte kurz, ob sie mich freiwillig auch noch in Kenntnis setzt, wer denn da bitte auf *meinem* Dach hockt, aber Hildegard ist wirklich aufgeregt und unfähig, weiter zu kommunizieren. Also recke ich den Hals und starre hoch zum besagten Dach.

Da hockt eine schwarze Katze und guckt zu mir herunter. Sie sitzt unbewegt und sieht eigentlich ziemlich entspannt aus.

»Wenn sie da allein hochgekommen ist, kommt sie doch sicher auch allein wieder runter«, wage ich den vorsichtigen Versuch, das Problem ohne eine Leiter zu lösen. Aber Hildegard schüttelt nur den Kopf. »Das Tier würde da oben sterben. Es ist ein Drama. Jedes Mal. Der Kater gehört Esra. Und alle paar Wochen klettert er auf dein Dach und sitzt dort so lange, bis Erik ihn rettet.«

Also ist Caruso wohl ein ziemlich dummer Kater. Man sollte doch aus Fehlern lernen und sie nicht ständig wiederholen. Es sei denn, Caruso ist eigentlich eine Katze und liebt es, von Erik errettet zu werden. Das wäre schon möglich, denn im nächsten Moment kommt dieser mit einer riesigen Leiter um die Ecke. Steht ihm gut, also die Leiter über der Schulter. Er grinst mich unerwartet an und mir kommt der unsinnige Gedanke, auch schnell noch aufs Dach zu klettern, um von Erik gerettet zu werden.

Der stellt derweil ungerührt die riesige Leiter gegen die Regenrinne. »Das letzte Mal war ich beruflich in Stuttgart, da hat Caruso auf dem Dach übernachten müssen. Elsa und Esra haben ihn über die Dachluke gefüttert und auch dort oben geschlafen. Und ja, eine Katze passt durch eine Dachluke, aber Caruso weigert sich, diesen Noteingang zu benutzen und wehrt sich mit Zähnen und Krallen.«

»Und die Feuerwehr hat sich auch geweigert zu kommen, weil sie die ganzen Jahre, bevor Erik hier wohnte, ausrücken musste. Die haben ganz dreist gesagt, die Katze hätte bewiesen, dass sie nicht vom Dach fällt und könnte noch eine Weile da oben sitzen bleiben. Und der Professor hat es leider nur bis zur vierten Stufe der Leiter geschafft. Salim immerhin bis zur achten«, erklärt Hildegard. Ich lege wieder den Kopf in den Nacken. Es ist aber auch wirklich hoch. Bestimmt sechs oder sieben Meter.

»Schnell, Erik!«, feuert Hildegard ihn an, wird aber von einem gelben Postauto unterbrochen, das auf den Hof gebraust kommt.

Der Postbote springt aus seinem Gefährt. »Moin, Hildegard, moin, allerseits!« Dann kramt er im Kofferraum des Wagens und fördert ein flaches Paket zutage. »Paket für dich, Hildegard. Du musst dich ausweisen, da ich das erst an dich aushändigen darf, wenn du volljährig bist.«

Hildegard wird erst blass, dann rot.

»Guck mich an, Helmut. Ich bin fünfundsiebzig Jahre alt«, faucht sie erbost.

»Ist Vorschrift. Ich muss die Nummer deines Personalausweises hier eintragen. Sonst kann ich dir das Paket nicht geben. Dann muss ich es wieder mitnehmen, und du musst auf die Hauptpost«, erklärt Helmut geduldig.

»Aber die Katze …« Hildegard deutet aufgebracht gen Dach.

»Ach, die schon wieder!« Helmut guckt ebenfalls nach oben. »Habt ihr schon mal dran gedacht, dass sie vielleicht gern da oben sitzt? Vielleicht genießt sie die Aussicht? Wäre ja naheliegend, wenn sie da immer wieder hochklettert.«

Hildegard seufzt ergeben. »Dann komm mit. Den Ausweis

habe ich in der Küchenschublade. Kriegst dann auch gleich noch einen kleinen Likör.« Sie lächelt keck. Helmut lächelt ebenso keck, und die beiden verschwinden durch die Buchenhecke.

Der Graf grinst. Ich gucke verwirrt. Was um alles in der Welt mag Hildegard sich in der Abteilung »ab achtzehn« bestellt haben?

Als Erik sich allerdings anschickt, die Leiter weiter zu erklimmen, bin ich augenblicklich von diesem Gedanken abgelenkt. »Das ist echt hoch!«, sage ich, denn auf einmal habe ich Angst um ihn. Ich würde ihn wirklich gerne als Nachbar behalten. Weil ich ihn nämlich gut leiden kann. Jawoll!

Und weil es ein klitzeklein wenig kribbelt im Bauch, während ich ihn von unten anstarre.

»Ja, ist hoch«, ruft Erik von oben herunter und nimmt zwei Leitersprossen auf einmal.

»Du wirst da runterfallen!« Ich klinge ganz schrill, und mir ist das Ganze ein klein wenig peinlich. Erik hält in seiner Klettertätigkeit inne und schaut zu mir herunter. »Nein, werde ich nicht.« Grinst er etwa?

»Doch!«, sage ich schnell. »Da kannst du auch eigentlich nix für. Das liegt am Testosteron in deinem Blut. Das macht, dass du glaubst, dass du unsterblich bist und an unübersichtlichen Stellen überholst, dich in tiefe Schluchten stürzt oder eben auf hohe Dächer kletterst. Willst du einen Kaffee?«

Ein etwas bescheidener Ablenkungsversuch. Aber Caruso hat jetzt damit begonnen, sich auf die Dachziegel zu kuscheln und alle viere der Sonne entgegenzustrecken. Es ist sehr beeindruckend, was dieser Kater so alles kann in gefühlten 100 Metern Entfernung vom Erdboden. Er scheint absolut tiefenentspannt und schnurrt so laut, dass ich es bis in den

Hof höre. Vermutlich Vorfreude, gleich durch Erik gerettet zu werden. Ich sehe wirklich keinen akuten Rettungsbedarf.

»Versuchst du damit noch kurzfristig meinen Testosteronspiegel zu senken?«, fragt Erik mich aus luftiger Höhe.

»Ja«, bescheide ich knapp. »Und willst du?«

»Nachdem ich Caruso gerettet habe.« Er steigt ziemlich geschickt die restliche Leiter hoch, greift sich vorsichtig die Katze, die daraufhin noch lauter anfängt zu schnurren, drückt sie sich mit einem Arm an die Brust und klettert wieder herunter.

Unten angekommen setzt er Caruso auf den Boden. Man sollte meinen, dass das Katzentier sich in irgendeiner Art und Weise dankbar zeigen sollte. Tut es aber nicht. Es schlendert, ohne uns eines weiteren Blickes zu würdigen, in die Büsche neben dem Haus.

Erik sieht das Ganze wohl exakt so wie ich. »Undankbares Tier«, ruft er Caruso hinterher. Und zu mir sagt er: »Dann hätte ich jetzt gerne den testosteronspiegelsenkenden Kaffee. Damit mir auch weiterhin nichts passiert.«

Ich aktiviere also die alte Kaffeemaschine und entlocke ihr den üblichen, ganz leicht muffig schmeckenden Kaffee. Gemeinsam setzen wir uns auf die Treppenstufen zum Haus. Eine Frage ist bei meinem Fragen-Marathon noch offengeblieben. Vielleicht sollte ich nahtlos daran anknüpfen?

Erik hat wieder die Augen geschlossen und den Kopf gegen die Hauswand gelehnt. Vielleicht ist dies ein guter Moment, um doch noch schnell herauszufinden, ob er wirklich Drogen anbaut, stattdessen entfleucht mir eine völlig ungeplante Frage.

»Erik. Warum hilfst du mir?«

Er seufzt, dreht den Kopf und sieht mich an. »Weil ich es deiner Oma versprochen habe. Und weil ich dich mag.« Ein

Lächeln taucht in seinem Gesicht auf. Es ist echt und erreicht in voller Bandbreite seine Augen.

Erik scheint manchmal von einer liebenswerten, unüberlegten Ehrlichkeit zu sein. Er hat nämlich über diese Antwort keinen Atemzug lang nachdenken müssen.

Mein Herz klopft wie verrückt. Vielleicht habe ich einen Koffeinschock. Vielleicht habe ich aber – und das ist so unwahrscheinlich, dass mich schon der Gedanke daran überrascht – auch nur gerade begonnen, mich zu verlieben.

Kapitel 17

Die kommenden Tage verbringen wir mit den Tapeten. Erik hilft uns, und das jeden Tag, über eine Woche lang. Innerhalb kürzester Zeit bilden wir ein eingeschweißtes Tapeten-Abriss-Team. Man könnte uns buchen, so gut sind wir im Training. Lea weicht die Tapeten ein, während Erik und ich die Wände mit den Spachteln einschlitzen. Dann bilden wir eine Arbeitsablauf-Kette. Lea macht das Grobe, Erik arbeitet nach und kümmert sich um die verbliebenen, sehr anhänglichen Tapetenreste. Außerdem kümmert Erik sich um alles, was sich außerhalb unserer Reichweite befindet. Weil ja auch Lea nur knapp so groß ist wie ein Zwerg. Ich mache die Feinarbeit und kratze mithilfe eines extrem scharfen Hochleistungsspachtels die kleinen Fitzelreste von der Wand.

Manchmal kommt Hildegard uns besuchen und versorgt uns mit Süßigkeiten oder Dorfklatsch, aber die meiste Zeit unterhalten wir drei uns oder hören Musik.

Das ist richtig nett. Sogar Lea gefällt es, und sie war in den letzten Tagen nicht einmal dagegen. Sie ist sogar hin und wieder richtig freundlich zu Erik. Manchmal sogar zu mir, aber das sicherlich nur aus Versehen. Und sie bringt jeden Tag frische Brötchen mit, was ich wiederum richtig nett finde.

Aber nicht nur Lea passieren merkwürdige Dinge. Ob es auch bei ihr mit Eriks Anwesenheit zusammenhängt? Bei mir ist diese Vermutung leider naheliegend. Ich werde manchmal grundlos rot (zum Beispiel als Erik meinen enthusiastischen Einsatz beim Trennen von Tapete und Fußleiste bewundert) oder stammle unzusammenhängende Halbsätze vor mich hin oder starre Erik unbemerkt an. Und gestern war die Krönung. Gestern habe ich ein Kichern von mir gegeben. In seinem Beisein. Also nicht nur in seinem Beisein, sondern als direkte Folge einer Aussage seinerseits. Ich kichere nie. Ich bin schließlich eine ernsthafte, erwachsene Frau. Das alles sind doch Symptome einer akuten Verliebtheit, oder? Ich bin durchaus erschrocken über diesen Gedanken.

Demotiviert hebe ich den Spachtel und kratze ein wenig auf dem irren 70er-Jahre-Muster in Braun/Grün/Blau herum. Lea seufzt und starrt die Wand an. Das Muster der Tapete scheint sie hypnotisiert zu haben.

Fest steht: Wir sind heute nicht gut drauf. Vielleicht liegt es an Eriks Abwesenheit? Der musste beruflich für zwei Wochen weg. Vielleicht handelt es sich aber auch nur um eine kosmische Störung, die uns aufs Gemüt schlägt.

»Arschloch-Tapete!«, sagt Lea im nächsten Moment wütend. Ich grunze zustimmend. Außerdem werde ich bald einen Schreikrampf bekommen, wenn ich nur das Wort »Tapete« höre. Meine Hände sind trotz der Handschuhe, die ich konsequent trage, total schrumpelig, und meine Fingernägel haben sich schon seit dem Flur im Erdgeschoss in Wohlgefallen aufgelöst und sind kollektiv abgebrochen.

Außerdem liegt mir meine neue Übersetzung schwer im Magen. Es ist wieder ein Liebesroman, allerdings wird diesmal nur keusch auf die Wange geküsst. Der Text ist nicht sonderlich kompliziert zu übersetzen, aber ich habe die letzten Tage immer erst nach acht Uhr abends daran sitzen können und hege die Befürchtung, dass ich wohl noch einige Nachtschichten einlegen muss. Die anhänglichen Tapeten haben meinen ausgeklügelten Zeitplan völlig über den Haufen geworfen.

Ich gehe mir kurz die Hände waschen. Als ich zurück ins Schlafzimmer komme, hockt Lea auf dem Boden und hält irgendwelche Zettel in der Hand. Beim Näherkommen entdecke ich, dass es sich dabei um meine aktuellen Listen handelt. Exakt vier Stück, thematisch geordnet. Einmal die Kostenschätzung für das Haus, eine To-do-Liste für das Haus, eine für meinen Job und das allgemeine Leben.

Lea guckt hoch und sieht aus, als hätte jemand versucht, ihr ohne Betäubung eine Wurzelbehandlung im Backenzahn zukommen zu lassen.

»Was?«, frage ich, vielleicht eine Spur zu aggressiv. Ich hätte die Listen nicht so offen neben meiner Tasche herumliegen lassen sollen. Lea ist eine bekennende Anti-Listen-Aktivistin.

»Du hast doch echt einen an der Waffel«, sagt sie nüchtern.

»Ach ja?«, frage ich spitz. »Dafür, dass ich einen an der Waffel habe, verdiene ich aber mein eigenes Geld.«

Lea schnaubt verächtlich. »Und? Bist du glücklich mit deinem EIGENEN Geld?«

Die Frage schwebt ein wenig unmotiviert im Raum herum. Aber aufgrund der kosmischen Störung kann ich die Frage leider nicht unkommentiert lassen, obwohl ich weiß, wohin das hier gleich führen wird.

»Du schreibst da drauf, dass du tanken musst? Das ist nicht dein Ernst …«

»Ich schreibe alles auf, was ich erledigen muss.« Meine Stimme gewinnt an Schärfe. »Ich lebe nämlich ein strukturiertes Leben und …«

Lea unterbricht mich. »Das Leben ist nicht strukturiert. Es ist unkontrollierbar, und das hier«, sie wedelt mit meinen Listen, »ist ein armseliger Versuch deinerseits, das zu ignorieren.«

»Es würde dir nicht schaden, auch dein Leben in geordnete Bahnen zu bringen. Struktur tut gut.« Meine Stimme ist plötzlich wieder ganz nüchtern und kühl.

»Weißt du, was du bist, Charlotta Ellenberg? Du bist ein solcher Klugscheißer!«, flüstert sie plötzlich und wird ganz weiß im Gesicht.

»Verdammt noch mal! Du scheinst keine Ahnung zu haben, wo du jetzt wärst, wenn ich nicht all die Jahre als Klugscheißer in deinem Leben gewesen wäre!«, fauche ich sie an.

»Mich hat doch sowieso nie jemand nach meiner Meinung gefragt oder was ich will!«, brüllt sie zurück. »Du hast mich doch nie wirklich gesehen! Für euch wäre es doch am einfachsten gewesen, ich wäre auch in die Ostsee gefallen oder hätte mich in Luft aufgelöst!«

Mein Mund öffnet sich, doch mir bleiben die Worte im Halse stecken. Was hat sie da bitte gerade gesagt?

»Wie meinst du das?«, frage ich tonlos, unfähig, meine Stimme zu heben.

»Ich war doch immer so was von überflüssig bei Mama und dir. Alle waren entweder tot, beschäftigt oder unterwegs. Ich war bloß lästig.«

»Das stimmt nicht«, hauche ich. Wie um alles in der Welt kommt sie darauf? Ihre Worte berühren mich so sehr, dass meine eigene Wut verraucht wie eine ausgeblasene Kerze. Es ging doch immer nur um sie.

»Nein, das stimmt auch nicht«, sagt Lea plötzlich, als wäre auch ihr Zorn spontan verflogen. »Ich hatte halt immer das Gefühl, dass Mama dich vorzieht. Aber ich habe nicht begriffen, wie viel Verantwortung sie dir aufgebürdet hat.«

Ich muss mich setzen und tue das kurzerhand auf dem Fußboden.

Wo kommen diese reflektierten Worte meiner kleinen Schwester her? Lea laufen Tränen über die Wange. Und ich heule mit. Ganz spontan.

Womit es sich um ein Elementarereignis handelt. Es ist nämlich das erste Mal, dass ich gemeinsam mit meiner Schwester weine.

»Wir waren echt arme Würstchen«, weint Lea, und ich schluchze auf. Ich finde sogar, dass ich das allerärmste Würstchen von den Frauen der Familie Ellenberg war. Und ich finde es immer noch unbegreiflich, dass ich meine kleine Schwester irgendwo auf diesem steinigen Weg verloren habe.

Eine ganze Weile suhlen wir uns in unserem Selbstmitleid. Lea guckt mich hin und wieder an, aber wir weinen tapfer weiter, weil wir offensichtlich beide das Gefühl haben, dass das jetzt gerade sehr wichtig ist.

Doch dann klappert unten die Haustür und jemand ruft: »Hallo! Jemand zu Hause?«

»Nicht der Blödmann jetzt«, schluchzt Lea verzweifelt und hickst. Sie bekommt von exzessiver Heulerei immer Schluckauf.

Doch, es ist der Blödmann, oder auch Dr. Gottke, der gekommen ist, um den Fortgang der schwesterlichen Wiedervereinigung zu kontrollieren.

Ich klappe den Mund auf und mache »hicks!«, denn auch ich neige zu Schluckauf, nach intensivem Weinen.

»Hast du die Tür nicht zugemacht?«, frage ich endlich, nachdem ich noch zweimal gehickst habe.

»Nur angelehnt«, antwortet Lea zwischen zwei Zwerchfell-Eruptionen.

Und so kommt es, dass Notar Dr. Gottke uns im Schlafzimmer meiner Oma auffindet, wo wir gemeinschaftlich wie zwei Zimmerbrunnen auf dem Boden hocken und leidenschaftlich vor uns hin hicksen.

Zum Glück erweist Dr. Gottke sich als wahrer Gentleman. Nicht nur dass er Kuchen mitgebracht hat, er ignoriert die sonderbare Situation und den sonderbaren Zustand, in dem er uns auffindet, komplett und tut einfach so, als wäre es normal, hicksend und mit verquollenen Augen auf dem Fußboden zu sitzen. Und er hat sogar noch ein paar freundliche und motivierende Worte für uns über: »Das sieht ja schon wirklich gut aus, was Sie hier in den vergangenen Tagen geleistet haben!« Woraufhin ich wieder anfange zu weinen und er mir die Schulter tätschelt.

Kapitel 18

Es geht los. Heute ist der 28. Mai. Ich stehe in der flirrenden Frühsommerhitze auf dem Hof. Lea hat wieder mal einen Termin, und so starre ich alleine auf die vier Handwerker, die sich hier morgens um halb acht versammelt haben. Andächtige Ruhe liegt über dem gesamten Hof. Sie scheinen auf etwas zu warten und schweigen. Einträchtig. Mit fast schon grimmigen Mienen.

»Guten Morgen«, grüße ich freundlich. Ein leises Brummen erhebt sich. Ich finde, dieses Geräusch geht durchaus als Gruß durch. Männer im Allgemeinen und der gemeine Kieler im Besonderen sind ja nun mal nicht sehr gesprächig.

»Soll ich Sie reinlassen?«, frage ich unspezifisch in die Runde, und es dauert ein wenig, bis die vier Herren, offenbar mithilfe nonverbaler Kommunikation, entschieden haben, wer mir antwortet. Ein kompliziertes soziales System, so ein Trupp Bauarbeiter.

Den Job des Sprechers übernimmt ein junger Typ in knatterroter Monteurshose.

»Moin. Wir warten noch«, sagt er und schweigt augenblicklich weiter.

Ich räuspere mich. »Worauf warten Sie denn?«, frage ich und nötige meiner Stimme einen sachlichen Ton auf. Ich fühle mich bei dem Anblick der vielen schweigsamen Kerle auf Omas Hof ein klein wenig verzagt.

Wieder dauert es eine Weile, dann sagt der mit der roten Hose: »Chef.«

Ah. Klar. Die Herren können natürlich nicht einfach so loslegen, sondern brauchen einen klaren Auftrag von jemandem, der die gesamte Baustelle im Blick hat. Logisch.

»Mögen Sie Kaffee?«

Schweigen. Kollektives Kopfschütteln. Ich fühle mich jetzt nicht mehr nur verzagt, sondern auch noch überflüssig und beschließe, drinnen auf den weiteren Fortgang der Angelegenheit zu warten.

Kaum schließe ich die Tür auf, schießt Hildegard durch die Buchenhecke. »Warte mal, Lotta!« Sie eilt an den wartenden Handwerkern vorbei, ohne sie eines Blickes zu würdigen.

Ich warte, obwohl ich das Gefühl habe, dass ich lieber reingehen und die Tür hinter mir schließen sollte. Hildegard sieht so energisch aus.

»Ist das heiß heute! Wir müssen reden!«, schnauft sie mit düsterem Blick, als sie die Treppenstufen zu mir hochgeschossen kommt.

»Ist was passiert?«, raune ich alarmiert, aber sie schiebt mich nur weiter durch den Flur, bis zur Terrassentür im Wohnzimmer.

»Was siehst du?«, fragt sie und dreht mich so, dass ich direkt in den Garten schaue.

»Hildegard, sag doch einfach, was los ist.« Ich mag solche Spielchen überhaupt nicht.

»Was siehst du?«, fragt sie unbeirrt und hält mich an den Schultern fest.

Ich seufze. Ich bin zu alt für so etwas. Aber Hildegard

ist noch älter als ich, insofern werde ich mich jetzt mal darauf einlassen, auf dass wir hier fertig sind, wenn der »Chef« kommt.

»Grün. Garten. Bäume. Büsche.«

»Lotta«, haucht Hildegard und hält mich fest umklammert. »Dieser Garten ist kurz davor, zu einem Dschungel zu mutieren.«

Ich versuche den Wahrheitsgehalt ihrer Worte durch weiteres In-den-Garten-Starren zu überprüfen, sehe aber nichts Außergewöhnliches. Es ist halt grün. Das muss doch so sein. Außerdem erinnere ich mich in diesem Moment an die gräflichen Worte in der Hollywoodschaukel, die mir Hildegards Ansinnen ja schon prophezeit hatten.

»Wir waren doch erst letzten Monat im Garten«, sage ich und gucke Hildegard entrüstet an, die mich spontan loslässt und die Hände ringt.

»Jede Woche!«, raunt sie. Und für den Fall, dass ich sie nicht verstanden haben sollte, wiederholt sie sich: »Jede Woche!«

»Du meinst, wir müssen jede Woche das tun, was wir letzten Monat getan haben?« Das kann nicht ihr Ernst sein.

»Natürlich!«, sagt Hildegard inbrünstig.

Ich starre hinaus und denke darüber nach, wie das, was dort zu passieren hat, den Umfang meiner aktuellen To-do-Liste sprengen wird.

»Ich will Beton. Überall. Grün gestrichen«, sage ich dann fest.

Hildegard kneift einmal kurz die Augen zusammen, als hätten ihr meine Worte Schmerzen bereitet, dann murmelt sie etwas, was ich nicht verstehe. Vermutlich besser so. Es kann nicht sehr schmeichelhaft gewesen sein.

Und dann sagt sie etwas, das ich akustisch verstehe und

was mich sehr verstört: »Ich werde Lea sagen, dass sie sich darum kümmern soll. Die hat sich das letzte Mal sehr geschickt angestellt. Wesentlich geschickter als du. Und Talent hat sie auch noch.«

»Guten Morgen«, brummt es hinter uns. Während ich noch verarbeite, dass Lea offensichtlich über ein mir bis zu diesem Zeitpunkt unbekanntes Talent verfügt, steht ein Mann im Wohnzimmer.

»Lüttke mein Name.« Herr Lüttke ist sehr stattlich, im besten Mannesalter und mit dekorativem grauem Haupthaar ausgestattet. Entfernt erinnert er mich an George Clooney, nur im Blaumann eben. Aus dem Augenwinkel sehe ich, dass Hildegard ihn mit leicht geröteten Wangen anstarrt.

Nachdem wir nun beide nicht reagieren – Hildegard kämpft noch um Fassung, und meine Gedanken kreisen immer noch um den Garten und Leas »Talent« –, fährt er fort: »Ich bin der Bauleiter von Herbert Hansen.« Er hätte wohl gern eine Reaktion von uns.

»Moin«, beeile ich mich deshalb zu sagen.

»Können wir uns kurz setzen?«, fragt er schneidig und wirkt dabei außerordentlich kompetent und wissend.

»Natürlich.« Zack, sitze ich an Omas altem Resopaltisch. Hildegard setzt sich flugs neben mich und tritt mir unter dem Tisch gegen das Schienbein. Sie sieht ein wenig aufgeregt aus. Ob des anstehenden Umbaus oder der Anwesenheit des so gekonnt Ruhe ausstrahlenden Herrn Lüttke, kann ich noch nicht sagen.

Herr Lüttke legt eine Liste auf den Tisch. »Frau Ellenberg«, setzt er an und sieht mich aus hellgrauen Augen ernst an. Ich fühle mich ein bisschen wie beim Hausarzt, der die Blutwerte besprechen will.

»Wir beginnen hier im Erdgeschoss. Und zwar reißen wir die Küche raus«, sagt er fest, und Hildegard stöhnt leise auf.

Schnell sage ich: »Sie müssen aufpassen. Die Küche hat mein Opa eingebaut. Sie könnte gefährlich sein. Ebenso wie alles andere, was mein Opa in den Händen gehabt haben könnte.«

Er fragt nicht weiter nach, was mich verwundert, sondern macht nur auf seinem Klemmbrett eine Notiz. Auf dem Kopf kann ich entziffern: »Kundin warnt vor Küche.«

Aha. Bevor ich mich erklären kann, fährt er ungerührt fort: »Dann nehmen wir die Wand zwischen Küche und Wohnzimmer raus …« Er hält inne und scheint wieder auf eine Bestätigung meinerseits zu warten. Schnell nicke ich.

»Dann kommt der Fußboden raus, auch im Bad, wo wir ebenfalls die Objekte entsorgen und die Fliesen abschlagen.« Eifriges Nicken meinerseits.

»Dann gibt es neue Elektrik. Die Lage der neuen Steckdosen ist noch zu klären. Die Türen sollen erhalten bleiben?«

»Ja, die Türen sind doch so weit in Ordnung. Die kann man streichen.«

Ernst guckt er mich an. »Eine vernünftige Tür bekommen Sie heute schon für unter hundert Euro. Sie sollten noch einmal darüber nachdenken. Wenn wir die alten lackieren, kostet das schließlich auch Geld.«

Ich nicke. Hildegard nickt. Herr Lüttke spricht weiter:

»Ich habe Ihnen hier einen Prospekt mitgebracht. Weiße Türen im Landhausstil, zurzeit im Angebot bei einem unserer Lieferanten.«

Ich gucke. Hildegard guckt. Herr Lüttke guckt. Die Türen sehen gut aus. Hübsch. Passen gut ins Haus. Preis pro Tür 89,90 Euro.

»Haben Sie schon den Rest ausgesucht?«

»Äh … Was ausgesucht?«

»Na ja, Fliesen, Toilette, Badewanne, Spülkasten, Waschbecken, Drückergarnitur, Lichtschalter, Steckdosen, Fußbodenbelag.«

Betreten schüttle ich den Kopf.

»Dann wird es Zeit«, bescheidet Herr Lüttke ernst. Er drückt mir einen Zettel in die Hand. »Da stehen einige Fachgroßhändler drauf, die zum Teil auch eigene Bad- und Fliesen-Ausstellungen haben. Bitte fahren Sie da hin und lassen Sie sich beraten.«

Meine To-do-Liste nimmt von einer zur anderen Sekunde ungeahnte Ausmaße an. Aber wenn Herr Lüttke möchte, dass ich mich beraten lasse, werde ich das tun.

»Bitte bestellen Sie die Türen«, hauche ich. Eine Entscheidung weniger. Der Punkt hätte absolut nicht mehr auf meine To-do-Liste gepasst.

»Mach ich. Sind ja auch nur fünf.« Herr Lüttke scheint erfreut und macht sich eine Notiz.

»Meine Männer fangen dann jetzt an.« Er erhebt sich, deutet eine Verbeugung an und entschwindet.

»Wo geht er hin?«, flüstert Hildegard.

»Vermutlich zur nächsten Baustelle?«, flüstere ich zurück.

»Der war aber schnuckelig«, flüstert Hildegard.

»Ja«, flüstere ich, ahne aber, dass der gemütliche Teil des Vormittags vorbei ist.

Mit meiner Vermutung liege ich richtig. In Omas Häuschen bricht die Hölle los. Die vier Männer setzen eine vorfreudige Miene auf, legen Schutzbrillen an, und dann hauen sie mal richtig drauf. Ich bringe mich schnell auf der Treppe in Sicherheit und beobachte das Treiben aus gebührendem

Abstand. Voller Eifer machen sie sich daran, alles rauszureißen und kaputt zu schlagen. Einer beginnt mit Omas Küche, einer mit dem Fußboden im Wohnzimmer, einer schlägt die Fliesen im kleinen Bad von den Wänden und einer mit dem Vorschlaghammer die Wand zwischen Küche und Wohnzimmer ein. Alle vier sehen dabei total fröhlich aus. Offensichtlich muss die Tätigkeit des Keulenschwingens und Kaputtmachens irgendeinen frühkindlichen Teil im vegetativen Nervensystem der vier Männer befriedigen.

Eingeschüchtert von so viel Lärm und Dreck, ziehe ich mich in Omas Schlafzimmer zurück und befasse mich mit dem allerletzten Rest der Tapete (alleine das Wort löst mittlerweile einen Schluckauf bei mir aus). Selbst hier oben klingt es noch, als würde eine Horde wilder Büffel durch das Haus ziehen.

Ich bin nicht sonderlich lärmtolerant, und außerdem tun mir vom vielen Tapeten-Abreißen mittlerweile die zarten Übersetzerinnen-Finger weh. Aber es hilft ja nix. Ich muss hier fertig werden. Es wäre sehr schön, wenn Erik jetzt hier wäre, denke ich. Und bin dann ganz erstaunt über diesen Gedanken.

Eine Stunde später steht Lea plötzlich im Zimmer. Sie guckt mich mit großen Augen an und hält sich die Ohren zu. Wir nutzen eine kurze Lärmpause – vermutlich müssen der mit dem Vorschlaghammer und der Fliesenzertrümmerer mal kurz auf das Dixi-Klo, das seit einer Viertelstunde in dekorativem Mintgrün auf dem Hof steht.

»Die machen alles kaputt!« Lea.

»So lautet ihr Auftrag!« Ich.

»Bist du sicher, dass das alles seine Richtigkeit hat?« Lea.

Hilfloses Achselzucken. Ich. »Abriss bedeutet eben Abriss. Man kann Fliesen wohl offensichtlich nicht mithilfe von Räucherstäbchen und stiller Meditation von der Wand holen.«

Lea lacht. Herzhaft, und im nächsten Moment setzt der Vorschlaghammer wieder ein, wie auch das Teil, das die Fliesen von der Wand sprengt.

»Ich gehe mal kurz zu Hildegard!«, brüllt Lea gegen den Lärm.

»Da kannst du auch bleiben, ich bin hier gleich fertig!«, brülle ich zurück. Lea brüllt noch etwas, das klingt wie »Hallelujah!« und verschwindet.

Kurz darauf sehe ich sie durch das Schlafzimmerfenster im Garten auftauchen. Sie trägt derbe Gartenhandschuhe und hat eine Hacke geschultert. Hildegard hat sie also erfolgreich genötigt, ihr bis dato unbekanntes Talent zu nutzen und den Garten von seinem Dschungeldasein zu befreien. Dann gucke ich aus dem anderen Fenster und entdecke, dass sich ein neuer Container zu dem Dixi-Klo gesellt hat. In dem Container liegen schon große Teile von Omas Küche, ihr Klo und viele Tausend zerbrochene Fliesen. Für einen ganz kleinen Moment wird mir ein wenig trist zumute. Immerhin hat dieses Klo mich durch meine Kindheit begleitet. Wie auch die Küche. Wie alles, was sich in diesem Haus befindet.

Der Lärm im Erdgeschoss hört abrupt auf, und ich beschließe, mir das Ergebnis der Zerstörungswut per Auftrag einmal genauer anzusehen. Schon auf der Treppe werde ich von einem dichten Staubnebel eingehüllt und muss husten.

Vielleicht sind alle vier kollektiv erstickt? Ich eile weiter und treffe die vier Männer auf Werkzeugkisten hockend auf der Terrasse. Sie leben und frühstücken. Sehr schön. Weniger schön ist die Tatsache, dass ich von der Treppe aus durch ein Loch in mein Arbeitszimmer gucken kann. Das sollte so nicht sein. Mein Arbeitszimmer braucht vier Wände. Jetzt hat es nur noch drei und eine halbe. Ich laufe weiter und bleibe in der Küche stehen.

Von hier kann ich jetzt ins Wohnzimmer gucken, wenigstens etwas, das seine Richtigkeit hat. Die Zwischenwand zwischen Küche und Wohnzimmer war keine tragende Wand. Schwach entsinne ich mich, dass Herbert Hansen sich damals bei der Besprechung über diese Tatsache erfreut gezeigt hatte. Er erwähnte nämlich auch, dass alle anderen Wände im Erdgeschoss tragend seien und somit nicht rausgenommen werden könnten. Hm. Nun fehlt ein Stück von einer dieser wichtigen Wände, die doch definitiv eine Aufgabe hat.

»Entschuldigen Sie bitte!«, rufe ich durch das Wohnzimmer in Richtung der weit geöffneten Terrassentüren. Die Herren schauen mich an.

»Ihnen ist da ein Fehler unterlaufen.«

Die Herren schauen immer noch. Kauend.

»Sie haben da aus Versehen die falsche Wand rausgehauen.«

»Wir haben das genauso gemacht, wie es im Plan eingezeichnet ist«, sagt der mit der roten Hose und beißt noch einmal beherzt von seiner Wurstbemme ab.

»Ich brauche aber vier Wände in meinem Büro«, sage ich jetzt etwas schärfer.

Der mit der roten Hose steht auf, wischt sich die Hände am Pullover ab und kommt zu mir geschlendert. Offenbar hat ihn der Abriss erschöpft, er bewegt sich nämlich nur sehr langsam.

»Das da war eine tragende Wand!«, sage ich jetzt richtig böse.

»Hm«, sagt er und guckt auf einen Plan, den er in der Hosentasche hatte.

»Das ist hier aber auch ein wenig unklar aufgezeichnet.«

»Unklar ist ja wohl nicht genauso gemacht, wie es im Plan steht.« Ich mag nicht, dass bei Omas Haus jetzt so eine wichtige Wand fehlt. Es macht mich nervös.

»Ja«, brummt der mit der roten Hose, »dann müssen wir da mal eine Stütze reinmachen und die Wand wieder aufbauen. Ist kein Problem.« Er betrachtet meinen zweifelnden Gesichtsausdruck. »Da fehlt ja nur ein wirklich kleines Stück. Machen Sie sich mal keine Sorgen.«

»Nie!«, fauche ich. Ich bin flexibel, sorgenfrei und total relaxt. Und diese Charaktereigenschaften kann ich bei der Tatsache, dass dem Haus meiner Oma eine wichtige Wand fehlt, mal so richtig auslassen.

»Wir stützen das dann mal ab, nicht?«

»Ich wäre Ihnen sehr verbunden, wenn Sie das tun könnten.«

Er reagiert allerdings nicht wie von mir erwartet mit großer Hektik und Betriebsamkeit, sondern guckt entspannt in der Gegend herum.

»Schnell. Bestenfalls bevor das Haus zusammenbricht«, empöre ich mich.

»So schnell bricht ein Haus nicht zusammen«, murmelt er, setzt sich dann aber doch in Bewegung.

Und so stehe ich und warte, bis der Herr in der roten Hose mitsamt einem Stahlträger über der Schulter wieder auftaucht, um Omas Haus zu retten.

Er stemmt das Ding in das Loch in der Wand, nickt mir freundlich zu und schlendert zurück zu seiner Wurstbemme.

»Moin«, ertönt es hinter mir. Der Graf steht in der Tür. Er trägt gänzlich unerwartet einen dunklen Anzug, und gänzlich unerwartet bekommen meine Hormone Schluckauf. Weil er so gut aussieht. Weil ich ihn vermisst habe, und er mich so schief angrinst. Augenblicklich überkommt mich der Drang, mich ihm in die Arme zu schmeißen. Dann würde ich ihn am Ärmel fassen, ihm das Loch in der Wand zeigen, um Rettung bitten, und ihn dann auf die Bauarbeiter hetzen.

Stattdessen krächze ich ein »Moin« zurück und versuche diese sonderbaren Gedanken in meinem Kopf unter Kontrolle zu bekommen. Ich bin doch schließlich die Letzte, die bei solchen Dingen Hilfe benötigt. Ich kann das alles allein. Sieht man ja, die Gefahr ist gebannt, die Stütze steckt im Loch.

»Hallo, Erik«, sage ich schließlich wenig einfallsreich, aber ich befürchte, dass die komischen Gedanken sich irgendwie auf meinem Gesicht widerspiegeln könnten.

Wieder das schiefe Grinsen. Ich werde rot. Unfassbar. »Ich bin wieder da«, sagt er und klingt dabei fast förmlich. Ich könnte mich aber auch verhört haben, und es liegt nur am Anzug.

»Das sehe ich«, antworte ich ebenso förmlich. Was für eine bescheuerte Kommunikation. Gleich geben wir uns die Hand. Tun wir dann aber doch nicht, denn Erik kommt zögernd einen Schritt näher und küsst mich ganz sanft auf die Wange.

»Es ist schön, dich zu sehen«, sagt er leise, während er meinem Gesicht immer noch ganz nah ist.

Mein Mund lächelt, dass er sich im Mundwinkel fast verknotet, und ich werde rot.

»Du siehst aber chic aus«, sage ich schnell und unüberlegt, um von meiner neuen Gesichtsfarbe abzulenken.

»Ich komme direkt vom Termin.«

»Mit dem Drogenboss von Schleswig-Holstein?«

Der Graf rollt die Augen, was sehr eindrucksvoll ist, verschränkt die Arme und lehnt sich mit der Schulter gegen die Wand. Mir fällt auf, dass er durchaus etwas Düsteres an sich hat. Vielleicht ist der Gedanke doch nicht so abwegig? Offensichtlich muss er erst wieder intensiv nachdenken, bevor er sich zu einer Antwort hinreißen lässt. Derweil versaut er sich seinen schönen Anzug mit Abrissstaub. Bevor ich ihm das aber sagen kann, scheint der Gedankengang endlich abgeschlossen zu sein. Er fragt: »Hast du grad was vor?«

Ich zucke die Achseln. »Nö. Außer die Bauarbeiter zu bewachen, damit sie nicht doch das Haus komplett einreißen, und ein paar Brötchen zu schmieren …«

»Soll ich dir den Hauptumschlagplatz der Drogen-Szene in Droggendiel zeigen?« Er guckt dabei so eindringlich, dass mir ein klein wenig blümerant wird. Meint er das ernst? Erik verzieht keine Miene und steht in seiner gräflichen Manier unbewegt und groß vor mir herum.

Ich beschließe, dass es an der Zeit ist, Eriks Geheimnis zu lüften.

Kapitel 19

Ich folge ihm über den kleinen geschwungenen Weg bis zu seinem Haus. Mein Herz, das in den vergangenen Jahrzehnten immer brav und ordentlich seinen Dienst versehen hat, schaltet plötzlich einen Gang höher und wummert in meiner Brust. Erik hat lange Beine und ist schneller als ich. Er wartet auf der obersten Stufe zu seiner Haustür und blickt mir entgegen. Er ist aufgeregt. Das spüre ich mit jedem Schritt, dem ich mich ihm nähere. Eine sonderbare, fast kindliche Spannung umgibt ihn, die er nur unzulänglich hinter seiner nüchternen Mimik verstecken kann.

In meinem Magen rumpelt es, und ich versuche zu identifizieren, was für ein sonderbares Symptom das nun wieder ist. Während ich die alte Steintreppe zu ihm hinaufsteige, komme ich zu einem Schluss: In meinem Magen befinden sich keine außer Rand und Band geratenen Darmbakterien, sondern ich habe mich in den Grafen verliebt. Es ist tatsächlich passiert. Ich bin verliebt. In meinen Nachbarn, von dem ich bisher gerade mal den Namen kenne.

Mein Herz und mein Darm bilden eine Große Koalition und übernehmen kurzfristig auch noch die Kontrolle über alle anderen wichtigen Organe, einschließlich des Gehirns, woraufhin ich wie angewurzelt neben Erik und der geöffneten Eingangstür stehen bleibe. Was soll ich denn jetzt machen?

»Lotta«, sagt er leise und beugt sich zu mir hinunter, was das alles nicht wirklich besser macht. »Ich baue nicht wirklich Drogen an.« Offensichtlich glaubt er, dass meine plötzliche Hemmung sein Haus zu betreten, daran liegt, dass ich Angst vor seinen illegalen Machenschaften habe.

»Dachte ich mir schon«, erwidere ich schwach, reiße mich aber augenblicklich zusammen und trete alle herumzickenden Organe in den Hintern. Am energischsten trete ich mein Gehirn, um es daran zu hindern, unpassende Gedanken zu produzieren. Dies ist kein Moment, in dem ich in irgendeiner Weise negativ auffallen möchte.

»Komm rein!«, sagt er und lächelt, dass es mir durch Mark und Bein geht und Magen und Herz gleich wieder einen Aufstand anzetteln wollen. Ich atme tief durch und folge ihm.

Die honigfarbenen Holzdielen knarren behaglich, als ich in den lichtdurchfluteten Flur trete. Erstaunt betrachte ich die bodentiefen Holzfenster auf der von der Straßenseite abgelegenen Seite des Hauses, die den Blick auf Felder und Wiesen freigeben. Ein großer weißgerahmter Spiegel hängt an der gegenüberliegenden Wand, und einige bunte Drucke kleben in scheinbarer Unordnung direkt daneben. Es sieht ziemlich gut aus. Wie in einer dieser Wohnzeitschriften, in der ich bisher nach dem Funken der Inspiration gefahndet habe.

»Das ist aber schön«, sage ich überrascht. Der Mann hat Geschmack, und zwar so viel davon, dass er mir schon im Flur ins Auge sticht. Das ist doch bei Männern genauso wenig schädlich wie gutes Aussehen.

»Das Haus war ziemlich verbaut. Die Vorbesitzer hatten über Jahre immer mal wieder etwas an- und umgebaut. Als ich es kaufte, passte nichts zueinander.« Ganz offensichtlich hat sich das geändert.

Es duftet nach Schokolade. Und auf einmal verstehe ich, wonach Erik riecht. Es ist genau dieser Duft. Schokolade. Und Zimt. Und Vanille. Und das sehr intensiv.

»Okay, äh …« Erik sucht offensichtlich nach Worten, findet aber keine und schmeißt erst mal sein Jackett über einen weißen Stuhl, der vermutlich seine Garderobe darstellt.

Ich habe das Gefühl, dass seine akute Wortfindungsstörung in Zusammenhang mit meiner Anwesenheit steht. Nur warum? Ich habe ja einen guten Grund, warum ich so befangen bin. Immerhin habe ich gerade glasklar identifiziert, dass ich mich verliebt habe. Allein schon dieses Wort in Verbindung mit meiner Person zu denken löst wieder Magenrumpeln und Herzrasen aus. Aber warum ist er plötzlich so nervös? Es wird ihm ja wohl nicht ebenso gehen? Augenblicklich werde ich rot. Knatterrot, und ich bin heilfroh, dass Erik in genau diesem Moment wegguckt und einladend die Hand hebt. »Ich wollte dir ja was zeigen«, murmelt er.

»Genau, die Briefmarkensammlung«, antworte ich mit belegter Stimme und staune, wie sich zwei erwachsene Menschen plötzlich in zwei unerfahrene Teenies verwandeln.

Ich folge ihm durch den Flur. Es geht ein paar Stufen nach links herunter. Rechts von uns befindet sich das Haupthaus, der Teil, den ich von Omas Haus aus sehen kann. Ich räuspere mich, zumindest innerlich. Der Teil, in dem ich ihn von Omas strategisch gut platziertem Sessel aus sehen kann. Ich vermute, dass das zarte Rot in meinem Gesicht augenblicklich in Hummer-Signal-Rot nachdunkelt.

Wir treten durch eine große, doppelflügelige Tür. Der Duft nach Schokolade erfüllt hier jeden Winkel, und ich atme tief ein.

»Lotta. Jetzt guck nicht so. Ich bin Chocolatier. Das ist

wirklich nichts Verwerfliches.« Ich spüre den Hauch einer Verunsicherung in seiner Stimme.

»Du machst Pralinen«, fasse ich zusammen.

Er lacht auf. »Kakao enthält Anadamin und Phenylethylamin. Stoffe, die auch in Haschisch und Morphium enthalten sind. In gewisser Weise ist auch Schokolade eine Droge. Schokolade ist nicht einfach nur eine Süßigkeit, die man im Supermarkt kaufen kann.«

Ich vermute, dass mir nach seinem kleinen Vortrag der Mund offen steht. Auch weil ich mich frage, warum er daraus so ein Geheimnis gemacht hat.

Erik spricht plötzlich mit einer mir bis zu diesem Moment unbekannten Leidenschaft. Seine Augen funkeln. Was ich bisher nur aus der Beschreibung enthusiastischer Autorinnen kenne. Augen können wirklich auch im echten Leben funkeln. Und wenn sie so tiefblau sind wie die des Grafen, kann das sehr verwirrend für den Betrachter sein.

»Aber natürlich. Pralinen«, sagt er, jetzt wieder in seinem normalen Erik-Tonfall, und schenkt mir ein schiefes Lächeln. »Aber die besten der Welt!«, fügt er noch hinzu.

Er krempelt sich die weißen Hemdsärmel hoch und nimmt etwas von einem Tablett auf dem Tisch direkt neben mir. Dann hält er mir ein kleines, mittig auf einem Papiertellerchen platziertes Kunstwerk entgegen, und aus einer mir unbekannten Motivation heraus nehme ich es ihm nicht aus der Hand, sondern recke ihm mein Gesicht entgegen. Seine plötzliche Leidenschaft muss mich angesteckt haben. Erik scheint das nicht zu stören. Er schiebt mir die Praline kurzerhand in den Mund, und ich beiße vorsichtig zu.

Augenblicklich schießt mir zarte Süße durch die Geschmacksnerven. Ich schließe die Augen und nehme nebenbei wahr, dass ich brumme. Offensichtlich hat das Sprachzentrum in meinem Gehirn sich aufgrund des Geschmacksorgasmus, der mich heimsucht, selbstständig gemacht.

»Oh! Köstlich!«, brumme ich weiter und öffne die Augen gerade rechtzeitig, um zu sehen, dass Erik rot wird. Nur ein kleines bisschen, aber deutlich erkennbar, und etwas in mir freut sich. Erik wird rot, weil ich seine Schokolade mag. »Warum um alles in der Welt machst du so ein Geheimnis darum?«, frage ich und gucke ihn ernst an.

»Mache ich gar nicht. Die Droggendieler haben nie direkt danach gefragt. Neugierde und Diskretion passen einfach nicht zusammen. Aber es ist auch gut so. Ich stand damit lange genug in der Aufmerksamkeit.« Bevor ich dazu komme, nach der Bedeutung seines kryptischen Satzes zu fragen, zieht Erik einen Hocker unter dem Tisch hervor und bedeutet mir, mich zu setzen. Dann hantiert er an einer Kaffeemaschine herum, die auf einem wunderschönen alten Buffet am Rande der Tische steht.

»Diese Pralinen sind mit einem Hauch Chili.« Er deutet wieder auf den Tisch und stellt eine Espressotasse unter die Maschine. »Aber nur mit einem Hauch, das ist wichtig. Die meisten machen zu viel Schärfe in die Schokolade, das verwirrt den Gaumen. Diese Pralinen deuten die Schärfe nur an, der Eigengeschmack der Schokolade darf nämlich niemals überlagert werden. Und dazu musst du einen Espresso trinken, der unterstreicht die samtige Textur der dunklen Schokolade noch einmal ganz deutlich.«

Ich nehme die kleine Tasse und eine weitere Praline entgegen. Erik ist ein wahrer Schokoladenmeister. Die Leidenschaft, mit der er über seine Schokolade spricht, macht mich ganz kribbelig. Eins ist klar: Erik liebt das, was er tut.

Ich stecke mir die nächste Praline in den Mund, kaue und nippe dann an dem Espresso, während Erik mich mit seinen funkelnden Augen beobachtet. Die Kombination aus starkem, heißem Kaffee und der bittersüßen Schokolade ist himmlisch. »Die Maya sagen, dass Kakao die Macht hat, verborgene Sehnsüchte freizusetzen und Schicksale zu offenbaren«, murmelt er. Unsere Blicke treffen sich.

»Ich liebe Schokolade«, ist das Einzige, was mir dazu einfällt. Mein Kopf fühlt sich plötzlich ganz leicht an. Als wären alle Gedanken, die sich sonst in ihm tummeln, einfach weggeflogen.

Erik hält mir eine kleine Tüte hin. »Ich bin eigentlich Koch, aber meine Passion war schon immer Schokolade. Weil sie irgendwie magisch ist.«

Ich nehme den verheißungsvoll knisternden Beutel entgegen. Ich mag Männer, die über Magie sprechen, als würde es sie wirklich geben.

»Vor einigen Jahren habe ich dann meine eigene Manufaktur gegründet. Das ist ein Experiment mit Thymian und Lavendel. Sag mir, wie es dir schmeckt.« Auffordernd nickt er mir zu. Immer noch ist dieses Leuchten in seinen Augen. Etwas Leidenschaftliches, Hingebungsvolles, was mir bisher noch nie aufgefallen ist.

Ich ziehe die kleine goldende Schleife ab, nehme eine der eckigen Pralinen heraus und stecke sie mir in den Mund. Der anregende Duft der Kräuter überlagert für einen Moment die Süße der Schokolade. Dann schmilzt die Füllung der Praline auf meiner Zunge und hinterlässt pures Glücksgefühl.

»Köstlich«, flüstere ich, und eine Sekunde später sind seine Lippen auf meinen. Zart, sanft, fast nur angedeutet, aber dennoch eindeutig ein Kuss. Ich bin überrascht, aber nicht erschrocken. Stattdessen schließe ich die Augen und genieße diesen Kuss genauso, wie ich die Pralinen vorher genossen habe. Mit allen Sinnen, aber irgendwie losgelöst von der Realität.

Eriks warme Lippen verharren jetzt nur wenige Millimeter von meinen entfernt, doch ich umfasse sein Gesicht und ziehe ihn sanft wieder zu mir. Ich will mehr. Mein Gehirn hat sich in den Off-Modus versetzt. Es liegen einfach zu viele Endorphine und andere Drogen in der Luft.

Und Erik küsst so gut. Vorsichtig, zurückhaltend, als wäre er ein wenig aus der Übung. Genau wie ich.

Jetzt küsse ich ihn. Meine Hände liegen auf seinen Schultern und wandern ganz automatisch höher, bis ich seinen immer schneller werdenden Puls unter meinen Fingerspitzen fühlen kann. Seine Haare kitzeln mich an der Schläfe, und ich möchte bitte, dass dieser Moment nie endet. Erik nimmt ganz unerwartet mein Gesicht in seine großen Hände und schaut mich an.

Seine dunklen Augen wandern mit großer Ernsthaftigkeit von meinem Kinn über meine Wangen, bis er mir direkt in die Augen sieht. Ganz sanft streichen seine Finger über mein Gesicht. Mein Herz dreht komplett durch und tanzt Samba in meiner Brust. Ich bin noch nie so eindringlich angesehen worden. Und ich bin schon ganz schön alt.

Ich habe aber auch noch nie einen Mann getroffen, der so wunderschöne Augen hat. Ich sehne mich mit jeder Faser meines Körpers danach, dass Erik mich in die Arme zieht und weiterküsst.

In diesem Moment bricht an der Gefühlsfront die Hölle los. Plötzlich überfällt mich Angst. Schlagartig ist sie da und beginnt, mir die Luft abzudrücken. Was an dem festen Knoten liegt, der sich von einer zur anderen Sekunde in meinem Magen breitgemacht hat. Will ich mich wirklich noch einmal auf so etwas einlassen? Was, wenn auch Erik irgendwann einfach verschwindet? Und immer noch sehnt sich mein ganzer Körper nach ihm. All diese Gefühle rasen durch mich hindurch, während ich immer noch unbewegt in Eriks schöne Augen schaue und langsam innerlich erstarre.

»Entschuldige bitte.« Erik lässt mich so plötzlich los, als hätte er sich verbrannt. Er tritt einen Schritt zurück, während ich ihn wie betäubt weiter anstarre, unfähig etwas zu sagen.

Erik macht noch einen Schritt zurück, und schlagartig verschwindet die eben noch offensichtliche Verwirrung aus seinem Gesicht. Er muss all meine Gefühle in meinem Gesicht gelesen haben und bringt sich jetzt in Sicherheit. Völlig logisches Verhalten seinerseits.

»Tut mir leid, Lotta. Ich habe das völlig falsch interpretiert.« Er hat die Augen zusammengekniffen und betrachtet mich jetzt aus sicherer Entfernung. So, als wäre ich ein Atomsprengkopf, der ganz unerwartet neben seinen Pralinen aufgetaucht ist und droht, jede Sekunde hochzugehen.

»Tut mir leid«, wiederholt er sich, weil ich immer noch nicht reagiere. Er scheint immerhin eine gute Kinderstube genossen zu haben und zu formvollendeten Entschuldigungen in der Lage zu sein, während die frisch von ihm Geküsste ihn nur anstarrt wie eine Kuh, wenn es im Tal donnert.

Ich muss hier weg. Sofort. Das Beste wäre wohl, ich würde mich in Luft auflösen. Ich bemühe mich, aber es klappt nicht. Also drücke ich ihm die Espressotasse in die Hand und gehe. Zügigen Schrittes verlasse ich die heiligen Hallen der Schokoladenproduktion, durchquere den Flur und laufe den geschwungenen Weg zu Omas Haus zurück.

Kapitel 20

In meinem Gehirn herrscht Leere. Unangenehme, wattige Leere. Ich habe nicht den Hauch einer Ahnung, was ich jetzt tun soll, geschweige denn, warum ich das tue, was ich gerade tue.

Gefühle umschwirren mich wie lästige Nachtfalter, kein einziges greifbar oder auch nur ansatzweise zu identifizieren. Einzig und allein die Gewissheit, dass ich gewaltig einen an der Waffel habe, treibt mir die Tränen in die Augen. So verhält sich kein normaler Mensch. Ich habe einen wunderbaren Mann geküsst und bin dann aufgrund von kontraproduktiven Gefühlen zur Salzsäule erstarrt und abgehauen.

Direkt hinter Eriks Einfahrt treffe ich auf Hildegard und Lea, beide in einem hingebungsvollen Streit vereint. Ich schlucke die Tränen hinunter und bleibe neben den beiden stehen, die zum Glück gerade dabei sind, mir zu demonstrieren, dass auch sie keine normalen Menschen sind. Das tut mir gut, denn es hindert mich vorübergehend am weiteren Nachdenken. Ich stecke die Hände in die Hosentaschen und gucke ihnen zu.

»UNKRAUT!«, buchstabiert Hildegard mit rollenden Augen und deutet immer wieder schwungvoll mit einer eindrucksvollen Hacke auf eine Pflanze vor ihren Füßen.

»Nein!«, faucht Lea. »Das ist kein Unkraut. Es ist ein

Heilkraut, nämlich Vogelmiere, und es wird nicht vernichtet!«

»Es wird in kürzester Zeit den Garten überrennen. Das ist, als wenn die blutrünstigen Hunnen vor dem Dorftor stehen und du ihnen noch schnell einen Kaffee kochst und sie reinbittest! Du irres, ahnungsloses Kind!«

»Du vergleichst Vogelmiere mit blutrünstigen Hunnen?« Lea fängt an zu kichern, aber in ihren Augen glitzert es gefährlich. Das Kichern klingt auch ein klein wenig irre.

»Ich tue noch ganz andere Dinge, Kind!« Oh, auch in Hildegards Augen glitzert es. Die beiden haben meine Anwesenheit überhaupt nicht wahrgenommen.

Ich beschließe, dass ich für diese aufkeimende Aggression nicht zuständig bin und laufe ins Haus, weil ich nicht weiß, was ich sonst tun soll.

Dichter Staub hüllt mich ein. Herr Lüttke, der George-Clooney-Bauleiter, ist wieder da und strahlt Ruhe aus, während er die fehlende Wand anschaut. Er guckt mich kurz düster an, dann sagt er: »Das ist ja ein Ding!«

»Das ist kein Ding mehr. Das ist ein Stück fehlende Wand«, erwidere ich matt. Ich möchte bitte, dass sich alle in Luft auflösen und mich in Ruhe lassen. Jetzt ist nämlich der Zeitpunkt gekommen, an dem ich nachdenken muss. Über sehr viele Dinge.

»Wir reparieren das selbstverständlich«, sagt Herr Lüttke und guckt immer noch sehr ernst. »Im Plan war das aber auch wirklich etwas missverständlich eingezeichnet.«

Er hebt einen großen Bogen Papier und schickt sich an, ihn auseinanderzufalten, aber ich hebe nur abwehrend die Hand. Sollte ich jetzt auf einen Plan gucken müssen, besteht die Gefahr, dass ich anfange zu schreien. Oder in Tränen ausbreche. Oder beides zeitgleich, was wirklich nicht gut wäre. Menschen, die ihr Leben in der Hand haben, tun so etwas üblicherweise nicht.

Nein. Ich muss mich zusammenreißen. Aber zackig.

Ich räuspere mich.

»Herr Lüttke«, sage ich fester als erwartet. »Ich muss weg.«

Und mit diesen Worten verlasse ich Omas Haus, springe in mein Auto und überlasse es meinem Unterbewusstsein zu entscheiden, wohin wir zwei fahren.

Nur weg von dem Ort, an dem ich feststellen musste, das auch ich leider total gestört bin. Dass ich vielleicht nie wieder eine normale Beziehung mit einem Mann führen werde. Dass ich mir bald zwei Katzen zulege und Mitglied bei Lovefilm werde. Dass mein gebrochenes Herz, das sich ja nun seit mehr als zwei Jahren in der Reha befindet, offensichtlich immer noch nicht geheilt ist.

Mein Unterbewusstsein und ich landen in Landwehr. Ich folge dem Berg hinunter zum Kanal und stelle meinen Wagen auf dem Parkplatz ab. Dann gehe ich ganz dicht zum Rand des Kanals und warte auf die Fähre, während der plötzlich scharfe Wind mit meinen Haaren spielt und mich frösteln lässt.

Meine Oma ist früher oft mit uns hierhergekommen, denn selbst Lea ließ sich mit ein paar Überfahrten beruhigen und manchmal sogar bestechen. »Wollen wir nicht ein wenig Fährefahren gehen?«, fragte sie immer.

Warum diese Fähre eine so beruhigende Wirkung auf alle Frauen der Ellenberg-Sippe hat, weiß ich nicht. Vielleicht ist es ihre Verlässlichkeit, die uns allesamt fasziniert. Die Fähre fährt immer. Nur wenn der Nord-Ostsee-Kanal zugefroren ist oder bei starkem Sturm stellt sie ihren Betrieb ein. Aber wenn es wieder taut und der Sturm abgeflaut ist, legt sie wieder ab.

Immer. Nichts kann sie aufhalten.

Die Fähre kommt, und wie jedes Mal beobachte ich den kleinen Wasserberg, den sie mit ihrem breiten, abgesenkten Bug vor sich her schiebt, wie ein Schneepflug den frisch gefallenen Schnee. Langsam und gekonnt manövriert der Fährmann das Schiff in die mit Asphalt versehene Öffnung und hebt die Schranke. Zwei Autos verlassen die Fähre. Drei Fußgänger folgen ihnen. Ich husche auf das Schiff und bin froh, dass ich noch meinen Sommermantel im Auto hatte, den ich mir jetzt fest um den Körper ziehe. Es ist nicht wirklich kalt, aber ich friere. Innerlich.

Ich laufe bis zum anderen Ende, lehne mich gegen das Geländer und starre in das dunkle Wasser des Kanals. Die Fähre wartet noch, schließlich bin ich zur Zeit der einzige Fahrgast, aber mir ist das egal. Hier vorne am flachen Bug des Schiffes im frischen Wind zu stehen, reicht schon aus, um ein paar meiner wirren Gedanken einzufangen und vorsichtig zu begutachten.

Ich bin verliebt in Erik. Und weil ich schon so lange nicht mehr verliebt war, fühlt sich das sehr komisch an. Anscheinend war ich intensiv damit beschäftigt, so zu tun, als ob ich es nicht bemerken würde. Was sicher an der chronischen Herzverhärtung liegt. Dabei waren die Symptome ziemlich eindeutig. Ich leide also nicht nur unter einer Herzverhärtung und allgemeiner Lebenshemmung, sondern auch unter mangelndem Durchblick.

Dabei will ich gerade nichts anderes, als mich gegen Eriks breite Brust zu lehnen. Ich will das so sehr, dass es schmerzlich zieht in der Herzgegend.

Aber was passiert, wenn ich mich *richtig* in ihn verliebe? Mit Haut und Haaren? Und ich dann wieder Dinge tue, die ihn dazu veranlassen, vor mir wegzurennen? Ich habe es ja schon einmal geschafft, alles falsch zu machen.

Mit einem tiefen Seufzer vergrabe ich das Gesicht in den Händen, und die Fähre legt ab.

Ich drehe mich um, bin aber immer noch allein. Vermutlich biete ich ein so jämmerliches Bild, dass der Fährmann beschlossen hat, mich umgehend auf die andere Seite zu bringen. Er kann ja nicht wissen, dass ich so lange an Bord bleiben werde, bis es mir ein wenig besser geht. Was frühestens in drei Jahren zu erwarten ist.

Als wir nach wenigen Minuten am gegenüberliegenden Ufer ankommen, gesellen sich ein Mann mit Hund und zwei Radfahrer zu mir. Der Fährmann wartet diesmal sehr lange, bis er wieder ablegt. Vielleicht hofft er, dass ich gehe, aber ich bleibe. Ich bin noch nicht wieder in gesellschaftsfähiger Verfassung.

Das Schiff pflügt sich in gleichmäßiger Geschwindigkeit durch das tiefe, dunkle Wasser.

Ich muss mir irgendwann überlegen, was ich mit dem Rest meines Lebens anfangen will. Da ich nun schon entgegen meinem Plan zehn Jahre früher aufs Land ziehe, sollte ich alle anderen Überlegungen vielleicht auch vorziehen.

Es wäre so unfassbar hilfreich, wenn ich ein bisschen mutiger wäre. Bin ich aber leider nicht. Ich habe Angst.

Die Fähre fährt immer wieder hin und her, und mir wird mit jedem weiteren An- und Ablegen bewusster, dass sich nichts in meinem Leben verändern wird, wenn ich es nicht selbst in die Hand nehme – oder es wenigstens versuche.

Kapitel 21

Als ich wieder auf Omas Hof fahre, hockt Lea auf der Treppe zur Eingangstür. Ihr zu Füßen liegt Mr. Boo. Er beobachtet sie so intensiv, dass er nicht einmal meiner Ankunft Beachtung schenkt. Durchgehend wackelt er mit seiner kleinen Rute. Vermutlich sein Versuch, Lea positiv zu stimmen, damit sie ihm nichts tut. Sie hat ihm noch nie etwas getan. Lea ist viel, aber nicht gewalttätig, was wiederum der kleine Hund nicht wissen kann, weswegen er rein prophylaktisch wedelt.

Lea grinst mich siegessicher an. Ein Blick nach links bestätigt mir: Das Kraut ist noch an Ort und Stelle. Als sie allerdings mein verheultes Gesicht erblickt, verschwindet ihr Grinsen. »Was ist denn jetzt schon wieder?«, murmelt sie.

»Nichts«, murmle ich zurück.

»Ich nehme Omas Lupo und fahre nach Hause. Morgen bin ich wieder da, um im Garten weiterzumachen. Und wegen einem neuen Klo müssen wir ja auch noch los.«

Ich nicke nur und denke noch einen Moment daran, dass dies der perfekte Moment für Dr. Gottke wäre. Die Schwester will freiwillig im Garten arbeiten. Hätte er das mitbekommen, würde er sicherlich veranlassen, das Haus sofort und ohne viel Federlesens auf uns zu überschreiben.

Und wenn Dr. Gottke jetzt hier wäre, hätte der Anstand es geboten, ihm einen Kaffee anzubieten und mit ihm Small

Talk zu betreiben. Dann könnte ich das unvermeidliche Zusammentreffen mit Erik noch hinauszögern. Vielleicht hätte ich während des Small Talks und des Kaffees sogar die Möglichkeit, mir Gedanken zu machen, was ich ihm eigentlich sagen will. Bis jetzt gibt es da nämlich noch keinen schlüssigen Ansatz, um mein sonderbares und irgendwie neurotisches Verhalten zu erklären. Aber wenn man den Notar mal braucht, ist er nicht da. Er scheint wirklich nur in sehr unpassenden Momenten aufzutauchen.

Lea und Mr. Boo besteigen Omas gelben Lupo und fahren zurück in die Stadt. Ein Blick ins Haus zeigt mir, dass auch die Handwerker verschwunden sind. Hoffentlich ohne weiteren außerplanmäßigen Schaden anzurichten.

Also werde ich jetzt zu Erik gehen. Um ihm zu erklären, dass ich hochgradig gestört bin, ihn aber trotzdem ausgesprochen gernhabe. Vermutlich wird er mir dann sagen, dass ich bitte umgehend sein Grundstück verlassen soll, weil er sonst die Polizei rufen müsste. Und dann muss ich neben einem so gut aussehenden Mann leben, der auch noch Schokoladenmeister ist, und ich könnte im Sommer nie mehr im Garten sitzen, weil ich ihn dann sehen müsste. Was ich gar nicht aushalten würde. Vielleicht muss ich auch die Einfahrt umlegen, um ihm auch morgens nicht mehr zu begegnen. Aber vielleicht kann ich auch Hildegards Hof zum Parken benutzen und mich dann jedes Mal durch die Buchenhecke schlagen. Macht Hildegard ja auch ständig.

Ich höre auf, unschlüssig neben meinem Auto herumzustehen, und laufe endlich die geschwungene Auffahrt zu Eriks Hof hoch. Wieder klopft mein Herz wie verrückt. Wenn das so weitergeht, muss ich bald mal zum Arzt. Normal ist das bestimmt nicht.

Auf der Hälfte des Weges höre ich ein sonderbares Geräusch. Ein tiefes, röhrendes Geräusch, wie es üblicherweise Kühe von sich geben. Ich biege um die Ecke und stelle fest: Auf Eriks Hof steht tatsächlich eine Kuh. Sogar eine sehr hübsche mit vielen schwarzen und weißen Flecken und mit einer grünen Schleife um die Hörner. Die Kuh muht wieder. Neben ihr steht Bauer Weidemann, und neben dem steht Erik, immer noch in seinem dunklen Anzug. Beide scheinen tief versunken in das intensive Betrachten der Kuh mit der grünen Schleife. Erik hat die Hände in die Taschen seiner Anzughose gesteckt. Einen wirren Gedankengang lang widme ich mich der Tatsache, dass er sogar neben einer Kuh stehend noch ausgesprochen attraktiv ist. Alles in allem eine durchaus lustige Kombination, wenn mir denn nach Lachen zumute wäre.

»Hallo, Lotta«, begrüßt mich Bauer Weidemann.

Erik sieht mich an. Ich warte auf eine Reaktion, während mein Herz Samba mit Tango-Elementen in meiner Brust tanzt. Er zieht eine Augenbraue hoch, aber das macht er häufig und muss nicht zwingend mit mir in Verbindung stehen. Auch zwei Sekunden später sieht er nicht so aus, als wolle er mich umgehend des Grundstücks verweisen, was mich mutig macht.

»Das ist Lady Gaga«, sagt Erik und deutet auf die Kuh.

»Hm«, bestätigt Bauer Weidemann mit einem urtümlichen Brummlaut.

»Natürlich. Lady Gaga. Und was macht sie hier?«, frage ich.

»Ich wollte eine Kuh auf meiner neuen Homepage. Wie findest du sie?«, antwortet Erik mit der Situation angemessenem Ernst, aber in seinem Blick erkenne ich jetzt einen ganz kleinen Schmerz. Vielleicht ist er auch gar nicht so klein, sondern nur gut versteckt.

Ich seufze innerlich, und mein hyperaktives Herz macht noch schnell eine Luftrolle und einen Flick-Flack. Mein Leben ist schon sehr sonderbar. Da will ich beichten, dass ich einen an der Waffel habe, und finde mich mitten in einem Kuh-Casting wieder.

»Äh … Hübsch, würde ich sagen«, antworte ich langsam, weil ich gedanklich immer noch in meinen verstrickten Emotionen und Eriks schmerzvollem Blick festhänge.

»Ist die hübscheste, die ich habe. Und ein bisschen wild ist sie auch. Deswegen der Name.«

»Ja.« Erik wirft mir einen Seitenblick zu, spricht aber weiter mit Bauer Weidemann. Sein Tonfall ist freundlich, aber irgendwie wirkt er ratlos. Vermutlich nur in Bezug auf mich, nicht auf die Kuh. »Dann machen wir das Foto-Shooting nächste Woche. Da kommt dann sowieso meine Fotografin aus Stuttgart, um die Manufaktur zu fotografieren. Die Kuh bekommt natürlich ein kleines Honorar für ihre Mühen. Und ich erwähne Ihren Betrieb auf meiner Homepage.«

Bauer Weidemann schnaubt entrüstet. »Ich nehme doch kein Geld von Ihnen, Herr Graf!« Erik will gerade ansetzen, vermutlich um sich der Titulierung zu erwehren, da fährt Bauer Weidemann plötzlich ganz aufgeregt fort: »Hätten wir das mal eher gewusst, dass hier so jemand Berühmtes wohnt. Jawoll, das hätten wir wohl mal wissen müssen.«

»'tschuldigung«, sagt Erik.

Bauer Weidemann hat sich wieder ein wenig beruhigt, nickt noch einmal zum Abschied, rückt seine Kappe zurecht und zieht dann Lady Gaga, die trotz des Auftrags zum Foto-Shooting etwas unmotiviert aussieht, hinter sich her.

Zurück bleiben der offensichtlich berühmte Erik und ich. Ich räuspere mich und möchte ganz dringend etwas sagen. Ich weiß nur nicht was. Der Drang wird so stark, dass ich sogar schon den Mund aufklappe. Heraus kommt nichts. Was jetzt nicht verwunderlich ist, denn auch in meinem Kopf befindet sich ja nichts.

Erik wartet geduldig, ob doch noch irgendwelche wichtigen oder erklärenden Worte meinem Mund entströmen.

»Lotta, ich …«, setzt er an, klappt dann aber auch seinen Mund wieder zu. Er seufzt, aber es ist ein trauriges und verwirrtes Seufzen. Zumindest scheint er wegen meines übereilten Abgangs nicht böse auf mich zu sein. Nur verwirrt. Ob das besser ist, weiß ich noch nicht so genau.

»Können wir noch mal?«, schießt es mir plötzlich über die Lippen. Oh. Da hat mein Gehirn wohl sämtliche bewertenden Instanzen übersprungen und ist gleich auf den Punkt gekommen. Erstaunt beiße ich mir selbst auf die Wangeninnenseite. Das war nicht geplant.

Erik atmet derweil tief durch. Ob aus Erleichterung oder einer inneren Qual, weiß ich nicht genau. Bange Sekunden vergehen, dann stiehlt sich ein Lächeln in seine Mundwinkel. »Gerne«, sagt er leise, aber ohne mich anzusehen. »Ich wollte dich nicht bedrängen. Habe ich was falsch gemacht?«

»Nein!«, sage ich scharf. Viel schärfer als beabsichtigt. Um genau zu sein, habe ich ihn gerade angebrüllt. Klarer Fall: Kontrollverlust der Stimmbänder.

»Oh«, sagt er nur schlicht.

»Es hat nichts mit dir zu tun!«, keife ich. Ich sollte schleunigst wieder die Herrschaft über sämtliche wortbildenden Funktionen in meinem Körper erlangen. So kann das nicht weitergehen.

Aber Erik scheint mein Tonfall nicht zu stören. Er betrachtet mich intensiv. »Möchtest du vielleicht meine neue Pralinen-Kreation probieren und einen Espresso trinken?«

Vor Erleichterung wird mir fast schwindelig. »Sehr gerne«, flüstere ich, froh, dass die Brüll-Phase endlich vorbei zu sein scheint. Ich nehme seinen mir dargebotenen Arm, um mich ins Haus führen zu lassen.

Wir küssen vorerst nicht mehr. Das scheint sicherer zu sein. Stattdessen esse ich ganz viel Schokolade und trinke Espresso. Der Graf behandelt mich vorsichtig. Und trotzdem knistert die Luft um uns herum, als wäre sie elektrostatisch aufgeladen. Ich stehe ein wenig neben mir und habe Sorge, dass ich ihn wieder anschreie, deswegen schweige ich. Also übernimmt er vorerst den Teil mit der Unterhaltung.

»Die Massenware«, er malt nachdrückliche Gänsefüßchen in die Luft, »wird an zwei Standorten produziert. In Hamburg und Stuttgart. Die Goldnuggets mache ich hier. Hier experimentiere ich auch.«

Ich nicke interessiert und bin weiterhin damit beschäftigt, wie eine neurosenfreie Frau auszusehen.

»Mit Schokolade. Hier experimentiere ich mit Schokolade«, konkretisiert er und grinst. Er dreht sich ganz zu mir herum, lehnt sich gegen die Wand und verschänkt die Arme. »Erzähl mir was von dir! Wie übersetzt man Bücher?«

»Englischer Text rein ins Hirn, deutscher Text raus aus dem Hirn.«

»Ah. Doch so kompliziert?«, sagt er, nachdem er erst ein paar Sekunden nachdenken musste. »Lotta. Du bist eine sehr geheimnisvolle Frau.«

Ich? Geheimnisvoll? Bescheuert, angstvoll und To-do-Listen-abhängig ja, geheimnisvoll nein. Das sind die Frauen, die sich mit einer zarten Bewegung die schwarze Haarsträhne aus dem alabasterweißen Gesicht streichen und mit dunkelrot geschminkten Lippen hauchen: »Ich bin nicht die, für die du mich hältst.«

Ich schüttle den Kopf.

»Dann einigen wir uns auf paradox«, sagt Erik.

Es ist mir unangenehm, dass er über mich spricht.

»Du scheißt Handwerker zusammen, dass die Wände wackeln, lebst alleine und bist echt tough, rennst aber um dein Leben, wenn jemand dir offensichtlich zeigt, dass er dich mag.«

Ich schlucke trocken. Weil er mich tatsächlich mag, und weil er all diese Dinge über mich weiß.

»Das mit dem Rennen ist natürlich nur sinnbildlich gesprochen.« Er kommt ein wenig näher, bleibt aber immer noch in einem respektvollen Abstand stehen. Als wäre ich ein scheues Reh (oder realitätsnäher: Hirschkuh), das er keinesfalls durch eine unbedachte Bewegung verscheuchen möchte.

Irgendetwas beginnt in mir zu schmelzen. Vielleicht der eiserne Ring um mein verhärtetes Herz?

»Noch einen Espresso?«, fragt er leise. Ich nicke. Er hantiert wieder an der Maschine und bringt mir den dritten Espresso des Abends. Als ich ihm die Tasse aus der Hand nehme, berühren sich unsere Finger. Nur ganz leicht, aber es reicht aus, um mein Herz wieder in den Jagdgalopp zu versetzen. Seine Hand schwebt weiter direkt neben meiner, nur der äußerste Rand meines Daumens liegt sanft auf seinem Handballen. Das ist so köstlich, und augenblicklich ist die Sehnsucht wieder da.

»Weißt du, Erik …« Ich habe endlich meine Worte wiedergefunden. »Ich habe mich wohl irgendwie selbst – verloren. Deswegen bin ich gerade etwas orientierungslos.« Wir halten immer noch beide die Espressotasse fest.

»Ist nicht schlimm«, murmelt er und betrachtet unsere Hände. »Damit kenne ich mich aus. Ist nur schlimm, sich dann nicht zu suchen.« Der Mann spricht nicht nur unerschrocken über Magie, er scheint auch über eine gewisse Lebensweisheit zu verfügen.

»Wie alt bist du eigentlich?«

»Ziemlich alt.« Er lächelt. Ich mag es wirklich, wenn er das tut.

Ich schließe für einen Moment die Augen. Als ich sie wieder öffne, erhasche ich einen Blick auf Eriks Gesicht. Er schaut abwesend aus dem Fenster, vor dem sich langsam der Abend bereit macht. Ein sonderbarer Schmerz ist plötzlich in seinen Zügen aufgetaucht.

»Achtunddreißig«, antwortet er in diesem Moment, guckt mich an, und augenblicklich glättet sich seine Miene, als wäre ihm klar geworden, dass ich wieder auf Empfang bin.

»Ich sollte ins Bett gehen. Du musst morgen wieder Schokolade machen und ich übersetzen.«

»Lotta«, sagt er leise und nimmt mir die Tasse aus der Hand. »Mir bedeutet das hier wirklich etwas. Du bedeutest mir etwas. Okay? Du musst nichts sagen, könntest aber nicken, damit ich weiß, dass du das verstanden hast.«

Ich nicke.

Er atmet tief durch. »Würdest du mir dann die Ehre eines Gutenachtkusses erweisen?«

Wieder nicke ich, und Erik küsst mich. Zart, schlicht, kurz, herrlich.

Während der Autofahrt nach Hause fühle ich mich leicht. Zumindest in meiner Seele. Mein Körper wiegt nach dem intensiven Schokoladenkonsum vermutlich sechs Kilo mehr.

Erik war mir sehr zugetan. Kann man diesen altertümlichen Begriff eigentlich noch verwenden? Er beschreibt jedenfalls sehr gut, was mir so gutgetan hat. Erik hat sich um mich bemüht. Wieder so eine uralte Ausdrucksweise. Er hat nicht einfach nur mit mir geflirtet. Er hat mich umworben, und es damit geschafft, dass ich mich wohlig und warm gefühlt habe. Unbefangen. Leicht. Und das zum ersten Mal seit sehr langer Zeit.

Zu Hause angekommen kann ich natürlich nicht schlafen. Wegen dem vielen Koffein zu später Stunde. Und der Tatsache, dass ich mich Erik so nah gefühlt habe. Kaum liege ich im Bett, bin ich hellwach. Ich starre die Decke an. Die Decke ist heute Nacht leicht grünstichig, was an der blöden Energiesparlampe liegt, die ich gestern in meine Nachttischlampe geschraubt habe. Irgendwann, zwischen all meinen Gedanken an Erik, schlafe ich doch ein.

Ich bin völlig übernächtigt, als es um neun an meiner Wohnungstür klingelt, während »JACQUELINES« Mutter unter mir in der Wohnung saugt oder wischt oder eine Kernbohrung bis in den Keller vornimmt.

Sonja kommt die Treppe hochgeeilt und sieht wie immer blendend aus. Ihre üppigen Kurven hat sie in einem hellblauen Wickelkleid verpackt, dazu trägt sie türkisgrüne Flipflops und knatterrot lackierte Zehennägel. Die Farbkombination ist eigentlich erschreckend, aber Sonja steht sie hervorragend.

»Ich kann nicht mit dir Klos aussuchen«, stöhne ich, während sie sich an mir vorbei in die Wohnung schiebt.

»Aber wir wollten doch zu dieser Badausstellung fahren? Was ist das Problem?«, fragt sie mich über die Schulter, während sie sich Kaffee eingießt und Energie verströmt.

»Du siehst zu gut aus. Und ich bin zu müde.«

Sonja dreht sich um, lehnt sich mit der Hüfte gegen die Küche und betrachtet mich genauer.

»Du siehst heute tatsächlich ein wenig derangiert aus. Draußen ist übrigens ein herrlicher Sommertag, für den Fall, dass das noch nicht bei dir angekommen ist.« Sie deutet auf meine lange Hose und das langärmlige Shirt, mit denen ich am Schreibtisch gesessen habe. Wenn mein Kopf arbeitet, fängt mein Körper leicht an zu frösteln.

»Danke. Freundin.«

»Sieht aus wie eine durchgemachte Nacht. Das hatten wir ja schon lange nicht mehr. Und das auch noch mitten in der Woche!« Sie hebt süffisant eine Augenbraue und schmeißt schwungvoll ihre blonden Locken in den Nacken.

Mit wenigen Worten umreiße ich den vergangenen Tag, angefangen mit dem Kuss, bis hin zu meiner Koffein- und Zuckervergiftung und der damit verbundenen Schlaflosigkeit. Auch die sonderbaren Gefühle und Gedanken, die mich zur Flucht veranlasst haben und allmählich wieder in mein Bewusstsein kriechen, verheimliche ich nicht. Bei Sonja kann man solche Dinge nämlich nicht verheimlichen. »Hervorragend«, sagt sie, nachdem ich geendet habe.

»Was jetzt genau?«, frage ich zurück und nehme einen Schluck Kaffee.

»Du hast geküsst. Und einen hochattraktiven Mann noch dazu. Der ganz offensichtlich wirklich Gefallen an dir gefunden hat. Lotta, du solltest ihn zurückküssen und dann mit ihm ins Bett gehen. Die Reihenfolge ist dabei fast egal. Du darfst nur nicht immer so viel denken!« Sie hat bei den letzten Worten ihre Stimme gehoben und fuchtelt wild mit den Armen. »Du musst jetzt mal machen!«

»Ich denke aber nun mal«, gebe ich empört zurück. »Denken ist grundsätzlich wichtig.«

»Nicht beim Küssen. Oder im Bett. Außerdem bist du so verquer im Kopf, du könntest mal eine Therapie gebrauchen.«

Oha, jetzt geht das wieder los. Das liegt daran, dass Sonja in einem sozialen Beruf arbeitet. Da wird ständig therapiert.

»Außerdem ist er bald mein Nachbar. Stell dir vor, das geht in die Hose«, fällt mir siedend heiß ein.

»Und?« Sie zuckt die Achseln. »Das ist doch kein Grund, es nicht wenigstens zu versuchen. Stell dir vor, was du verpassen könntest. Niemand kann dir eine Garantie geben, dass es klappt. Aber es gibt auch keine Garantie, dass es nicht klappt. Zur Not muss er eben umziehen.« Für Sonja ist das Leben meistens recht klar und einfach.

»Ich glaube nicht, dass ich das kann«, murmle ich und starre auf meine nackten Füße.

»Dich auf ihn einlassen?«, fragt Sonja.

»Ja. Wegen …«, setze ich an. Ich habe plötzlich Angst vor meiner eigenen Courage. Vielleicht bin ich übergeschnappt?

»Es gibt keine Gründe. Du hast nur eine Lebenshemmung«, sagt sie trocken.

»Außerdem weiß ich nichts über ihn!«, suche ich immer noch nach Gründen, die ein weiteres Vorangehen in dieser Beziehung unmöglich machen.

»Dann frag ihn, du Flachpfeife!« Wäre Sonja nicht Sonja, würde ich sie jetzt mit einem harten Gegenstand niederstrecken und aus dem Fenster werfen. Leider ist sie Sonja. Und leider hat sie recht.

Kapitel 22

So mache ich mich auf, mit dieser schillernden Persönlichkeit Badobjekte aussuchen zu gehen. Meine Fragen an Erik müssen warten.

Bevor wir uns allerdings der passenden Kloschüssel widmen können, müssen wir noch Lea abholen. Die ist natürlich zehn Minuten nach der vereinbarten Abholzeit noch nicht fertig, und so sitzen Sonja und ich in ihrer WG-Wohnküche herum und warten.

Mein Handy piept, woraufhin Sonja ihre Tasche vom Tisch zerrt und hektisch darin wühlt. Sie reißt ihr Handy heraus, wischt darauf herum, hält inne und guckt dann mich an.

»War deins«, sagt sie fast ein wenig anklagend. Als wäre es eine wirklich schlimme Persönlichkeitsstörung, nicht sofort das Handy an sich zu reißen und zu gucken, wenn es piept. Aber nachdem schon mal eine SMS mein Leben zerstört hat, bin ich vorsichtig geworden mit diesen Dingern.

Ich habe vermutlich eine leichte SMS-Traumatisierung. Jedes Mal wenn ich eine Textnachricht bekomme, habe ich Puls. Auch schreibe ich nur noch ganz selten SMS. Lieber telefoniere ich. Weshalb ich eigentlich auch kaum welche bekomme. Ich zerre also das Handy, das eigentlich ein Smartphone mit einem angebissenen Apfel auf der Rückseite ist, heraus und sehe eine unbekannte Nummer.

Guten Morgen, Lotta. Hast du gut geschlafen?

Sonja wartet auf eine Information und starrt mich an, aber ich stecke das Handy nur kommentarlos wieder ein. Ich weiß, wem die Nummer gehört. Und ich freue mich. Aber nur ganz leise.

»Schreib zurück«, raunt sie, während sich ein ganz in Gelb gewandeter Herr zu uns setzt und seine Haferflocken mit Milch schlürft.

Ich schüttle den Kopf. »Später«, flüstere ich zurück. Nicht jetzt so nebenbei. Nachher schreibe ich Unfug. Und der zarte Keim dieser äußerst empfindlichen Pflanze von »Beziehung« kann nach meiner psychotisch anmutenden Flucht keinen weiteren Unfug mehr vertragen.

Zum Glück kommt Lea endlich. Sie hat ihre schwarzen Haare zu einem Pferdeschwanz gebunden und trägt ein Kleid. Mit Blümchen drauf.

Ich atme einmal ein, und wer einatmet muss ja auch wieder ausatmen, dann gucke ich noch einmal ganz genau hin.

Ein Blümchenkleid. Ich habe mich nicht verguckt. Kein altbackenes, sondern vom Schnitt her wirklich sehr nett. Aber eben ein Blümchenkleid.

Lea beobachtet mich und meine Reaktion sehr genau und mit zusammengekniffenen Augen. Ich hindere mein Gesicht daran, etwas anderes zu präsentieren als pure Gleichgültigkeit. Würde ich jetzt etwas sagen, ist davon auszugehen, dass sie sich das Kleid vom Leib reißt und sich wieder in ihre schwarzen Klamotten samt Doc Martens schwingt.

Natürlich ist Sonja nicht so reaktionsgehemmt. »Wow! Das ist ja schick!«

Ich kann Leas Gedankengänge in ihrem Gesicht sehen. Erst überlegt sie, Sonja anzufahren, sie solle die Klappe halten. Ihre übliche Reaktion. Dann fühlt sie sich doch tatsächlich ein wenig geschmeichelt. Dann fällt ihr aber wieder ein, wie sie sich zu verhalten hat, und sie verzieht abwertend das Gesicht, sagt aber erstaunlicherweise nichts.

Und so kommt es also, dass ich mit zwei Damen in Sommerkleidern durch die flirrende Hitze in Richtung der Badausstellung in einem Industriegebiet am anderen Ende der Stadt starte, wobei ich die ganze Zeit ein wohliges Gefühl im Bauch habe. Und das liegt an Eriks Nachricht.

Als wir die Drehtür ins Innere des schmucklosen Flachdachbaus passiert haben, begegnen wir als Erstes einem Waschbecken. Was an und für sich nicht weiter ungewöhnlich ist, ist ja schließlich eine Badausstellung, also der natürliche Lebensraum für Badobjekte jeder Art. Dieses Waschbecken ist an der Wand montiert, und darüber hängt ein monströser Spiegelschrank, in dem bequem ein mittlerer Kleinwagen Platz gefunden hätte. Neben dem Arrangement steht noch ein wirklich hässlicher Rollcontainer. Alles ist strahlend weiß, vermutlich um jede sich regende Bakterie auf den glatten Oberflächen sofort zu erkennen und zu eliminieren.

Es mag Menschen geben, denen das gefällt. Zweifelsohne. Was uns aber zum sofortigen Stehenbleiben animiert hat, ist der Preis. Der steht nämlich in orangefarbenen Lettern auf dem Spiegel und verspricht dem geneigten Betrachter ein wahres Sonderangebot.

»Auweia!«, raunt Sonja neben mir. »So hässlich und doch so teuer.«

»Vielleicht sollten wir gleich zu IKEA fahren. Die haben auch Waschbecken«, murmelt Lea. Ich sage erst mal nichts.

2.789 Euro für ein wirklich hässliches Waschbecken, einschließlich Spiegelschrank, ohne Rollcontainer, der extra kostet.

»Kann ich Ihnen helfen?« Ein Mann kommt um die Ecke geschossen und steuert entschlossen auf uns zu.

»Können Sie.« Ich reiße mich vom Anblick des Waschbeckens los und wende mich ihm zu. »Wir brauchen zwei Waschbecken, zwei Klos und eine Dusche. Und eine Badewanne.«

»Sehr schön!« Er freut sich aufrichtig und grinst mich so breit an, dass ich kurzfristig befürchte, ihm könnte bei so viel Aktion im Gesicht die filigrane Brille von der Nase rutschen. »Dann kommen Sie mal mit. Was schwebt Ihnen denn vor?«

Wir folgen ihm im Gänsemarsch.

»Nicht so etwas wie im Eingangsbereich«, knurrt Lea.

»Vielleicht etwas Zarteres?« Der Mann, der nach seinem Namensschild an der Brust zu urteilen Herr Höfer heißt, dreht sich im Laufen zu Lea um und betrachtet sie mit einem Hauch Verwunderung.

»Etwas Billigeres wohl eher«, antwortet die düster.

»Modern oder eher verspielt?« Herr Höfer versucht seinen üblichen Fragenkatalog abzuarbeiten. Natürlich braucht er mehr Informationen, wenn er uns helfen soll. Und natürlich war ich nicht untätig. In den vergangenen Wochen habe ich quasi jede verfügbare Wohnzeitschrift gekauft, die es in Deutschland gibt. Das Ergebnis ist allerdings ziemlich ernüchternd. Ich weiß immer noch nicht, was ich möchte. Auch das Hinzuziehen von Lea hat keine weiteren Erkenntnisse gebracht. Sie hat die dicken Magazine durchgeblättert und alle fünf Minuten wie eine CD mit Kratzer geäußert: »Ich weiß nicht.«

»Einhandhebelmischer? Automatisch absenkbarer Toilettendeckel? Ebenerdige Dusche oder eine Duschtasse?« Herr Höfer ist stehen geblieben.

Vielleicht ist er erschüttert von so viel geballter Ahnungslosigkeit im Sommerkleidchen (zum Glück trage wenigstens ich Jeans), aber wenn das so ist, kann er es gekonnt hinter einer hochprofessionellen Maske verbergen. Er hat die Augenbrauen freundlich abwartend zusammengezogen und wartet. Darauf, dass wir ihm endlich Informationen zuteilwerden lassen.

Mit Schrecken wird mir bewusst, dass wir ein Klischee sind. Das Klischee der ahnungslosen Weibchen, die es gewagt haben, sich in eine seit Jahrhunderten dominierte Männer-Welt von Klos, Dichtungen und Spülkästen vorzuwagen. Und zwei Drittel von uns sind dem Klischee angemessen gekleidet.

Auch Sonja hat es anscheinend bemerkt. Was sie jedoch veranlasst, augenblicklich die Zügel an sich zu nehmen. Na ja, okay. Wenn Sonja das macht, hat es mehr mit einer absoluten Machtübernahme zu tun.

»Zeigen Sie uns, was Sie haben!«, sagt sie gebieterisch und schüttelt ihre Mähne, als müsse sie eine lästige Fliege vertreiben.

»Tja, wir haben hier viel. Sie müssten sich im Vorfeld ein paar Gedanken machen …«, wagt Herr Höfer vorsichtig einzuwerfen, aber Sonja unterbricht ihn.

»Herr Toiletten-Fachberater!« Sie stellt sich ganz gerade hin, womit sie den Kloberater um Haupteslänge überragt.

»Entscheidungen werden getroffen, wenn ausreichend entscheidungsrelevante Informationen vorhanden sind. Das Herbeiführen von entscheidungsrelevanten Informationen ist jetzt Ihre Aufgabe. Wir haben weder Zeit noch Interesse, hier anderweitig zu verfahren.«

Sie räuspert sich, und Herr Höfer blinzelt sie hinter seiner Brille verwirrt an. Würde ich Sonja nicht kennen, wäre ich auch verwirrt. Allerdings muss man Herrn Höfer zugute halten, dass er sich sofort wieder fängt.

Vermutlich ist er in seinem Job einiges gewohnt, und so landen wir drei kurze Zeit später mit gefühlten 3000 Katalogen und einer Thermoskanne Kaffee an einem runden Tisch.

Lea stürzt von einem Lachanfall in den nächsten, weil alles in diesen Katalogen so fürchterlich spießig ist. Womit sie durchaus recht hat. Mit unserer Lebensrealität haben die Hochglanzfotos wenig zu tun. Ganz besonders schlimm sind die vielen ganz in Weiß bekleideten Frauen, die liebevoll mit der Hand über den Rand einer Badewanne streichen, als wollten sie umgehend eine wie auch immer geartete Beziehung zu diesem Objekt beginnen.

Mich hingegen wird unsere zukünftige Wanne niemals ganz in Weiß, sondern eher in abgetragenen Shirts, dicken Socken und unvorteilhaft auftragenden Jogginghosen zu Gesicht bekommen.

Die Menschen in diesen Katalogen sehen alle sehr glücklich aus. Dem aufgeklärten Rama-Werbespot-Gucker ist natürlich klar, dass weder der Verzehr von fettigem Fett noch der Besitz einer Wanne glücklich macht, aber ich spüre deutlich, wie mein Unterbewusstsein sich von diesen Manipulationsversuchen angezogen fühlt. Spontan schaffe ich es, einige Wannen durchaus attraktiv zu finden, wobei das Stichwort umgehend einige Gedanken an Erik aktiviert, die ich aber im Keim ersticke. Ich muss mich schließlich auf die attraktiven Wannen konzentrieren, die aber leider nicht in Omas Häuschen passen, sondern wohl eher für einen Loft im achtzehnten Stock mit Blick über den Hamburger Hafen konzipiert sind.

Wir durchstreifen auch Katalogseiten mit dem Namen »Badmöbel«. Unsagbar teure Badmöbel. »Was zur Hölle sind Badmöbel?« Sonja starrt entgeistert auf den Hochglanz-Unterschrank eines Waschbeckens und fixiert dann den daneben abgebildeten Preis, als wäre er ein gefährlicher Grippevirus, der sie jeden Moment anspringen könnte. »Badmöbel sind Regale und Kommoden, die fünfmal soviel kosten wie normale Regale und Kommoden, weil sie der gleiche Hersteller, der auch das Klo gemacht hat, herstellt«, erklärt sie sich dann selber und blättert schnell weiter.

Nach einer Stunde sagt Lea mit Grabesstimme: »Wir können hier nichts kaufen. Die Klos, Duschen und Waschbecken würden keine Stunde in unserem Bad überleben und sich vermutlich selbst zerstören. Das sind alles verweichlichte Schönlinge. Wir brauchen etwas, das härter ist im Nehmen. Wie unsere Dusche in der WG. Die ist unkaputtbar und genügsam.«

»Richtig«, sage ich. »Die Wanne muss außerdem in der Lage sein, auf ihrem Rand unseren gesamten Kleiderschrankinhalt zu balancieren.« Denn wenigstens in diesem Fall sind Lea und ich uns ähnlich, oder waren es, als wir noch zusammengelebt haben: Im Badezimmer verteilen wir gern unsere Klamotten, damit alles griffbereit ist. In Gedenken an diese Gemeinsamkeit grinst Lea mich unerwartet an, und ich blättere die letzten drei Seiten des siebten Katalogs durch, in der Hoffnung, doch noch von der Inspiration angesprungen zu werden.

Herr Höfer, der uns direkt nach Übergabe der Kataloge und des Kaffees verlassen hatte, um ein entscheidungsfähigeres Pärchen zu beraten, kommt zurück.

»Und? Konnten Sie etwas finden?«, fragt er frohen Mutes in die Runde.

Unsere Antwort ist Schweigen. Meine Augen wandern beschämt an ihm vorbei und landen auf etwas, was halb versteckt hinter der Tür zum Lager steht. Ich richte mich auf.

»Was ist das?«, frage ich und deute an ihm vorbei.

»Das? Ach, das ist ein Wannenmodell aus dem Vorjahr. War leider unverkäuflich und …«

»Das ist es«, sage ich aufgeregt und springe auf.

Das unverkäufliche Modell aus dem Vorjahr entpuppt sich, nachdem ich es von Pappe und Plastik befreit habe, als wunderschöne Wanne in einem sanften Cremeton. Eingefasst mit weißen Holzpaneelen ist sie ein Traum von der perfekten Landhausstil-Badewanne. Augenblicklich schießt ein Bild vor mein inneres Auge. Ach was, eins? Tausende von Bildern strömen durch meinen Kopf!

Wir machen ein Mädchenbadezimmer. Mit Blümchentapete. Und für die Handtücher nehmen wir Omas alte Kommode, die wir in dem gleichen Cremeton streichen werden.

»Lea, komm gucken!« Nicht dass es wieder heißt, ich würde sie übergehen.

Lea kommt gucken und sagt: »Ich weiß nicht.« Sie klingt genervt. Ungefähr so, als hätte sie in den vergangenen Stunden bei vierzig Grad im Schatten und einem Rucksack von achtzig Kilo auf dem Rücken den Brocken hochklettern müssen.

»Wir müssen diese Wanne nehmen. Sie ist hier zwischen den hochglanzdurchdesignten Teilen völlig fehl am Platz und ein absoluter Außenseiter. Lass uns ihr ein neues Zuhause geben!«, raune ich Lea zu. Mir sitzt nämlich ganz unerwartet der Schalk im Nacken. Endlich habe ich eine Idee, wie es werden könnte. Aber Lea guckt mich nur fassungslos an.

»Was hattest du denn bitte heute im Kaffee?«

»Wie meinst du das denn jetzt?«, frage ich spaßfrei zurück. »Kaum bin ich mal gut drauf, kann das nur mithilfe von Drogeneinsatz möglich sein?«

Lea zuckt die Achseln. »Es ist nur eine Wanne.«

»Und wir brauchen eine Wanne!«

»Jetzt mach doch nicht so einen Aufriss um eine Wanne. Wir finden sicherlich auch im Baumarkt etwas.«

Herr Höfer steht plötzlich neben uns. Ihm ist der Ernst der Lage offenbar bewusst, und er tut, wofür erfahrene Kloberater ausgebildet werden: umsichtige Deeskalation in der akuten Konfliktsituation!

»Es ist nur eine Wanne. Ja« Er nickt Lea zu und nimmt somit ihr Bedürfnis wahr, dagegen zu sein.

»Aber sie ist äußerst günstig. Ich kann sie Ihnen für – sagen wir mal 350 Euro überlassen«, wendet er sich an mich und unterstützt so mein Anliegen des Kaufes.

»Im Baumarkt bekommen Sie natürlich auch günstigere Modelle«, sagt er wieder zu Lea. »Aber nicht so ein schönes!«, erklärt er ihr dann mit Inbrunst in der Stimme. Er ist übrigens immer noch der, der die Wanne vor wenigen Minuten als unverkäuflich bezeichnet hat. Jetzt ist sie unverkäuflich, aber schön. So so.

»Allerdings müssten Sie die Wanne selbst abholen und anschließen.« Er überlegt kurz. »Und dafür gehe ich im Preis noch mal runter, auf 300 Euro.« Zufrieden lacht er.

»Gekauft«, sage ich und reiche ihm die Hand. Lea schnalzt missbilligend mit der Zunge, enthält sich aber weiterer Kommentare.

Und weil ich gerade so in Shoppinglaune bin, nehme ich auch noch zwei Klos mit. Oder besser gesagt: Ich lasse sie zu der Wanne stellen, die wir in den kommenden Tagen abholen werden.

Hochzufrieden fahren wir zurück. Dieses positive Gefühl verflüchtigt sich allerdings, als mein Handy wieder piept. Schlagartig fällt mir Eriks Nachricht wieder ein, die ich abgelenkt von lauter Klos und weiß gewandeten Frauen in Katalogen immer noch nicht beantwortet habe. Ich krame einhändig in meiner Tasche, die sich auf Sonjas Schoß befindet, während ich die Straße stadteinwärts entlangfahre.

»Jetzt hast du es aber plötzlich eilig«, murmelt Sonja, schiebt meine wühlende Hand beiseite und zieht zielsicher mein Handy heraus. »Soll ich sie dir vorlesen?«

Bevor ich noch entsetzt »NEIN!«, brüllen kann, verkündet sie schon den Absender.

»Katrin Cobald«, liest sie vor, und ich entspanne mich etwas. Gut, geschäftlich. Das ist die Lektorin aus dem Verlag, für den ich sehr viel arbeite, und mit der ich mich sehr gut verstehe. Nicht der Graf, der schimpft, dass ich mich noch nicht gemeldet habe. Was er sich wohl denkt? Immerhin liegt seine SMS schon gute vier Stunden zurück. Ob er glaubt, dass ich über Nacht das Interesse an ihm verloren habe? Ich muss ihm jetzt ganz dringend antworten.

»Weiter?«, fragt Sonja mich in meine Gedanken, und ich nicke. »Liebe Charlotta. Da du meine Mail offensichtlich noch nicht gelesen hast, kurz eine Info vorab: Das Buch von Mary Wheeler wird nach hinten verschoben, dementsprechend kannst du dir mehr Zeit lassen. Ich weiß ja, dass du gerade wegen der Renovierung viel um die Ohren hast. Liebe Grüße, Katrin.«

Mir ist gar nicht bewusst, dass ich einen tiefen Seufzer der

Erleichterung getan haben muss, aber Sonja fragt mich alarmiert: »Ist das gut oder schlecht?«

»Hervorragend«, sage ich und freue mich. »Schlecht, weil meine Kalkulation nicht mehr stimmt. Späterer Abgabetermin heißt auch später Geld. Aber zur Zeit mangelt es mir mehr an Zeit als an Geld.«

Sonja sieht mich ein paar Sekunden schweigend von der Seite an. »Mir mangelt es immer an beidem«, sagt sie dann trocken.

Ich verteile meine blumigen Mitfahrerinnen über die Stadt – Sonja zu ihrem Wagen vor meiner Wohnung, Lea zu sich nach Hause – und fahre weiter nach Droggendiel. Ich bin nämlich zu dem Schluss gekommen, dass ich Erik dringend sehen muss. Weil ich ihn Dinge fragen muss. Welche Dinge, weiß ich noch nicht genau, aber Dinge, die man am Anfang einer Beziehung wissen sollte.

Lustig. Immer wenn ich das Wort Beziehung denke, hopst mein Magen einmal auf und ab. Ich sollte das Wort Beziehung auch überhaupt nicht denken. Schließlich gab es nur eine Knutscherei und freundliche Bekundung der Zuneigung. Das ist zwar nett, aber keinesfalls etwas, das mit dem Wort Beziehung umschrieben werden könnte.

Allerdings bin ich immer noch verliebt. Sehr sogar. Und es erscheint mir im Moment äußerst sinnvoll, von dem Menschen, der solche Gefühle hervorruft, mehr zu erfahren als nur Vor- und Nachname.

Vor Omas Haus steht nach wie vor ein Container, von Bauarbeitern ist allerdings weit und breit nichts zu sehen. Vielleicht husche ich auf dem Rückweg noch mal schnell hinein, jetzt allerdings habe ich eine andere Mission.

Er öffnet nach dem zweiten Klingeln. Ich habe ihn bei irgendetwas gestört, seine Miene ist im ersten Moment fast unwirsch, hellt sich dann aber auf, als er mich auf dem Treppenabsatz erblickt.

»Hast du kurz Zeit?«, frage ich ein klein wenig verunsichert. Er nickt stumm und lässt mich in den kühlen Flur. Heute sieht er nicht sonderlich gräflich aus, mehr wie ein Pirat mit zerschlissenen Jeans und ausgetretenen Chucks. Die Haare hat er sich, vermutlich aus rein praktischen Gründen, mit einem schwarzen Tuch aus dem Gesicht gebunden. Daher die Piraten-Optik. Steht ihm allerdings ziemlich gut.

Höflich bietet er mir den Vortritt, und ich laufe weiter bis in seine Werkstatt. Oder nennt man es Küche? Manufaktur?

Ich bekomme einen Espresso und nehme auf dem altbekannten Hocker Platz, während Erik mit einem langen Spachtel flüssige Schokolade auf ein Marmorbrett streicht.

Ich beobachte ihn eine Weile, während mir das Wasser im Mund zusammenläuft. Seine Bewegungen sind genauso sanft und flüssig wie die Schokolade, die in einem Messingtopf neben der Arbeitsfläche steht.

»Darf ich dich was fragen?«, starte ich meine geplante Befragungsrunde.

Er hält abrupt inne und hebt den Kopf. Seine Augen scheinen eine Nuance dunkler geworden zu sein.

»Und dann?«, fragt er mich. Es hätte schroff klingen können, tut es aber nicht. Denn etwas hat sich in seine Stimme geschlichen, was den harten Ton milder macht. Es passt nicht zu ihm. Es ist Unsicherheit.

»Dann weiß ich ein klein wenig mehr über dich als nur deinen Vor- und Nachnamen«, antworte ich fest, bemüht, meine Überraschung über seine Reaktion hinter einer neutralen Miene zu verstecken.

»Na, dann frag mal«, sagt er.

»Hast du Geschwister?«, beginne ich, und Erik blinzelt mich über die Schulter hinweg erstaunt an. Er schweigt und scheint nachzudenken. Wunderbar.

»Musst du sie im Geiste erst durchzählen?«, frage ich.

Endlich lächelt er. »Du wirst es nicht glauben, aber ja! Ich habe nämlich ganze drei Schwestern.«

»Wow«, sage ich und bin tatsächlich beeindruckt. Ich finde ja schon eine Schwester durchaus anstrengend. Vielleicht sind seine Schwestern aber auch einfach pflegeleichter im Umgang?

»Was ist deine Lieblingsfarbe?« Ich habe beschlossen, ihn erst mal mit leichten Fragen gar zu kochen, um die schwierigen dann einfließen zu lassen. Erik war ja bisher eher zögerlich, wenn es um seine Vergangenheit ging.

Wieder denkt er intensiv nach.

»Blau«, sagt er dann, runzelt aber gleich darauf die Stirn. »Ne, doch grün.« Er kratzt sich am Piratenkopftuch. »Oder doch vielleicht gelb?«

»Sehe ich das richtig, dass du deine Lieblingsfarbe nicht kennst?«

Er grinst. »Das letzte Mal wurde ich danach in einem dieser Poesiealben in der Grundschule gefragt. Sorry!«

Okay, er ist warm. Kommen wir zu den ernsten Themen. Denen mit Vergangenheit.

»Warum hat Bauer Weidemann gesagt, du seist berühmt?«

Erik zögert. Ich kann fast sehen, wie er noch intensiver nachdenkt und über die richtige Antwort nachgrübelt.

»Du kennst die Droggendieler doch mittlerweile«, sagt er

dann. »Die denken ja auch, ich sei ein Graf.« Fast entschuldigend zuckt er die Achseln und lacht, aber es ist weit entfernt, ein fröhliches Lachen zu sein.

Dafür ist sein Blick plötzlich sehr intensiv, und er kommt auf mich zugeschlendert. Geschmeidig wie eine Katze lehnt er sich neben mich und legte seine warmen Hände auf meine Schultern.

»Darf ich dich auch was fragen?«, brummt er, während sein Mund sich ganz vorsichtig meinen Haaren nähert.

Ich brumme zustimmend zurück, erkenne aber natürlich glasklar die Ablenkungsstrategie des Grafen.

»Warum siehst du heute eigentlich noch leckerer aus als meine Schokolade?«

Ich lächle, was er nicht sieht, weil ich meine Stirn gegen seine Brust gedrückt habe. Dieser Mann ist einfach zauberhaft. Aber ich kann mich natürlich nicht von solchen hinterlistigen und taktisch klugen Schachzügen von meiner Fragestunde abbringen lassen. Eine Frage muss ich noch stellen.

Sie ist mehr als elementar.

»Erik«, sage ich deswegen und greife nach seiner Hand, die angefangen hat, meine Wange zu streicheln. »Neigst du dazu, dich manchmal in Luft aufzulösen?«

»Ich bleibe immer bis zum bitteren Ende«, antwortet er leise und ohne zu zögern, und ich spüre deutlich, dass mehr hinter diesen Worten steckt.

Kapitel 23

Für eine alleinstehende Frau haben Sie ganz schön viel Kram.«

Das habe ich jetzt davon, dass ich der Meinung war, mir ein Umzugsunternehmen gönnen zu können. Der dicke Mann im dunklen Anzug ist durch meine Wohnung geschlendert, hat in meine Schränke geschaut, sich Notizen gemacht, klug geguckt und dann verkündet, dass ich mehr besitze, als mir zusteht. Weil ich ja alleinstehend bin. »Diese vielen Bücher! Alles in allem sind das mindestens siebzig Kartons!« Er scheint wirklich beeindruckt zu sein. Und er war noch nicht mal in meinem Keller. Da befindet sich sicherlich noch mal Inhalt für weitere dreißig Kartons.

»Und dann die Möbel ...« Er guckt mich ernst an. »Da brauchen wir mindestens einen LKW und eine komplette Mannschaft.«

Ja, was dachte er denn? Dass sie mit dem Eselskarren und der Putzfrau anreisen?

Nachdenklich betrachtet der Umzugsprofi mein Wohnzimmer. Er wirkt, als hätte er so etwas lange nicht gesehen. Ich seufze innerlich. Da muss ich wohl doch noch mal in die Gelben Seiten gucken und einen neuen, etwas motivierteren, etwas weniger negativ eingestellten Umzugstrupp auftun.

»Der Termin wäre dann in fünf Wochen, richtig?«, fragt

er. Zum fünften Mal, ich habe mitgezählt. Vielleicht sollte er es sich aufschreiben?

In fünf Wochen ziehen wir ein. Wenn das Haus dann keine Baustelle mehr sein sollte. Fünf Wochen klingen nach viel Zeit. Aber das ist ein Trugschluss.

Ich nicke also und schiebe dann noch schnell »Schicken Sie mir ein Angebot?« hinterher, weil er schon wieder den Mund öffnet, wohl um mir erneut mitzuteilen, dass ich viele Dinge besitze und der Transport dieser vielen Dinge sehr aufwändig ist.

»Ja«, sagt er ernst, und setzt schon wieder an, als zum Glück mein Handy klingelt.

»Ich muss da ran«, sage ich und schiebe den dicken Herrn vor mir her zur Tür.

»Lotta, hier Lea«, begrüßt meine Schwester mich schneidig, als ich ans Handy gehe. »Kann ich mit dieser EC-Karte bezahlen?«

Diese EC-Karte gehört zu diesem Konto, auf dem Omas Geld für den Umbau lagert. Wir haben beide eine Karte, dürfen damit aber nur abgesprochene Dinge für das Haus kaufen. Das habe ich Lea hoch und heilig schwören lassen und sehr genau kontrolliert, ob sie die Finger hinter dem Rücken gekreuzt hatte. War nicht der Fall. Insofern hat auch sie jetzt eine Karte für unser kleines Vermögen.

»Was willst du denn kaufen?«, frage ich eilig.

Lea zögert. »Eine Überraschung«, sagt sie dann.

Hm. Nun hasse ich ja Überraschungen jeglicher Art. Wegen der Methatesiophobie. Da kann ich quasi nichts für. Das ist ein typisches Symptom.

»Was denn für eine Überraschung?« Ich kann den lauernden Ton in meiner Stimme nicht unterdrücken.

»Etwas Schönes. Es kostet nicht mehr als zwei Tankfüllungen für dein Auto.«

Das ist für Lea schon verhältnismäßig viel Erklärung. Außerdem ist es mehr als löblich, dass sie mich überhaupt fragt.

»Jetzt stell dich mal nicht so an«, sagt sie schroff. »Ich habe was vor. Und es wird dir gefallen.«

In meinem Innersten erhebt sich ein Sturm der Ablehnung. Ich kenne Lea. Es besteht absolut die Möglichkeit, dass sie eine Schafherde vor dem Schlachter rettet und sie in unserem Garten einquartiert. Gleichzeitig verspüre ich aber auch den Wunsch nach Frieden, der just in diesem Moment schon wieder akut gefährdet ist.

Deswegen sage ich vorübergehend gar nichts, was meine Schwester offensichtlich als sofortige Kampfansage auffasst.

»Ich mach das jetzt. Mach du, was du willst!« Nachdem ich immer noch nicht antworte, sagt sie: »Punkt!«, und legt auf. Ich habe allerdings keine Zeit, mir weiter über ihre Psychosen Gedanken zu machen, denn es klingelt an der Tür. Ich sprinte zum Küchenfenster und linse hinunter. Erik! Mein Herz macht einen Hüpfer vor Freude ihn zu sehen.

Die vergangenen Wochen waren entbehrungsreich. Er war ein paarmal in Süddeutschland, weil er einen großen Auftrag hat, und ich war so intensiv mit Übersetzen, To-do-Listen-Abarbeiten und Handwerkerbeaufsichtigen beschäftigt, dass wir fast ausschließlich miteinander telefoniert haben. Erik hat mir tagelang voller Leidenschaft von seiner neuesten Kreation vorgeschwärmt. Tiefdunkle Schokolade aus irgendeinem mir unbekannten mexikanischen Ort, die er mit Nougat und Preiselbeeren mischen will. Mir lief das

Wasser im Mund zusammen. Das war zwar sehr schön, aber zum Vorantreiben einer beginnenden Beziehung ist so eine Zwangspause doch nur mäßig geeignet.

Aber heute offenbart mir Erik der Geheimnisvolle einen weiteren Aspekt seiner Persönlichkeit: Er ist überpünktlich. Wir waren um zehn verabredet, um mit seinem Cowboy-Auto die Badewanne abzuholen. Jetzt ist es Viertel vor zehn.

Und ich bin leider noch nicht ausgehfein. Weil der Umzugsmann in seiner Erschütterung über meine Besitztümer so lange gebraucht hat. Ich drücke den Türsummer und öffne die Eingangstür ein Stück.

Dann verdrücke ich mich ins Badezimmer. Meine braunen Haare hängen platt und traurig an meinem Kopf herunter, ich bin ziemlich blass, habe dunkle Schatten unter den Augen und einen mordsmäßigen Pickel am Kinn.

»Lotta?«

»Ich bin im Bad! Komme gleich!«, brülle ich durch die geschlossene Tür und mache mich daran, mich äußerlich wieder etwas ins Gleichgewicht zu bringen.

Als Krönung, und um von dem Mount Everest an meinem Kinn abzulenken, trage ich noch hellroten Lippenstift auf. Genau die Farbe, von der Oma immer behauptet hat, dass sie mich mondän und extravagant erscheinen lassen würde. Ich schicke ihr einen Kuss in den Himmel hinauf und reiße die Tür auf.

Erik hat es sich in der Küche gemütlich gemacht und wischt und tippt auf seinem Handy herum. Als ich um die Ecke geschossen komme, blickt er auf. Und lächelt. Er lächelt immer, wenn er mich sieht. Er scheint mich wirklich zu mögen, denn nicht alle Menschen lächeln, wenn sie mich sehen. Und wenn er lächelt, sieht er wirklich gut aus.

Wir haben in den vergangenen Wochen zwar nicht viele tiefschürfende Gespräche geführt, und wenn, ging es hauptsächlich um mich, denn Erik spricht lieber über mich als über sich, aber wir haben uns geküsst. Jedes Mal wenn wir uns gesehen haben. Mehrmals. Und es war ausgesprochen schön.

Allerdings ist Erik ansonsten sehr vorsichtig mit mir. Vielleicht hat er immer noch den Atomsprengkopf vor Augen, wenn er mich sieht? Trotzdem lächelt er. Ein mutiger Mann. Blöd nur, dass ich nicht mutig bin.

Aber wir mögen uns.

Und offenbar haben wir eine weitere Gemeinsamkeit: Wir können beide nicht wirklich über unsere Gefühle reden. Die zueinander, und die anderen offensichtlich auch nicht. Das ist doch schon mal etwas! Beziehungen leben doch von Gemeinsamkeiten!

Erik erhebt sich, und meine Küche wirkt plötzlich noch kleiner, als sie wirklich ist. Da ich nicht sofort zur Seite trete, um ihn durchzulassen, stehen wir für ein paar Sekunden dicht beieinander. Und auch das ist wieder so eine Lotta-und-Erik-Sache: Wir fühlen uns wie zwei Magnete zueinander hingezogen.

In seinen blauen Augen steht eindeutig Verlangen. Nach mir. Ich kann es glasklar erkennen. »Wollen wir los?«, murmelt er. Er steht so dicht bei mir, dass ich seine Wärme spüren kann. Und dann passiert es. Er küsst mich. Mit allem, was dazugehört, macht er sich daran, mich an den Rand der Besinnungslosigkeit zu küssen. Es ist so schön, dass ich tatsächlich in Ohnmacht fallen könnte, wenn ich dazu neigen würde.

Ich vergrabe meine Hände in seinen Haaren, während ich

auf den Zehenspitzen balanciere, um ihm ganz nah zu sein. Irgendwann hört Erik mit einem tiefen Seufzer auf mit der exzessiven Knutscherei – schade – und grinst mich schief an. Er lässt mich aber nicht los, sondern schiebt mich sanft an den Schultern zur Tür.

Und bis wir bei der Badewanne angekommen sind, fährt er einhändig, weil er mit der anderen Hand mein Bein streichelt. Für unsere Verhältnisse ist das geradezu tollkühn, dementsprechend verwirrt sind wir, als wir in der Badausstellung auf den Parkplatz fahren. In der brütenden Hitze laufen wir dicht nebeneinanderher zum Eingang, wo uns Herr Höfer bereits erwartet.

»Frau Ellenberg.« Enthusiastisch reicht er mir die Hand. »Herr Ellenberg. Hocherfreut!« Er schüttelt beflissentlich auch Eriks Hand. Ich will ihn gerade in Kenntnis setzen, dass Erik und ich definitiv nicht verheiratet sind, da kommt der Badezimmer-Fachberater mir zuvor.

»Heute ist eine ganze Ladung neuer Badobjekte gekommen. Die Wanne muss jetzt wirklich raus.« Deshalb also hat er so sehnsüchtig auf uns gewartet.

»Alles klar«, antworte ich. »Wo ist sie?«

»Im Lager. Gehen Sie einfach durch, ich habe Sie angemeldet.«

Wir durchqueren die Ausstellung. »Hab ich dir doch gesagt. Diese Wanne ist total unbeliebt hier«, flüstere ich, als wir die unbeliebte Wanne und die Gebrüder Klo in der hintersten Ecke direkt neben dem Ausgang entdecken.

»Hübsch«, sagt der Graf. Während er schon einmal den Wagen in Stellung bringt, soll ich jemanden organisieren, der beim Aufladen hilft. Das ist leichter gesagt, als getan. Alle Mitarbeiter der Badausstellungen haben entweder zu tun oder »Rücken«. Schlussendlich finde ich doch noch einen Azubi, der so freundlich ist. Erstaunlicherweise wiegt die ungeliebte Wanne nämlich fast so viel wie ein gestrandeter Wal. Zu dritt schaffen wir es, sie in der brennenden Junisonne auf die Ladefläche des Cowboy-Autos zu hieven. Die beiden Toiletten sind dagegen ein Kinderspiel.

Auf dem ganzen Weg zu Omas Haus hält Erik wieder mein Knie fest, und so stört mich noch nicht einmal der dichte Verkehr, durch den wir uns mit der ungeliebten Wanne und den Klos quälen müssen.

Als wir endlich ankommen, stehen Hildegard und Professor Godewind mitten auf dem Hof. Hildegard fängt sogleich an, mit den Armen zu schwenken, als müsste sie eine Boeing auf ihre Parkposition dirigieren.

»Das Haus steht noch«, sagt Erik und greift meinen panischen Gedanken auf, es könnte etwas sehr Schlimmes passiert sein.

Ich bin noch nicht ganz ausgestiegen, da ist Hildegard schon bei mir. »Sie sind weg!« Ihre Stimme bebt vor Empörung.

»Wer ist weg?«, frage ich vorsichtig und schiebe mich an ihr vorbei, weil sie sich direkt neben die Beifahrertür gestellt hat.

»Na, die Handwerker!«, ruft sie entrüstet. »Ich habe noch versucht, sie aufzuhalten. Aber es war sinnlos.«

Sofort schießt mir ein Bild durch den Kopf. Hildegard, wie sie in ihrer heute mintgrünen Kittelschürze laut brüllend an der Heckklappe eines abfahrenden Baustellenfahrzeugs hängt.

»Zum Glück war der Professor da und kam mir zu Hilfe.«

Der Professor nickt ernst und rückt seine Brille zurecht. »Ich korrigiere gerade Klausuren, und das mache ich lieber von zu Hause aus. Deswegen stand ich natürlich für Beistand gerne zur Verfügung.«

»Wo sind sie denn hin?«, mischt Erik sich ein.

»Da gab es wohl einen Brand in einer Bäckerei, und da mussten sie kurzfristig hin, um die gröbsten Schäden in Ordnung zu bringen«, erklärt der Professor.

»Eine Bäckerei!« Hildegard ringt mit den Händen. »Das hier ist wichtig!« Sie deutet auf Omas von allen Handwerkern verlassenes Häuschen.

»Ich ruf mal Herrn Hansen an«, sage ich und will in den Garten gehen, aber Hildegard brüllt: »Nicht in den Garten!«

Allmählich geht mir das hier gehörig auf die Nerven. Und zu warm ist es auch. »Warum nicht?«, frage ich, um Contenance bemüht.

»Das geht nicht«, keift Hildegard mich an.

»Eine Überraschung«, fügt der Professor wesentlich freundlicher hinzu und wackelt vielsagend mit seinen buschigen Augenbrauen.

»Arghhh!«, brumme ich die Hauswand an und setze mich kurzerhand auf die Treppe. Hier ist wenigstens Schatten.

Es klingelt, und während ich darauf warte, den Chef der Handwerkertruppe an den Apparat zu bekommen, fangen der Graf und der Professor an, die Wanne abzuladen. Unter Hildegards fachkundiger Anleitung versteht sich.

Ich lasse es lange klingeln, und versuche mich derweil zu beruhigen. Es sind immer noch über fünf Wochen bis zum Einzug, wir haben also viel Zeit. Zumal der Abriss schon fertig ist und die Handwerker gestern begonnen haben, die neue Elektrik zu verlegen und die Fußböden für das Parkett vorzubereiten. Das wir immer noch nicht ausgesucht haben.

Okay, dieser Gedanke schafft es, mich nervlich wieder in Wallung zu bringen. Parkett aussuchen. Steht irgendwo auf meiner aktuellen Hausumbau-To-do-Liste. Ich müsste mal wieder einen Blick darauf werfen …

Endlich geht jemand ans Telefon. Es ist die Sekretärin von Herrn Hansen. Sie ist vermutlich massiv genervt, denn es klingelt mittlerweile bestimmt fast fünf Minuten.

Ich erkläre ihr in knappen Worten, was passiert ist – Handwerker weg, trotz brüllender Hildegard –, aber sie gibt sich ahnungslos. Wenigstens bekomme ich die Handynummer von Herrn Lüttke, meinem persönlichen Bauleiter. Die von Herrn Hansen will sie nämlich nicht rausrücken.

Währenddessen beobachte ich, wie Hildegard ihre Anweisungen unterbricht und zu Salim und Esra eilt. Vermutlich brauchen Graf und Professor Unterstützung bei ihrem Wannen-Ablade-Projekt. Es macht den Anschein, als hätte die Wanne sich irgendwo verkeilt. Vielleicht hat sie Angst abzusteigen. Vielleicht ist rauf aber auch grundsätzlich viel einfacher als runter.

Herr Lüttke ist beim zweiten Klingeln dran.

»Oh«, sagt er nur, als ich auch ihn kurz und knapp in Kenntnis gesetzt habe. »Eigentlich hätte Herr Hansen Sie anrufen müssen. Hat er aber wohl nicht. Entschuldigen Sie bitte, liebe Frau Ellenberg.«

Ich brumme etwas Unverständliches, während Salim mit grellgrünen Badeshorts und Flipflops hinter Hildegard auf den Hof gestürmt kommt. Er erkennt die Dringlichkeit der Situation, springt auf die Ladefläche und packt mit an.

»Es gab einen Brand in einer Backstube. Zum Glück nur

ein Schwelbrand, der rechtzeitig entdeckt wurde, aber es geht hier um Existenzen, Frau Ellenberg. Das verstehen Sie doch?«

Ich brumme wieder. Was soll ich auch tun? Gegen die angespannte Existenz zweier zum Streit neigender Schwestern ist die eines Bäckers, der vermutlich seine achtköpfige Familie vom Backen ernährt, natürlich ein Fliegenschiss.

»Das wird maximal zwei Tage dauern, und wir liegen bei Ihnen sehr gut in der Zeit. Das ist kein Problem!« Er klingt ruhig, entspannt und als ob er wüsste, was er tut. Und wir haben ja wirklich noch viel Zeit.

»Okay«, murmle ich und bitte ihn noch, mir so schnell wie möglich Bescheid zu sagen, wann es weitergeht, während nun auch Esra in einem wallenden Blumenkleid mit einer riesigen Sonnenbrille auf dem Kopf auf den Hof geeilt kommt.

Und dann, als Krönung sozusagen, biegt ein schrottreifer, rostroter Passat mit offen stehender Heckklappe um die Ecke. Ich muss schon sagen, die Wanne hat Anziehungskraft.

Dem rostroten Wagen entsteigt Alex, Leas Mitbewohner mit der sonderbaren Frisur (heute übrigens in sattem Blau), der nur knapp dem Mordanschlag durch Omas Garderobe entkommen ist. Er bestaunt kurz das sich bietende Spektakel, sieht aber davon ab, helfend einzugreifen, und hockt sich stattdessen zu mir auf die Treppe.

»Also bei euch ist wirklich immer was los«, sagt er fröhlich, nachdem er mir ganz unerwartet ein Küsschen auf die Wange gedrückt hat.

»Ich habe euch was mitgebracht.« Er drückt mir eine Tüte in die Hand, und ich schaue hinein. Viele Holzstücke fallen munter durcheinander.

»Das sind Parkettmuster aus dem Baumarkt. Alle, die zur Zeit auf Lager sind.«

Ich sehe ihn überrascht an. »Danke«, sage ich dann und meine es aus tiefstem Herzen.

Wir beobachten noch ein paar Minuten die Abladeaktion, dann erhebt Alex sich und läuft die Treppe wieder runter. Am untersten Treppenabsatz bleibt er stehen und dreht sich zu mir um.

»Äh, Lotta? Die Überraschung … Also, äh …«

»Komm zum Punkt«, sage ich matt.

»Es wäre schön, wenn du dich freuen könntest. Für Lea. Sie gibt sich wirklich Mühe«, sagt er schlicht. Bevor ich dazu komme zu antworten, verschwindet er um die Hausecke, und ich gönne es mir, kurz das Gesicht in die Handflächen zu drücken.

Bin ich so? Muss man mir sagen, welches Verhalten angemessen wäre, weil ich nicht in der Lage bin, es alleine hinzubekommen?

Alex ist wieder da und fängt an, Säcke mit Erde auf die Schulter zu stemmen und in den Garten zu schleppen.

Bin ich eine schlechte Schwester? Ich atme tief durch und schlucke trocken.

Wenigstens die Wanne hat es jetzt geschafft, die Ladefläche zu verlassen. Ich springe auf und bitte alle Anwesenden, sie vorerst samt den Klos in den kleinen Schuppen zu stellen. Dann lädt Hildegard, die sich wieder etwas beruhigt hat, alle Beteiligten zu sich auf einen Kaffee ein. Aber keiner hat Zeit. Der Professor muss weiter Klausuren korrigieren, Esra und Salim müssen zur Arbeit, Alex ist immer noch im Garten der Überraschungen, und Erik muss ein dringendes Telefonat führen.

Innerhalb weniger Minuten stehen nur noch Hildegard und ich auf dem Hof.

»Hm«, macht sie und guckt sich um. »Willst dann wenigstens du einen Kaffee?«

»Klar.« Das bin ich ihr schuldig. Immerhin hat sie versucht, die Handwerker an der Flucht zu hindern und sich rührend um die Badewanne gekümmert. So anstrengend Hildegard manchmal sein kann, sie ist mir wirklich eine enorme Hilfe.

Allerdings darf ich nicht mit zu ihr in die Küche, weil man von dort eventuell einen Blick in den geheimnisumwobenen Garten werfen könnte. Stattdessen eilt sie von dannen, bricht wie immer galant durch die Buchenhecke und steht nur wenige Minuten später mit einem komplett gepackten Picknickkorb wieder vor mir. Dann stellt sie schwungvoll die eigens mitgebrachten Campingstühle auf, und so hocken wir einträchtig mit einem Kaffee in der Hand auf dem Hof herum, bis Lea um die Ecke kommt.

Sie trägt eine grüne Latzhose, ihre Wangen sind rosig, obwohl vom Strohhut beschattet, und sie strahlt, trotz der vielen Erdflecke im Gesicht.

»Willst du gucken?« Sie versucht einen düsteren Ton anzuschlagen, aber er misslingt ihr. Sie klingt aufgeregt wie ein kleines Kind zwei Minuten vor der Bescherung.

»Oh!«, haucht Hildegard, reißt mir augenblicklich den Klappstuhl unter dem Hintern weg, nimmt mir die Tasse aus der Hand und packt alles zurück in den Korb.

»Aufregend!«, haucht sie und schubst mich um die Hausecke Richtung Garten.

Auch ich bin aufgeregt. Was wird Lea produziert haben, worüber ich mich jetzt freuen muss? Und werde ich die vielleicht nicht vorhandene Freude trotzdem gut rüberbringen? Drei Augenpaare hängen an mir, als ich schließlich mitten im Garten stehen bleibe.

»Das Mädchen ist begnadet. Eine Gabe Gottes«, murmelt Hildegard ergriffen, und ich meine, dass sie sich mit ihrer Kittelschürze eine Träne aus dem Augenwinkel tupft.

Lea tut uninteressiert und gibt vor, den großen Apfelbaum anzuschauen.

»Das, äh, das hier sind Kräuter«, fühlt Alex sich bemüßigt mir zu erklären, was mein gartenfachunkundiges Auge erblickt. Lea starrt nämlich weiterhin den Apfelbaum an. »Und das ist ein Sommerbeet mit Weideneinfassung. So im Bauerngartenstil«, fährt er fort.

»Wow!«, flüstere ich ehrfürchtig. Ich brauche nämlich eigentlich keine Erklärung für das, was ich sehe. Der linke Teil des Gartens sieht aus, als wäre Tine Wittler hier gewesen und hätte jetzt auf Gärtnern umgesattelt. Und auch der Rest, der, in dem Lea seit Tagen gearbeitet hat, sieht toll aus. So ordentlich und bunt.

Direkt neben mir hat sie einen Weg angelegt, der an einem mit kleinen hübschen Büschen gesäumten Beet entlangführt. Hinter den kleinen Büschen blüht es in allen Farben der Welt vor sich hin. Neben der Terrasse steht plötzlich eine aus Feldsteinen erbaute Spirale, die mit Kräutern dicht bepflanzt ist.

Das hat doch nicht alles Lea gemacht?

Ich gebe zu, einigermaßen fassungslos zu sein.

»Okay, ich erkläre es dir kurz. Das hier …« Lea hat aufgehört, intensive Zwiesprache mit dem Apfelbaum zu halten, und steht jetzt neben mir. Ihr Finger deutet auf die kleinen Büsche, die das Beet einfassen. »… sind Buchsbäume. Noch sehr kleine, aber die werden mal zu einer Hecke. Der Baumarkt hatte einen Restposten sehr günstig abzugeben. Die sind sonst extrem teuer. So bin ich überhaupt auf die Idee gekommen. Die anderen Pflanzen kommen aus dem Container, also Topf. Es sind mehrjährige Stauden. Wir werden jetzt bei dieser Hitze morgens und abends gießen müssen, damit sie auch anwachsen. Dafür sind die Pflanzen schon sehr groß und stehen in voller Blüte. Da lässt sich so ein Beet recht leicht komponieren.«

Hildegard neben mir erschaudert bei diesen Worten. »Toll«, flüstert sie mir zu und rempelt mir den Ellenbogen in die Rippen.

»Toll«, sage ich.

»Die Kräuterspirale haben Alex und ich zusammen gebaut. Die Kräuter sind von mir zu Hause, die hatte ich schon alle auf dem Balkon vorgezogen. Die haben gar nichts gekostet«, erklärt Lea mir. Und obwohl ihre Stimme trotzig klingt, platzt sie fast vor Stolz.

»Lea. Das hier ist wirklich toll!«

»Ich kann das ganz gut. Und ich tue es wirklich gerne.«

»Möchtest du unsere Gartenbeauftragte sein?«, frage ich. Lea ringt sich jetzt doch ein Grinsen ab.

»Lea, Schatz. Ich habe da so eine schattige Ecke in meinem Garten. Würdest du dir die auch mal anschauen? Da wächst nichts«, raunt Hildegard. Lea nickt wissend.

»Ich kann ja mal gucken. Mit ein paar Funkien und Hortensien könnte man das sicherlich begrünen. Oder ein schöner Farn. Oder ein Rhododendron.« In Leas Augen erscheint ein mir unbekannter Glanz. Vermutlich ist es irgendeine Form von Leidenschaft. Es ist nur so verwunderlich, weil ich immer geglaubt habe, dass Leas einzige Leidenschaft das Dagegensein wäre. So kann man sich täuschen.

Kapitel 24

Ein paar Tage später bin ich mit dem Wässern der neuen Gartenbewohner dran. Es ist Ende Juni und seit Tagen heiß wie in der Sauna. Lea hat heute Abend wieder einen ihrer ominösen Termine, und so erkläre ich mich bereit, die Versorgung der Pflanzen zu übernehmen.

Natürlich könnte auch Hildegard den Gartenschlauch schwingen, aber Lea hat Sorge. Große Sorge, dass Hildegard nämlich nicht streng nach ihrer Anweisung gießen könnte, woraufhin die zarten Pflänzchen umgehend eingehen würden. Sagt sie. Ich kann mir das zwar nicht vorstellen, immerhin handelt es sich um Natur, und der liebe Gott oder wer auch immer besprenkelt Blumen ja nun auch nicht nur zart von unten her, wenn er es mal regnen lässt, aber in diesem Fall lasse ich Lea machen. Es ist ihr Projekt. Und es ist wunderschön.

Außerdem habe ich so die Chance Erik zu sehen, der seit Freitag beruflich unterwegs war. Unsere Kommunikation bestand aus stundenlangen Gesprächen am Telefon, in denen ich schwelgend Eriks neuen Pralinen-Ideen gelauscht habe, und sonderbaren SMS, weil wir beide mit der SMS-Funktion unserer Smartphones nicht sonderlich gut umgehen können. Aber heute Nachmittag ist er zurückgekommen.

Ich parke den Wagen unter dem Kirschbaum im Hof.

Inzwischen freue ich mich richtig darauf, hier bald zu wohnen. Ich biege in genau dem Moment um die Hausecke in den Garten, in dem die Sonne sich anschickt, als glutroter Ball hinter dem Horizont zu verschwinden. Für einen Moment bleibe ich einfach stehen und blinzle in dieses tiefrote Schauspiel.

Die Luft ist immer noch sehr warm, aber die von mir so ersehnte Kühle der Nacht lässt sich schon erahnen. Die Vögel geben in den alten Apfelbäumen ein kleines Abendkonzert.

Ich streife mir die Schuhe von den Füßen und laufe barfuß über den Rasen zum Gartenschlauch, der sich fröhlich selbst umkringelt wie ein Wollknäuel auf LSD. Auf den Knien versuche ich ihn von einer Zusammenarbeit mit mir zu überzeugen und zerre an ihm herum. Aber er hat keinen Bock und verknotet sich stattdessen noch mehr.

»Blödes Ding«, knurre ich den Schlauch an und packe ihn noch fester, um wenigstens einen der widerspenstigen Knoten aufzubekommen. Mit einem Zischen löst sich die Aufsatzdüse. Wasser spritzt in alle Richtungen. Lea hat den Wasserhahn nicht zugedreht.

Mein erster Impuls ist, in Deckung zu gehen, und aus der Gefahrenzone zu sprinten. Doch dann passiert etwas Seltsames. Nachdem nämlich dieser erste Impuls abebbt, bleibe ich einfach unbewegt stehen. Mitten in der Wasserfontäne.

Ich bin nass bis auf die Unterwäsche, aber das macht mir nichts. Das Wasser ist wunderbar warm, und die auf mich herabregnenden Tropfen fühlen sich samtweich auf meiner Haut an. Ich schließe die Augen und lausche dem glucksenden Sprudeln des befreiten Wassers. Schnell bildet sich eine große Pfütze um mich herum, bis meine Füße im Wasser stehen.

Ich atme tief ein, sauge den frischen, feuchten Duft von Abend in meine Lungen. Es ist ganz unerwartet ein köstlicher Moment. Einer der Momente, die man für immer in seinem persönlichen Erinnerungsalbum speichern möchte.

Klitschnass, aber auf eine sonderbare Art und Weise glücklich, stehe ich eine ganze Weile einfach nur so herum und betrachte den Garten, der langsam in die satten Farben des Abends getaucht wird.

Aus dem Augenwinkel nehme ich irgendwo hinten links eine Bewegung wahr, aber es ist schon zu dunkel, um mehr zu erkennen. Ich trete aus der Wasserfontäne und drehe den Wasserhahn zu, dann laufe ich noch weiter in den Garten hinein.

»Hey.« Seine Stimme ist ganz leise, das Wort fast geflüstert. Ich folge ihr, denn sehen kann ich ihn immer noch nicht. Zwischen dem gräflichen und Omas Garten gab es noch nie einen Zaun. Die großen Rasenflächen gehen einfach ineinander über. Eine Tatsache, die Hildegard schon zu diversen Zaun- und Mauerbau-Visionen getrieben hat, aber meine Oma nie störte.

Ich bleibe stehen und starre in die Richtung, aus der ich seine Stimme gehört habe. Meine Augen brauchen noch einen kleinen Moment, bis ich ihn sehe. Er liegt auf dem Rasen unter der großen Kastanie, die direkt an der Grenze zum Feld steht.

»Was machst du hier?«, frage ich leise. Die Stimmung ist so sonderbar, dass auch ich meine Stimme dämpfe.

»Rumliegen.« Ich höre das Lachen in seiner Stimme, aber auch er spricht leise. »Meine Mutter hat immer gesagt, dass die Stunde, in der die Sonne untergeht, magisch ist.«

Ha! Da ist sie wieder. Die Magie. Oh, ich mag Männer, die über Magie sprechen.

»Hast du meinen Kampf mit dem Gartenschlauch mitbekommen?«, flüstere ich und lasse mich neben ihm auf die Knie sinken.

Erik ist nur sehr spärlich bekleidet. Dem Wetter durchaus angemessen trägt er kurze Shorts. Meine Wangen prickeln. Vermutlich werde ich rot. Die Zeiten, in denen ich halb nackte Männer ohne mit der Wimper zu zucken hingenommen habe, scheinen vorbei zu sein. Jetzt löst dieser Anblick eine grobe hormonelle Verstörung aus.

Erik aber scheint keine solchen Vorbehalte bezüglich seines nur unzureichenden Bekleidungszustandes zu haben. Er richtet sich ein wenig auf, dreht sich auf die Seite und stützt den Kopf in die linke Hand.

»Er hat dich angegriffen«, murmelt er träge. Sein großer Körper liegt wie hingegossen vor mir.

»Wer?«, frage ich verwirrt zurück. Definitiv habe ich den Faden verloren.

»Der Gartenschlauch.«

»Oh, ja. Der. Hinterhältiges Ding.«

»Brauchst du trockene Klamotten?«, flüstert er und richtet sich noch ein klein wenig auf.

Ich brauche gar keine Klamotten. Denke ich. Und da dieser spontane Gedanke ziemlich verwegen ist, schweige ich lieber.

Seine freie Hand ist plötzlich auf meinem Bein. Ganz vorsichtig fährt er mir über den Oberschenkel, und während ich noch darüber nachdenke, wie wunderbar sich das anfühlt, lacht er. Tief, leise, samtig. »Du bist ja wirklich komplett nass«, stellt er dann fest, ohne mich loszulassen. Er sieht mich direkt an, und seine blauen Augen wirken bei diesem Licht fast schwarz.

Ich lege ihm die Hand an die Wange. Einfach so. Es geht viel zu schnell, als dass ich mich über mich selbst erschrecken könnte. Er ist wunderbar warm, ich kann den Hauch von Bartstoppeln unter meinen Fingerspitzen fühlen.

Erik öffnet den Mund, verstummt aber bei meiner Berührung. Dann legt er seine große Hand auf meine. Vorsichtig, wie er immer mit mir umgeht. Dabei bräuchte er gerade gar nicht sonderlich vorsichtig zu sein. Mich übermannt nämlich genau in diesem Atemzug ein sonderbarer Mut. Er ist ganz plötzlich da und fegt sämtliche Gedanken und Gefühle, die mich bremsen wollen, beiseite. Eiskalt, dieser Mut.

Vielleicht liegt es einfach daran, dass ich im aufgehenden Mond klitschnass im Gras vor einem fast nackten Mann sitze, während seine warme Hand auf meiner liegt. Vielleicht stimmt es aber auch, und die Stunde, in der die Sonne untergeht, ist tatsächlich magisch.

Über dem Feld hinter uns liegt ein warmer Dunstschleier, irgendwo hat eine Grille begonnen, uns mit einem Abendkonzert zu beglücken, und ich küsse Erik. Atme seinen warmen Duft ein, in dem ganz entfernt immer ein Hauch von Schokolade zu schweben scheint. Ganz vorsichtig wandert seine Hand meinen Arm hinauf, bis sie seitlich an meinem Hals zum Liegen kommt. Seine Fingerspitzen lösen ein so intensives Ganzkörper-Kribbeln aus, dass ich näher an ihn heranrutschen muss.

»Lotta? Hast du jetzt schon gegossen? Wo steckst du denn?«

Ich kann den erschrockenen Aufschrei nur unterdrücken, in dem ich meinen Mund an Eriks Hals presse.

Erik ist weitaus besser im Notfallmanagement. »Hildegard«, ruft er über meinen Kopf hinweg.

»Ach da seid ihr ja!« Ich höre ihre energischen Schritte durch das hohe Gras auf uns zukommen. Sehen kann ich sie nicht, ich klebe ja immer noch an Eriks Hals und werde diese Position für kein Geld der Welt aufgeben.

»Das ist jetzt sehr ungünstig«, sagt Erik laut und zieht mich doch tatsächlich noch etwas näher an sich heran.

Hildegard scheint ihn aber nicht gehört zu haben, unaufhaltsam nähert sie sich.

Erik seufzt auf, kommt auf die Knie und hockt somit direkt vor mir. Zwischen uns passt zwangsläufig nicht mal mehr ein Blatt Papier, und mein Gesicht liegt jetzt an seiner Brust.

»Hildegard, wir knutschen!«, ruft er ihr zu. Hildegards Schritte hören abrupt auf.

»Ach!«, sagt es irgendwo im Garten. »Das ist ja schön!«

Erik lacht leise und bebt dabei am ganzen Körper.

»Dann gehe ich mal wieder rüber, nicht?«

»Ja«, sagen Erik und ich unisono.

»Ihr müsst aufpassen«, sagt Hildegard bestimmt. »Die Frauen der Familie Ellenberg sind höchst fruchtbar.«

Fassungslos pruste ich los. Das hat sie nicht gesagt, oder etwa doch?

»Gute Nacht!« Sie stapft zurück, und ich hebe den Blick.

Erik sieht mich an. »Schön, klug und höchst fruchtbar. Frauen wie dich gibt es selten.« Er lacht. Und scheint trotzdem jedes dieser Worte ernst gemeint zu haben.

»Lotta, mir bedeutet das hier viel«, murmelt er, als hätte er meine Gedanken gelesen, und küsst meine Stirn, während seine Finger durch meine Haare fahren. »Ich meine alles, was ich tue, ernst. Für alles andere bin ich viel zu alt.«

Es ist so schön, dass er das sagt. Ich kann nur leider nicht antworten und ihm sagen, wie verdammt ernst *mir* die ganze Angelegenheit ist, denn wenn ich den Mund öffne, könnte es sein, dass ich keinen sinnvollen Satz zustande bringe.

»Verstehst du, was ich meine?« Er hat aufgehört, meine Stirn zu küssen, mein Gesicht in seine Hände genommen und sieht mich direkt an. Ich nicke schwach. Zu mehr bin ich nicht in der Lage. Ich bin lüstern. Und fühle mich herrlich geborgen, während er mein Gesicht einfach so fest in seinen Händen hält. Eine sonderbare Gefühlskombination. Aber wunderbar.

»Ich …«, er bricht zwangsläufig ab, weil ich ihn wieder küsse. Was auch immer er mir sagen will, es muss verschoben werden, denn ich habe ihn ganz plötzlich gefunden. Den Schalter mit der Aufschrift »Vertrauen«. Und ich habe ihn gedrückt. Fest und bis zum Anschlag.

Jetzt möchte ich Sex. Unter dem Baum. Neben dem Feld. Unter den Sternen.

Als ich seinen Körper auf mir spüre, vergesse ich alles um mich herum. Und ich bekomme, was ich will.

Später liegen wir auf dem Rücken, halten uns an den Händen und blicken durch das Blättermeer zu unseren Köpfen in die Sterne. Ich bin schon ein wenig beeindruckt von mir. Keine sonderbaren Gedanken und Gefühle weit und breit. Ein wunderbarer Zustand.

»Lotta.« Erik kann nur noch flüstern. Vermutlich ist er genauso erschöpft wie ich. Träge dreht er den Kopf zu mir. »Das war sehr schön.«

Ich lege meinen Kopf auf seine Schulter. Das ist unbequem, aber herrlich warm und nah. Sein Arm umfasst mich, und er zieht mich noch dichter an sich heran. Er ist stark, und ich fühle mich augenblicklich wieder so geborgen. Seine Wärme sickert irgendwie in mich hinein.

»Das ist das erste Mal, dass du dich einfach mal bei mir anlehnst und ich tatsächlich glaube, dass du nicht gleich aufspringst und das Weite suchst. Warum bist du so vorsichtig? Ich habe immer Angst, dich zu verschrecken«, brummt Erik.

»Echt?«, brumme ich zurück, obwohl ich natürlich schlecht leugnen kann, dass er recht hat.

»Echt.« Wir schweigen einen Moment, dann sagt Erik plötzlich: »Ich bin eine ganze Weile jeder Form von menschlicher Nähe aus dem Weg gegangen.«

Das kommt so unvermittelt, dass ich gar nicht reagieren kann. Aha. Zwei von der Liebe Niedergeknüppelte liegen unter einem Kastanienbaum. Ich habe nicht umsonst das Gefühl, dass wir hervorragend zusammenpassen.

»Wenn man tief verletzt ist, braucht es Zeit, bis die Wunde heilt. Aber als ich dich dann an diesem Morgen im März geweckt habe, spürte ich, dass nur noch eine kleine Narbe geblieben ist. Weißt du eigentlich, wie süß du aussiehst, wenn du so verschlafen bist und dein Gegenüber total doof findest?«

»Willst du es erzählen? Das mit der Narbe?«

Er schweigt. Was wohl nur als eindeutiges »Nein« zu interpretieren ist.

»Später. Nicht jetzt«, antwortet er dann doch noch. »Es spielt keine Rolle mehr. Über ein paar Dinge müssen wir noch reden, aber wirklich nicht in diesem Moment.«

Ich schließe die Augen und betrachte die Wunde, die Matthias mir mit der emotionalen Kettensäge zugefügt hat. Sie ist mittlerweile verschorft. Das ist ein echter Fortschritt. Bis ich Erik getroffen habe, dachte ich nämlich, dass unter dem großen Verband, den ich da drumgewickelt hatte, immer noch alles offen ist. Aber ich habe mich geirrt. Und lange nicht getraut nachzusehen.

»Vertrauen kann man nicht erzwingen. Das Vertrauen muss erst wieder langsam wachsen. Es braucht Zeit. Wir haben doch Zeit, oder?«

»Ich habe den Knopf gefunden«, murmle ich schläfrig.

»Welchen Knopf?«

»Den für das Vertrauen.«

»Wo war er?«

»Keine Ahnung. Er war einfach ganz plötzlich da. Und ich habe ihn gedrückt.«

»Mutige Frau.« Ich höre Ehrfurcht in seiner Stimme. »Drückt einfach so auf Knöpfe.«

»Ja, bin auch ein bisschen beeindruckt von mir selbst.«

»Liegt vielleicht auch an der Magie. Wegen dem Sonnenuntergang.«

»Möglich.«

Er brummt seine Zustimmung. Der tiefe Ton lässt meinen ganzen Körper vibrieren.

»Und weißt du was?«, frage ich ihn unvermittelt. Erik schüttelt leicht den Kopf. »Wenn ich es nicht ausprobiere, also das mit dir und mir, werde ich niemals erfahren, wie es weitergeht.« Erik lächelt. Ich kann es nicht sehen, weil ich ja zusammengerollt an seiner Brust liege, aber ich kann es spüren.

Kapitel 25

Schief«, sagt Herr Lüttke am nächsten Morgen und starrt auf den Küchenfußboden, oder dem, was davon übrig geblieben ist.

»Vielleicht ein wenig.« Ein verzweifelter Versuch meinerseits, den Boden zu verteidigen und die Wahrheit zu schönen. Die Wahrheit im Baugewerbe ist nämlich manchmal schwer auszuhalten. Wie zum Beispiel schiefe Böden.

Die Handwerker sind schon seit einigen Tagen wieder zurück. Die Rettung der Backstube und der bäckerlichen Existenz hat dann aber doch, entgegen allen freundlichen Beschwichtigungsversuchen, fast eine Woche gedauert.

Jetzt stehen sie alle mit zweifelnden Mienen in Omas leerer Küche herum und starren auf den Boden.

»Da können wir kein Parkett drauflegen«, sagt der Mann in der roten Latzhose und guckt grimmig, während er beherzt von seiner Wurstbemme abbeißt.

»Frau Ellenberg, tut mir sehr leid, aber da müssen wir etwas tun.« Herr Lüttke wirkt wie immer hochgradig kompetent, aber mittlerweile bin ich skeptisch. Bei der Dauer der Bäckerrettung hat er ja auch kolossal danebengelegen.

»Wasserwaage«, sage ich deshalb bestimmt und strecke die Hand aus. Herr Lüttke drückt mir das gelbe Teil in die Hand, und ich knie mich in die Mitte des Raumes. Die kleine

Luftblase bestätigt allerdings Herrn Lüttkes Augenmaß. Der Boden ist schief.

»Warum hat man das vorher nicht gemerkt?«, frage ich und komme wieder auf die Beine. Kollektives Achselzucken.

»Sieht im Wohnzimmer genauso aus«, verkündet der Mann in der roten Latzhose mit vollem Mund.

Toll! Wunderbar! »Was heißt das?«, frage ich knapp.

»Wir müssen ausgleichen«, sagt Herr Lüttke, und es klingt ein wenig so, als beabsichtige er, angetan mit einem Breitschwert, gegen die Wikinger zu kämpfen.

Seine Männer schweigen, nur der mit der roten Hose schmatzt. Ich starre auf den schiefen Boden, die aufgerissenen Wände, aus denen Kabel hängen, die Fensterbänke, auf denen zentimeterhoch der Baustaub liegt, und die Tausenden von Eimern, Spachteln und Werkzeugen, die munter in einem bunten Chaos auf dem Fußboden verteilt sind.

»Was bedeutet das?«, frage ich, dabei bin ich mir nicht sicher, ob ich das wissen will.

Eine Weile noch schweigen alle. Düstere Ahnungen wallen in mir auf wie Novemberstürme in der Nacht.

»Nichts«, sagt Herr Lüttke dann fröhlich. Ich will gerade erleichtert ausatmen, da fährt er fort: »Kostet mehr und dauert länger, aber sonst bedeutet das nichts.«

Mir entgleisen die Gesichtszüge. Herr Lüttke betrachtet mein erschockenes Gesicht und sagt schnell: »Alles kein Problem. Dreißig Kilo Fließspachtel reichen für fast zehn Quadratmeter, und die kosten knapp fünfundzwanzig Euro. Und in zwei Tagen ist das alles ausgetrocknet. Kein Problem. Wann kommt das Parkett?«

»Wenn wir es ausgesucht haben«, sage ich und versuche nicht allzu hörbar zu seufzen.

»Oh! Sie denken an die Lieferzeiten?« Jetzt ist es an Herrn Lüttke, besorgt zu gucken.

»Natürlich«, hauche ich. Ich denke ja eigentlich immer an alles. In diesem Fall allerdings hatte sich das Parkett aus meinem Gehirn geschlichen.

»Wir machen jetzt erst mal mit der Elektrik weiter. Dann brauchen wir aber schleunigst die Anschlüsse für die Küche. Ach! Und bevor ich es vergesse: Bei den neuen Türen gibt es Lieferschwierigkeiten. Und die Fliesen bräuchten wir dann auch umgehend, damit die Badobjekte montiert werden können. Es sind ja nur noch fünf Wochen. Die Waschbecken liegen schon in der Garage, nicht?«

»Die Klos«, sage ich tonlos. Waschbecken. Richtig. Waschbecken hätte ich auch gern.

Mir sträuben sich die Nackenhaare so intensiv, dass die mich interessiert beobachtenden Handwerker es bestimmt sehen können. Ich zerre meine aktuelle To-do-Liste aus der Hose und versuche durch rhythmisches Hingucken zu ergründen, warum Herr Lüttke ausgerechnet jetzt so viel von mir wissen und haben will und ich nichts davon weiß oder habe.

Falsch terminiert.

Ich habe einen internen Zeitverzug in meiner Planung. Mir stockt der Atem. Wild blättere ich zwischen den sechs Seiten der Liste hin und her und stelle fest: Ich habe den Überblick und die Kontrolle verloren.

Oh. Mein. Gott.

Mein Gehirn scheint massiv überlastet zu sein und ist irgendwann in den »Off-Modus« gesprungen, ohne dass ich es mitbekommen habe. Ich war abgelenkt. Habe nicht jeden Tag meine Listen zur Hand genommen und sie mit dem Ist-Zustand abgeglichen. Und darüber hinaus bin ich hormonell übersteuert und habe nachbarschaftlichen Sex unter großen Bäumen.

Herr Lüttke räuspert sich, und ich lande gedanklich wieder auf dem schiefen Boden in der Küche.

»Ich kümmere mich darum«, sage ich, aber meine Stimme verweigert mir diesmal ihren stechenden Tonfall und ich klinge wie eine Maus mit Angina.

Ich stürme auf den Hof und renne zu meinem Auto. In meinem Kopf toben »Fließspachtel«, »Küchenanschlüsse«, »Fliesen«, »Parkett«, »Waschbecken« wild durcheinander.

»Lotta!« Ich fahre herum. Erik kommt mir über seine Einfahrt entgegen.

»Ich werde noch verrückt vor Stress«, sage ich, als er vor mir stehen bleibt, und es klingt wirklich kläglich.

»Von außen sieht man noch nichts«, stellt er nüchtern fest, sieht aber irgendwie auch nicht glücklich aus.

»Wir brauchen sofort Parkett, Fliesen und die Küchenanschlüsse. Also eine Küche.«

»Oh«, sagt er nur und legt den Kopf etwas schief.

»Und Waschbecken«, füge ich noch hinzu, um das wahre Ausmaß meiner Probleme deutlich zu machen.

Ich möchte mich in seine Arme werfen und mich an ihn klammern. Was ja leider ausgeschlossen ist, weil ich Lotta Ellenberg bin.

»Ich wollte dich gerade fragen, ob du Zeit hast. Ich wollte etwas mit dir besprechen.« Er klingt so ernst, dass sich mir umgehend wieder die Nackenhaare aufstellen. Früher haben sie das nie gemacht.

»Warum?«, hauche ich.

Er schüttelt leicht den Kopf. »Nichts Schlimmes. Nur – ein wenig reden.«

Reden? In dem Stadium, in dem sich das zarte Pflänzchen unserer Beziehung gerade befindet, ist Reden bestimmt ein untrügliches Zeichen, dass etwas nicht stimmt. Wir sollten Händchen halten, küssen und uns verliebt anschauen. Reden ist schlecht.

Vielleicht ist in ihm über Nacht die Erkenntnis gereift, dass er mich doch nicht mag? Ich starre ihn an. Aber er sieht eigentlich nicht so aus. Ganz und gar nicht.

Er nimmt mein Gesicht in seine großen Hände und gibt mir einen Kuss. In aller Öffentlichkeit, direkt auf dem Hof, während die Vormittagssonne gnadenlos auf uns hinabbrennt. Wäre ich nicht so fürchterlich gestresst, würde mich das sehr glücklich machen.

»Soll ich mitkommen? Dir helfen?«

Ich schüttle den Kopf. Das ist zwar nett gemeint, zumal ich ja weiß, dass er viel zu tun hat, aber heute ist ein Tag, an dem ich eventuell einen hysterischen Anfall bekommen könnte. Das ist nichts, was für seine Augen bestimmt ist.

»Worüber müssen wir reden?«, murmle ich an seinem Hals. Ich lehne mittlerweile nämlich an ihm dran, was ausgesprochen angenehm ist. Was würde ich dafür geben, so stehen bleiben zu können. Für länger. Bis ungefähr nächstes Jahr.

»Später. Erledige erst mal deinen Kram.«

Mein überlastetes Gehirn nimmt diese Information zur Kenntnis und begnügt sich damit, während ich ins Auto springe, mir mein Head-Set ins Ohr stöpsle, vom Hof jage und zeitgleich Lea anrufe.

Erstaunlicherweise und dem Tag völlig unangemessen, erreiche ich sie sofort und muss mich nicht erst durch ihre gesamte WG telefonieren.

In meinen Gedanken lauert auch schon ein einleitender, förmlicher Satz, der kurz erklärt, warum wir ausgerechnet jetzt zum Baumarkt fahren müssen, aber irgendwie kommt mir mein Mund zuvor. Er sagt: »Scheiße!« Aus tiefstem Herzen und das auch noch mit bebender Stimme.

»Lotta?«, fragt Lea mich irritiert.

»Ja, äh«, sage ich.

»Was ist?«

»Wir hätten schon lange dieses verdammte Parkett aussuchen müssen. Wenn das, was wir wollen, eine lange Lieferzeit hat, sieht es schlecht aus. Und wir brauchen Fliesen. Und«, ich senke ein wenig die Stimme, weil es so unfassbar peinlich ist, etwas so Elementares zu vergessen, »eine Küche. Wir ziehen nämlich in fünf Wochen ein.«

Lea schweigt einen Moment. Vermutlich ist sie erschüttert. Von mir. Stattdessen sagt sie aber nur: »Wegen der Küche habe ich schon mal geguckt. Bei Ikea gibt es so tolle Systeme mit Einzelelementen. Mir gefallen die ganz gut. Das passt auch gut ins Budget, weil nicht so teuer.«

Jetzt ist es an mir zu schweigen. Lea hat nach einer Küche geguckt? Unaufgefordert? Sie kennt unser Budget?

»Na, Schwester? Warst du ein wenig abgelenkt von deiner Liste?«, fragt Lea und kann sich offensichtlich einen höhnischen Tonfall nicht verkneifen. Ich schweige beharrlich weiter. Schließlich war es bösartig und gemein, so etwas zu sagen. Ich hatte über dreißig Jahre alles im Griff. Sehr fest sogar.

»Scheiß auf die Listen! Hol mich ab! Wir fahren in den Baumarkt!«, kreischt sie im nächsten Moment und klingt wie eine vollpubertierende Sechzehnjährige beim Anblick von Justin Bieber.

Als sie in voller Kampfmontur (Doc Martens, schwarzes Leder, geradezu Furcht einflößend, zumal wir schon jetzt fast dreißig Grad haben) neben mir im Auto sitzt, singt sie leise: »Lotta hat ihre Liste verlegt, Lotta hat ihre Liste verlegt.« So lange, bis ich sie mit einem scharfen »Halt die Klappe!« zur Ruhe bringe! Lea hält jetzt zwar die Klappe, grinst aber weiter. Für sie scheint diese Tatsache ein echtes Event darzustellen und ungewohnt gute Laune auszulösen.

Im Baumarkt stürmen wir in grimmiger Entschlossenheit zur Parkettabteilung und krallen uns den erstbesten Kerl in Baumarktmontur. Laut Namensschild heißt er Andreas.

»Wir brauchen hundertzwanzig Quadratmeter Parkett mit Lieferung nächste Woche«, erkläre ich knapp und präzise unser Anliegen.

»Aha«, sagt er und mustert uns erst mal ausgiebig. »Was hätten Sie denn gerne?«

»Holz auf dem Boden«, sagt Lea. »Mehr wissen wir noch nicht.«

»Ahorn, Esche, Eiche, Kirschbaum, Landhausdiele, Multistripe, gekälkte Oberfläche …«

Er läuft vorweg, wir folgen ihm durch die Gänge und befinden uns kurz darauf in der ultimativen Parketthölle wieder. Auf mehreren Metern schrauben sich Parkettbretter in die Höhe. Holz, wohin das Auge blickt. Wie um alles in der Welt sollen wir hier innerhalb kürzester Zeit eine Entscheidung treffen?

»Oha«, murmelt Lea und dreht sich einmal im Kreis.

Andreas schweigt und scheint sich daran zu erfreuen, wie verwirrt wir sind. Panisch erinnere ich mich an die erste schwere Entscheidung heute Morgen. Rotes T-Shirt oder das weiße mit dem Wasserfallausschnitt. Geschlagene zehn Minuten habe ich darüber nachgesonnen, auch vor dem Hintergrund, sicherlich Erik zu sehen, um dann bestmöglich auszusehen, auf dass wir uns bald wieder unter dem Baum treffen. Sehr komplizierte und komplexe Gedankengänge sind das.

Und dabei gab es heute Morgen nur zwei Alternativen. Hier sind es Hunderte. Und die Entscheidung ist so weitreichend, denn wenn das Parkett liegt, liegt es. Für etwas länger als einen Tag.

Während Lea sich daranmacht, jedes einzelne Parkettpaneel persönlich kennenzulernen, schließe ich die Augen. Wir haben uns entschieden, einen von Omas Sesseln zu behalten und einfach mit einem schönen Stoff aufzupeppen. Ich besitze zwei weiße Sofas. Was um alles in der Welt könnte dazu passen und ein harmonisches und stimmiges Gesamtbild abgeben, in dem wir uns beide wohlfühlen?

»Welche Farbe sollen eigentlich die Wände im Wohnzimmer bekommen?«, frage ich. Lea dreht sich schwungvoll um und sagt energisch: »Rosa.«

Andreas, der Parkettfachmann, zieht erschüttert eine Augenbraue hoch. Ich auch.

»War nur Spaß.« Lea lächelt liebreizend. »Aber etwas Helles würde gut in den Raum passen. Ein zarter Cremeton vielleicht.«

»Ich kann ja mal unsere Palette an Wandfarben holen?«, mischt sich Andreas wieder ein. Wir nicken wortlos.

»Nicht Rosa«, zische ich, als er weg ist.

Lea zuckt die Achseln. »Rosa Wände bauen Stress ab. Beim Basketball werden manchmal die Kabinen der gegnerischen Mannschaft in Rosa gestrichen. Außerdem regt es die Melatoninproduktion an.«

Fantastisch. Noch mehr Hormone kann mein Organismus sicherlich nicht verkraften. »Warum weißt du solche sinnlosen Dinge?«, frage ich böse.

Lea öffnet den Mund, vermutlich um ebenfalls etwas Böses zu sagen, aber in diesem Moment kommt Andreas zurück. Er schleppt diverse Farbkarten heran, die Lea auch sofort schwungvoll auf dem Boden zwischen den Regalen ausbreitet. Dann kniet sie sich kurzerhand daneben und starrt die verschiedenen Farbmuster an. Andreas und ich schweigen und gucken.

Ein sehr dicker Mann mit einem Einkaufswagen versucht, sich an Lea und den ausgebreiteten Karten vorbeizuschieben, aber sie verweigert ihm mit einem scharfen Blick die Passage. Er dreht um, als hätte ihm jemand in den Hintern gekniffen, und nimmt den nächsten Gang.

»Eine interessante Methode«, murmelt Andreas kurze Zeit später, nachdem Lea begonnen hat, kleine Stapel auf dem Boden zu bilden.

Ich bin mir nicht sicher, ob das überhaupt eine Methode ist, aber Lea sortiert langsam und zielsicher sämtliche Farben aus, die nicht infrage kommen. Wovon ungefähr mindestens hundert absolut gleich aussehen.

Wenige Minuten später hält sie mir vier Farbkarten vor die Nase. Viermal ein sanfter Weißton.

»Welcher?«, fragt sie knapp und aus einem Impuls heraus greife ich nach einer der Karten, drehe sie um und lese vor: »Magnolie A232.«

»Super, Schwester. Dann gucken wir jetzt nach dem Parkett. Dick oder dünn?«

»Landhausdiele. Na ja, so wie in alten Bauernhäusern«, sage ich und erinnere mich zurück an die vielen Wohnmagazine, die ich schon durchgeblättert habe und in denen mir diese breiten Dielenböden immer ausnehmend gut gefallen haben. Andreas würde wohl gerne etwas sagen, aber er traut sich nicht, denn Lea reißt jetzt einfach einige Parkettbretter von ihren Halterungen und wirft sie auf den Boden. Dann kniet sie wieder davor und hält die Farbkarte daneben.

Es ist selbst für mich offensichtlich, dass wir einen warmen Ton für den Boden auswählen müssen. Sie schiebt die Bretter hin und her, und schlussendlich legt sie die Wandfarbe auf die Oberfläche einer matten, honigfarbenen Diele.

»Eiche, gebürstet und naturgeölt«, liest sie den kleinen Aufkleber vor und blickt auf. Ich nicke. Sieht perfekt aus.

»99,99 Euro der Quadratmeter«, verkündet sie dann mit düsterer Stimme, woraufhin wir beide kurzfristig Schnappatmung bekommen.

»Es gibt die Diele auch ein wenig schmaler, dann ist sie günstiger«, mischt sich Andreas schüchtern wieder ein. »Und die Nutzschicht gibt es auch in unterschiedlichen Dicken …«

Er greift nach einem anderen Brett und legt es daneben.

»64,99«, liest Lea vor.

»Ist das dann nicht kleinkariert? So rein optisch? Wenn die Diele schmaler ist?«, frage ich zweifelnd. Meine ganzen üblichen Nörgler, Zweifler und ängstlichen Anteile haben sich zu einer kleinen Horde zusammengerottet und warten nur darauf, endlich das zu tun, was sie gut können: KEINE Entscheidung zu treffen.

»Das sieht man doch gar nicht. Die Räume gehen so ineinander über, dass das sicherlich nicht auffällt«, sagt Lea nachdrücklich, als ob sie Ahnung davon hätte.

Lotta Ellenberg hätte jetzt eigentlich darauf hinweisen müssen, dass sie, Lea, ja über überhaupt gar keine Ahnung in diesem Bereich verfügt. Dann würde Lotta Ellenberg sich einen Kaffee holen und weitere zwölf Stunden auf dem Boden in diesem Baumarkt hockend damit verbringen, Parkett und Farbe anzustarren, um dann nach diesen zwölf Stunden völlig frustriert und ohne Farbe und Parkett nach Hause zu gehen.

»Das Prinzip muss stimmen. Die Nuancen interessieren mich nicht. Ein Farbton heller oder dunkler, das sieht kein Mensch. So wird das sicherlich hübsch.« Meine schwarz gekleidete Schwester hat offensichtlich ein mir bis zu diesem Moment unbekanntes Lebenskonzept. Kein so schlechtes, denn es ermöglicht ihr, schnelle Entscheidungen zu treffen.

Andreas rechnet uns den Preis aus (was wieder kurzfristig Schnappatmung auslöst), dann unterschreiben wir beide die Bestellung und bekommen die Zusage, dass das Parkett in wenigen Tagen geliefert wird.

Auf dem Weg zum Ausgang suchen wir noch zwei Waschbecken aus, und auch mit den Fliesen halten wir uns nicht allzu lange auf. Weiß, günstig, vorrätig, passt ins Gesamtkonzept, gekauft.

Leas Art, sich spontan zu entscheiden, scheint auf mich abzufärben. Und der Zeitdruck tut sein übriges. Selbst für einen Nagellack brauche ich länger, als ich heute im Baumarkt für das Waschbeckenmodell Wellnea benötige. Es ist schon fast beängstigend.

Mit zwei Waschbecken im Kofferraum, den Lieferscheinen für das Parkett und die Fliesen jagen wir vom Parkplatz. IKEA ist unser Ziel. Heute ist der Tag der Entscheidungen, da können wir auch gleich noch eine Küche mitnehmen. Die Küche ist nach zwei Stunden, einem labbrigen Kaffee und dem eindrucksvollen Nervenzusammenbruch einer Küchenberaterin bestellt.

Völlig erledigt bin ich erst um acht Uhr abends zu Hause und sehe mich außerstande, noch eine weitere Entscheidung zu treffen. Ich esse einen Joghurt mit Honig, weil nichts anderes mehr da ist. Eigentlich ein Glück, denn so wird keine weitere Entscheidung notwendig.

Ich lasse mich auf das Sofa fallen, raffe mich dann aber auf, um Erik wenigstens eine kurze SMS mit folgendem Wortlaut zu schreiben: *Parkett, Klo, Fliesen und Küche erlegt. Lieferung alsbald. Es war schön, dich heute Morgen zu sehen!*

Kurz darauf kommt die Antwort: *Bin stolz auf dich, aber habe nichts anderes erwartet: die Jagdleidenschaft hat heute Morgen in deinen Augen geglitzert. Wir sehen uns morgen! Ich freu mich auf dich! Erik*

Mir wird kurz wieder sehr warm ums Herz, und dann sitze ich eine ganze Weile völlig erschöpft herum, bis mir die nächste Entscheidung abgenommen wird.

Mein Handy klingelt nämlich. In der Erwartung, dass Erik mich noch mal anruft, gehe ich sofort dran.

Aber es ist Sonja. »Hast du den Grafen eigentlich schon mal gegoogelt?«, begrüßt sie mich schneidig.

»Nein«, antworte ich matt. »Warum sollte ich?«

Sonja atmet hörbar ein. »Wenn man mit jemandem Sex hatte, googelt man ihn doch. Wenn nicht vorher, dann doch wenigstens hinterher.«

»Ich habe ja üblicherweise nicht mit jemandem Sex.«

»Okay, dann tu das jetzt und ruf mich wieder an.«

»Wieso?«

»Google ihn«, sagt sie nur und legt auf. Ich verdrehe die Augen und lasse das Handy sinken. Natürlich habe ich Sonja von meiner Nacht unter dem hohen Baum erzählt. Sie ist meine beste Freundin, da gehören solche Informationen zum Standardprogramm. Dass sie danach allerdings nichts Besseres zu tun hat, als den Grafen durch eine Suchmaschine zu jagen, finde ich doof. Ist doch schließlich mein Graf. Außerdem nötigt es mich jetzt dazu aufzustehen. Weil ich natürlich nach dieser Ankündigung nicht mehr einfach auf meinem Sofa herumlungern kann.

Also hole ich meinen Laptop und fahre ihn hoch. Ein wenig nervös bin ich schon, als ich »Erik van Dahlen« in die Suchleiste eingebe. Ich drücke »Enter«.

Dann starre ich ein paar Sekunden auf die unfassbar vielen Einträge, die aus dem Nichts erscheinen. Was ist denn hier los? Angespannt richte ich mich auf.

Gleich der erste ist von der Zeitung, die offiziell nie jemand liest, die aber trotzdem gigantisch hohe Auflagen hat. Ich schlucke trocken und betrachte verwundert den kleinen Ausschnitt, in dem sein Name fett markiert ist.

Was hat er mit den Klatschblättern dieses Landes zu tun? Mit einem mulmigen Gefühl klicke ich mich durch jedes einzelne Suchergebnis.

Und eine halbe Stunde später weiß ich Bescheid. Ich weiß jetzt, warum Bauer Weidemann ihn als »berühmt« bezeichnet hat und warum er sich mit Informationen bezüglich seines Jobs und seiner Vergangenheit so bedeckt hält.

Erik ist nämlich so etwas wie ein Promi. Nur offensichtlich sagt ihm dieser Status nicht sehr zu, sonst hätte er mir ja davon erzählt.

Alles, was er mir erzählt hat, stimmt. Leider hat er nur ungefähr fünfundneunzig Prozent an Informationen bei seinem Bericht vergessen. Dass er nämlich nicht nur ein paar nette Pralinen produziert, sondern offenbar der Hoflieferant für irgendwelche Scheichs in sonst wo ist. Und dass er sehr lange mit Katharina Dornfelder zusammen war, der zur Zeit wohl angesagtesten Schauspielerin. Sie war also seine »einvernehmliche Trennung« in Stuttgart. Fassungslos klicke ich auf ein Bild, auf dem Erik neben ihr steht. Er im schwarzen Anzug mit ernster Miene, sie strahlend schön in einer goldfarbenen Robe mit einem professionellen Lächeln auf dem schönen Gesicht. Auf einem roten Teppich, wohlgemerkt.

»Star-Chocolatier trennt sich nach langer Beziehung«, »Schmutzige Trennung von Erik und Katharina« sind nur ein paar der reißerischen Überschriften.

Würde ich beim Frisör nicht immer an meinen Übersetzungen arbeiten, sondern mal das tun, was alle anderen auch tun, nämlich solche Zeitschriften lesen, hätte ich ihn vielleicht sogar erkannt. Denn offensichtlich war seine Trennung für ein paar Wochen in allen Klatschzeitungen. Sogar ein Promi-Magazin bei einem Privatsender hat sich der Sache angenommen und einen Beitrag dazu gebracht.

Ich klicke auf »Bilder« und betrachte die vielen Hundert Fotos, die die Suchmaschine mir präsentiert. Katharina Dornfelder ist schlank, groß und vermutlich die schönste Frau der westlichen Hemisphäre. Sie ist zwar fast vierzig, scheint aber nicht eine einzige Falte zu haben. Sie macht mir in ihrer Perfektion ein wenig Angst. Vermutlich geht es dem allgemeinen Alterungsprozess ebenfalls so und er macht einen großen Bogen um sie.

Ich klicke noch ein paar Bilder an und bestaune Frau Dornfelder in engen Jeans und unfassbar hohen High Heels. Ihre Oberarme sind so dünn wie mein kleiner Finger. Ihr

Haar glänzt wie Seide, und einen Bambi hat sie auch bekommen.

Und jetzt will der Graf mir erzählen, dass er auf mich steht.

Lotta Ellenberg. Übersetzerin aus Kiel, die selbst auf Zehenspitzen nur knapp einssechzig groß ist und deren einzige wirkliche Fähigkeit aus Listenschreiben besteht?

An dieser Stelle muss ich ein wenig weinen, weil ich ja heute festgestellt habe, dass auch diese eine Fähigkeit zurzeit nicht zur Verfügung steht. Wegen der vielen Hormone. Also wegen Erik. Den die halbe Welt kennt. Nur ich scheine ihn nicht zu kennen.

Kapitel 26

Irgendwann muss ich dann doch eingeschlafen sein. Vermutlich ist mein Unterbewusstsein mittlerweile so überlastet und musste deswegen zwangsweise aufhören, sich zu grämen und zu grübeln. Vielleicht hatte es aber auch Erbarmen mit mir und beschlossen, dass ich dringend meinen Schlaf brauche.

Geweckt werde ich um sieben durch einen Anruf von Herrn Lüttke. Wir müssten ganz dringend die Schalter und Steckdosen im Obergeschoss festlegen. Als ich ihn letzte Woche fragte, ob wir das nicht gleichzeitig mit denen im Untergeschoss machen können, hatte er keine Zeit. Dafür muss es jetzt hoppladihopp gehen.

Ich ziehe mich an und fahre nach Droggendiel. Auf dem Hof treffe ich erst mal auf Herrn Dr. Gottke, der in einem intensiven Gespräch mit Hildegard versunken scheint. Als er mich erblickt, hellt sich seine Miene über dem rosafarbenen Hemd schlagartig auf, während ich am liebsten die Flucht antreten würde. Ich muss nämlich dringend ins Haus. Mein Bauleiter wartet. »Guten Morgen!« Herr Dr. Gottke strahlt mit seinem grellen Hemd um die Wette.

»Ich habe gerade erzählt, wie wunderbar ihr euch versteht, die Lea und du.« Hildegard zwinkert mir höchst auffällig zu. »So etwas Großes wie die Sanierung dieses Hauses schweißt einfach zusammen.« Wieder zwinkert sie, als wäre ihr ein halber Ast ins Auge gefallen.

Ich ringe mir ein Lächeln ab und füge mich meinem Schicksal, hier und jetzt mit dem Notar zu plaudern. »Lea und ich waren im Baumarkt und haben zusammen Parkett ausgesucht. Außerdem hat Lea ihre Leidenschaft für das Gärtnern entdeckt. Wollen Sie mal in den Garten schauen?« Gucken hilft ja immer wesentlich mehr als Worte, und vielleicht ist Dr. Gottke nach dem Blick in den Garten so abgelenkt, dass er sein eigentliches Anliegen vergisst.

Ist er. Ich aber auch.

»Toll!«, sagt er, und ich sage ebenfalls: »Toll!« Lea hat wohl zwischendurch unbemerkt von mir und allen anderen noch weitergearbeitet. Von irgendwoher hat sie alte Gartenstühle organisiert, die jetzt mit einem neuen knatterroten Anstrich unter dem alten Apfelbaum stehen. Ein Windspiel hängt in den Ästen und klingt leise und melodisch, während Dr. Gottke, Hildegard und ich diesen durch Leas Hand irgendwie verzauberten Garten betrachten.

Synchron zucken wir alle drei zusammen, als sich ein Fenster öffnet und Herr Lüttke ruft: »Frau Ellenberg!«

»Ich komme!«, brülle ich zurück und sehe zu, dass ich mich verabschiede. Was für ein Stress am frühen Morgen.

Auch der bisher so tiefenentspannte Herr Lüttke hat heute Stress. Seine grau melierte George-Clooney-Frisur sitzt nicht akkurat, und als er feststellt, dass der Elektriker im Erdgeschoss mal ganz frisch und frei die falsche Schalterserie montiert hat, rauft er sich sogar die Haare. Mir ist mehr nach Schreien zumute. Oder danach, mit Gegenständen zu schmeißen. Stattdessen wiederhole ich gebetsmühlenartig: »LH 210.« Das sind nämlich die Schalter, die an der Wand sein sollten.

»Sie wollen nicht zufällig die nehmen? Die sind ja auch nicht schlecht …«, versucht der Elektriker sich in aktiver Deeskalation, aber ich schüttle energisch den Kopf. Die Schalter sind kalkweiß und eckig, womit sie optisch sicherlich hervorragend in einen Bunker passen würden, aber nicht in das gemütliche Eigenheim der Frauen der Familie Ellenberg.

»Okay. Die andere Serie muss ich aber dann noch bestellen. In Spermienweiß?« Er blickt mich fragend an.

»Spermienweiß?«, frage ich konsterniert zurück.

Herr Lüttke wedelt mit den Händen. »Na, so cremeweiß«, übersetzt er dann den Elektrofachmann-Jargon.

Ich nicke. »Ja, bitte.«

»Wenn ich eine andere Serie bestelle, dann kann ich die aber nicht mehr montieren, bevor wir die Ausgleichsmasse gießen. Wegen der Lieferzeit«, gibt der Elektriker zu bedenken und kratzt sich am Kopf.

»Hm«, macht Herr Lüttke und kratzt sich das Kinn.

Ich beschließe, dass das nicht mein Problem ist, und gucke ein wenig aus dem Fenster.

Herr Lüttke und der Elektriker tuscheln. Ich tue weiter unbeteiligt, bis ich Herrn Lüttke nach oben folge und wir mit einem Stift auf den Wänden herumkritzeln.

»Wir werden am 26. Juli einziehen«, sage ich fest, nachdem alle Schalter und Steckdosen auf die Wand gemalt sind. »Das weiß ich wohl«, entgegnet Herr Lüttke. »Aber Bau ist Handwerk, und da kann es auch mal zu Verzögerungen kommen.« Er sagt das, als wäre diese Aussage das in Stein gemeißelte erste Gebot der Handwerker-Innung. Vermutlich will er noch etwas zur Ehrenrettung seiner speziellen Gattung sagen, denn er guckt aus dem Fenster, als wollte er nach ein wenig Inspiration fahnden, als er plötzlich tonlos sagt: »Da steht eine Kuh.« Ich folge seinem Blick und ja: Da steht eine Kuh. Vermutlich Lady Gaga. Genau weiß ich das nicht, weil Kühe dann ja doch meistens recht starke Verwandschaftsähnlichkeiten aufweisen. Aber da sie nicht alleine ist, sondern Bauer Weidemann sie hinter sich her zieht, liegt die Vermutung nahe.

Im nächsten Moment kommt der Graf um die Ecke. Er trägt ein strahlend weißes Hemd und reckt sich einmal kurz. Ich glaube, er will schauen, ob mein Auto da ist.

Mein Herz macht einen kleinen Freudensprung. Die sonderbare Entdeckung seines Promi-Status scheint es nicht daran zu hindern, ihn sehr zu mögen. Der Rest von mir ist allerdings sehr irritiert, weil Erik mir offensichtlich nicht vertraut. Sonst hätte er mir das ja alles erzählen können.

»Wo kommt denn die Kuh her?« Herr Lüttke ist sichtlich verwirrt.

»Wir sind doch auf dem Land. Da gibt es schon mal Kühe im allgemeinen Verkehr.«

Was Herrn Lüttke nicht wirklich weiterzuhelfen scheint. Vermutlich ist er häufiger in urbaneren Gebieten unterwegs, wohingegen ich mich mittlerweile schon ganz gut akklimatisiert habe und Kühe im Vorgarten gar nicht mehr so sonderbar finde.

Plötzlich fällt mir wieder Herr Dr. Gottke ein, den ich einfach so im Garten habe stehen lassen. Ich eile die Treppe hinunter und laufe hinaus.

Herr Dr. Gottke sitzt in hübscher Eintracht mit Hildegard unter dem Apfelbaum. Sie trinken Kaffee – oder Schnaps, bei Hildegard kann in Tassen ja alles Mögliche drin sein – und unterhalten sich angeregt.

»Und? Konnten Sie alles regeln?«, fragt der Herr Notar freundlich.

»Ja. Alles geklärt. Ich muss noch mal schnell zum Nachbarn«, sage ich, bevor mir bewusst wird, was ich da eigentlich rede. Ich will gar nicht zu Erik, dem Verheimlicher. Aber irgendwie ist das immer noch besser, als mich jetzt zu Hildegard und dem Notar zu setzen.

»Eine gute Nachbarschaft ist ja auch immens wichtig«, sagt Herr Dr. Gottke ernst und nickt, um seinen Worten mehr Gewicht zu verleihen. Hildegard kichert. Anzüglich und mit einem Glitzern in den Augen.

»Wir haben hier eine ganz hervorragende Nachbarschaft«, setzt sie den Notar in Kenntnis, während ich auf dem Absatz kehrtmache.

Auf dem Hof treffe ich auf Erik. Er begrüßt mich, dann beugt er sich vor und küsst meine Stirn. Ich bin ja eigentlich immer noch entrüstet über seine heimliche Vergangenheit, komme aber nicht umhin, mich darüber zu freuen. Aber wahrscheinlich hat er meine Stirn nur geküsst, weil er sich für einen Kuss auf die Lippen hätte ziemlich tief hinunterbeugen müssen. Trotzdem finde ich diese Geste ungeheuer sexy und männlich. Und dabei bin ich gerade ja eigentlich nicht gut auf ihn zu sprechen. Sind vermutlich wieder Horden von Hormonen in meinem Blutkreislauf unterwegs, die mir ein normales und angemessenes Verhalten unmöglich machen.

»Ich möchte dir jemanden vorstellen«, sagt Erik, fasst mich an der Hand und zieht mich einfach hinter sich her.

Hinter der Hausecke, auf seinem Hof, steht ein Fotostudio. In echt! Mit schwarzen Schirmen und Menschen mit Kameras und all diesen Dingen. Und das alles morgens um neun.

Erik schlängelt sich zwischen dem ganzen Equipment hindurch und steuert auf eine Frau zu. Rote Locken, roter Lippenstift, grüne Augen. Es scheint ein weiblicher Automatismus zu sein, dass ich augenblicklich das Kreuz durchdrücke, um ein wenig größer zu wirken, und die Frisur schüttle, um eventuelle Baustellenrückstände zu entfernen. Sie trägt einen hocheleganten schwarzen Hosenanzug, ich abgetretene Chucks und eine Jeans mit Löchern drin. Seit ich Bauherrin bin, ist mein Klamottenstil mehr als schlampig. »Charlotta.« Erik zieht mich neben sich, und ich komme gar nicht dazu, mich zu wundern, warum er mich plötzlich mit meinem vollen Namen anspricht, weil ich noch so beschäftigt bin, diese elegante Frau in seinem Garten anzustarren. »Das ist Henriette von Wiesbach. Meine Haus- und Hoffotografin.«

»Ich freue mich sehr, dich kennenzulernen.« Henriette von Wiesbach hat lustigerweise eine völlig unpassend hohe Stimme und klingt ganz entfernt wie Kermit der Frosch.

»Gleichfalls«, sage ich schwungvoll und schüttle ihre hingehaltene Hand.

Erik legt mir den Arm um die Schulter. »Und das ist Charlotta Ellenberg. Meine Nachbarin, in die ich mich verliebt habe.« Das macht mich dann doch ganz kurzfristig sprachlos. Manchmal ist Erik von einer fast kindlichen Direktheit, die eigentlich nicht zu dem großgewachsenen und ernsten Mann passt. Aber ich freue mich über seine Worte, was natürlich nichts an meiner Empörung über seine Heimlichtuerei ändert. Und wenn, dann nur ein kleines bisschen.

Henriette mustert mich kurz unverhohlen, aber nicht unfreundlich, und schickt sich dann an, eine riesige Kamera in einen Lederkoffer zu fummeln.

»Ich hole uns einen Kaffee«, sagt Erik und verschwindet.

»Es ist schön zu sehen, wie Erik hier lebt.« Sie hat ihre Kamera verstaut und blickt ihm hinterher, dann schüttelt sie sich mit einer ungeduldigen Bewegung eine Strähne ihrer Mähne aus dem Gesicht.

»Hier ist es ja wirklich ländlich«, vertraut sie mir an und richtet sich wieder auf. Ganz leicht verzieht sie das Gesicht. »Für mich wäre das nichts, aber ich glaube, Erik hat sich immer nach so einem Bullerbü gesehnt. Außerdem war es mal eine wirklich nette Erfahrung, eine Kuh zu fotografieren. Vor allem weit weniger anstrengend als die ganzen Models, mit denen ich es sonst zu tun habe.«

»Wofür sind die Fotos denn?«, frage ich scheinheilig, einfach weil ich das Gefühl habe, mich irgendwie am Gespräch beteiligen zu müssen.

»Für eine neue Homepage und Prospekte. Es wird eine neue Linie geben, die nur aus reinen Bioprodukten besteht. Und wir wollen zeigen, woher diese Zutaten für die Schokolade kommen. Unter anderem eben die Milch der Kuh Lady Gaga aus dem Norden von Deutschland.« Sie lächelt zufrieden.

Erik kommt zurück und trägt mit erstaunlicher Eleganz drei Tassen samt Unterteller in seiner linken Hand.

Ich nippe an meinem Espresso, während Erik noch ein paar Worte mit Henriette wechselt. Die beiden wirken vertraut im Umgang miteinander, als würden sie sich schon sehr lange kennen. Ich fühle mich ein wenig überflüssig, obwohl mir keiner von beiden dieses Gefühl vermittelt. Ich fühle mich halt so.

»Ich muss los.« Sie busselt erst Erik, dann mich und verabschiedet sich samt Equipment und Gefolge.

Wir setzen uns auf die Treppenstufen zu seinem Haus und beobachten, wie die zwei Kleintransporter vom Hof rollen.

»Warum hast du mich als Charlotta vorgestellt?«

»Weil dein Name so schön ist. Lotta ist auch schön, aber Charlotta Ellenberg ist wirklich melodisch.« Er klingt ein wenig erstaunt, als wäre meine Frage sonderbar. Dazu mustert er mich plötzlich intensiv von der Seite.

»Stimmt was nicht?«, fragt er vorsichtig.

»Ach …«, setze ich zögerlich an, bis es plötzlich aus mir herausbricht: »Hast du deinen Namen mal bei Google eingegeben?« »Oh«, sagt er und guckt betroffen in seine kleine Kaffeetasse. Eine Weile schweigen wir. Ein unangenehmes Schweigen. Wie die vielbesagte Ruhe vor dem Sturm.

»Das ändert ja grundsätzlich nichts an unserer Situation«, sage ich schließlich. »Ich hätte nur gerne den einen oder anderen Hinweis darauf gehabt. Verstehst du? Das war ja irgendwie ein wichtiger Teil deines Lebens.«

Wieder sagt er nichts, aber er beißt die Zähne zusammen. So fest, dass ich den Kiefermuskel arbeiten sehe.

»Hör auf damit.« Ich ramme ihm den Ellbogen in die Rippen. »Davon fallen einem die Zähne aus.«

»Echt?« Er guckt mich mit großen Augen an, wird aber gleich wieder ernst. »Es spielt keine Rolle. Dieser sonderbare Promistatus ist nicht wichtig.«

»Natürlich nicht«, antworte ich. »Aber du hättest es erwähnen können, wie man ja auch eine Laktoseintoleranz irgendwann erwähnt. Oder so …« Blöder Vergleich.

»Laktoseintoleranz …« Erik kneift die Augen zusammen, aber in seinem Mundwinkel zuckt es leicht. Unwillig schüttle ich den Kopf. »Na, du weißt doch hoffentlich, was ich meine.«

»Ich war irgendwie froh, dass du das nicht wusstest. Dass du für diese ganzen Klatschzeitschriften nichts übrig hast. Es ist bitter, wenn plötzlich dein ganzes Privatleben an die Öffentlichkeit gezerrt wird und du nichts dagegen tun kannst. Auch nicht dagegen, dass die Journalisten schreiben, was sie wollen.« Seine Stimme klingt rau. »Vielleicht bin ich deswegen einfach vorsichtig geworden. Oder ein Geheimniskrämer.«

Irgendwie kann ich ihn verstehen. Auch wenn ich mir gewünscht hätte, dass er es mir erzählt.

In meinem Mund tummeln sich plötzlich unglaublich viele Worte, die ihn schließlich schlagartig verlassen. »Mein Ex hat mich vier Tage vor der Hochzeit sitzen gelassen«, schießt es aus mir heraus. Es war wie niesen. Unmöglich, es zu verhindern. Vielleicht ein Versuch meines Unterbewusstseins, ihm zu beweisen, dass er vor mir kein Geheimniskrämer zu sein braucht. Weil ich ihm gerade das problematischste Problem meines Lebens anvertraue. Dass Männer vor mir flüchten.

»Der, den du im Baumarkt getroffen hast?«, fragt er betroffen.

Ich nicke.

»Man sollte ihm noch nachträglich eins auf die Fresse hauen«, sagt der Graf und klingt dabei so ernsthaft entrüstet, dass es schon fast witzig ist.

»Erzählst du mir davon?«, fragt er im nächsten Moment und greift nach meiner Hand. Ich denke kurz nach. »Ja«, sage ich zu meinem eigenen Erstaunen. »Aber nicht jetzt. Jetzt muss ich ins Büro.« Da sollte ich nämlich schon seit über einer Stunde sein.

»Ich denke, du hast gerade keine Übersetzung. Du könntest dir mal Urlaub gönnen.«

»Ich muss aber dafür sorgen, dass ich nach meinem Umzugsurlaub auch wieder etwas zu tun habe. Und deshalb einige wichtige Gespräche führen.«

Ich will gerade aufstehen, da sagt Erik: »Es war eine sehr böse Trennung. Und das nicht, weil wir beide so schlechte Menschen sind, sondern weil die Umstände so schwierig waren.«

Prompt setze ich mich wieder. »Einvernehmliche Trennung ist ja meistens gelogen. Ich glaube, die gibt es gar nicht.«

»Ich …«, setzt er an, schweigt dann aber plötzlich wieder, als würde er intensiv nachdenken. Die Fertigstellung des aktuellen Gedankens scheint noch nicht abgeschlossen zu sein, und so warte ich ab.

»Ich bin hierhergekommen, um das alles zu verarbeiten. Ich habe geglaubt, dass ich niemals wieder Gefühle dieser Art entwickeln könnte. Das habe ich mir eingeredet, bis du vor ein paar Wochen morgens die Tür aufgemacht hast.« Er räuspert sich und dreht sich ein wenig zu mir.

Ich habe doch auch »Gefühle dieser Art«. Aber ich kann nichts sagen. Ich mag diesen Mann so sehr.

»Bitte google mich nicht mehr. Es stehen einfach zu viele Lügen da drin …«, sagt er. »Ich glaube, dass wir beide ziemlich beschissene Erfahrungen hinter uns haben. Wir werden zwangsläufig darüber reden müssen. Aber nicht jetzt. Jetzt musst du ins Büro, und ich muss Schokolade rühren.« Sein Lächeln wirkt angestrengt und seine Hand, die immer noch meine hält, ist irgendwie kälter als noch vor wenigen Minuten.

Er öffnet den Mund, als wollte er noch etwas sagen, schweigt dann aber und gibt mir stattdessen einen zarten Kuss auf die Wange. Ich bekomme Beklemmungen, wenn ich an die ganze Geschichte mit Matthias denke. Und Erik scheint es nicht anders zu gehen, wenn er an seine Vergangenheit denkt. Sag ich doch: Wir passen zusammen!

Irgendwie froh und erleichtert sitze ich eine halbe Stunde später in meinem Büro und versuche die wild kreisenden Gedanken in meinem Kopf abzustellen, während ich die Mail mit den aktuell anstehenden Projekten meines Verlages lese. Es scheint eine wunderbare Fügung zu sein, dass ich alle meine zukünftigen Abgaben so legen kann, dass ich erst nach dem Umzug wieder richtig einsteigen muss. Dabei geht mir zwar etwas Geld verloren, aber das kann ich durch das Geld von Oma ausgleichen. Gerade will ich mich meiner aktuellen To-do-Liste widmen, als mein Handy klingelt. Die Nummer verheißt nichts Gutes.

»Mama landet nächsten Samstag um vier!« Oleang-Do vom anderen Ende der Welt.

Hä? Welche Mama? Meine Mama? Ja, Gott bewahre!

»Wie jetzt?«

»Liebe Mama kommen. Für Vorbereitung Umzug! Für liebe Tochter!« Dies ist eine verschlüsselte Botschaft. Zweimal das Wort »lieb« in einem Satz. Übersetzt in meine Sprache und Kultur bedeuten seine Worte Folgendes: »Reiß dich am Riemen, Lotta! Ich weiß, wie verdammt anstrengend deine Mama ist, aber ICH liebe sie trotzdem. In unserer Kultur geht Familie über alles, und deshalb kommt sie zu euch, um ein wenig im Weg herumzustehen und eure Auren zu streicheln. Und weil das wirklich extrem lieb ist, freu dich. Und das bitte jetzt!«

»Oh. Äh. Super«, sage ich schwach. Samstag. Das ist schon in acht Tagen.

»Jaaaa! Du holst Mama aus Flieger?«

»Natürlich«, erwidere ich. Kaum hat er aufgelegt, rufe ich Lea an und habe jeden ihrer Mitbewohner einmal am Ohr, bis ich endlich bei ihr lande.

»Mama kommt«, schnauze ich sie an.

»Ja, und?«, fragt sie trocken zurück.

»Ich werde verrückt! Die fehlt mir noch.«

»Wieso? Die kann dir doch packen helfen.«

»Das ist jetzt nicht dein Ernst. Mama kann Auren therapieren, aber keine Umzugskartons packen.«

»Therapier du mal deine negative Einstellung. Ich denke, deine To-do-Liste ist so voll. Jetzt hast du Hilfe. Sieh es doch mal positiv«, spricht die Schwester mit den vielen unbekannten Talenten und legt auf.

Ich bin so verwirrt, dass ich minutenlang nichts tue und mich dann kurzerhand konzentriert der aktuellen To-do-Liste widme, ohne weiter an meine Mutter, Lea, das Haus oder Erik zu denken. Vielleicht steigt auch leichter Rauch aus meinen Ohren auf, aber das weiß ich nicht, ich bin ja schließlich abgelenkt.

Kapitel 27

Wenige Tage später sitzt meine Mutter im Wohnzimmer auf dem Fußboden, wo sie dem Auftrag nachkommt, meine Bücher zu sortieren. Sie singt leise, und hin und wieder läutet sie eine kleine Glocke. Nein, ich weiß nicht, was das soll, aber ich nehme es einfach mal so hin. Sie scheint in der Lage zu sein, Bücher zu sortieren und gleichzeitig zu meditieren. Durchaus faszinierend.

Ich packe derweil in der Küche. Es ist Pack-Wochenende, weil im Haus die Ausgleichsmasse trocknet und wir eh nichts tun können. Dafür muss in den nächsten zwei Wochen dann alles auf einmal passieren. Das Parkett muss gelegt, die Fliesen geklebt, die Badobjekte installiert werden. Und dann muss auch noch Farbe an die Wand. Das geht allerdings erst, wenn die Wände geschliffen wurden. Die Türen haben immer noch einen Lieferverzug, genau wie die Küche. In zwei Wochen ziehen wir ein.

Wenn ich an all das denke, wird mir ganz komisch im Magen. Packen hilft da ganz gut, denn es lenkt ab. Dabei muss ich wichtige Entscheidungen treffen, und zumindest in dieser Zeit ist mein Gehirn vollends mit der Frage ausgelastet, ob ich tatsächlich drei Dosenöffner brauche.

»Es hat geklingelt.« Meine Mutter steht plötzlich in der Tür, ihr buntes Kaftankleid um die Knie gerafft.

»Dann mach doch auf«, antworte ich. Haben die drei Dosenöffner es geschafft, mich so weit aus der Realität zu katapultieren, dass ich schon nicht mal mehr die Türklingel höre?

Meine Mutter schnauft, läuft aber in den Flur und betätigt den Türöffner. »Es ist deine Schwester«, ruft sie zwei Sekunden später, während offensichtlich eine Horde Nashörner oder Wasserbüffel die Treppe hinaufprescht.

»Toll.« Ich seufze und schiebe die drei Dosenöffner kurzerhand zurück in die Schublade.

Lea ist nicht allein. Mr. Boo läuft mit ängstlich eingeklemmter Rute schnurstracks in die Küche, macht einen weiten Bogen um unsere Mutter und springt mir in die Arme. Alex ist auch dabei. Sein Iro ist heute gelb. Zwar eine sonderbare Farbe für das Haupthaar, aber es harmoniert hervorragend mit seinen grauen Augen und beeinflusst seine manchmal doch etwas gefährliche Ausstrahlung durchaus positiv.

»Hallo, Lotta.« Lea guckt nur schnell in die Küche und läuft dann weiter ins Wohnzimmer. »Krass. Hast du viele Bücher!«

Ich verdrehe kurz die Augen und nehme Mr. Boo auf dem Arm mit ins Wohnzimmer.

Alex steht neben Lea und sieht seltsamerweise ein wenig aufgeregt aus. »Mama!« Lea reißt sich endlich vom Anblick der vielen Bücher los und dreht sich schwungvoll um. »Das ist Alex, mein Freund.«

Ja, er ist aufgeregt. Weil er mit Lea zusammen ist und jetzt unsere Mutter kennenlernt. Ich fühle einen Stich im Herzen. Weshalb weiß ich nichts davon?

Zu dem Stich gesellt sich noch ein dumpfes Gefühl im Bauch. Ich bin doch ihre Schwester und sehe sie fast jeden Tag. Mir konnte sie es nicht erzählen. Kaum ist Mama da, platzt sie heraus mit ihrer Neuigkeit?

»Guten Tag, Frau Ellenberg.« Alex reicht Mama förmlich die Hand, zumindest versucht er es, doch sie reißt ihn gleich komplett an sich und herzt ihn. Dann tätschelt sie ihm die Wange, fährt über seinen signalgelben Iro und dreht sich einmal im Kreis, wobei sie geschickt die langen, bunten Stoffbahnen zu ihren Füßen koordiniert.

»Seit wann seid ihr denn zusammen?«, frage ich vorsichtig. Es ist nämlich so, dass ich von allen Anwesenden, außer Mr. Boo, völlig ignoriert werde.

»Och«, Lea winkt ab. »Schon eine ganze Weile.«

Das dumpfe Gefühl im Bauch verstärkt sich. Ich bin enttäuscht. Mama und Alex verschwinden in trauter Eintracht auf den Balkon. Meine Mutter hat mit ihren Argusaugen eine Zigarettenschachtel in Alex' Brusttasche entdeckt und ihn spontan angeschnorrt.

»Der zieht jetzt aber nicht bei uns ein«, zische ich, als die beiden verschwunden sind. Ich sehe mich schon morgens im Schlafanzug am Küchentisch hocken, während Alex seinen Iro in der Küchenspüle neu färbt und sieben Paar Schuhe in Größe 45 im Flur stehen.

»Möchtest du, dass ich seinen Besuch eine Woche vorher schriftlich anmelde?«, fragt Lea mich spitz. »Wir werden dann auch ganz bestimmt nur auf dem Küchentisch vögeln, wenn du schon im Bett bist.«

Zu so viel Gemeinheit fällt mir nichts mehr ein. Zumal ja auch immer noch die Enttäuschung an mir nagt. Und die Vorstellung, nicht nur mit meiner durchgeknallten Schwester zusammenzuleben, sondern auch gleich noch mit Teilen ihrer WG, lässt mir spontan das Blut kochen.

»Du hättest mir das wenigstens vor Mama erzählen können«, fauche ich sie an.

»Faxen! Es hätte dir ja auch mal selbst auffallen können«, knurrt Lea. »Außerdem brauchen Beziehungen auch Raum, um sich zu entwickeln. Da kann man nicht gleich jedem erzählen, dass man nun zusammen ist.«

Fassungslos sehe ich sie an. Woher will ausgerechnet sie etwas über Beziehungen wissen? »Ich bin nicht jeder, ich bin deine Schwester!«, entrüste ich mich. »Das hättest du mir sagen müssen!«

»Gibt es eine Verordnung im deutschen Schwesterngesetz?«, pampt Lea zurück.

»So ist es leider immer.« Meine Mutter und Alex haben zu Ende geraucht und stehen jetzt betroffen im Wohnzimmer. Mr. Boo zappelt in meinem festen Griff, und ich setze ihn auf den Boden. »Ihre Auren sind einfach sehr verschieden und kollidieren ständig miteinander. Es ist äußerst anstrengend.« Sie blickt Alex mit großen Augen an und nickt bedächtig. Aber Alex scheint sich von unserem Anblick erholt zu haben, denn er sagt fröhlich: »Ach, was. Die beiden haben gar keine so unterschiedlichen Auren. Die müssen nur mal anfangen, wieder richtig in Kontakt miteinander zu treten. Gute Kommunikation ist alles.«

Die Frauen der Familie Ellenberg schweigen ergriffen. Wieso sagt Alex so sonderbare Dinge?

»Ich bin Mediator. Also eine Art Streitschlichter«, fügt er noch hinzu, weil immer noch niemand etwas sagt. »Und ich kann nur sagen: Hinter jedem Konflikt steht ein nicht beachtetes Bedürfnis.«

»Hm«, macht meine Mutter und scheint ihre Augen gar nicht mehr von ihm wenden zu können.

»Hm«, macht Lea und starrt auf den Boden, während sie sich von innen auf die Wangen beißt.

»Hm«, mache ich erschöpft. Was ist der Vogel?

»Mediation ist nicht das mit den dicken Socken und der Yoga-Matte. Die Leute hören immer Meditation. Aber bei der Mediation geht es um Kommunikation.« Alex ist offensichtlich verwirrt von unserer Reaktion und versucht, weitere Erklärungen beizusteuern.

Meine Mutter beugt sich zu ihm hinüber, nimmt sein Gesicht in ihre langgliedrigen Finger, drückt ihm einen Kuss auf die Wange und haucht: »Wunderbar! Was auch immer du bist: Herzlich willkommen! Jetzt muss ich weiterpacken!« Und damit scheucht sie uns aus dem Wohnzimmer.

Im Gehen wendet Lea sich zu mir um. »Er ist völlig normal. Ungefähr hundert Prozent normaler als wir!«

»Jaja, schon gut. Er ist nett!«, zische ich zurück.

»Euch ist schon klar, dass ich euch hören kann?«, fragt Alex und lässt sich in der Küche auf einen Stuhl sinken.

»Und? Hast du mir erzählt, dass du mit dem Grafen unter dem alten Apfelbaum mehr getan hast, als nur den Sonnenuntergang zu betrachten?«, giftet Lea, als ich mich matt danebensetze.

Augenblicklich siedet wieder mein Blut. »Das ist etwas völlig anderes!«

Aus dem Augenwinkel nehme ich wahr, wie Alex' Kopf nach links schnellt, als Lea erwidert: »Das ist genau das Gleiche. Das, was da entsteht, ist manchmal so kostbar, dass man es einfach vor der Welt beschützen möchte. Zumindest so lange es geht.«

»Das hast du schön gesagt«, pflichtet Alex ihr leise bei. Meine Wut verraucht in dem Moment, als Leas philosophische Worte das Spracherkennungsprogramm in meinem Gehirn erreichen und ich erkenne: Sie hat recht.

Weil ich ja nun nicht mehr auf Lea sauer sein kann, beschließe ich, Alex anzumachen. »Wo hast du meine Schwester versteckt? Lass sie frei! Und wer ist diese Frau?« Anklagend deute ich auf Lea, die doch tatsächlich die Dreistigkeit besitzt, mich anzugrinsen.

»Ich habe ihr gleich gesagt, dass die The…«, setzt Alex an, aber Lea springt in diesem Moment so hektisch auf, dass der Stuhl polternd zu Boden fällt. »Huch«, sagt sie und richtet ihn wieder auf. »Wir müssen los!«

Sie hat Alex schon an der Hand gepackt und versucht ihn hinter sich her zu ziehen, aber er widersetzt sich und sagt zu mir: »Wir wollen zu einem Vortrag über Gewaltfreie Kommunikation bei der Volkshochschule. Kommst du mit?«

»Nein.« Eisern bleibe ich sitzen. »Ich habe nichts gegen ein wenig Gewalt in der Kommunikation, und außerdem muss ich mich jetzt entscheiden, ob ich drei Dosenöffner brauche oder nicht.«

Die beiden verschwinden. Ich hole die Dosenöffner wieder hervor, betrachte sie und zucke jedes Mal zusammen, wenn meine Mutter die Glocke läutet.

Das Spiel geht so lange, bis mein Handy klingelt. Es ist Erik. Mein Herz macht einen kurzen, hektischen Doppelschlag.

»Wollen wir essen gehen?«

»Ja!«

»Ich hole dich in einer halben Stunde ab?«

»Meine Mutter ist da!«

»Macht nix. Wir nehmen sie mit?«

»Oh Gott, nein!«

»Dann sage ich kurz Hallo und werde sie mit meinen unnachahmlichen Manieren kurzfristig um den Verstand bringen.«

»Guter Plan!«

»Ich weiß. Bis gleich!«

Exakt vierundzwanzig Minuten später klingelt er an der Tür. Er begrüßt meine Mutter höchst galant, die ihn interessiert betrachtet, sich dann aber relativ kommentarlos wieder ihrer Glocke, ihren Räucherstäbchen und ihrem Mondgruß – oder wie auch immer das heißt – widmet, und wir springen in sein Auto.

»Das war nicht so schlimm«, stellt er mit einem leichten Lächeln fest, als er das riesige Gefährt aus der Parklücke manövriert.

»Sie meditiert um diese Uhrzeit immer und ist nicht so wirklich da«, antworte ich lachend. Aber sie war nett zu Erik, das ist doch schon mal etwas. Nett, und schweigsam.

Erik biegt am Ende der Straße ab.

»Wohin gehen wir?«, frage ich und werfe einen Blick auf meine zerschlissenen Jeans und das farbfleckige T-Shirt. »Ich sehe seit Tagen aus, als ob ich unter einer Brücke wohne.«

»So sieht man aus, wenn man renoviert. Und noch eine ganze Weile danach, weil man seine guten Klamotten noch in den Umzugskartons hat.«

»Weißt du, was ich erschreckend finde?«

»Hm?« Erik wirft mir an der nächsten Ampel einen langen Blick zu.

»All diese Kisten muss man ja auch wieder auspacken!«

Erik lacht.

»Ich mache dir einen Vorschlag: Wir holen uns etwas vom Chinesen und fahren zu mir. Der Abend ist wunderbar warm. Vielleicht sollten wir ihn wieder unter der Kastanie verbringen?«

Oh, das klingt doch mal gut. Ich nicke enthusiastisch. Erik räuspert sich.

»Ich habe da schon mal etwas vorbereitet«, sagt er leise und deutet auf die Rücksitzbank. Mein Blick folgt seiner Hand, und ich entdecke zwei prall gefüllte Tüten, bedruckt mit dem Logo des besten Chinesen der Stadt.

Zehn Minuten später hocken wir auf einer roten Wolldecke unter der Kastanie, beobachten die vorbeiziehenden Wolken und essen aus sieben verschiedenen kleinen Schächtelchen. Erik hat vermutlich die Hälfte der Speisekarte bestellt.

Ich lege mich neben ihn ins Gras. Aus Versehen ein wenig zu nah, denn ich spüre seine Wärme ganz dicht neben meinem Körper. Für einen kleinen Moment bin ich befangen, aber Erik nimmt einfach meine Hand und zieht sie auf seinen Bauch.

»Erzähl mir von Lea und dir«, bittet er leise und dreht den Kopf zu mir.

»Was soll ich da erzählen?«, frage ich zurück. Es ist ja offensichtlich, dass wir zwei wirklich ungleiche Schwestern sind.

»Schafft ihr das? Dieses gemeinsame Jahr?«, fragt er vorsichtig. Ich denke nach und lasse die vergangenen Wochen Revue passieren.

»Ja, ich denke, dass wir das hinbekommen. Lea und ich hatten in den vergangenen Jahren nicht so viel Kontakt, wie wir jetzt haben. Sie hat sich irgendwie verändert«, sage ich und klappe den Mund fast schon erschrocken zu, denn ich erkenne, dass sie sich wirklich verändert hat.

»Vielleicht habe ich mich auch verändert«, füge ich leise hinzu. »Das Leben ist ja nie statisch. Immer gibt es Veränderungen.« Auch wenn man sie hasst.

»Wie hast du dich verändert?«, fragt Erik.

»Ich glaube, ich verstehe langsam, dass ich Lea manchmal gar nicht richtig zugehört habe. Sie hat durchaus sehr brauchbare Einfälle. Wenn man zum Beispiel ihre Entscheidungsfindung bezüglich des Parketts betrachtet. Ich habe noch nie in meinem Leben so viele wichtige Entscheidungen getroffen wie an diesem Tag.«

Erik sagt nichts, aber er brummt einmal leise. Offenbar reicht das, um mich zum Weiterreden zu animieren.

»Ich glaube, ich habe nicht verstanden, dass sie mittlerweile sechsundzwanzig Jahre alt ist und ihr Leben auch irgendwie im Griff hat. Nur eben anders als ich.«

Wieder brummt Erik.

»Ich habe sie total bevormundet«, schießt es aus mir heraus, und ich gucke Erik erschrocken an.

»Ich glaube eher, du hast Verantwortung für sie übernommen. Weil deine Mutter das nicht konnte.« Eriks Stimme ist ganz leise, und ich muss die Tränen wegblinzeln.

»Das ist sehr viel für ein kleines Mädchen.« Seine Hand umfasst meine fester, und ich starre in die anbrechende Nacht, in der bereits die ersten Sterne am Himmel glitzern.

Wortlos zieht Erik mich dichter an sich heran, und so liegen wir eine ganze Weile, bis mich seine Wärme nahezu komplett durchdrungen hat.

»Erzähl mir was von dir«, murmle ich schläfrig, eingerollt an seinem Körper.

»Nicht jetzt«, flüstert er.

Stattdessen entrollt er mich behutsam, und dann lieben wir uns.

Kapitel 28

Das ist aber ein seltsames Klo.« Der Installateur kniet vor der Toilettenschüssel und starrt sie ratlos an.

»Was genau ist denn jetzt seltsam?«, frage ich vorsichtig. Es ist nämlich so, dass der Mann dort schon eine ganze Weile hockt und die ganze Zeit vor sich hin murmelt. »Oho«, murmelt er zum Beispiel. Oder auch »Hm«. Einmal hat er »Aha« gemurmelt, und da dachte ich schon, jetzt wird alles gut und er schreitet umgehend zur Installation, aber es war nur falscher Alarm. Eine Minute später brummte er »Neee« und ließ das Werkzeug wieder sinken.

»Das passt hier nicht«, sagt er jetzt und deutet anklagend mit einer Zange auf irgendeinen Teil an der Rückseite der Toilette.

»Aber es ist doch nur ein Standard-Klo und nix Exotisches. Und der Anschluss ist auch Standard, oder etwa nicht?«

Er guckt nur, sagt aber nichts. Ich glaube, dass er glaubt, dass ich mit dem Klo unter einer Decke stecke.

»Lotta!«, brüllt Lea plötzlich so laut durch das ganze Haus, dass der Installateur erschrocken zusammenzuckt.

»Ja, verdammt! Ich komme gleich!«, brülle ich zurück. Der Installateur guckt verschreckt.

Wir hätten laut meiner To-do-Liste gestern anfangen

müssen zu putzen und alles für den Umzug vorzubereiten. Leider ist noch nichts da, was man putzen könnte. Und wir ziehen in sieben Tagen ein. Weswegen der Begriff »Eigenleistung« eine ganz neue Bedeutung bekommen hat. Zur Zeit streichen wir überall dort, wo wir nicht im Weg sind.

Deswegen verständigen wir uns auch seit zwei Tagen nur noch brüllend. Nicht etwa, weil es hier so laut ist, sondern weil unsere Nerven bis auf einen kleinen feinen Faden durchgescheuert sind, der bei der geringsten weiteren Belastung zu reißen droht. Brüllen scheint irgendein Selbstregulationsversuch des Körpers zu sein, diesem drohenden Unheil entgegenzuwirken.

Lea brüllt wieder meinen Namen, und alle Handwerker im Erdgeschoss halten kurz in ihrer Tätigkeit inne. Lea kann nämlich wirklich gut brüllen.

»Komme!«, brülle ich zurück und lasse den ratlosen Installateur allein vor dem Klo sitzen.

»Kleb. Die. Decke. Ab!«, knurrt Lea, als ich zu ihr in den Flur gerannt komme.

»Ja, doch!« Mir ist schon klar, dass sie seit über zwanzig Minuten darauf wartet, dass ich das tue, aber ich musste den Installateur psychologisch betreuen, damit wir irgendwann mal ein funktionierendes Klo haben werden.

Das klingt alles ganz fürchterlich, fühlt sich sonderbarerweise aber gar nicht so an. Als mich diese Erkenntnis ereilt, habe ich kurzfristig Angst, mich bei meiner Mutter mit ihrer Esoteritis angesteckt zu haben. Aber es ist tatsächlich so.

Ich bin geheilt von meiner Methatesiophobie! Sie ist weg! Im Gegenteil! Seit ungefähr einer Woche bin ich die Heldin der Veränderung. Vielleicht ist es auch nur purer Fatalismus, aber ich kann plötzlich hervorragend unausweichliche Schicksale wie vergessene Lichtschalter, fehlende Fußleisten, auf Nimmerwiedersehen verschwundene Handys und deren Konsequenz für die Zukunft sehr gelassen hinnehmen. Ich entscheide wichtige Dinge förmlich im Schlaf und zittere nicht vor Angst, welch bösartige Heimsuchung uns als Nächstes bevorsteht.

Mit ernster Miene greife ich in die Seitentasche meiner Arbeitshose, die ich mir im Internet bestellt habe, und ziehe das Klebeband mit der mittleren Stärke hervor. Wir haben zum Zerreißen gespannte Nerven, aber wir geben unser Bestes.

Mein Bestes ist die Präzision. Immer dort, wo es auf den Millimeter ankommt, werde ich gerufen. Lea nannte mich gestern sogar fast ehrfürchtig »Präzision-Lotta«, als ich fast dreißig Minuten lang damit verbrachte, einen sehr krummen Türrahmen abzukleben.

Ich mache mich an die Arbeit, werde aber nur wenige Minuten später grob unterbrochen. »Ihr könnt mir nicht das ganze Klebeband wegnehmen!« Meine Mutter steht im Flur. Ihre Augen blitzen gefährlich, und ihre böse Miene wird durch die großzügig in ihrem Gesicht verteilte pinke Farbe nur wenig abgemildert. Mama ist nämlich seit zwei Tagen, also seitdem wir brüllen, im Keller und streicht ihn pink. Außerdem räuchert sie, verteilt Bergkristalle und singt.

Der Keller ist nicht wichtig. Ihn könnten wir auch noch getrost drei Jahre nach unserem Einzug streichen, schließlich gibt es hier oben sehr viele, existenziell wichtige Arbeiten, aber meine Mutter meint, der Keller ist das Wichtigste im ganzen Haus. Zumindest rein energetisch-feinstofflich-esoterisch betrachtet. Das hat sie auch den Handwerkern erklärt. Seitdem haben sie Angst vor ihr und setzen keinen Fuß mehr in den Keller.

Sie haben auch Angst vor Lea, weil die so brüllt und immer gleich anfängt, mit harten Gegenständen wie zum Beispiel Kneifzangen zu schmeißen. Nur vor mir haben sie keine Angst, womit die gesamte handwerkliche Kommunikation an mir hängen bleibt.

Aber mittlerweile bin ich tatsächlich in der Lage, auch das einfach so hinzunehmen. »Frau Ellenberg?«, ertönt ein Ruf aus dem Erdgeschoss.

»Kleb das ab!«, faucht Lea und packt mich fest am Fußknöchel, um mich daran zu hindern, von der Leiter zu steigen und dem Rufenden entgegenzueilen.

»Ich brauche auch Klebeband«, klagt meine Mutter.

Ich trete nach Lea (treffe aber nicht), ignoriere meine Mutter und klettere die Leiter hinunter. Dann drücke ich meiner Schwester das Klebeband in die Hand und meiner Mutter eine zweite Rolle, die ich aus den Tiefen meiner Handwerkerhose zerre.

»Manchmal müssen wir tun, was getan werden muss. Ränder kleben ist kein Hexenwerk. Das kannst du auch!«, und renne die Treppe hinunter.

»Hallo?«, ruft es erneut. Die Handwerker im Erdgeschoss murmeln einstimmig, vermutlich teilen sie dem Rufenden mit, dass ich im Obergeschoss weile, aber ich bin schneller.

Als ich am Gästebad vorbeikomme, höre ich: »Bin ich jetzt doof oder geht das nicht?« Das macht mich nicht froh, aber jetzt ist Herr Lüttke dran, der mich sucht.

»Wir haben zwei Türen!«, begrüßt er mich enthusiastisch, als ich ihn in der Küche finde.

Er klingt, als hätte er ein Heilmittel gegen Krebs gefunden. Fehlt nur noch, dass er ein paarmal in die Luft boxt und einen Salto rückwärts schlägt.

»Zwei von fünf«, entgegne ich düster.

»Also, Frau Ellenberg!« Er sieht mich entrüstet an, während die freudige Erregung von ihm abzufallen scheint.

»Eine davon ist sogar die Tür für das Badezimmer im Obergeschoss. Das ist doch ganz fantastisch.«

Das ist natürlich eine fantastische Nachricht. Dann kann Alex mir nicht beim Pipimachen zugucken. Toll. »Und die andere?«

Er blättert durch seine Unterlagen. »Die passt in die beiden Schlafzimmer oder das Büro.«

Ich werde also entweder in Ruhe arbeiten oder schlafen können. Mit vor der Brust verschränkten Armen gucke ich hoch zur immer noch ungestrichenen Decke. In Leas Zimmer kommt sie schon mal nicht. Eine Tür ist für Lea ungefähr so sinnvoll wie rot lackierte Nägel bei einer Mount-Everest-Besteigung, sie lässt sie sowieso immer offen stehen.

Der Mann in der roten Latzhose taucht neben uns auf und drückt mir wortlos einen Kaffee in die Hand. Er ist mein neuer bester Freund. Eigentlich sogar mein heimlicher Mentor. Denn abgesehen davon, dass er immer sehr viel, sehr guten Kaffee in einer Thermoskanne mit sich führt und ihn mit mir teilt, habe ich etwas ungemein Wichtiges von ihm gelernt. Er sagt nämlich zu jeder Gelegenheit (ob unpassend oder passend): »Entspannen Sie sich, Frau Ellenberg. Gerannt wird nur in Filmen.« Nach diesem Motto lebt und arbeitet er. Und während ich Schnappatmung bekomme und meine Schwester anbrülle, bleibt er locker und arbeitet. Ohne Hektik, ohne Stress. Und erstaunlicherweise ist er damit schneller als ich, die in ihrem Stressmodus gerne mal einen ganzen Farbeimer umkippt und den Rest des Tages dann fluchend auf Knien versucht, das zarte Ocker vom neuen Parkett zu bekommen.

»Frau Ellenberg?« Herr Lüttke sieht mich zweifelnd an und wedelt mit der Hand vor meinem Gesicht herum.

»Ja, äh. Eine Tür ins Bad oben, eine in Schlafzimmer Nr. 2.«

»Gut.« Er guckt auf das Klemmbrett in seiner Hand. Er hat drei davon. Eins in Rot, eins in Blau und eins in Schwarz. Ich glaube, das schwarze ist schwierigen Kunden vorbehalten. Wir haben nämlich mit dem roten angefangen, dann gab es eine Woche das blaue, und jetzt trägt er nur noch schwarz mit sich herum.

»Die Fliesen in den Bädern sind fertig. Schön geworden!« Er guckt hoch und nickt anerkennend. Ob er jetzt die Arbeit seiner Fliesenleger meint oder unsere Fähigkeit, Fliesen auszusuchen, bleibt offen.

»Herr Hillebot montiert heute noch die restlichen Badobjekte. Das Parkett oben ist auch fast fertig. Hier unten wird noch gespachtelt und geschliffen. Sie streichen oben selbst. Wir schaffen das schon!« Wieder freut er sich. So sehr, dass er Grübchen in der Wange bekommt. Hildegard wäre entzückt, aber ich starre ihn nur zweifelnd an.

»Nu ist er kaputt«, ertönt im selben Moment ein entrüsteter Ruf aus dem Gästebad. Herr Hillebot schießt um die Ecke und hält einen zerbrochenen Klodeckel anklagend in die Höhe.

»Was ist denn daran so schwierig?«, fragt Herr Lüttke seufzend und verschwindet zusammen mit Herrn Hillebot und dem zerstörten Klodeckel im Gästebad. Ich hoffe, dass sie zu zweit das Problem der Toiletteninstallation lösen werden. Wenigstens ein funktionsfähiges Klo zum Einzug wäre doch ganz wunderbar.

Ich bleibe zurück, stehe für einen Moment einfach nur herum und denke nach. Denn eine Frage drängt sich mir mitten in diesem Baustellen-Chaos förmlich auf: »Wann machen wir hier sauber?«

Die Wüste Gobi könnte nicht staubiger sein. Der ganze Schleifstaub der Wände ist nicht einfach nur lästig, er ist wie die Pest und mittlerweile in jede Ritze des Hauses gekrochen.

Dieser Gedanke veranlasst meinen Puls im Galopp zu springen, und ich versuche, ihn durch einen tiefen Atemzug wieder unter Kontrolle zu bringen, aber das hilft leider gar nichts. Ich fühle mich, als stünde ich ganz knapp vor der Schnappatmung. In diesem Moment bin ich definitiv der unentspannteste Mensch in ganz Droggendiel, was einen massiven Rückschlag für meine so hart antrainierte Gelassenheit darstellt.

Aber eins liegt glasklar auf der Hand: Wir werden hier einfach nicht fertig. Wir werden auf eine verstaubte Baustelle ziehen, ohne funktionierende Klos, ohne den Ansatz von Ordnung und mit Handwerkern, die uns täglich, und das vermutlich noch über Wochen, heimsuchen werden.

Diese Gedanken machen mir ganz weiche Knie, und ich lehne mich schwach gegen die staubige Wand in meinem Rücken. Im nächsten Moment kommt Lea polternd die Treppe heruntergetrampelt. Direkt vor mir bleibt sie stehen und starrt mich eindringlich an.

»Du siehst aus, als ob du gleich in Ohnmacht fällst.«

»Das wäre schön.« Ich finde diese Aussicht sehr verlockend. Dann müsste zwangsläufig jemand anders die Oberaufsicht über diese Katastrophe übernehmen.

»Komm mit raus!«

»Wie, raus? Wir müssen weitermachen, Lea«, sage ich schwach.

»Du kannst jetzt nicht in Ohnmacht fallen. Ohne dich weiß hier niemand, was zu tun ist. Mit mir sprechen sie nicht. Deswegen machst du jetzt eine Pause.«

Ich schüttle den Kopf und versuche mich an einem widerspenstigen Gesichtsausdruck, aber Lea klemmt mich quasi unter ihren Arm und schleift mich hinaus unter den Apfelbaum. Dort drückt sie mich ins Gras.

»Bist du irre? Alle arbeiten, und ich sitze hier herum, oder was?«, protestiere ich. Allerdings nur halbherzig. Schließlich habe ich es auch zugelassen, dass sie mich quer durchs Haus in den Garten transportiert.

»Sitzen bleiben!«, knurrt sie mich an, und ich füge mich meinem Schicksal. Mein momentaner Geisteszustand lässt ein weiteres Aufbegehren leider nicht zu.

Lea verschwindet geradezu wieselflink und taucht wenige Minuten später mit dem Grafen im Schlepptau wieder auf. Der führt auf einem kleinen Tablett mehrere Espressotassen und offensichtlich einen ganzen Haufen Pralinen mit sich. Elegant sinkt er neben mir ins Gras, steckt mir eine Praline in den Mund und übergibt mir eine Tasse.

Aha. Erik ist offenbar der mobile schnelle Eingreiftrupp gegen eine drohende schwesterliche Ohnmacht. Irgendwie süß von Lea. Ich glaube, ich habe das Wort »süß« bisher noch nie in Verbindung mit meiner Schwester benutzt.

Dann rückt der Eingreiftrupp dicht an mich heran und umschlingt mich mit den Armen. Bisher immer noch wortlos, wie ich anmerken möchte. Auch Lea schweigt. Zwangsläufig, weil sie eine Praline nach der anderen in ihren Mund stopft.

Ich lehne mich gegen Erik und schließe für einen Moment die Augen. Erik streichelt meinen Arm. Ganz sanft. Hoch und runter, nur mit den Fingerspitzen, was meine Haut angenehm prickeln lässt.

Nach ein paar Minuten der angenehmen Stille sagt Erik leise: »Mädels, wenn ihr nicht rechtzeitig fertig werdet, bekommt ihr bei mir Asyl.«

»Mein Zeitplan war brillant«, murmle ich, immer noch mit geschlossenen Augen, dicht an Eriks großen Körper gelehnt.

»Ach hör doch auf mit deinen Scheißplänen!«, keift Lea. Ich öffne die Augen wieder und starre meine Schwester an, die auf dem Rasen herumliegt und alle viere von sich gestreckt hat. Sie sieht zwar friedlich aus, hat aber wieder ihren scharfen Tonfall am Leibe.

Ich setze zu einer Erwiderung an, aber Erik kneift mich sanft in die Rippen. Es ist ja nun nicht so, dass ich mir das Wort verbieten lasse, aber gleichzeitig küsst er mein Ohr, was mich dermaßen aus dem Konzept bringt, dass ich schweige. Das war vermutlich Taktik, und nicht einmal die schlechteste.

»Ehen zerbrechen, während Häuser umgebaut werden«, sagt er trocken. »Ihr haltet euch doch ganz gut!«

»Stimmt. Wir haben nicht vor, uns zu trennen«, konstatiert Lea. »Bist du eigentlich immer so unfassbar vernünftig?«

»Das muss an meinem hohen Lebensalter liegen.«

Das Geplänkel zwischen den beiden geht noch eine Weile hin und her, aber ich klinke mich gedanklich aus.

Eigentlich ist es nämlich wunderbar, hier zu liegen. Der Garten duftet nach dem Sommer meiner Kindheit, die Sonne streichelt hin und wieder durch das dichte Blätterdach des Baumes über mein Gesicht, und Erik hält mich fest.

Und so trägt es sich zu, dass Dr. Gottke uns im Garten antrifft. Während ich fest umschlungen von Erik unter dem Apfelbaum hocke und Lea auf dem Rücken liegt wie ein Maikäfer, der vom Strauch gefallen ist.

»Die Damen!«, ruft er und bleibt vor uns stehen.

»Der Herr!«, antwortet Lea unverfroren und bewegt sich keinen Millimeter, während ich schon aufgesprungen bin, um dem bunten Notar die Hand zu schütteln. Auch Erik erhebt sich und begrüßt Herrn Dr. Gottke freundlich, nur Lea rührt sich immer noch nicht.

»Die Damen schuften wie die Maulesel und brauchten eine Pause«, erklärt Erik unseren etwas angeschlagenen Zustand.

»Ja, das ist schon bewundernswert, was die zwei hier zustande gebracht haben. Ist es genehm, wenn ich mir den Stand der Bauarbeiten direkt ansehe?« Fragend blickt er uns an.

»Wenn es genehm ist, dass wir hier liegen bleiben«, murmelt Lea mit einem Hauch Aggression in der Stimme.

»Wenn Sie mir versprechen, nicht über einen Farbeimer zu stürzen oder sich den Kopf anzuschlagen oder einen tödlichen Stromschlag zu erleiden, dann gerne«, sage ich. Der Notar lächelt milde und wandert bedächtigen Schrittes zum Hauseingang.

»Hätten wir ihm sagen sollen, dass Mama und die rosa Farbe im Keller sind?«, frage ich in die verbliebene Runde.

»Das wird er schon merken«, antwortet Lea und macht augenblicklich die Augen wieder zu. »Wenn man so ein sonderbares Hobby hat, muss man damit rechnen, auf sonderbare Menschen zu treffen.«

»Das ist nicht sein Hobby, das ist sein Job«, sage ich strafend in ihre Richtung.

»Und woran erkennt er jetzt, dass die schwesterliche Versöhnung voranschreitet und das Haus auf euch überschrieben werden kann? Ist jetzt keine wirklich messbare Größe, oder?«, fragt Erik vorsichtig.

»Vermutlich reicht es, wenn wir uns nicht anbrüllen und mit harten Gegenständen beschmeißen«, antworte ich hoffnungsvoll. »Bisher war er sehr freundlich und zuvorkommend.«

»Der Typ hat einen Tick. Einen Kontroll-Tick. Klar, dass du das gut findest«, brummt Lea, und augenblicklich möchte ich sie verhauen und vorher noch gegen das Knie treten.

»Ihr zwei«, sagt Erik. »Ihr schafft es wirklich, innerhalb einer Sekunde eine unselige Kettenreaktion zu verursachen. Und dabei seid ihr zuverlässig wie ein Schweizer Uhrwerk.«

»Und das alles ausgelöst durch den Pawlowschen Reflex der Renitenz bei Lea, sobald auch nur der Hauch einer Struktur oder eines Zwangs zu erkennen ist«, knurre ich.

»Du bist auch nicht ohne!«, ruft Lea empört und bewirft mich mit einem zusammengeknüllten Pralinenpapier. Und dann hört sie einfach auf, zickig zu sein, dreht sich auf die Seite und schließt die Augen.

Und auch ich entspanne mich augenblicklich wieder. So lange, bis Herr Dr. Gottke mit wiegendem Schritt und seligem Lächeln über den Rasen kommt, meine mit rosafarbener Wandfarbe bekleckerte Mutter im Schlepptau.

Kapitel 29

Ich habe Staub im Auge und blinzle wie verrückt, um wieder eine klare Sicht auf die Dinge zu bekommen. Die ist aber keinesfalls besser als mit Staub im Auge.

Lea setzt sich neben mich auf die Treppe. Mit einer Taucherbrille auf der Nase. Der Gummiriemen der Taucherbrille ist zu eng, sodass sie wie ein Bullterrier aussieht. Ihr dunkles Haar ist grau und ihre Haltung gebückt. Letzteres ist nicht so schlimm und wird sich in den kommenden Tagen wieder geben. Sie hat einfach nur die vergangenen vierundzwanzig Stunden auf den Knien verbracht. Wie ich auch. Und Erik. Und Hildegard. Alle, bis auf Hildegard, sehen seitdem leicht derangiert aus.

Nur Hildegard ist noch das blühende Leben. Sie hat die Fenster geputzt und duftet jetzt nach irgendeinem Reiniger mit Bergfrühlingseffekt.

Ich muss schon wieder Staub aus meinen Augen blinzeln. So dämlich Lea auch aussieht, die Taucherbrille hilft doch beträchtlich, die Augen staubfrei zu halten.

Im nächsten Moment kommt Erik die Treppe vom Obergeschoss heruntergewankt, während Lea neben mir die Beine ausstreckt.

»Melde gehorsamst!«, salutiert er vor mir. »Das Parkett im Obergeschoss ist staubfrei und frisch gedingst.«

Gedingst heißt in unserer Sprache, dass es mit dem Parkett-Spezial-Reiniger ausgiebig gewienert wurde. Nachdem es zuvor per Hand und unter Zuhilfenahme eines nebelfeuchten Baumwolltuchs (und nur das geht, sonst löst das Parkett sich in Luft auf, zumindest hat der fachkundige Baumarktmitarbeiter mir das versichert) vom »gröbsten Dreck« gereinigt wurde. Letzteres dauerte jetzt mal lockere zwanzig Stunden.

Heute kam auch schon die Notküche. Ein Mini-Herd, eine Mini-Spüle und der Einbaukühlschrank, der jetzt erst mal ohne seinen Einbauschrank bei uns herumstehen muss.

Meine Mutter ist bei mir zu Hause und hat den klar umrissenen Auftrag, den Rest meiner Habseligkeiten zu packen. Alex ist so freundlich und räumt Leas Zimmer aus. Morgen früh um acht kommt der Umzugswagen. Erst zu mir, dann zu Lea, und dann hierher.

Jetzt muss nur noch das Parkett im Wohnzimmer gereinigt und gedingst werden.

»Wo ist Hildegard?«, frage ich Erik. Der zuckt die Achseln und lehnt sich mit einem tiefen Seufzer gegen die Wand.

»Ich habe sie zuletzt in deinem Schlafzimmer gesichtet, wo sie die Heizkörper mit Substanzen abgeschrubbt hat, die bestimmt hochgiftig sind und eventuell auch radioaktiv strahlen.«

»Ah. Danke für die Information.«

»Bitte, Lotta. Für dich immer gerne«, sagt er und lächelt mich an, aber in seinem Lächeln schwingt etwas mit, das ich nicht deuten kann. Seit ein paar Tagen wirkt er angespannt. Als ich ihn gestern beim Parkett-Dingsen danach fragte, wirkte er im Bruchteil einer Sekunde noch angespannter, behauptete aber, es sei nichts. Ein schreckliches Verhalten, wie ich finde. Das verneinen von Offensichtlichkeiten. Da er aber im nächsten Moment wieder versucht hat, mich bewusstlos zu küssen, warte ich einfach ab. Zu viel mehr bin ich zur Zeit auch gar nicht in der Lage.

Erik öffnet gerade den Mund, um etwas zu sagen, als Hildegard ihm zuvorkommt.

»Feierabend. Die alte Frau muss ins Bett.« Sie schwingt fröhlich die Hüften, als sie die Treppe hinunterläuft, und sieht geradezu erholt aus. Ihre Kittelschürze, heute in einem kecken Mintgrün, leuchtet immer noch frisch und sauber, und sogar ihre Frisur sitzt perfekt.

»Catwoman«, raunt Lea mir zu und richtet kurz ihre Taucherbrille. Ich würde gerne widersprechen, aber mittlerweile muss selbst ich zugeben, dass durchaus eine gewisse Möglichkeit besteht, dass in Hildegards Ahnenreihe Superman beteiligt war. Diese Frau ist einfach unkaputtbar.

Fehlt noch, dass sie mir sagt, welch nette Abwechslung das hier mal zu ihrem normalen Alltag ist.

»Das haben wir aber sehr schön gemacht, Lotta! Macht ja auch Spaß, so richtig sauber machen, nicht? Bei mir ist ja immer sauber, da ist doch das Gefühl, mal richtigen Dreck wegzumachen wirklich erhebend.«

Wir schweigen erschüttert.

»Schön«, sage ich schließlich schwach. »Danke für deine Hilfe.«

»Wir sehen uns morgen. Ruf mich an, wenn ihr mit dem Umzugswagen von Leas Wohnung losfahrt.«

Hildegard winkt, und die Haustür fällt hinter ihr ins Schloss.

»Mach ich«, sage ich in Richtung Haustür.

»Geh packen. Ich erledige hier den Rest«, sagt Erik und

lehnt sich gegen das Treppengeländer. Er wirkt immer noch angespannt.

»Du willst den gesamten Fußboden im Wohnzimmer alleine machen?«, hauche ich fassungslos.

Erik nickt. »Ich werde jetzt 150 Gramm reinste Vollmilchschokolade essen, drei Espresso trinken, und dann geht es weiter.«

»Bis morgen!« Lea erhebt sich stöhnend von der Treppe, streift die Taucherbrille ab und verschwindet ebenfalls, um mit Omas gelbem Lupo nach Hause zu fahren.

Ich bleibe sitzen und warte, dass mich von irgendwoher ein Energieschub ereilt, damit ich auch endlich aufstehen kann. Als ich Erik ansehe, entdecke ich eine mir bisher unbekannte Denkerfalte zwischen seinen Augenbrauen. Außerdem scheint er ein wenig blass um die Nase herum zu sein. Ich will ihn gerade fragen, ob alles okay ist mit ihm, da kommt er mir zuvor.

»Lotta, hör mal zu«, sagt er leise und räuspert sich. Ich höre ja immer zu, das braucht man mir eigentlich nicht explizit zu sagen, deswegen liegt mir schon wieder ein grummelnder Laut auf der Zunge, aber Erik ist schneller. »Ich muss morgen weg. Obwohl ich dir versprochen habe, zur Not die ganze Nacht zur Verfügung zu stehen, aber es ist etwas dazwischengekommen. Ich stehe gleich am nächsten Tag ganz früh wieder auf der Matte.«

»Oh«, sage ich langsam und betrachte sein zerknirschtes Gesicht. »Kein Problem«, füge ich hinzu, obwohl das natürlich sehr wohl ein Problem ist. Ein exorbitant großes Problem, um genau zu sein. Ich habe mich schließlich fest auf ihn verlassen.

Unerwartet hebt Erik eine Hand und streicht mir über die

Wange. Die Haut prickelt unter seiner liebevollen Berührung, aber ich will nicht, dass sie prickelt. Ich will, dass Erik mir wie versprochen hilft, die gefühlten dreitausend Umzugskartons auszuräumen und die Lampen anzuschließen.

»Ihr werdet morgen sowieso nicht fertig«, sagt er. »Die Hauptarbeit wird übermorgen anstehen, und dann bin ich wieder da.«

»Oh«, sage ich erneut, weil mir nichts Besseres einfällt. Und weil ich die Zähne zusammenbeiße, um meine Enttäuschung zu verbergen. Ich bin doch schließlich Charlotta Ellenberg, ich kann alles allein. Zur Not auch umziehen.

Unfassbar müde und traurig fahre ich nach Hause, helfe meiner Mutter noch, die restlichen Sachen zu packen, gehe ins Bett, schlafe ein und habe das Gefühl, dass im selben Moment, genau dann, als mein armes, saumüdes Unterbewusstsein sich ins Reich der Träume erheben möchte, der Wecker klingelt. Selbst im Halbschlaf bin ich fassungslos. Wo bitte ist denn die Nacht geblieben?

»Aufstehen!«, flötet meine Mutter durch die geschlossene Schlafzimmertür, und zeitgleich ertönt ein Gong.

»Ha!«, mache ich verschreckt und sitze senkrecht im Bett. Es gongt wieder, und ich bin kurz gewillt, aus dem Zimmer zu stürmen und meine Mutter auf den Balkon zu sperren. Samt Gong, der in genau diesem Moment noch einmal gongt.

»Was machst du da?«, brülle ich. Natürlich weiß ich, was sie macht. Sie gongt den Gong, mit dem sie mir schon seit Tagen auf die Nerven geht. Nur warum tut sie es um halb sieben Uhr morgens?

»Ich reinige deine Wohnung«, ruft sie fröhlich.

»Uff!« Ich springe aus dem Bett und laufe ins Wohnzimmer. Es stinkt nach esoterischen Essenzen, leichter Rauch wabert durch den Raum, und meine Mutter gongt wieder.

»Reg dich nicht auf!«, sagt sie liebevoll. »Heute ist ein wichtiger Tag! Wir müssen deine Aura und alle anderen Energien darauf vorbereiten. Frühstück steht in der Küche.« Sie wedelt mich mit der Hand weg.

Schweigend laufe ich in die Küche und werfe einen Blick auf die Backofenuhr. 6:35 Uhr. In anderthalb Stunden kommt der Umzugswagen, und irgendwie steht hier immer noch so viel herum, was eigentlich schon verpackt sein müsste.

Ich schaufle den warmen Haferbrei in mich hinein, spüle das klebrige, aber bestimmt sehr gesunde Zeug mit Kaffee hinunter und packe weiter. Der Vorteil an zu viel Arbeit ist ja, dass man einfach keine Kapazitäten mehr frei hat, um aufgeregt zu sein und zu viel nachzudenken. Zum Beispiel über Erik, der mich schmachvoll hängen lässt. Oder über die Tatsache, dass ich heute mein altes Leben verlasse.

Bevor das melodramatische Gefühl auch nur den Ansatz einer Chance hat, sich breitzumachen, fange ich an, meinen Kühlschrank auszuräumen, mir die Haare zu bürsten, mich anzuziehen, noch mehr Kaffee zu trinken, meine Schlüssel zu suchen, und schon ist es acht, und es klingelt.

Meine Mutter stürzt aus dem Wohnzimmer. »Sie sind da!« Ihre Wangen glühen, und sie hat ein ganz leichtes, irres Glitzern in den Augen.

»Beruhige dich. Es sind nur die Männer vom Umzugsunternehmen«, sage ich. Sie sieht nämlich aus, als erwarte sie eine Delegation von Marsbewohnern, die sich ihren Gong anhören wollen.

Gleich darauf betreten fünf in klassischem Bleu gekleidete Männer meine Wohnung.

»Edgar Blesewitz. Vorarbeiter«, stellt sich der Erste vor, schüttelt mir die Hand und fragt übergangslos: »Wo fangen wir an?«

»Lotta Ellenberg. Wohnzimmer«, sage ich knapp und kann gerade noch meine Mutter zurückhalten, die voranstürmen möchte.

Die restlichen, durchweg sehr gut gebauten Herren laufen mit einem knappen Nicken an mir vorbei und tauchen nur einen Atemzug später mit mehreren Umzugskartons bepackt wieder auf. Es sind die Bücherkartons, auf die ich extra mit dickem rotem Stift »SCHWER« geschrieben habe. Einer von den fünfen trägt sogar drei Kartons übereinander.

»Äh, die sind schwer«, sage ich, während die Männer an mir vorbeimarschieren. Vier reagieren überhaupt nicht, während der fünfte ein »Hahaha!« von sich gibt.

»Nicht sehr gesprächig«, stellt meine Mutter fest. »Und sehr sonderbare Auren«, fügt sie nachdenklich hinzu.

»Lass uns im Schlafzimmer weitermachen, und lass die Auren der Umzugsleute in Ruhe«, sage ich und bekomme spontan vor Aufregung Schluckauf.

Jetzt gibt es kein Zurück mehr. All mein Hab und Gut zieht um.

Meine Mutter mustert mich nur kurz, dann sagt sie: »Lotta, entspann dich mal.«

Na, vielen Dank auch.

Eine Stunde später sieht es in meiner Wohnung schon beklemmend leer aus.

Da taucht plötzlich Sonja auf. Mit belegten Broten, heißem Kaffee und vier Rollen Klopapier.

»Kaffeepause!«, brüllt sie. Woraufhin die Umzugsmänner alles stehen und liegen lassen und sich erwartungsfroh vor dem Transporter versammeln, um sich an den dargebotenen Speisen zu laben.

Ich bekomme auch ein Brot und einen Kaffee. Und das Klopapier ist auch super, weil irgendjemand die halb leere Rolle im Bad offensichtlich ebenfalls eingepackt hat.

»Man muss sie regelmäßig füttern, sonst lässt die Arbeitsleistung nach«, sagt Sonja freundlich lächelnd und streckt mir noch drei Tafeln Schokolade entgegen.

»Daran habe ich nicht gedacht«, gebe ich zu. Ich war so mit Putzen, Verpacken, Enttäuschtsein von Erik und Rechtzeitig-fertig-Werden beschäftigt, dass ich die Verpflegung für alle Umzugsbeteiligten vergessen habe. »Danke!«, sage ich deshalb aus tiefstem Herzen, während die Herren es sich auf der Laderampe gemütlich machen, um auch noch den Schokoladenkuchen zu verspeisen.

»Ich arbeite mit Kleinkindern. Meine Hauptaufgabe ist es, sie regelmäßig mit Nahrung zu versorgen. Das geht in Fleisch und Blut über. Und du, entspann dich mal.«

Na, vielen Dank auch.

Irgendwann ist die Wohnung endgültig leer. Meine Mutter gongt noch ein wenig, räuchert mit sonderbar riechenden Dingen herum, und schon ist es Zeit, zu Leas Wohnung zu fahren. Mit dem Gong unter dem Arm läuft meine Mutter die Treppe hinunter, während ich noch einige Sekunden in meinem leeren Wohnzimmer stehe.

Ich werde mich am Montag bei allen Nachbarn verabschieden. Montag findet auch die Wohnungsübergabe an den Vermieter statt.

Ein klein wenig traurig schließe ich die Balkontür, lehne mich gegen die Wand und schaue für einen Moment ganz still in meine leere Wohnung. Ein Abschied, und ein Neuanfang. Mir ist mulmig zumute. Außerdem bin ich von den vergangenen Tagen erschöpft und müde. Die Tatsache, dass Erik heute nicht da sein wird, beschäftigt mich mehr, als ich zugeben möchte.

»Okay, los geht's!«, spreche ich mir selbst Mut zu und laufe zu meiner Mutter, die bereits im Wagen auf mich wartet.

Kurze Zeit später stehen wir vor Leas Wohnung. Die ungefähre Verweildauer des Umzugswagens hier beträgt eine Viertelstunde, und am längsten dauert der tränenreiche Abschied von allen WG-Bewohnern, die sich auf der Straße versammelt haben. Sieht ein wenig aus wie der Beginn einer Großdemo gegen den Castor-Transport. Fehlen nur noch die Protestrufe und Banner, die in die Luft gehalten werden.

Alex taucht neben uns auf, den Iro heute in einem frischen Hellblau. »Kann es losgehen?«

Lea nickt. Ihre Augen glitzern leicht.

»Tschüss alle!«, brüllt Lea, und die gesamte Straße brüllt zurück: »Tschüss Lea!«

»Jetzt schnell weg. Sonst muss ich richtig heulen«, brummt meine kleine Schwester mit belegter Stimme. Wir laufen zu meinem Wagen, den ich direkt hinter Alex' altem Passat geparkt habe.

»Du bist traurig«, sage ich etwas unbeholfen zu Lea. Sie blinzelt.

»Ich freu mich aber auch«, stellt sie dann fest und lächelt mich an.

Etwas regt sich in mir. Ich habe doch tatsächlich bisher

keinen einzigen Gedanken daran verschwendet, dass auch Lea ihr gewohntes Leben hinter sich lässt.

Ihre WG-Familie, die sie verlässt, um mit mir zusammen in Omas Haus zu wohnen.

»Fahren wir zusammen?«, frage ich abrupt und bleibe stehen. Meine Mutter wartet bereits in meinem Golf, und eigentlich wollte Lea mit Alex fahren. »Lass Mama mit Alex fahren, und wir fahren zusammen in unser Haus.«

Ein kleines Grinsen zieht sich über ihr Gesicht. »Ein symbolischer Akt der Zusammengehörigkeit!«, raunt sie.

»Ja. Ein symbolischer Akt der Zusammengehörigkeit«, antworte ich ernst.

Und so kommt es, dass meine Mutter Alex' Wagen ausräuchert, während Lea und ich gemeinsam nach Droggendiel fahren. Zusammen in unser neues Leben.

Kapitel 30

Als wir auf Omas Hof einbiegen, ist der Umzugswagen schon da. Esra und Hildegard haben die Umzugsmänner, die sich unter dem alten Kirschbaum versammelt haben, eingekesselt und nötigen sie zu einem Mittagessen. Es gibt Kartoffelsalat, Würstchen, türkisches Gebäck, Kaffee und bestimmt auch Schnaps. Umzugsleute sollten ja nun per se einiges gewohnt sein, schließlich treffen sie jeden Tag auf neue und bestimmt auch sonderbare Menschen. Aber mir scheint, Hildegard und Esra haben die Truppe ein wenig verschreckt. Sie reden nämlich nicht einmal mehr untereinander, sondern essen nur und gucken, wie ich finde, ein wenig irritiert aus der blauen Wäsche.

»Merhabe, Schätzchen!«, begrüßt Esra mich, wie immer im langen Blumenkleid mit einer riesigen Sonnenbrille im langen Haar, und küsst mich herzlich auf beide Wangen. Dann küsst sie Lea, dann Alex und meine Mutter. Nur einen Atemzug später parliert meine Mutter ein wenig auf Türkisch mit ihr – mit Sprachen hat sie es –, während Esra weiterhin ungerührt Kartoffelsalat und Würstchen verteilt.

Mir wäre es lieber gewesen, wenn die Umzugsmänner schon angefangen hätten, den Wagen abzuladen. Immerhin haben wir heute noch richtig was vor, aber offenbar ist hier gerade der gemütliche Teil angesagt.

Lea lässt sich im Schatten auf den Stufen zur Haustür nieder, Alex hockt sich daneben, und mir fällt plötzlich siedend heiß ein, dass ich vergessen habe, die Räume zu beschriften. Schockschwerenot! In jedem Umzugsratgeber steht: Beschriften Sie alle Räume, um Verwechslungen zu vermeiden! Nicht dass die Waschmaschine im Schlafzimmer landet oder das Ehebett im Wohnzimmer.

Schließlich habe ich mir schon beim Beschriften der Umzugskartons größte Mühe gegeben. Alles ist so gepackt, dass es gleich in den richtigen Raum gebracht werden kann.

Wie von der Tarantel gestochen, stürze ich zu meinem Wagen, um sämtliche Utensilien, die ich dort bereits gestern verstaut habe, hervorzuzerren.

»Entspann dich doch mal!«, sagt meine Mutter, als ich wieder an ihr vorbeiflitze. Ja, klar. Sonst noch Wünsche?

»Geht jetzt nicht«, knurre ich und finde in genau diesem Moment einfach alle extrem doof. Wie soll ich mich denn hier entspannen? Mein ganzes Leben befindet sich auf diesem LKW, und es müsste dringend abgeladen, reingetragen und aufgebaut werden. Und da mein Freund offenbar Besseres zu tun hat und alle anderen lieber essen und herumlungern, muss ich mich jetzt ganz allein darum kümmern.

Ich stürze ins Haus und befestige in aller Eile die ausgedruckten Schilder. Als ich mit einem Eimer voller Müll unter dem Arm, der wohl gestern in meinem Schlafzimmer vergessen wurde, aus dem Obergeschoss die Treppe wieder hinunterjage, steht plötzlich Erik im Flur.

Statt einer Begrüßung stellt er nüchtern fest: »Du siehst nicht entspannt aus.«

»Argh!«, antworte ich. Diese Tatsache begründet sich ja durchaus auch durch seine eigentliche Abwesenheit.

»Liegt es an den vielen Menschen vor eurer Haustür, die sich mit Kartoffelsalat und Kaffee vollstopfen?« Er verschränkt die Arme vor der Brust und betrachtet mich mit zusammengekniffenen Augen.

»Hmpf«, sage ich.

»Bevor ich los muss, wollte ich dir noch ein bisschen Schokolade bringen …«

Wir werden abrupt unterbrochen, weil die Haustür auffliegt und der erste Umzugsmann mit zwei Kartons den Flur betritt. Ihm folgt ein zweiter, der meinen Korb mit den Töpfen schleppt. Beide bleiben vor mir stehen und fragen unisono: »Wohin damit?«

»Steht drauf!«, sage ich zu dem ersten. »Die Lösung ergibt sich aus rhythmischem Hingucken!«, zu dem zweiten. Als er nicht reagiert, füge ich hinzu: »Wo bewahren Sie denn Ihre Töpfe auf? Im Keller? Alle Räume sind beschriftet.«

Er guckt in den Korb, runzelt die Stirn und stellt den Korb kurzerhand vor meinen Füßen ab. »Ich bin hier nicht zum Denken, ich bin hier zum Tragen«, bescheidet er knapp und guckt mich böse an.

»Denken ist aber selten hinderlich«, antworte ich scharf. Bevor es zu Handgreiflichkeiten kommen kann, schnappt Erik sich den Korb, schubst mich zur Seite und raunt: »Entspann dich, Lotta!«, woraufhin ich gerne schreien möchte, aber davon absehe, weil jetzt meine Mutter den Flur betritt. Bewaffnet mit dem Gong und diversen Räucherstäbchen.

»Du kannst jetzt nicht räuchern und gongen!«, fauche ich.

»Ich muss!«, antwortet sie empört. »Ich habe gestern schon angefangen, alles spirituell zu reinigen, aber dann musste ich ja weiter Kisten packen. Das Haus muss in diesem leeren Zustand noch einmal ausgeräuchert werden. Das ist wichtig, und du wirst mich nicht daran hindern!« Kampfeslust blitzt in ihren Augen auf, und sie wedelt mit einem stinkenden Räucherstäbchen vor meiner Nase herum.

Bevor ich weitere Bösartigkeiten von mir geben kann, kommt Lea durch die Haustür geschlendert.

Sie trägt einen Schuhkarton. Einen kleinen Schuhkarton. Dieser wirklich kleine Schuhkarton hätte locker noch Platz gefunden auf einem anderen, etwas größeren Gegenstand, den sie zeitgleich ins Haus hätte tragen können.

Ich sage zwar nichts, aber Lea entgeht mein Blick bezüglich ihrer noch freien Tragekapazität natürlich nicht.

»Ich mache das so, wie ich es für richtig halte!«, knurrt sie als Antwort und entschwindet ins Obergeschoss. Alex wankt ihr hinterher. Beladen mit zwei Kartons und einer Bettdecke, die er kunstvoll um seinen Hals und die Schultern geknotet hat. Auch er guckt ein wenig indigniert.

Erik taucht wieder auf und murmelt: »Ich bin morgen wieder da. Es tut mir leid, okay?«

»Nö. Nix ist okay«, sage ich und merke, dass meine Unterlippe anfängt zu zittern. Warum sagt er mir nicht einmal, wo er hinmuss? Und warum muss er überhaupt ausgerechnet heute irgendwohin? »Wo musst du denn so dringend hin?«, frage ich ihn schließlich doch.

Augenblicklich zieht der arktische Winter über sein Gesicht. »Das kann ich dir jetzt nicht sagen. Ich erkläre es dir, aber nicht jetzt.« Dann drückt er mir einen knappen Kuss auf die Stirn und die Pralinen in die Hand, dreht sich auf dem Absatz um und verschwindet.

Ich starre ihm einen Moment hinterher, dann zerre ich meine Liste aus der Hosentasche und durchforste sie. Ich muss mich dringend ablenken, um nicht in Tränen auszubrechen, aber an Aufgaben mangelt es mir zum Glück gerade ja nicht. Gleich müsste der Mensch wegen des Stroms kommen. Außerdem muss ich dafür sorgen, dass mein Kleiderschrank aufgebaut wird. Bestenfalls als Erstes, was natürlich nicht geht, weil er ganz vorne im Umzugswagen steht, obwohl ich jeden der fünf Umzugsmänner darauf aufmerksam gemacht habe, dass er als Erstes wieder stehen muss.

Und da mir ziemlich deutlich gesagt wurde, dass die großen Kartons, in denen meine Klamotten jetzt hängen, unbedingt wieder mitgenommen werden müssen, sehe ich es als absolut notwendig an, dass der Schrank steht. Bevor die Umzugsleute wieder abfahren, samt der Kartons, in denen meine Klamotten hängen. Die möchte ich nämlich keinesfalls auf den Boden legen, der trotz ausgiebiger Bearbeitung mit den Baumwolllappen und dem Dings immer noch staubig ist. Laut Hildegard wird es Wochen dauern, bis der ganze Schleifstaub sich setzt. Die Erfahrung der letzten Wochen lehrt mich: Hildegard hat in neunundneunzig Prozent der Fälle recht.

Außerdem müssen die Lampen montiert werden. Und die Rollos. Und der ganze Verpackungs-Müll aus den vergangenen Tagen muss auch noch weg, der liegt hier nämlich in kleinen Haufen immer noch im Weg herum. Dann müsste noch mal jemand schnell ein Heilmittel gegen Pickel erfinden, den Weltfrieden sichern, das Atommüll-Endlager-Problem lösen und die Sonne ausschalten, weil es schon wieder so unsäglich heiß ist, dass mir der Schweiß auf der Stirn steht.

Während all dieser tiefschürfenden Gedanken rennen Horden an Menschen bepackt mit meinem gesamten Hausstand an mir vorbei. Alle gucken sehr finster. Die Stimmung ist im Arsch. Aber trotz der schlechten Vibrations sind sie alle sehr schnell. Vermutlich wollen sie schnell weg von mir.

Ich trage ebenfalls Kartons ins Haus und gebe mir wirklich Mühe, mich an meine eigenen Anweisungen bezüglich der klar definierten Abstellorte zu halten, stelle aber schnell fest, dass ich die Einzige bin.

In der Küche stehen Kartons mit der Aufschrift »Bad«, im Bad Kartons mit der Aufschrift »Keller«. Letzteres finde ich schon fast mutwillig. Ich meine, da liegen doch zwei Etagen zwischen!

Ich bin gerade dabei, den vermutlich mit bösartigen Absichten abgestellten Kellerkarton in den Keller zu bringen, als der Vorarbeiter des Umzugstrupps auf der Treppe auftaucht. »Frau Ellenberg, können Sie mal gucken?«, fragt er und sieht mich durchdringend an. Was ist jetzt schon wieder?

»Okay!«, keuche ich und stelle den Karton kurzerhand auf der Treppenstufe ab, um ihm ins Obergeschoss zu folgen.

Mitten in meinem Kleiderschrank – also den Einzelteilen, die bunt durcheinandergewürfelt in meinem Schlafzimmer liegen – sitzt der Schrankaufbauer und rauft sich die Haare.

»Das ist Schrott!«, sagt er anklagend, als er mich erblickt.

»Wie bitte?«, frage ich kühl zurück. Das ist kein Schrott, das ist mein dringend benötigter Kleiderschrank, der vor fünf Stunden auch noch im allerbesten Zustand, nämlich komplett aufgebaut gewesen ist.

»Der ist hin!«

»Warum sollte er?«

»Junge Dame, ich weiß ja nicht, wie oft sie das Ding schon auf- und abgebaut haben, aber da hält jetzt nischte mehr. Alles ausgenudelt.«

Allein schon der Tonfall lässt mir das Blut sieden, aber das »Junge Dame« bewegt meine Stimmbänder umgehend dazu, in ihren geschäftsmäßigen Ton zu springen, und so sage ich bestimmt: »Der war absolut in Ordnung. Vielleicht haben Sie ihn falsch abgebaut.«

»Nee!«, sagt der Schrankaufbauer mit Nachdruck.

»Wie? Nee?«, frage ich zurück. Ich vermute, mir springt gleich der Draht aus der imaginären Kappe. Bestimmt habe ich Puls und Bluthochdruck.

Daraufhin schweigen der Schrankaufbauer und der Vorarbeiter. Sie sind ziemlich missgestimmt. Ich aber auch. Siehe dem Draht und der Kappe.

»Das geht nicht«, sagt der Mann inmitten der Schrankteile jetzt, und er klingt bockig.

Alex lugt um die Ecke. Er hat jetzt nicht mehr eine Bettdecke schmückend um den Hals geschlungen, trägt aber dafür zwei Wäschesäcke über der linken Schulter.

»Was ist denn hier los?«, fragt er, und sein Iro wippt bei diesen Worten einmal bedrohlich auf und ab.

Und was soll ich sagen? Endlich benimmt er sich mal so, wie er aussieht: ein klein wenig gefährlich. Da ist gerade nix zu spüren von gewaltfreier Kommunikation oder dergleichen. Alex hat miese Laune, und das steht ihm ins Gesicht geschrieben, garniert mit den sonderbar hellblauen Haaren ergibt das ein interessantes Gesamtbild.

»Lotta, geh mal runter. Die brauchen dich. Ich mach das hier.«

Ich klappe schon den Mund auf, um ihm mitzuteilen, dass ich das sehr wohl allein kann, überlege es mir aber spontan anders. Eigentlich ist es sogar eine ganz hervorragende Idee, augenblicklich den Ort des Geschehens zu verlassen.

Wortlos stürme ich aus meinem Schlafzimmer, schnappe mir einen Karton, stemme ihn in die Höhe, schleppe ihn in den Keller, setze mich neben ihn und weine ein bisschen.

Weil Umziehen scheiße ist. Weil mein Freund ein Geheimniskrämer ist und mich an meinem Umzugstag sitzen lässt. Weil meine kleine Schwester eine Megazicke ist und weil es im ganzen Haus nach esoterischem Gestank stinkt.

Und weil es im Keller so schön kühl und ruhig ist, weine ich recht ausgiebig und stoße erst wieder zum allgemeinen Umzugsgeschehen dazu, als ich höre, dass man mich sucht.

Offenbar muss ich etwas unterzeichnen. Bevor ich das tue, drehe ich natürlich eine Runde durch das ganze Haus, um zu sehen, ob alles an seinem Platz ist, wobei ich leise und möglichst unauffällig vor mich hin hickse. Erstaunlicherweise ist alles, wo es hingehört. Sogar mein Kleiderschrank steht. Zumindest oberflächlich betrachtet. Ich bin leider nicht mehr in der Verfassung, die ganze Angelegenheit tiefergehend zu betrachten. Also unterzeichne ich, bezahle den gesamten Umzug mit der Karte für unser Hauskonto und bin danach kurz davor, ermattet einfach auf den Boden zu sinken.

Mach ich aber nicht. Ich reiße mich dermaßen zusammen, dass irgendetwas in mir knackt. Das ist bestimmt nicht gesund, aber ich kann nicht anders. Überall um mich herum stehen Kartons. Das totale Chaos. Alex und Hildegard verabschieden sich. Meine Mutter schließt sich Hildegard an, um ihr Gästebett zu nutzen, da bei uns absolut kein weiterer Schlafplatz aufzutreiben ist, und somit bleiben Lea und ich allein zurück.

Kaum schließt sich die Haustür hinter den dreien, sagt Lea: »Gute Nacht!« und schickt sich an, in ihr Zimmer zu laufen.

»Bist du irre?«, fauche ich. »Du willst das hier doch nicht alles so stehen und liegen lassen?«

Sie zuckt die Achseln. »Ich bin müde. Wir können das morgen machen.«

»Aber wenigstens das Grobe müssen wir erledigen, damit wir uns morgen ohne großes Gesuche Frühstück machen können. Das ist doch ...«, mir fehlen die Worte. »Normal!«, keife ich schließlich. »Es ist normal!« Mir ist durchaus bewusst, dass ich ein klein wenig hysterisch klinge.

Ich könnte auch im Stehen einschlafen, aber wir können uns doch nicht mitten im Chaos von dannen machen. Alleine der Gedanke daran lässt mich schier durchdrehen. Außerdem habe ich ein schlechtes Gewissen, weil ich so lange heulend neben dem Karton im Keller gehockt habe, was natürlich zugegebenermaßen nicht Leas Problem ist.

»Du spinnst«, sagt Lea trocken.

»Du wirst jetzt mit mir augenblicklich diese Kartons durchsehen und sie an die richtige Stelle tragen. Und dann räumen wir die Küche notdürftig ein und stellen die Kaffeemaschine auf. Und die Essenssachen müssen in den Kühlschrank. Das steht immer noch alles in den Körben herum!«

Lea starrt mich regungslos an. Mein Herz rast.

»Hör auf mich herumzukommandieren«, sagt sie dann leise und sehr scharf. »Ich bin keine sechs mehr. Ich treffe meine Entscheidungen alleine. Nichts Schlimmes wird passieren, wenn wir jetzt ins Bett gehen.«

»Die Essenssachen werden verderben«, sage ich und höre selbst, wie meine Stimme vor Erschöpfung und Empörung zittert.

Einen kurzen Moment denkt Lea nach, dann sagt sie leise: »Da gebe ich dir recht. Die räume ich noch ein. Und danach gehe ich ins Bett. Hast du mich verstanden, Charlotta? Was du tust, ist mir egal, aber ich rate dir, dich ebenfalls hinzulegen. Du bist völlig erledigt.«

Sämtliche Energie fließt aus mir heraus. Sie hat nämlich recht. Regungslos stehe ich im Flur herum.

Hildegard hat immer recht. Damit kann ich mich mittlerweile arrangieren. Aber dass plötzlich auch Lea recht hat, irritiert mich. Wortlos geht sie an mir vorbei, während ich einfach nur herumstehe. Sie kramt geräuschvoll in der Küche, kommt wenige Minuten später zurück und sagt: »Gute Nacht.«

Ich gehe ebenfalls ins Bett. Dort liege ich herum und bin so erledigt, dass ich mich nicht mehr bewegen kann, nur schlafen kann ich nicht. Omas Schlafzimmer riecht so neu und anders, und meine dringend benötigte Nachttischlampe ist noch in irgendeinem der Kartons, obwohl ich ihr einen Zettel mit der Aufschrift »Wichtig!« an den Hals geklebt habe.

Die Nacht in Droggendiel ist unfassbar dunkel. Vor dem Fenster ist nicht der kleinste Umriss auszumachen. Ich stehe auf und mache das Flurlicht an, merke aber schnell, dass das nicht das Gleiche ist. Ich brauche ein Licht direkt neben mir.

Und ich brauche Schlaf! Bestenfalls jetzt. Ächzend drehe ich mich hin und her, aber offenbar habe ich meinen Schlaf in der alten Wohnung vergessen. Und zu allem Überfluss fängt mein Kopf an, über Erik nachzugrübeln. Was er wohl so Wichtiges vorhatte, und warum er es mir nicht sagen konnte. Dass ich wirklich enttäuscht von ihm bin. Und dass es schrecklich für mich wäre, wenn es ihn nicht geben würde. Weil er nämlich in den vergangenen Wochen ein wichtiger Bestandteil meines Lebens geworden ist. Womit ich wieder beim Anfangsgedanken wäre. Wo ist er hin, und warum konnte er es mir nicht sagen?

Mit einem Stöhnen schmeiße ich die Bettdecke von mir. Bevor ich groß darüber nachdenken kann, raffe ich sie eine Sekunde später in meinen Arm und laufe über den Flur zu Leas türlosem Zimmer. Hier bleibe ich ein paar Sekunden stehen und lausche ihrem gleichmäßigen Atem. Mr. Boo liegt in seinem Körbchen und schnarcht leise.

Ob ich mich einfach neben sie legen soll? Das wäre fast so gut wie meine Nachttischlampe. Ich schleiche bis zum Bettrand und setze mich probeweise auf die Kante der Matratze.

Dann räuspere ich mich leise. Was soll ich auch sagen? Aber ich muss gar nichts sagen, denn Lea dreht sich zu mir und schlägt wortlos ihre Bettdecke zur Seite. Eine Einladung. Und eine Erinnerung. Wir zwei haben so viele Nächte zusammen in einem Bett verbracht.

Seufzend schlüpfe ich zu ihr und lasse es zu, dass sie ihren Kopf an meine Schulter legt. Es ist befremdlich. So nahe war ich ihr schon seit unserer Kindheit nicht mehr. Und doch fühlt sie sich so vertraut an. Wohlig warm.

»Du brauchst eine Therapie«, flüstert Lea mit schlaftrunkener Stimme an meinem Ohr.

»Ich nicht. Ich helfe. Ich brauche keine Hilfe. Ich habe alles im Griff«, flüstere ich sehr bestimmt zurück.

»Mir hat es sehr geholfen.«

»Du hast – eine Therapie gemacht?« Ich bin so erstaunt, dass ich sogar vergesse zu flüstern.

»Jep. War krass. Und jetzt halt die Klappe und schlaf.«

»Waren das die vielen ominösen Termine in der vergangenen Zeit?«, frage ich weiter, aber Lea antwortet nicht mehr. Sie schläft. Tief und fest. Und ich schließe einfach nur die Augen, kuschle mich noch ein wenig fester an sie, schicke einen Gedanken an Oma gen Himmel und fühle mich geborgen.

Kapitel 31

Der nächste Morgen ist sonderbar. Schön sonderbar, um genau zu sein. Ich wache auf und erblicke als Erstes einen dicken roten Pfeil, gemalt auf den Resten des Einpackpapiers. Die Treppe hinunter entdecke ich einen weiteren, und drei Pfeile später treffe ich Lea. In Omas Hollywoodschaukel. Wortlos setze ich mich neben sie. Ganz dicht, immerhin haben wir die Nacht zusammen in einem Bett verbracht. Diese Nähe ist schön, und mir fällt auf, wie sehr ich sie in all den Jahren vermisst habe. Lea und die Nähe.

Ich stehe auf, nehme mir einen Kaffee aus der Kaffeekanne, die auf dem kleinen Beistelltisch steht, und setze mich wieder neben Lea in die Schaukel. Sie sieht lustig aus in ihrem giftgelben T-Shirt, auf dessen Vorderseite Kermit der Frosch prangt. Ihre Haare stehen wild in alle Richtungen ab, und als Hose verwendet sie etwas, das entfernt an einen blauen Müllsack erinnert.

Die Luft ist würzig und warm. Morgendliche Landluft. Die Vögel singen aus voller Kehle und begrüßen den Tag.

»Es hat mir sehr geholfen, klarer zu sehen und mich selbst zu verstehen«, sagt Lea scheinbar total zusammenhangslos, aber ich weiß, worüber sie spricht. »Ich war so wütend. Dass Papa einfach verschwunden ist, dass du einfach alles in die Hand genommen hast und dass Mama so schwach war. Ich bin irgendwie untergegangen. Ihr habt mich nur gesehen, wenn ich laut und dagegen war. Aber auf die Dauer ist das sehr anstrengend.«

»Wie meinst du das?«, frage ich schwach.

»Ich dachte, ich bin nicht gut genug … Und wenn ich einen Grund hatte, zu einer Therapie zu gehen, hast du auch einen.«

»Ich werde darüber nachdenken«, antworte ich leise. Vermutlich meine ich das sogar ernst. Es fühlt sich zumindest sehr ernst an in mir drin.

»Weißt du, wann Erik rüberkommen wollte?«, fragt sie übergangslos. »Ich habe schon angefangen, die neue Kommode aufzubauen, aber das Mittelteil ist dermaßen schwer, dass ich doch mal einen Kerl zur Hand bräuchte. Und Alex muss heute Vormittag arbeiten.«

Erik. Es durchzuckt mich schmerzlich.

»Wo war der gestern eigentlich?«, fragt Lea arglos, aber ich hebe nur die Achseln.

»Weiß ich nicht«, antworte ich ehrlich.

»Du weißt es nicht?«, erkundigt sie sich vorsichtig.

»Ja. Das ist komisch und fühlt sich nicht gut an«, antworte ich. So unfassbar abgrundtief ehrlich, dass mir für einen Moment schon fast schwindelig wird. Aber es tut gut, das auszusprechen.

»Drecksack«, murmelt Lea und springt auf, woraufhin die Schaukel einen riesigen Hops macht und ich mir den restlichen Kaffee über mein Schlafshirt gieße.

»Ich geh Kisten ausräumen«, verkündet sie und verschwindet in Blitzgeschwindigkeit im Haus. Ich lasse es etwas langsamer angehen, schaukle noch ein wenig hin und her, gehe dann aber auch nach oben, mit dem festen Vorsatz, mich etwas zurechtzumachen und endlich meinen Kleiderschrank einzuräumen. Als ich am Spanner-Sessel vorbeikomme, liegen Eriks Pralinen auf der Sitzfläche. Ich nehme das knisternde Papier, ziehe ein kleine braune Kugel hervor und stecke sie mir in den Mund. Kauend setze ich mich und sehe wie auf das Stichwort Erik im Haus gegenüber auftauchen. Augenblicklich greift das schlechte Gewissen nach mir. Wir haben ihm immer noch nicht gesagt, dass man ihn von diesem Platz aus ganz wunderbar bespannern kann. Er sollte sich dringend Gardinen zulegen. Oder wir. Wobei wir natürlich auch einfach den Sessel an einen anderen Ort bringen könnten … All diese Gedanken gehen durch meinen Kopf, als plötzlich, für mich und meine Perspektive sozusagen aus dem Nichts, eine Frau auftaucht.

Mein Herz reagiert, bevor mein Kopf es tun kann. Es klopft ein paarmal sehr heftig in höchster Alarmbereitschaft.

Aber, aber, beruhige ich mich selbst. Fremde Frauen im Haus des eigenen Freundes können ja nun sehr viele, sehr schlüssige und absolut ungefährliche Hintergründe haben. Mir fällt zwar gerade keiner ein, aber es gibt bestimmt einen guten Grund.

Die Frau ist sehr jung, sehr blond und sehr groß. Sie trägt sehr kurze Shorts und hat perfekte Beine, das ist selbst aus der Entfernung gut zu sehen.

Die beiden sprechen miteinander. Sie lachen. Sie wirken vertraut. Mein Herz legt noch einen Zahn zu, während ich wie paralysiert auf das Geschehen starre.

Die blonde, junge Frau mit den perfekten Beinen hebt plötzlich die Arme und umschlingt Erik. Er erwidert diese Umarmung. Nicht nur das. Er drückt die Frau regelrecht an sich, wobei er sein Gesicht in ihren langen Haaren vergräbt.

Ich muss irgendeinen Klagelaut von mir gegeben haben, denn Lea taucht plötzlich neben mir auf. Sie sieht mich an, sieht aus dem Fenster, sieht wieder mich an und brüllt in einer Lautstärke, dass vermutlich das Dach kurzfristig abhebt: »Drecksack!«

Für einen Moment sieht es so aus, als würde sie wie Speedy Gonzales in der Luft hängen, während ihre Füße sich in Lichtgeschwindigkeit bewegen, dann startet sie durch, während ich immer noch versuche, einfach nur gleichmäßig zu atmen.

Ich sehe Lea über den Hof jagen. Ohne Schuhe, die Haare fliegen hinter ihr her, während die blaue Müllsackhose sich im Wind bauscht.

Sie ist beängstigend. Ich kann sehen, dass es drüben klingelt, denn Erik, der weiterhin mit der jungen Frau geredet hatte, geht abrupt aus dem Zimmer, vermutlich um die Tür zu öffnen. Nur einen Atemzug später rast Lea in mein Sichtfeld. Sie brüllt. Die Fenster erbeben. Die andere Frau geht in Deckung. Erik sieht sogar aus der Entfernung sehr blass aus. Und sehr regungslos, während die Frau sich wieder aus ihrer Deckung wagt und ebenfalls anfängt zu brüllen.

Dann verlässt die Frau das Zimmer, während Lea Erik weiter anbrüllt.

Ich sehe das alles, aber es gibt irgendwie kein Gefühl dazu. Als würde ich gar nicht dazugehören, starre ich einfach stumpf brütend weiter vor mich hin.

Unten höre ich eine Tür klappen. Lea hat die Eingangstür offenbar nur angelehnt. Es ist anzunehmen, dass die andere Frau gerade in unser Haus gestürmt ist.

»Sie ziehen die falschen Rückschlüsse!«, brüllt sie, während sie die Treppe zu mir hinaufrennt. Sie hat eine kräftige

Stimme, und ich zucke schmerzlich zusammen. Den Bruchteil einer Sekunde später taucht sie vor mir auf. Sie hat nicht nur eine kräftige Stimme, sondern auch noch ein glutrotes Gesicht. Offenbar kocht sie innerlich. Vor Wut? Auf mich? Was ist hier eigentlich los? Ich kann ja gerade nur still und leise vor mich hin atmen. Zu viel mehr bin ich nicht in der Lage. Weil ich wieder diesen eisernen Ring um mein Herz spüre, wie damals, als Matthias mich verlassen hat. Sehr schmerzhaft das Ganze.

Die Frau steht jetzt vor mir und hat die Hände kampfeslustig in die Hüften gestemmt. Sie mag blutjung und viel zu hübsch sein, aber sie ist niemand, mit dem man sich anlegen sollte. Das erkenne ich trotz meines desolaten Zustands sofort.

»Sie müssen mir jetzt ganz genau zuhören!«, keift sie mich an. Ob sie mir gleich auch noch befiehlt, mich zu entspannen?

»Erik ist mein Vater!«, sagt sie und brüllt das erste Mal nicht aus Leibeskräften.

Erik? Ihr Vater? Erik? Ich bin hier irgendwie im falschen Film. Kann ich bitte gehen? Ich wollte eine Liebesschnulze mit Happy End, kein Drama.

Die junge Frau lässt sich, vielleicht von ihrem vorherigen Gebrülle völlig entkräftet, vor mir auf den Boden sinken.

»Sie dürfen ihn nicht verlassen«, beschwört sie mich, jetzt mit heiserer Stimme. »Es war eine schwierige Zeit, aber das ist jetzt vorbei. Seit gestern ist es vorbei.« Sie spricht, als würde sie versuchen, mich zu einem brandneuen Glauben zu missionieren. Ich finde sie ein bisschen gruselig. Und warum sollte Erik eine Tochter haben? Die auch noch so erwachsen und kämpferisch aussieht? Das macht doch alles keinen

Sinn. Dennoch tröpfelt ganz langsam die Information in mein Hirn, dass Erik mich offenbar doch nicht beschissen hat. Weil sie ja seine Tochter ist.

Tochter? Mein Gehirn ist zu langsam. Ich bekomme das hier nicht auf die Reihe.

Wieder klappt die Haustür. Ich höre flinke, nackte Füße, gefolgt von schweren Schritten, die sich wesentlich langsamer bewegen.

»Wie soll Vertrauen entstehen, wenn man nicht ehrlich ist!« Lea zischt beim Sprechen, so wütend ist sie. Sie fragt noch weitere lebensweise und zielführende Fragen, während sie die Treppe hinaufläuft, die ich aber allesamt nicht wiedergeben kann, weil mein Gehirn völlig überlastet ist. Vermutlich beginnt es gleich mit einer partiellen Festplattenlöschung.

Was gar nicht so schlecht wäre, dann könnte ich nämlich einfach aufstehen, alle erstaunt ansehen, fragen: »Wer sind Sie?« und gehen. So muss ich vorerst noch sitzen bleiben und der Dinge harren, die da kommen mögen.

»Kannst du jetzt mal bitte die Klappe halten?«, fährt Erik Lea im nächsten Moment an. »Und du auch!«, sagt er energisch zu der jungen Frau, die immer noch vor sich hin zeternd vor meinen Füßen hockt.

»Kann ich bitte mit dir sprechen, Charlotta?«, fragt er dann mich. Ich hoffe noch kurz auf die Festplattenlöschung und das erlösende Vergessen, da das aber nicht kommt, schüttle ich huldvoll den Kopf.

Als ich allerdings in sein Gesicht gucke, wird aus dem Kopfschütteln ein Nicken. Der Mann ist ganz offensichtlich am Ende seiner Kräfte. Er ist ganz grau im Gesicht und hat die Zähne so fest aufeinandergebissen, dass ich die Kiefermuskulatur hervortreten sehe.

»Papa«, seufzt die Frau zu meinen Füßen, und augenblicklich fällt mir wieder ein, warum wir uns eigentlich nicht unterhalten sollten. Weil er mir verschwiegen hat, dass er eine Tochter hat. Eine kampfeswillige Wikinger-Tochter. Das fällt definitiv nicht in die Kategorie »Kavaliersdelikt«.

»Ihr beiden geht jetzt bitte runter!« Sein Tonfall duldet keinen Widerspruch. Es ist also nicht weiter verwunderlich, dass Lea und die Tochter, deren Namen ich ja noch nicht einmal kenne, aufstehen und schweigend die Treppe runterlaufen. Erik setzt sich vor mich auf den Boden, zieht die Beine an und lehnt sich gegen die Wand.

»Ich erzähle dir jetzt die Geschichte. Danach musst du entscheiden, ob du mir das verzeihst, oder nicht«, sagt er. Seine Worte klingen fest. Aber ich spüre seinen Schmerz, irgendwo in den Tiefen seiner dunklen Stimme. Einen tiefen Schmerz.

»Und wenn nicht?«, frage ich zurück und ziehe ebenfalls die Beine an.

»Dann wirst du als die Frau in die Geschichte eingehen, die mir das Herz gebrochen hat. Nachdem ich es verbockt habe.« Jetzt zittert seine Stimme und straft die flapsigen Worte Lügen. Erik hat Tränen in den Augen. Ein Anblick, der mich nicht kaltlässt. Der eiserne Ring um mein Herz lockert sich ein wenig.

»Marlene ist meine Tochter. Sie ist zwanzig. Ich war also noch ziemlich jung, als sie geboren wurde. Sie war ein Unfall. Karen, ihre Mutter und ich, waren uns aber einig, dass wir das schaffen würden. Es war hart, aber wir haben es geschafft, auch wenn wir nicht zusammen waren. Ich hatte immer eine enge Beziehung zu Marlene.« Er hält kurz inne und atmet tief durch.

»Du warst tatsächlich erst achtzehn, als sie zur Welt gekommen ist«, rechne ich kurz nach. Das erklärt, warum seine Tochter schon so groß ist.

Er nickt. »Auch noch ein Kind. Aber ein Kind mit dem festen Willen, alles für das eigene Kind zu tun, was nötig sein würde. Marlene hat bei Karen gewohnt, und ich habe mich um beide gekümmert. Meine Tochter war ein ewiger Streitpunkt zwischen Katharina und mir. Sie war in der Pubertät und schwierig, die beiden haben sich zu jeder Tages- und Nachtzeit aneinander gerieben. Es war ziemlich hart.«

»Aber es wäre für mich doch wichtig gewesen zu wissen, dass es sie gibt«, sage ich leise.

»Es geht noch weiter«, antwortet er ebenso leise. »Es ist wie mit deiner … Nachttischlampe. Oder deinen Listen. Es …« Er bricht ab und sieht mich hilfesuchend an.

»Okay. Nachttischlampe und Listen. Nicht ganz normal, willst du sagen.«

Er nickt und zuckt entschuldigend die Achseln.

»Es gab einen Grund, warum ich es nicht sagen konnte. Und ich werde nicht behaupten, dass es ein guter Grund war. Ich konnte nur einfach nicht anders. Also: Karen wurde sehr krank. Brustkrebs. Sie ist vor vier Jahren daran gestorben. Marlene war damals sechzehn. Sie brauchte mich. Sie hatte nur noch mich. Katharina konnte aber nicht damit umgehen. Sie sah sich nicht in der Lage, dauerhaft mit meiner Tochter unter einem Dach zu leben.« Er schluckt trocken. »Das kann man leicht verurteilen, aber Marlene war zu diesem Zeitpunkt wirklich ein Monster. Ein um seine Mutter trauerndes Monster. Schlussendlich ist unsere Beziehung daran zerbrochen. Weil ich mich nicht gegen meine Tochter entscheiden konnte. So wie Katharina es von mir verlangte. Und in diese

Katastrophe hinein brach dieser Presse-Terror. Ich habe verzweifelt versucht, Marlene zu schützen, sie aus den Medien fernzuhalten. Das ist mir in Fleisch und Blut übergegangen, obwohl sie inzwischen schon so groß ist. Sie studiert Meeresbiologie in Kiel. Das ist auch der Grund, warum ich von Stuttgart hierhergezogen bin. Ich wollte in ihrer Nähe sein, und es spielt letztlich keine Rolle, wo ich lebe.«

»Wann wolltest du mir das alles sagen?«, frage ich. Ich weiß immer noch nicht, was ich fühlen soll. Vorerst fühle ich gar nichts. Sicherheitshalber. Da ist nur eine dumpfe Leere in meiner Brust.

Er lacht freudlos auf.

»Am Anfang ging es einfach nicht. Aber irgendwann war genug Vertrauen da, da hätte ich es tun können. Und dann habe ich auf den richtigen Zeitpunkt gewartet. Der ist ungefähr hundertmal verstrichen, und zum Schluss …«, er reibt sich das müde Gesicht, »habe ich gedacht, du verlässt mich augenblicklich, wenn ich es dir sage. Weil ich dir nicht die Wahrheit gesagt habe und schon so viel Zeit vergangen ist. Und vor dem Umzug wollte ich es dann auch wieder nicht tun … aber das sind alles Ausflüchte. Fakt ist, diese Sache ist meine ewig brennende Nachttischlampe. Und es hatte nur mit mir zu tun. Ich war mir eigentlich die ganze Zeit über sicher, dass du mit der Situation und auch mit Marlene gut umgehen könntest. Du hast schließlich Lea großgezogen.« Er hält einen Moment inne, atmet wieder tief durch. Seine Anspannung ist fast greifbar, als er fortfährt. »Es war, als ob meine Stimme sich weigerte. Du kannst mir glauben, dass es mir nicht gut ging damit. Eigentlich sogar ziemlich beschissen.«

»Gibt es da noch etwas?«, frage ich weiter. »Haftbefehl in Guatemala? Eine hungernde Großfamilie in Lappland?«

Er schüttelt stumm den Kopf.

»Und was war jetzt gestern so wichtig?«

Erik blinzelt mich an und presst für einen Moment die Lippen fest zusammen.

Er muss sich räuspern, bevor er antworten kann. »Marlene hat Anfang der Woche einen Knoten in ihrer Brust ertastet. Aufgrund der Erkrankung ihrer Mutter hatte sie gestern einen Termin in der Klinik in Kiel. Das ging zum Glück alles sehr schnell. Wir wären bestimmt beide vor Angst verrückt geworden, wenn wir länger hätten warten müssen. Ich konnte sie nicht alleine lassen.«

»Oh Gott«, flüstere ich. »Und?«

»Alles gut. Es ist nur eine Verhärtung. Nichts Schlimmes.«

»Oh Gott«, flüstere ich wieder. »Du bist ein Idiot. Dass du das alles alleine aushalten musstest. Ein echter Idiot. Und ein solcher Drecksack, dass du es mir nicht hast sagen können.«

»Ja«, sagt er und fängt einfach an zu weinen. Ich rutsche vom Sessel, schlinge die Arme um ihn und weine mit.

Und dann sagt er: »Es tut mir leid!« und klingt dabei so unfassbar aufrichtig, dass der eiserne Ring um mein Herz sich in Luft auflöst.

Epilog

Es ist ungewöhnlich heiß für September. Die Sonne steht glitzernd am Himmel und taucht alles in ein verheißungsvolles, warmes Licht, das die erste goldene Färbung des Herbstes erahnen lässt. In unserer Küche ist die Hölle los. Sämtliche Bewohner des Sonnenblumenwegs haben sich versammelt, um dem alljährlichen Apfel-Kompott-Einkochtag beizuwohnen. Wie üblich hat Hildegard das Oberkommando und führt ein strenges Regiment.

Vier Töpfe stehen auf dem Herd, in denen es sanft vor sich hin blubbert. Es duftet nach Äpfeln, Zimt und Calvados, weil Esra beschlossen hat, auch noch ein Kompott mit Schwips zu kochen. Den gesamten Vormittag haben wir zusammen mit Professor Godewind Äpfel geerntet, jetzt sitzen Sonja, Lea, Marlene und ich einträchtig am Küchentisch und schälen und schneiden die Früchte, während ein laues Lüftchen die Vorhänge bauscht und für etwas Abkühlung sorgt.

Marlene ist tatsächlich ein kratzbürstiges Monster, was ihre Anwesenheit nicht immer sonderlich angenehm gestaltet. Zum Glück muss sie viel lernen und lebt in einer Studenten-WG in Kiel. Und zum Glück habe ich ja ziemlich viel Erfahrung im Umgang mit Monstern.

Gerade eben verdreht sie ihre hübschen blauen Augen, da sie es als persönliche Zumutung empfindet, die Apfelspalten nach Hildegards Anweisung noch schmaler zu schneiden.

Erik kommt um die Ecke. Dem Wetter angemessen gekleidet in Shorts und seinen heiß geliebten blauen Sneakern sieht er aus, als wäre er gerade der Welle entronnen und vom Surfboard geklettert.

Er bleibt mitten in der Küche stehen und betrachtet die Riege der Apfelschneiderinnen. »Es kann eigentlich nicht sein, dass ihr immer noch schnippelt. Wie viele Apfelbäume gibt es in diesem Garten?«

»Gefühlte drei Millionen«, antwortet Lea ungnädig und greift sich den nächsten Apfel, um ihn in atomar kleine Stücke zu schneiden. »Fragt sich nur, wer das ganze Zeug essen soll?«, brummt Marlene düster und verdreht wieder die Augen. Das kann sie den ganzen Tag machen, und sie hat diese durchaus beeindruckende Fähigkeit definitiv von ihrem Vater geerbt. Der kann ja auch mit den Augen rollen, dass man in Deckung gehen möchte.

Erik grinst und kommt zu mir, um mir einen sanften Kuss auf die Stirn zu geben. Marlene rollt wieder mit den Augen. Da das ja fast zu ihrem normalen Gesichtsausdruck gehört, ignoriere ich es mittlerweile einfach und hoffe, dass diese spätpubertäre Phase irgendwann vorbeigeht. Schließlich ist selbst meine Schwester im Laufe der vergangenen Wochen irgendwie normal geworden. »Lass das«, sagt Erik im nächsten Moment zu Marlene, und dann kommt plötzlich die nette Marlene zum Vorschein. Das spätpubertäre Monster hält sie vermutlich gefangen und gestattet ihr nur selten Ausgang.

Sie grinst keck und unter Einsatz von sehr viel Charme und sagt: »Entspann dich, Papa!«

So, nun soll also auch Erik sich entspannen. An die Tatsache, dass er ein Papa ist, habe ich mich gewöhnt. Dafür ist auch die Verweildauer von Marlene einfach zu gering, als dass es allzu anstrengend wäre. Sie kommt, meckert so lange rum, bis das Monster ihr wahres Ich mal freilässt, dann haben wir sogar Spaß, und dann muss sie schon wieder studieren und belästigt andere Menschen.

Außerdem rührt es mich an, dass Erik ein wirklich guter Papa ist. »Nun mal weitermachen, die Damen! Hier ist wieder ein freier Topf!«, reißt Hildegards ungeduldige Stimme mich aus meinen Gedanken. Neben ihr steht Salim und sieht aus, als würde er gleich völlig erschöpft auf unseren wunderbaren Landhausdielen zusammenbrechen wollen. Seit Stunden kocht er Einmachgläser aus, befüllt sie und beklebt sie mit kleinen, liebevoll verzierten Etiketten.

»Oh!«, murmelt Hildegard im nächsten Moment und starrt uns an. Erschrocken ziehen wir alle drei gleichzeitig die Schultern hoch. Was ist nun schon wieder? Apfelspalten zu dick?

»Lea«, raunt Hildegard und klingt sehr gefährlich. Der Vergleich mit Catwoman passt wie immer hervorragend. Lea blickt mit zusammengekniffenen Lippen auf.

»Deine Fingernägel!« Hildegard schickt noch einen missmutigen Räusperer hinterher, und alle Blicke fallen auf Leas Fingernägel. Die sehen allerdings aus wie immer. Kurz, und mit feinen Dreckrändern verziert.

»Hildegard«, Lea greift den nächsten Apfel und beginnt, ihn geschickt zu zerteilen. »Das geht nicht mehr weg.«

»Dann musst du schrubben. Ich habe dir doch extra eine Wurzelbürste vom Aldi mitgebracht!« Hildegard ist empört, aber Lea schweigt nur und schenkt ihr ein entschuldigendes Lächeln. Sie hat vor vier Wochen eine Ausbildung zur

Gärtnerin im Nachbarort angefangen. Seitdem klebt immer irgendwo Dreck an ihr, aber sie ist glücklich.

»Das kochen wir alles weg«, mischt Esra sich jetzt ein und wischt sich mit dem Handrücken eine vorwitzige Strähne ihrer dunklen Haare aus der Stirn.

»Na, ich weiß nicht«, murmelt Hildegard, lässt aber tatsächlich ab von Lea und widmet sich wieder ihren Töpfen.

Ich will mir gerade den nächsten Apfel schnappen, als ich Eriks durchdringenden Blick bemerke. Ich gucke ihm in die Augen, und er grinst leicht. Ob er sich gerade daran erinnert, dass ich heute Nacht das erste Mal ohne brennende Nachttischlampe geschlafen habe? Dafür fest eingekuschelt in seinen Arm? Sein Grinsen vertieft sich. Er zwinkert mir zu, und augenblicklich wird mein Herz ganz warm. Würde es Klamotten tragen, müsste es sich jetzt ausziehen.

Ich lasse das Messer sinken und spüre mein warmes Herz jetzt beständig vor sich hin klopfen.

Vielleicht tut es das, weil dies der Moment ist, in dem mir ganz deutlich bewusst wird, dass ich glücklich bin.

Hier zu sitzen, zwischen den ganzen Apfelspalten und den Menschen, die plötzlich eine so große Rolle in meinem Leben spielen.

Vor ein paar Monaten hätte ich mir das alles nicht vorstellen können. Ich schließe für ein paar Sekunden die Augen und schicke meiner Oma einen Gruß dorthin, wo auch immer sie jetzt ist.

Es war gar nicht so einfach, bis ich hier sitzen konnte. Aber es ruckelt eben, wenn das Leben in einen höheren Gang schaltet.

Danksagung

Ich liebe Happy Ends, was Sie auf den vergangenen Seiten sicherlich gemerkt haben dürften. Sehen Sie es mir nach, schließlich ist die Geschichte ja noch nicht wirklich zu Ende. Richtig los geht es doch eigentlich immer erst nach dem »Ende«.

Ich hoffe sehr, dass Lea und Lotta das gemeinsame Jahr schaffen werden. Vielleicht sogar mit Auszeichnung und Sternchen, vielleicht aber auch mit diversen Nervenzusammenbrüchen seitens Lotta. Ich weiß es leider selbst nicht, denn das Buch ist ja nun zu Ende und ich bin nicht mehr dabei. Es ist aber anzunehmen, dass Notar Dr. Gottke die Sache im Blick hat.

Und nun folgt meine übliche Dankes-Orgie:

Ich danke Katha und Murmel! Die Geschichte und die Figuren sind so anders geworden als geplant. Meine beiden Schwestern haben ziemlich schnell ein Eigenleben entwickelt, aber ihr beiden wart die Initialzündung für alles. Danke, Mädels! (Übrigens auch für die regelmäßige Verkostung!)

Danke an Katja und Markus für die Namenstipps und die diversen Jobs für Lotta. Was bin ich froh, dass die Elbe es nur bis in euren Keller geschafft hat!

Danke an meine wunderbaren Leserinnen! Ohne euch wäre das hier alles nicht möglich! (Hinweis an das Finanzamt: Selbst gebackene Kekse sind nicht zu versteuern und auch keine Bestechung, sondern grundsätzlich als freundliche, emotionale Zuwendung für überlastete Autorinnen gedacht.)

Danke, Frau Klemenz, für die wunderbare Zusammenarbeit.

Danke an Eli, ohne die es Lotta nie gegeben hätte.

Danke an Jutta, ohne die Leas emotionale Entwicklung niemals so rundgelaufen wäre. Du bist mir bei der Schreiberei eine unfassbar große Hilfe! 1001 Dank an dich! Danke für den letzten Satz!

Danke an Dr. Stief alias Dr. Clemens Morgenroth. Seine Angaben zum Thema Erbe und Vermächtnis waren sozusagen überwältigend. Als dreiste Autorin habe ich mir die Dinge herausgepickt, die hilfreich für die Geschichte waren, und den Rest ignoriert.

Danke an meine SPO'ler, die mir jedes Jahr aufs Neue ein warmes Gefühl geben. Es ist toll, dass wir immer mehr werden.

Danke, Birte, für das Plotten! AWG! Und sag gefälligst Bescheid, wenn du weißt wann!

Danke, Claudia, für dein immer offenes Ohr, deine Ruhe, diesen unübertrefflichen Schokoladenkuchen und die Sache mit dem tiefen Einatmen!

Danke, meine liebe Mine, beste Testleserin of the world! Es macht wirklich Spaß, mit dir an den Texten zu arbeiten.

Danke, Anja, für das Armband, das müde Autorinnen munter macht, und für das Lesen meiner halb fertigen Ergüsse.

Danke an Hella! Du hast so schöne Einfälle, wer jetzt mit wem … *grins*

Danke, Christoph, ohne dessen fachkundige Hinweise ich zwischendurch Omas Häuschen leider zum Einsturz gebracht hätte, und natürlich danke an meinen Lieblingsarchitekten Michael. Dir danke ich ganz besonders für das Jobangebot. Ist echt nett, würde dich aber rasend schnell an den Rand des Wahnsinns treiben. Nur wenige Menschen halten es mit mir in einem Büro aus. (Eigentlich nur einer … An dieser Stelle herzliche Grüße an Bodo!)

Danke an Christiane für den »Chrut und Unchrut«, den Autorentee, die genüsslichen Pausen auf deiner Terrasse und deinen unverblümten Blick auf meine Geschichten.

Danke, Ede, für den köstlichen Fisch! Fisch enthält viel Eiweiß, das ist gesund für das Hirn. Wenn du mal nicht weißt, wohin mit dem Fisch, lass die Flagge unten und komm rüber! Es ist so wunderbar, dass wenigstens du das tiefe Loch mit dem vielen Wasser drin, das bestimmt den Übergang in eine dunkle, andere Welt darstellt, im Griff hast. Ich habe ja immer nur Angst, wenn ich da reingucke.

Danke, meine liebe Pepe, wegen der Umzugsbrote und dem Klopapier. Es ist sehr angenehm, dass du immer an die Dinge denkst, an die ich nicht denke. Ich glaube, dein Hirn ist größer als meins. Vollfette Wallewalle-Grüße an dich! Wenn du dieses Buch auch noch liest, bekommst du einen Preis von mir! Basta!

Danke an die Rose, die neben meiner Haustür steht. Es ist wohl eine Rose mit einem klaren therapeutischen Auftrag.

Immer wenn ich an ihr rieche, explodiert etwas in meinem Gehirn. Was da explodiert, hat offensichtlich eine direkte Leitung zu meiner Muse, denn sie fängt nach einmal schnuppern umgehend an, ihre Arbeit wieder aufzunehmen.

Danke an Herrn Phiel! »Gerannt wird nur in Filmen« stammt von ihm und ist leider sehr wahr.

Entschuldigen muss ich mich auch. Und zwar formvollendet bei allen Leserinnen, die »JACQUELINE« heißen. Der Name einschließlich des uralten Witzes bezüglich seiner Aussprache war einfach zu verlockend.

Und einen wichtigen Hinweis gibt es auch noch: Man darf nicht in seinem Keller, einem Anbau oder der Garage einfach so eine Schokoladenmanufaktur eröffnen. Nicht, dass Sie auf falsche Gedanken kommen, ist ja durchaus verlockend. Sollten Sie es dennoch versuchen, werden Sie spätestens nach dem zweiten Behördenbesuch wieder aufgeben, oder innerhalb kürzester Zeit einem Nervenleiden erliegen.

Erik hätte sich natürlich an sämtliche Auflagen bezüglich der Hygiene und anderen wichtigen behördlich notwendigen Notwendigkeiten gehalten, korrekt wie er ist. Aber ich nicht. Seine Manufaktur musste neben Lottas Haus liegen, und das ging nun mal nur in dieser Form. Der zuständige Gesundheitsamt-Beamte hätte sich vor Unmut vermutlich am Boden liegend gekringelt, wenn er Eriks Manufaktur zu Gesicht bekommen hätte.

Was für ein Glück, dass das alles nur in meinem Kopf stattgefunden hat.

Danke, mein Mann! Ich weiß, dass du mich manchmal gerne auf den Mond schießen möchtest, aber wir wissen beide: Der Mann im Mond würde mich postwendend zurückschicken. Außerdem wäre es ohne mich doch auch total langweilig!

Seni Seviyorum. Du bist mein Erik, Vincent und Simon.

Danke an meine Oma, wo auch immer du jetzt bist!